The Light of Scotland

A Travel Journal

苏格兰之光

74天自驾漫游日记

王执因 著

上海社会科学院出版社
SHANGHAI ACADEMY OF SOCIAL SCIENCES PRESS

图书在版编目（CIP）数据

　　苏格兰之光：74天自驾漫游日记 / 王执因著. —— 上海：上海社会科学院出版社，2019

　　ISBN 978-7-5520-2783-9

　　Ⅰ.①苏… Ⅱ.①王… Ⅲ.①游记 – 作品集 – 中国 – 当代 Ⅳ.① I267.4

　　中国版本图书馆 CIP 数据核字 (2019) 第 107643 号

苏格兰之光——74天自驾漫游日记

著　　者：王执因
责任编辑：温　欣
封面设计：璞茜设计
内文制作：朱海英
出版发行：上海社会科学院出版社
　　　　　上海顺昌路622号　邮编 200025
　　　　　电话总机021-63315947　销售热线021-53063735
　　　　　http://www.sassp.org.cn　E-mail:sassp@sassp.cn
印　　刷：上海景条印刷有限公司
开　　本：890×1240毫米　1/32开
印　　张：14
字　　数：320千字
版　　次：2019年9月第1版　2019年9月第1次印刷

ISBN 978-7-5520-2783-9/I·335　定价：79.80元

版权所有　翻印必究

Dedicated to Ian Jamieson, my husband, who, with great pride in his Scottish ancestry, travelled "ten thousand miles" from Australia to experience Scotland, and took thousands of passionate photos of the place where his forebears and their countrymen have survived, thrived and made enormous contributions to the world.

献给我的丈夫易安·贾米森，他深以拥有苏格兰血统而自豪，从澳大利亚不远万里去感受苏格兰，并以数千张充满感情的照片记录下这个苏格兰人民奋斗、发展并且为世界文明作出贡献的地方。

目　录

001 ── 前奏

- 002　先辈发明新世界 后裔寻根苏格兰
- 006　初识菲律宾-飞越亚欧 租车希思罗-落脚民宿
- 013　轮机工感天动地 马车夫知义重情

023 ── 踏上苏格兰的土地

- 024　莫拉格生活小景 苏格兰衣食住行
- 029　科学改变世界 艺术塑造灵魂（上）
- 037　科学改变世界 艺术塑造灵魂（下）
- 046　大作家高于女王 犟易安败给伤风
- 059　富商搜集文物献国家 巨子经营财富惠民众
- 069　大学奉献社会 教授关注民生
- 079　坚固王宫堪比监狱 骁勇将士岂非屠夫

091 —— 苏格兰中部东区

- 092　空军机械师开民宿 渔村冷冻窖办展厅
- 102　苏格兰女豪杰义救王子 安德鲁大教堂礼赞神工
- 109　获奖母山羊会笑 断臂纳尔逊阵亡
- 117　一日千里天空岛往返 四乡百技运动会比拼
- 126　国王曾为座上客 豪宅充当战俘营
- 131　乔治要塞军团史 福尔克纳博物馆
- 136　皇家生财有道 同室操戈无情
- 144　尼斯湖畔古堡 莫瑞湾外小镇
- 150　国王主教办大学福泽后代 贵胄富豪建城堡魂惊幽灵
- 158　古老城堡豪华贵族范 美丽花园别致饮鸟盘

161 —— 苏格兰高地

- 162　邓罗宾城堡奢华仙境 巴德比村庄悲惨人间
- 169　荒僻凯斯内斯地区 平静瓦腾湖畔生活

175	公路至端太后有农场 天涯海角灯塔照人生
180	老贵族始发善举 小石匠终成大器
188	刚部族血火历史杰出人物 邓比斯山河故乡殒命亲王
196	风雨交加访古堡 鼓乐齐鸣贺诞辰
200	面包师独力科考 辛克莱祖孙积德
207	顺访"电城"纯属计划外 喜遇野鹿尽在期待中
215	首遇海雀惊喜躬逢盛会联谊
220	河谷湿地冷雨冷脸 民间故事恶人恶报
226	最美公路如诗胜画 奇特洞穴接海通天
234	温馨民宿可亲可爱 独特展亭无窗无门
240	探神秘城堡 观跃鱼瀑布
246	不列颠惩戒学生靠法律 瓦利沟维护台阶有义工
254	尝"哈格斯"欣赏风笛表演 访采石场观光规划村庄
260	奇特古石阵 亮眼博物馆

265 —— 奥克尼群岛

266	古老鹰冢印证人类史 爱美战俘兴建礼拜堂

	275	"街球"夺冠芭芭拉 死里逃生埃里克
	283	愚民损毁立石圈 风暴揭开古村落
	289	探险家名垂青史 恶伯爵命丧黄泉
	297	德国舰队自沉海浪翻涌 皇家海军蒙难烈焰腾空
	303	百岁老磨坊三星古农庄 小镇存遗迹本地有高人

311 ——— 设得兰岛

	312	乘跨海轮渡 访最北岛屿
	319	小渔船翻山抄近路 矮脚马散放探车窗
	325	灯塔博物馆广增知识 农业展览会大开眼界
	331	又乘轮渡踏三岛 不惧艰险救他人
	340	前仆后继设得兰巴士 英勇献身贾米森船长

349 ——— 苏格兰低地

	350	修道院起草主权宣言 学府镇纪念殉道烈士
	358	爱丁堡导游全身有情 苏格兰列兵独闯敌阵

367	悲悼人类千年钟 考察海洋万里船
371	一所监狱博物馆 三座古镇修道院
379	滚滚红尘银行史 飘飘仙乐天籁音
391	肖像画廊故事会 卡尔顿山烂尾楼
396	古往今来城堡故事 能工巧匠运河转轮
401	王者诞生古镇演悲剧 贵族世袭豪宅有传说
408	节约开支皇家游轮退役 教育民众议会大厦用心
418	洒泪千行魂系故土 挥手万里情牵祖先

421 —— 尾声

422	贫困抹黑美丽马尼拉 英雄唤醒苦难菲律宾

437 —— 后记

前奏

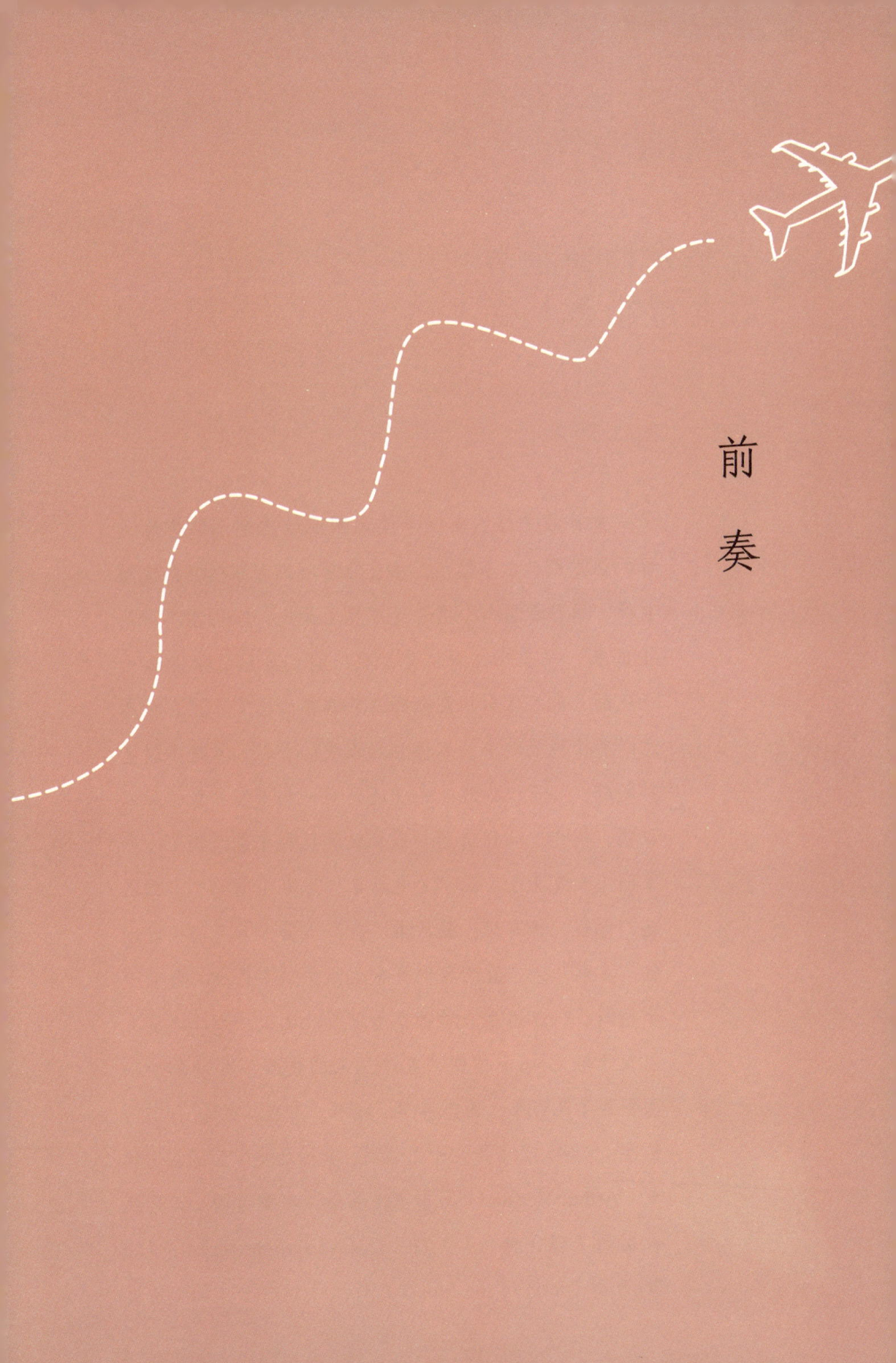

先辈发明新世界
后裔寻根苏格兰

　　夫君易安虽然出生于澳大利亚的悉尼,但是他父母的祖先均来自苏格兰。易安非常以拥有苏格兰血统而自豪,每每看见哪个名人是苏格兰姓氏,就得意洋洋地指出来——言外之意就是,瞧:我们苏格兰人多么出色!而且他经常引用温斯顿·丘吉尔的名言:"在世界上所有小民族之中,苏格兰对人类的贡献,只有希腊能够超越。"不仅如此,易安还列举一些事实和数据加以证明。例如:从作出划时代贡献的瓦特(蒸汽机)、弗莱明(青霉素)、贝尔(电话)、摩斯(电码),到雷达、电视、传真机、胰岛素、世界上第一只克隆哺乳动物"多莉"羊,直到我们日常生活中必不可少的弯管下水密封……苏格兰人对世界贡献如此之大、如此之多,以至于在 Google 搜索"苏格兰人的发现和发明",下面罗列了几百条,涵盖科学、技术、工程、交通、航空、医学、文学、艺术等几十个领域。美国历史学家亚瑟·赫曼(Arthur Herman)写出了《苏格兰启蒙运动:苏格兰人发明了现代世界》(The Scottish Enlightenment: The Scots invention of the Modern World)这样一本通俗历史读物，一直畅销不衰。①

事实上，"现代世界"这个概念不仅仅指现代科技，还涵盖了现代政治、经济、艺术，而在这些方面都有苏格兰人（及其后裔）的身影：亚当·斯密（《国富论》等），大卫·休谟（《人性论》等），帕特里克·亨利（美国《独立宣言》起草人之一，"不自由毋宁死"的演讲人）；美国历届总统之中，50%是苏格兰裔，包括大小罗斯福在内；苏格兰（及苏格兰裔的）诺贝尔奖获得者也可列出一长串名字。那些远涉重洋来到澳洲的苏格兰人，也在各个领域作出了杰出的贡献，将落后蛮荒的殖民地、流放地，建设成了民主繁荣的现代化国家。

至于苏格兰的文学家更是家喻户晓：史蒂文森（《化身博士》等）、诗人彭斯（谁不会唱"友谊地久天长"？）、司各特（《撒克逊劫后英雄传》等）、柯南·道尔（《福尔摩斯》等），连著名美国作家梅尔维尔（《白鲸》等）、爱伦·坡（推理小说鼻祖）、马克·吐温（《百万英镑》等）也都是苏格兰裔。怪不得他们的作品个性这样鲜明，语言如此生动，形象令人难忘，情节脍炙人口。原来他们的共同点在于：真诚直率、热烈奔放、爱憎分明，却也不乏幽默感。也许是他们身上流淌的苏格兰血液，给予他们的作品那种直击人心的震撼力吧。

苏格兰这片土地上，一万多年前就有人类居住，现在还有5 000年前的石墓、石屋等遗址。苏格兰历史上，许多部落相互争斗，又时

---

① 此书还有另外一个书名《苏格兰人怎样发明了现代世界：西欧最穷的民族创造了我们的世界以及其中的一切》（How the Scots Invented the Modern World: The True Story of How Western Europe's Poorest Nation Created Our World & Everything in It），中文译本名为《苏格兰：现代世界文明的起点》（上海社会科学院出版社2016年版）。

而联合。严酷的自然环境锻造了苏格兰人坚忍、剽悍、豪爽、自尊、勇于探索、不畏艰险的民族性格。苏格兰在中世纪大致形成国家,有了自己的苏格兰王。此后一直是个独立的国家。苏格兰王詹姆斯六世在1603年继承了英格兰和爱尔兰的王位,这样一来,一个事实上的联合王国就已经初具雏形(威尔士早在16世纪中叶已被英格兰吞并)。1707年,联合王国建立,称为大不列颠联合王国(1801年爱尔兰并入联合王国,1922年爱尔兰南部26郡脱离,成立"自由邦")。因此,现在我们所说的"英国"全称是"大不列颠及北爱尔兰联合王国"。虽然我早就知道这个大不列颠联合王国是由英格兰、苏格兰、威尔士和(北)爱尔兰组成,但却误以为这仅仅是四个地区的联合,不了解它们是四个独立的国家,更没有想到苏格兰人有着强烈的民族认同感。

话说2011年,我在苏格兰首府爱丁堡参团旅游,出发那天清早,在市内一个小广场集合,导游兼司机和他的中巴车在那里等候我们这些散客。此时有警察来催促我们尽快离开小广场,原因是恰巧英国女王那天要来爱丁堡(女王年年来避暑——苏格兰夏天"凉快"到什么程度,马上就要领教),警察需要维持治安。那个苏格兰导游阿兰悻悻地对我们说:"她又不是我们苏格兰的女王!"这位导游有所不知,伊丽莎白二世确实具有苏格兰血统呢。

幸好我平时与英国人交谈时候,注意了不使用"英格兰(England)"代指英国,而是称为UK或者the United Kingdom/the Britain;不使用"英格兰人(English people)"代指英国人,而是称British people。否则,苏格兰人、爱尔兰人和威尔士人会不高兴的。这也多亏了我阅读过一点英国文学和历史,知道一点他们的民族矛盾。其实,所谓的"民族矛盾"不过是表面现象或者政治烟雾而已。

虽然易安现在苏格兰已经没有五服之内的亲戚，但是一直特别想看看祖先生活的地方。这也算是听从内心召唤，实现多年愿望的寻根之旅吧。2015年，我随易安从澳大利亚飞往英国，从南半球到北半球，从太平洋到大西洋，踏上苏格兰的土地，沐浴苏格兰的野风，亲近苏格兰的山水，仰望苏格兰的星空。我们在6—8月两个半月的时间里，旅行在苏格兰各地大城小村，饱览苏格兰东南西北的自然风光，亲历许多生动、有趣、温馨、感人和奇特的故事。

初识菲律宾-飞越亚欧
租车希思罗-落脚民宿

经过几个月的精心准备，我们购买了旅行保险，订了十几处旅舍，订好了机场租车。飞英国的机票选择的是经停菲律宾首都马尼拉的航班，原因有三：一是易安打算考察菲律宾的养老环境，二是菲律宾航空公司安全打分较高，三是价格诱人。这样一来，我必须申请菲律宾签证。而且因为菲律宾不给持中国护照的人多次入境签证，而我却需要经停菲律宾三次，所以颇费周折。那天我去菲律宾领事馆的时候，看见领馆墙壁上面贴着选举宣传海报，工作人员给旅居澳大利亚的菲律宾侨民办理选民登记手续，为明年的菲律宾总统大选做准备。对于菲律宾这个国家我了解得很少，这时才注意到，菲律宾也实行美国式民主制度，总统和地方政府首脑都是直选。旅居海外的菲律宾国民也有选举权，而且候选人都很重视侨民的选票。

6月13日，晴。我们顺利登机。机场繁忙，我们的飞机排队等候跑道，10：30尚未起飞。菲律宾机长使用英文说明情况，表示歉意，并且保证飞机准点到达马尼拉。以上内容是我根据几个跳入耳朵的单词猜出来的。

这是我们第一次搭乘菲律宾航班。菲律宾口音的英语不但我听不懂，连以英语为母语的易安也听不懂。通常是认真听过之后，易安问我："他说的是什么？"我："只听见'Ladies and gentlemen'。"

飞机内部最宽处一排8个座位。以3-3-2排列。窃以为2-4-2排列较为合理，因为2-4-2排列使得任何坐在里面的乘客只需打扰身边一位乘客就可以出来。舱内很多空位，估计有大约三分之一机票没有售出。服务员男生多于女生。这些男孩子们浓眉大眼，彬彬有礼，训练有素，服务周到。机舱内温度很低，不如国内航班舒适。我穿着薄毛衣，披着三条线毯，还是感觉冷。打了十几个喷嚏之后，我便不停流鼻水——刚刚开始旅行几个小时，就感冒了！接受这次教训，从此以后，只要是国际航班，我都穿着暖暖的衣裤、鞋袜登机。

下午准点到达马尼拉。我们立即从南半球的冬天，来到了热带的初夏，当天最高气温35摄氏度。菲律宾的机场工作人员、马路上的警察、居住小区的保安、饭店的服务员、公寓大楼的接待员都能够听、说英语，并且态度友好、耐心，常常主动、热心地提供方便。菲律宾各处都见到身穿制服的工作人员，初来乍到，不知哪一种制服是政府警察。街上行人匆匆，没有见到游手好闲的人，似乎就业率较高。菲律宾人是黄种人，个子不高，肤色较深。女子也不是十分白嫩，可能我们逗留的地区是机场附近，白领丽人较少？

小小公寓式旅店房间有饭桌椅子、迷你厨房、WIFI，没有办公桌。新近装修的房间居然没有怪气味，可见装修材料的安全性在这里得到重视。房间位于8楼，居高临下，视野开阔。马路对面就是一所金碧辉煌的天主教大教堂。菲律宾曾经是西班牙殖民地，所以天主教影响很大。目前天主教人口比例高达82%！天主教教堂建筑华丽庄严，雕刻、彩绘及五彩玻璃镶嵌窗，极尽各种艺术手段营造一种尊贵、神圣……

第二天，我们出发去英国。菲律宾航空的工作人员提前一个小时就检票登机。我们在机舱里面从容不迫地四处观察。停机坪上看见菲律宾航空、日本航空、沙特阿拉伯和其他国家的飞机。据说共有47个国际航空公司的飞机使用马尼拉尼诺伊·阿基诺国际机场。

菲律宾航班一日三餐外加下午茶，而且频频提供热食。看起来黄种人的身体不适合吃白种人所习惯的冷餐。其实，冷食冷饮从养生角度来讲，确实对健康不利。

飞机上的座位背面有小屏幕，上面实时显示飞机经过的地域。从马尼拉到伦敦的航线经过中国，然后飞临蒙古上空。可以看见绵延起伏的山峦，苍苍莽莽，既无农田，又无村庄，只见蜿蜒山道，细线一般。遥想当年不可一世的成吉思汗，带领千军万马，就是翻越这些大山，横扫欧亚！如今苍山依旧，白骨何处，浮云悠悠，"英雄"安在？又飞过广袤的俄罗斯，绵绵原野、静静河流之间，偶尔见到小小村落。那首悠远辽阔的俄罗斯民歌《茫茫大草原》的旋律自然而然地在心头萦绕。接着就是云海、云海。回想若干年前，第一次乘飞机见到云海的时候，我还以为是东北大地那一望无际的雪原呢！今天这云海之下，是欧洲哪几个国家呢？

临近英国，可以俯瞰入画的英格兰乡村：山坡与河流勾勒的曲线，葱绿与翠绿相间的原野……是草场？还是麦田？

飞行15个小时之后，于当地时间21点到达伦敦希思罗（Heathrow）机场。入境检查倒还没有花很长时间，却在行李领取处等候很久。据说机器发生故障，所以行李迟迟出不来。我安慰自己说：还好，

前奏

这只是机器故障,不是工人罢工。曾经在这大不列颠王国留学两年的女儿,坚决不肯留在英国的原因之一就是:这里经常有工人罢工。当时她初来乍到,急需我从国内邮寄一些必需品到英国,可是正赶上邮局工人罢工,没有人递送包裹!易安也经历过一次罢工(不记得是在哪个国家了):机场工人罢工半小时,与公司谈判,结果迟迟无法达成妥协,耽误了十几个小时。不仅航空公司损失惨重,旅客们也无缘无故陪绑受罪!

伦敦毕竟是一个国际化大都市,各色人种都有。机场的许多工作人员是亚、非后裔。不同肤色的同事,相互之间用英语交流;接待各国旅客的时候,他们自信、认真、热情、礼貌。

拿到行李之后,我们很快在大厅找到了租车公司的柜台。柜台服务人员已经下班,门口贴了一张小小告示:"租车公司的绿色巴士在候机大楼外面等候。"出得门来,几步之遥,就看见车站,刚好租车公司的绿色大巴抵达,一路开到租车公司。这家叫作 Europcar 的租车公司,世界许多地方都有其分部。虽然已经是夜里 10 点多钟,租车的顾客仍然陆陆续续到来。我们前面还有三四个人在办理手续。拿到车钥匙之后,来到停车场:这里简直就是一个小型的汽车展览会场,各式轿车、越野车应有尽有。我们在路灯之下已经看不清汽车外表有没有擦伤之类瑕疵。易安挑选了一辆行驶里程较少的车。虽然不喜欢那黑颜色的车身,但相比其他四部可供选择的同级别租车,还是这一部车的内部空间较为宽敞,能够装下我们四只旅行箱。这是一辆西雅特,欧洲品牌,与易安平时开的日本车本田有些不同。例如,易安习惯右手操纵转向灯,现在右手一动,两只雨刷就积极热情地"唰唰唰"开始工作!

时间已晚,道路不熟,再加上陌生的坐骑不听使唤,不免急躁起来。人一急躁,就不理智,容易匆忙间做决定。机场附近的道路,一旦选错,常常无法回头,高速路上,一飙就是好几公里。转了一个小时,才到达汽车旅馆连锁店旅馆Travelodge,就在几公里开外,5分钟车程。

　　选择旅馆,真是大意不得。这一次忘记要求无烟房间,一进房门,那个恶劣气味!整个房间闻起来如同一只大烟灰缸。可是英国的夏季,居然比悉尼冬季还冷!不但不能开窗通风,而且必须关窗开暖气。即便我们困倦得要命,那气味还是让人睡不着。

　　第二天(6月15日)清早,我们开车到附近小镇豪恩斯洛(Hounslow)吃早餐,更重要的是要找到银行开户,以便将家里的钱转账到英国来。因为这次旅行在英国连续居住两个多月,很难确切预计需要多少钱;同时,随身携带大量现金也不方便,所以易安钱包里只有几百元澳币,我只有200元人民币!英镑是分文没有!我们先找到一个ATM机,拿我的中国银联卡取了200英镑——否则早餐都吃不上了!恰好这一年,英国所有银行对中国银联卡取现免收手续费。

　　这小镇规模不大,却有十几家银行营业部,其中几个营业部属于同一家银行。再就是有不少电话公司的小小营业部,仅经营Lycamobile电话公司业务的就有三家。而且街上各种店铺不止一家门面挂着汉字招牌。问了镇上所有银行,都是一个回答:需要在英国有固定住址、居住半年以上才能在银行开户。这样一来,现在只有靠我的银联卡取现,平常尽量使用易安的信用卡消费了。

　　英国伦敦地处北纬51度,相当于我国黑龙江省北部黑河市。加上岛国湿度大,早上那叫一个冷!寒风扑面,潮气逼人。我上面穿了毛衣加外套,下面一条棉毛裤外加一条牛仔长裤,还是冻得鼻水

前奏

流个不停。

开车回旅馆又迷了路，绕了将近一个小时！匆匆退房，不进伦敦城，直接开车北上。伦敦距苏格兰最大城市格拉斯哥有640多公里，我们将在利物浦逗留一夜。利物浦也在300多公里开外，我们选择牛津作为中途休息的地点，顺路到这著名的有1 100多年历史的牛津城——英国皇族和学者的摇篮来观光。牛津城是热门旅游景点，街上不止一队旅游团。我们在这里仅仅逗留三个小时，随心所欲地欣赏、拍摄一些精美的建筑。然后说声：再见！牛津城的云。

◎ 清明的天，自由的云，蜚声世界的牛津，650年历史的莫德林学院（Magdalen College）

我们必须要在天黑之前赶到利物浦。由于在希思罗旅店打印了谷歌地图，到达利物浦城区之后，毫无悬念，直达家庭旅馆。

这家民宿主人是一位中年男子，面色苍白，眼大无神。客客气气地带领我们看卧室、卫生间、饭厅、厨房，交代了钥匙等注意事项，就回到他自己的世界里去了。在餐厅和卧房里面，桌子上放着主人打印出来的"温馨提示"，其中两项最为实用：一是去超市的路线图；二是他本人使用卫生间的时间。（预订家庭旅馆的时候，最好注意一下关于卫生间的说明，是与主人合用还是可单独使用的卫生间。）餐厅桌上还有地图、旅游介绍和其他书籍。

我们到超市买了奶油、面包、麦片、水果之类，还有一英镑一只的大苹果派，留作明天的饭后甜点；还幸运地买到了一本英国旅行地图册，和一张《2015不列颠及岛屿地图》，我们几乎天天使用，后来还将它们借给去苏格兰自驾游的亲戚。

易安疲倦至极，回来倒头便睡。因为在飞机上面的15个小时，他基本没有睡觉。在希思罗仅仅休息五个小时，便驱车七八十公里到牛津，在太阳底下步行三个小时后又连续开车280公里左右。赶往利物浦时，易安几乎到了极限，自己事后都说，当时那个疲劳状态，开车是很危险的。

前奏

轮机工感天动地
马车夫知义重情

利物浦只是我们通往苏格兰的中途站，所以打算仅仅在著名的默西河畔转一转。利物浦人口47万多，是英国第二大商港，曾经是英国著名的制造业中心。

6月16日，晴。写好一张便条向主人表示感谢并道别之后，我们将行李装车，开往默西河畔船坞地区。停车之后，步行来到王子船坞与艾伯特船坞之间的广场。这里有一座雕像和几座纪念碑。最高的是一座花岗岩纪念碑，全称为"泰坦尼克号轮机英雄纪念碑"（Memorial to the Engine Room Heroes of the Titanic）。

这是利物浦白星航运公司与轮机工程学会受托所建的纪念碑，献给泰坦尼克号244位牺牲在轮机舱内的技师和工人。他们在泰坦尼克号触撞冰山、沉入大西洋之时，坚守岗位，尽可能地保持电力供应和设施运转，以便拯救他人。这座纪念碑于1916年落成揭幕。在此碑完工之前，又发生了几起海事悲剧：爱尔兰皇后号于1914年沉没，1 012人丧生；卢西塔尼亚号于1915年沉没，1 201人丧生。此碑14.6米高，设计者为威廉·高斯可布·约翰爵士（Sir William Goscombe John）。

苏格兰之光

◎ 最高的是一座花岗岩纪念碑,全称为"泰坦尼克号轮机英雄纪念碑"

泰坦尼克号不是在利物浦建造的，也从未到过利物浦。但她是在利物浦注册，属于利物浦白星航运公司的船只。白星公司总部设在利物浦，因此许多船员、乘客来自利物浦。泰坦尼克船尾标识亦为"利物浦"几个大字。泰坦尼克号悲剧发生之后，《每日记录报》同"轮机工程学会"合作，推动建立了一个基金会，后来成为"同业慈善会"，旨在帮助这些牺牲人员的遗孀、孤儿以及其他需赡养的亲人。

第二次世界大战时期，这座纪念碑也遭到德国飞机轰炸，至今弹痕犹在。

244位普普通通的工人和技师，在生死关头，以自己的牺牲换取他人的生存！他们的崇高品德，无畏忠诚，不朽英魂，至仁大义，远远超过高高矗立的纪念碑，直上云霄！这些英雄们的同事，也没有辜负朋友的牺牲，不但成立了基金会来帮助英雄的遗属，而且在英国树立起首座纪念普通工人的纪念碑。我国也有无数普通工人为祖国的建设事业献出生命，筑路、修桥、开矿、造船、挖隧道、建水坝……他们的丰功伟绩，值得后人永远纪念。每当我乘坐火车经过那些穿高山、越峻岭、跨深谷的铁路时，就惊叹其高超技术与施工难度，对勘探、设计、施工人员心怀感激，无限崇敬。常常想到应该在每一隧道、桥梁完工之后，都树立纪念碑，镌刻上各个勘探、设计和施工单位名称，尤其是牺牲人员的姓名。

说明牌右上角是轮机人员合影的一部分，题为"皇家邮轮泰坦尼克号轮机员首航纪念"，下书："白星三推进汽轮机船，46 000 吨，世界最大轮船。（英国）南安普敦出发，开往（美国）纽约，1912年4月10日，星期三"。

100多年前，英国就能够建造出46 000多吨的巨型客轮，被称为"世界工业史上的奇迹"。首航之际，人们该是多么自豪！谁会料想到4天之后，照片里面这些优秀的轮机工人就葬身大海，尸骨难寻！他们的妻儿父母惊闻噩耗，定然悲痛欲绝！无论是谁，只要视线与照片里这些轮机技工自信面庞上的坚定目光相遇，心情都会久久不能平静。

继续前行，不远之处有一个望远镜造型的雕塑。原来这是为纪念一位英年早逝的穷牧师霍罗克斯（Horrocks Jeremiah, 1618—1641）而建造的。

霍罗克斯出生于利物浦地区，父亲是钟表匠。1632年霍洛克斯进入剑桥大学旨在培养牧师的伊曼纽尔学院学习，在求学期间接触到天文学。年仅17岁时，霍洛克斯就敏锐地发现了开普勒理论的不足之处，并开始通过数学方法研究使月亮绕地球运转的作用力，也就是日后牛顿研究的万有引力。在剑桥学习三年之后，霍罗克斯辍学回家，白天在钟表店帮忙，业余时间继续研究天文。1639年起在兰开夏郡担任副牧师谋生。同年，他发现开普勒的鲁道尔夫星表有误差，并预言在当年会发生一次金星凌日现象。在其预言日期的下午3：15，霍罗克斯通过自己的望远镜观察到了金星凌日，同时其友人威廉·克莱布崔也观测到此次天文观象。通过两人的观测，霍罗克斯推测出金星的大小，以及地球离太阳的距离，这是当时最接近事实的推测。他还证明月亮在椭圆轨道上绕地球运行，地球则位于该椭圆的一个焦点上。由此完成了开普勒的理论体系。在短短22年的生命中，霍洛克斯为科学作出了许多贡献，人称英国天文学家霍洛克斯。后人为纪念其功绩，将月面的一处环形山命名为霍罗克斯环形山。

  这是 400 年前的故事。一位年轻人，一介小人物，钟情科学，醉心研究，尽管既非著名教授，又无专家头衔，但仍然享有科学研究的机会，具有发表研究成果的资格；在没有科研经费，亦无政府奖金的条件下，连天文学学位都没有的副牧师，所取得的研究成果竟能够获得承认，并被尊为天文学家。可见当时科学界已然以科学态度拥抱每一项新发现。在这种科学面前人人平等的环境之中，科学技术自然繁荣昌盛。如同天地万物，只要没有天灾人祸，都会生生不息。

  沿河岸继续南行，又见一座由半圆护墙环绕的纪念碑。这是利物浦海军纪念碑（Liverpool Naval Memorial）走上护墙开口处的六级台阶，一片平台正中矗立着圆柱形的纪念碑。纪念碑顶端设计成灯塔模样，为纪念死于第二次世界大战期间的各国海员。白色碑柱背面刻有："纪念 1939—1945 年间葬身大海的服务于皇家海军的商船指挥员与船员们"字样。护墙开口处两座石墩上面各有一只石球，石球基座饰有波浪形状雕刻。一只石球上面雕有星座和一艘帆船，另一只雕有人类与动物。碑柱正面的铭文催人泪下："这些商船船员和海军军官与士兵在为皇家海军服务时牺牲——大海是他们的墓地（1939—1945）。"

  基座铭牌上书："此碑由英联邦战争墓地委员会建立并维护[①]。此碑铭牌上面所有姓名都已登记在册，可以在中心图书馆城市记录办

[①] Commonwealth War Graves Commission（英联邦战争墓地委员会），是一个英联邦内部的国际组织，共有六个成员国，负责标记、记录以及维护死于两次世界大战中的军人与平民的墓地和纪念地。

公室查到。"

护墙墙体上面镶嵌着26块铜牌,牌上密密麻麻刻着牺牲者的姓名。码头上还有各国的纪念碑铭。其中一块铭文如下:

"租用军事运输船兰开斯特号(HMT Lancastria)于1940年6月17日在撤退不列颠军人和平民之时,在法国圣那泽尔港外海被敌军击沉。这是不列颠海事历史上最大的海难。据信丧生人数达6 000人,只有2 477人生还。我们将永远记住他们。"

短短的碑文,讲述着惊天动地的大灾难、大牺牲、大悲剧、大英雄,表达了政府对国民的浓浓尊重,对自己职责的深深理解。那感动人心的力量,非全文照译不足以传达其效果。

依次看去,又见其他各国的纪念碑:

"谨此纪念第二次世界大战中丧生大海的比利时831位商船船员。——比利时1914—1918年和1939—1945年战争商船海员联合会建。"

"谨此纪念第二次世界大战中在波兰海军和波兰商船工作的船员,以及献身于1939—1945年大西洋战场上的人们。——波兰海军人事部波兰社团于2013年建。"

"谨此纪念第二次世界大战中,在荷兰商船队、渔船队和皇家海军服务的人们,以及牺牲于大西洋战场上的人们。向那些在1939—1945年战争期间,保障前往大不列颠的生命线畅通的人们致敬。——2004年荷兰商船人事部,荷兰皇家海军建。"

……

这些碑文告诉人们,在第二次世界大战之中,除了战场上壮烈牺牲的军人,还有许许多多非军事人员为反法西斯的事业捐躯。而且他们的工作单位并没有忘记他们的最高奉献。他们所帮助过的同盟国,也永远纪念他们，永远感激他们。

位于天文学家霍罗克斯纪念碑和海军纪念碑之间，靠近河边，还有一座半人高、类似祭台的建筑物，四面都有铭牌。其中一方铭牌上，右边竖排为中文，左边横写为英文，中央上下排列着大大的中文"和平"二字，引人注目。碑文如下（英文略）：

> 谨以此匾
> 献给曾经在两次世界大战中服务于这个国家的中国商船海员
> 我们不会忘记
> 那些献出生命的人们！
> 我们不会忘记
> 那些被要求离开的人们！他们不得不离开
> 在这个国家不再需要他们的时候
> 我们也不会忘记
> 那些永远也不知道丈夫下落的妻子们
> 还有那些从来未见过父亲的孩子们
> 让我们记住曾经发生的一切
> 让历史不再重演
> 永远的怀念
>
> 和平
>
> 二〇〇六年元月二十三日

这块铭牌是无声的血泪控诉：第一次和第二次世界大战期间，英国需要大量海员和劳工，亚洲人、非洲人和阿拉伯人承担了这些繁重甚至危险的工作。但是大战结束之后，本地的英国工人感受到就业压力，认为是外籍工人偷走了工作机会，1919年甚至发生了针对亚洲人和非洲人的种族骚乱。结果许多外籍工人被强迫离开他们为之贡献的国家。第二次世界大战结束之后，历史重演，那些在英国结婚生子的人士也遭遣返回国，有些甚至连回家告别的机会都被剥夺，他们的妻子孩子顿时成了寡母孤儿。

这些孩子当中，有一位女孩儿叫作 Yvonne Foley，她成年之后，了解到自己的身世，于是联合其他"孤儿寡母"建立了网站，讲述他们遭受的不公平待遇，并发起了运动，游说国会，最终在利物浦码头为华人海员建立了这块纪念碑——华人商船海员纪念碑（Chinese Merchant Seamen Memorial, Pierhead, Liverpool），2006年1月23日正式揭牌。

乍一见中国字，我感觉既兴奋又亲切，起初以为这是中国政府为自己国民所立的纪念碑，但是却没有找到五星红旗，也没有找到"中华人民共和国"字样。后来想到这竖排的汉字，也许是中国台湾所立，毕竟两次世界大战都发生在民国时期。可是细看一下，碑文却是台湾地区所不使用的简体汉字。反复上网搜索，找到确切信息之后，方才明白这是华人后代努力争取到的，英国政府为我们华人建立的纪念碑。

无语……默哀。

绕过博物馆，来到艾伯特船坞。船坞区3万多平方米，仓库全部由砖石和铸铁建筑，时称"世上首座不燃的仓库"。1846年维多利亚女王的丈夫艾伯特亲王剪彩开业。100多年前就有如此规模，可以想见当年利物浦的繁荣与发达。忽见附近有一座马的塑像，引起我的好奇心。英国街头雕塑不少，但是以人像居多，如果有马匹，也是赫赫有名的历史英雄或者帝王将相威风凛凛地骑在马上。何以此处独见一马，不见英雄？

这座马匹塑像非常"现实主义"，无论形体还是表情都栩栩如生，尤其是那一双大眼睛：其中闪烁着忠诚、坚毅、善良，还有几分忧伤……拍照几次都不成功，无法拍摄到我所感受到的那种心灵震动。细看铭文，原来这也是一座纪念碑，雕塑家朱迪·波多特（Judy Boyt）将她命名为"等待"——我理解是"时刻准备着"。原来这座塑像是为了纪念250年来在利物浦工作的马匹。这些马匹无论春夏秋冬，雨雪风霜，都拖曳着满载的车辆往返于码头与货场。在第二次世界大战期间，利物浦的马车夫与马匹保证了利物浦港食品与燃料的物流。这些马车夫技艺之高，载货之重，名声远扬。利物浦的马匹以陆上最佳马匹著称。它们为利物浦城做出了伟大的贡献。利物浦退休马车夫协会会员们筹款12载，才建立起这座塑像，以此纪念利物浦这些役用马匹。

顿时感动得一塌糊涂——为那些吃苦耐劳的马，也为这些重情重义，不屈不挠，人贫志高，无以伦比的马车夫！原来你们就是英雄！

默西河水静静流淌，见证着历史，见证着创造历史的英雄们。

踏上苏格兰
的土地

莫拉格生活小景
苏格兰衣食住行

第一天

6月16日
星期二
利物浦 晴
苏格兰 雨

利物浦
格拉斯哥

马不停蹄，奔向苏格兰，奔向苏格兰第一大城格拉斯哥。瞧那天际——碧空之外兮青山远，青山之巅兮白雪藏——神秘苏格兰在召唤。

从利物浦到格拉斯哥约350多公里。

我们借助在利物浦超市买的英国公路地图，开始真正的自驾游。易安叫我担任导航员。在选择路线的时候，我尽量选择地图上直线距离最近的道路，尽管大方向一直正确，但多是乡间小路。虽然路况良好，沿途林荫农舍、古镇老桥，风景宜人，别有情趣，然而岔道多多，左弯右拐，无法疾驰。观光绝佳，赶路不宜。再次问路之后，才回到高速。易安说，先前选路的时候，就应该选大路，因为虽然绕了远，但是开得快。果然如此，自从回到国道，速度加倍。这样一来，我也轻松。在车上似睡非睡半醒半昏地休息了几个钟头。

沿高速路顺利进入格拉斯哥城区，绕来绕去却找不到我们的家庭旅馆所在的那条街。格拉斯哥虽然是苏格兰最大城市，全英国排名第三，但是不能用中国大城市的规模来想象。格拉斯哥（包括郊区）人口只有两百多万，所以我们一不当心，就又绕回到城外高速来了！于是再次进城，在市区街道绕了几圈，终于发现一家 Newsagency（卖报纸、杂志、文具、贺卡，兼营充值、彩票等业务的商店），买到一本格拉斯哥市区地图。"按图索骥"，这才找到房东莫拉格·莫里森家。莫拉格接到我们电话，立刻冒着蒙蒙细雨下楼来接，皮肤白皙、高大健康的一位金发美女，一只手提着我的大红箱子（有 50 斤左右），另一只手还拎着好几件小行李，竟毫无惧色，一口气上了二楼。

　　室内温暖如春，因为开着暖气——现在可是夏天！室外风雨交加，俨然初冬模样。虽然跟利物浦的房东大卫一样，莫拉格也是单身，但毕竟是女人，家里到处是好看的小摆设，气氛十分温馨。一只老猫 14 岁啦，身瘦毛长，老眼昏花。莫拉格上班的时候，就藏在莫拉格的卧室里面不出来。现在我们开始领略苏格兰英语了：有几分像德语那样生硬，有几个 R 音儿化较重……这还只是格拉斯哥的苏格兰口音，后来我们还享受到了各种各样的苏格兰口音呢。

　　楼下 3 分钟步行就到了 TESCO 小超市，十分方便。我们买来牛奶、面包、麦片、蜂蜜……，开始过日子了。我们将在格拉斯哥逗留 13 天。晚上九点半，格拉斯哥的太阳还高高照耀着。从莫拉格家望出去，金色夕阳照映着绿树之巅，赏心悦目。说到过日子，我们在苏格兰 70 多天，日常生活究竟是什么样的？无非是衣食住行而已。

　　苏格兰的气候我在 2011 年来英国时候就已经领教：往往一天之内，从冬到夏的衣服全部都要用到。也许早上出门时候风雨交加，寒气侵肌，套上了羽绒服；中午阳光灿烂气温上升，却不得不一件一件脱掉，最后只穿短袖。这一次在苏格兰虽然说是度夏，但依旧老老实实带来毛衣毛裤，一套保暖衣裤，外加一条带衬里的法兰绒长裙（挡风很有效）。当然还有冲锋衣裤——为了应付苏格兰的疾风骤雨。

英国人的饮食，实在太简单。十几、二十几英镑一份餐（这次我们来到英国，汇率是1∶11），一个大盘子端上来，里面只有一大块生煎牛肉或原味煮，或者烤的几大片肉，上面浇汁，旁边是大块的土豆（或土豆泥或是整个儿土豆）、水煮（加点盐、滴几滴油）的胡萝卜、花菜、嫩豆角、南瓜、迷你包菜之类。你还得自己在盘子里面切肉、切菜。他们把厨房的工作分配给食客自己干！最不习惯的是，一进餐厅，服务员热情问你要不要喝什么，如果你回答"水"，服务员会很快端上冷水来，还兢兢业业地、一丝不苟地加上冰块！喝热水长大的中国人，年轻时候倒不在乎，如今岁月不饶人，喝上一口，胃疼半天！于是吸取上次来英国的教训，这次我随身带了保温瓶，每天出门之前灌满，坚决保护我的"中国胃"。说来顿感亲切的是，只要回到中国，无论机场、火车站还是长途汽车站，都有热水供应。温暖你的胃，温暖你的心！

说到鱼，基本上是海鱼，那肉质哪儿有我们千江万湖的淡水鱼鲜嫩呢？加工方法除了油炸就是干烤。除了盐和胡椒，他们不会放佐料！端鱼上来，盘子里送嫩黄的一片柠檬，你自己挤柠檬汁浇到鱼肉上面去除腥气，或者使用一种专门用于鱼类的调料酱。最大的不习惯之处是根本没有我们的主食——米、面——除非去中国餐馆或者亚洲餐馆。幸好我们定的住宿基本上是家庭旅馆，厨房里炊具、餐具一应俱全。我们到超市买回蔬菜和半成品（以便减少烹饪时间）自己开伙。午餐是出门之前在家做好、随身带着的三明治——两片面包当中夹火腿、鸡蛋、奶酪,西红柿切好片,装入另一容器,午餐时加入三明治。营养很全面,省事、省时、省英镑。英国景点大多备有野餐桌椅,边观景、边就餐,十分惬意。

我们的房东莫拉格三四十岁模样,棕色头发,浅色眼睛,五官端正,皮肤白皙,身材高挑,可以说是个美人。她开一家(小型——我猜测)清洁公司,性格开朗,说话大声大气。莫拉格经常一边看电视一边吃饭,看到开心之处,就放声大笑。她也愿意跟我们闲聊。当我看到电视里面播放美国电视连续剧《人人都爱埃德蒙》,谈到我们中国学校里面经常拿美国之音和美国影视作英语教材时,莫拉格断然说,美国话不是英语!

可能是想减肥,莫拉格晚餐只吃一大锅凉拌生蔬菜,可看电视却看到很晚才睡。我想告诉她,早睡早起才能保持身材,然而中医养生理论太复杂,我即使说得清楚,她也不一定听得明白。她卫生间里大瓶小瓶花花绿绿几十种洗浴和护肤用品,真不知道这么复杂的生活怎么过。可是她基本上只买超市里那些半成品回来简单加工一下就开饭,而不是买新鲜菜、肉、粮食自己烹调。话说回来,英国新鲜蔬菜价格贵,品种少。不过,面包、牛奶、奶油、奶酪的价格依然比中国便宜,而且质量好。

说到"行",虽然苏格兰面积约占全英国面积的三分之一,人口却只占约十分之一,西北部乡村人口密度就更低。所以,苏格兰许多乡村道路是单车道,每隔几百米,路面就会修出一块避让处。当对面来车时,双方常常根据自己和对方所处的位置,决定谁避让谁,如果一方远远地主动停在避让处,另一方就会快速通过,并且在错车时挥手（实际上只是抬一抬握在驾驶盘上面的五指）致谢，对方也如此还礼。那种相互之间友好谦恭的感觉真好！但是也有不慎错过了避让处，或者个别喜欢逞强的人故意前冲的情况。结果就是双方猛然发现已经狭路相逢，那时候就别无选择，只有一方慢慢倒车回至避让处，另一方耐心等待了。如果不是山路，那好胜的角色仍然不肯后退，宁可从路基外的泥地、水坑，或者草丛挤过去呢。

科学改变世界
艺术塑造灵魂（上）

第二天

6月17日
星期三
风雨交加

格拉斯哥博物馆

格拉斯哥博物馆全称是凯尔文·葛罗夫艺术馆兼博物馆（Kelvin Grove Art Gallery and Museum），距离住所不远，我们步行前往，顺便观览街景。一路上许多古色古香的老房子，其中包括格拉斯哥大学的建筑群。沿途风大伞翻。易安不听我的建议，不戴帽子，不穿棉袄，只穿短袖衬衫、外套薄毛衣，冻得不得不穿上我的一次性塑料（连帽）雨衣遮寒挡风。回到家就咳嗽了。

途经凯尔文·葛罗夫公园，松鼠、鸟雀这些可爱的小动物，大模大样地享受自己在大自然里面的权利，没有因为我们的出现和拍照而仓皇逃窜。公园树林之中，绿地之上，看见两座雕像。其一就是杰出的物理学家威廉·汤姆森（William Tomson，1824—1907，后受封为凯尔文勋爵）。

另外一位也是著名科学家，约瑟夫·李斯特（Joseph Lister，1827—1912）。其贡献之一就是推广了外科手术消毒,拯救了千千万万性命。塑像底座的蛇杖是医疗救护的象征。

◎ 物理学家威廉·汤姆森

◎ 科学家约瑟夫·李斯特

继续前进,走上凯尔文桥,桥头的四座塑像相当有名。它们分别是:"和平与战争""航运与造船""哲学与灵感""商贸与工业"。具有讽刺意味的是,二战时期空袭中遭到最严重损害的就是"和平与战争"。后来由雕塑家本诺·舍茨(Benno Schetz)修复。

在去博物馆的路上,我见到路边的铸铁灯柱十分精美,不由得赞叹并且拍照。后来到了博物馆看见介绍,才知原来这些街灯是百年以前麦克法兰尼有限公司(W.MacFarlane & Co.Ltd)生产的。博物馆骄傲地介绍说,在格拉斯哥制造的许许多多此类铸铁产品,至今仍在格

◎ 绿树红房，博物馆已然在望。

◎ 格拉斯哥博物馆

拉斯哥以及世界各地的街头随处可见。

格拉斯哥博物馆充分体现了其教育功能，各个展室按照类别安排，例如动物世界（灭绝的动物、动物之最……），格拉斯哥发展（工业、城市……），苏格兰伟人（为人类进步作出贡献的工程师、科学家、医学家、政治经济学家……），格拉斯哥艺术（工艺、建筑、美术……）等。博物馆不收门票，自愿捐款，推荐3英镑。

一件繁复装饰的银质工艺帆船在玻璃展柜里面熠熠生辉。原来这是制造于1901年的一件奖品。格拉斯哥商人托马斯·利普屯（Sir Thomas Johnstone Lipton）驾驶自己的帆船快艇在1932年格莱德峡湾举行的国际帆船一级赛中赢得了这件精美的奖品。航海一直是苏格兰历史、文化和生活的重要部分。馆内还展示着更多精美的工艺品：玻璃制品、陶瓷、家具、绣品、银器……美不胜收，爱煞人也！这些展品也反映了格拉斯哥手工业的发达。

其中有1986年哈灵顿·曼（Harrington Mann）设计，古斯瑞&威尔斯（Guthrie & Wells）公司出品的铅条彩色玻璃珐琅画。该公司经营室内装饰和家具布置，从1884年起就自己生产彩色玻璃画。

有手工打造的薄锡嵌板，表现身着浪漫的中世纪裙装的美女、玫瑰花、蝴蝶、心形叶片以及野生植物的枝蔓等。1898年的格拉斯哥从事彩色玻璃画、浮雕装饰、镀金业的有58家。

关于格拉斯哥工业的展品，讲述着格拉斯哥的发展史。其中的一段铁栅栏来自早先伦敦街上的一个公共厕所，是19世纪晚期的铸铁。漂亮的大门、栅栏、灯柱和公共喷泉都是上文提到的那个瓦尔特·麦克法兰尼有限公司的铸造厂铸造出来的。重型工程是格拉斯哥工业成功的支柱。世界著名的福斯铁路桥（福斯桥跨越苏格兰福斯河，是世界上最长的多跨悬臂桥。该铁路桥于1890年启用，至今仍在通行客货火车）就是由威廉·阿罗尔爵士公司（Sir William Arrol & Co.）格拉斯哥公司承建的。我们居住地附近有座貌不惊人的老旧铁桥，我们每天从此经过。倘若不是与易安这位机械师同行，我无论如何不会注意到她的与众不同：这桥栏全由铸铁制造，构成空心横栏的铸铁有十几毫米厚！可见当年格拉斯哥钢铁工业之发达！

踏上苏格兰的土地

◎ 铅条彩色玻璃珐琅画

◎ 手工打造的薄锡嵌板

英国社会，尤其是苏格兰社会，对于所有科学发现、工程创新、技术发明都如醉如痴，人们的尊敬和各种荣誉都聚集于科学家、工程师、发明者和实业家身上。展品之中有件造型复杂的雕塑，是一座银质奖杯，"颁发给格拉斯哥工程师詹姆斯·博蒙特·尼尔森（James Beaumont Neilson, 1792—1865），他于1846年发明了热风法熔铁术"。又是苏格兰人！

格拉斯哥曾经以"帝国工厂"著称，因为大量工业品在此地生产出来，并且出口到世界各地。船舶、机车、钢铁、纺织、陶瓷等多种工业蓬勃发展。格拉斯哥城市也随之膨胀。数以千计的人们为了追寻更好的生活从英国各地乃至其他欧洲国家来格拉斯哥定居。然而，工业城市的膨胀，也带来了拥挤、疾病和贫穷。工人们为提高工资、改善工作条件而举行罢工。在第一次世界大战期间，由于工人们激进的社会主义政治影响，格拉斯哥被称为"红色克莱德河岸"。博物馆有一张当年的宣传画，在塞满画面的各种机器、仪器之间，正中站立着几位身着工装，肌肉发达，闪着汗光的强壮工人。人物线条粗犷，色彩厚重，充满无产阶级的自豪！给人以似曾相识之感。那以褐橙红黑为主的画面，冲击人们的视觉，第一眼就令人想到《咱们工人有力量》那首歌！

还有一幅水彩画题为《皇室成员在1888年（这一年，康有为第一次上书光绪帝，清帝国北洋水师正式建成）格拉斯哥国际博览会开幕式上》。这次国际博览会主题是"科学、艺术与工业展览会"。画面上是威尔士亲王（后来的英王爱德华七世）与王妃光临格拉斯哥博览会。作为维多利亚时代苏格兰最大的一次展览活动，该盛会展示了格拉斯哥城人民的自豪感。

格拉斯哥在工业革命期间飞速发展，人口从1801年的77 000人，猛增到1901年的762 000人。博物馆还展出了一张1896年通车的格拉斯哥地铁的广告："半小时绕城一周""世界唯一缆索地铁，无煤烟无蒸汽，完善的通风，每小时15英里，2分半钟到达下一站""票价1—2便士……无需时间表，几分钟一趟，绝对准时"。这条修建于120年前的地铁如今仍在运行。当年是由蒸汽机带动缆索，现在已经电气化。

工业革命为人民生活带来的变化很多，从一张音乐厅的海报便可窥见一斑。这座叫作"New Scotia"的音乐厅，是格拉斯哥第一座专业音乐厅。紧随其后，其他音乐厅相继建成。音乐厅是当时非常受欢迎的演出场所，尤其受到工人阶级的喜爱。这家"New Scotia"最多可以容纳4 000个座位，1862年作为无酒场所开始营业。

说明社会进步的另一件展品是实物——获得专利的街头自动关闭饮水装置。发明者是格兰菲尔德&肯尼迪（Glenfield & Kennedy）公司，该项目曾经在1888年世博会上展出。100多年前，为了城市卫生、减少传染病，格拉斯哥政府在街头免费为市民和行人提供清洁卫生的饮水。

博物馆里的许多油画真实

◎ 街头自动关闭饮水装置

再现了苏格兰原野风景。有一张展现苏格兰高地的野鹿,乱云飞渡,嶙岩嶙峋,湖水如镜,一群野鹿徜徉在山石之间。领头的公鹿一对枝状犄角,目光炯炯,警觉张望。这就是苏格兰民族诗人彭斯反复吟唱、无限留恋的"高地上的鹿"啊!另一张油画表现苏格兰天空那一种特殊的光,令人心生向往。画家们被苏格兰独特的魅力迷醉,将自己那遏制不住的激情,倾注于他们的构图和色彩之中,画作如同施了魔法,变幻成为一个穿越时空的生命,散发着无限张力,释放出澎湃激情;攫取每一个路过者的凝视,冲击每一个凝视者的感官与心灵。

还有一幅绘于1883—1886年的油画,画面里男女老少在雪地里悲痛欲绝,惊恐未消。一位妇女伏在地上大恸不已。这幅画讲述的是发生在1692年苏格兰高地Glen Coe地方军队对平民的屠杀。120名士兵在上尉卡门贝尔(Campbell)带领下,奉命来镇压叛乱。当地的麦克唐纳部族与卡门贝尔有姻亲关系,因而热情接待了他们。然而1月13日清晨5点钟,士兵开始执行命令。38人(包括妇女儿童)当场丧生,侥幸逃出村庄的仍然有人在冰天雪地里丧命。至今麦克唐纳部族不肯原谅卡门贝尔部族。

还有一幅题为"海上葬礼"的画作也同样打动人心。它由画家弗兰克·勃朗琼(Frank Brangwyn)于1890年创作,1904年格拉斯哥博物馆购藏。画面上是一群船员站立在大洋之中的帆船之上,目睹死去的同伴按照海员风俗裹布为棺,放在木架上面,被缓缓抬起,送入大海。这就是世世代代在海上漂泊、奋斗、发现、历险的人们的生活写照。

踏上苏格兰的土地

科学改变世界
艺术塑造灵魂（下）

📍 第三天

6月18日
星期四
霏霏细雨

交通博物馆

交通博物馆中展览着各种交通工具。从马车、自行车到电车、火车头、火车车厢、小轿车、摩托车、帆船、轮船，甚至有几架飞机，还有巨大的引擎。

一进大门，首先见到一辆公共电车。解说员是一位年轻小伙儿，他热情迎上前来讲解，笑容可掬。这辆电车只有两节车厢，前后车厢的内部装修却不相同。前面车厢是舒适的软座，后一节车厢是木板硬座。票价一样。原来前面的是无烟车厢，后面的是吸烟车厢。由于两节车厢之间是上下车的车门，烟气不会进入非吸烟车厢。好聪明的电车公司！车厢里面还有一个假人，身着公共电车售票员制服，胸前挂着哨子，肩挎票匣兼收银机。

最早的公共交通工具是四轮马车。其后发展到马拉有轨公共交通车，双马拉一节车厢，还是双层的呢！上车车门右侧是通往顶层的楼梯。顶层是敞篷车厢，乘客可以参观市容兼看热闹。

还有富裕人家的私家车，其中一种是带篷单马双轮轻便马车，车厢只能容纳两人，其中一人驾车。男仆站在高高的车后架上面随主人出行。

我看见一辆汽车是木制车轮和轮幅，感觉新奇。原来这是由一辆马拉车改装的机动车。这本是载着猎犬出去打猎的马车，设计师巧妙地将发动机安装在原来载狗的空间中。

一辆老式房车有故事：格拉斯哥西北海湾有一处海军基地，20世纪80年代，反对核武器的人们在那里建立了一个长年的抗议营地，这辆房车就是其中一个居住点。里面一张单人床，小小床头柜上面有烛台、水杯、酒瓶、高脚杯，小小搁架里有书，搁架上层有一旧瓶子插着花，壁上有画。房车无水无电无厕，在营地使用了七年。

展馆里面还有好多老爷车，虽然都有100多岁年纪了，却仍然光鲜高贵。有阿诺德·克拉克（Arnold clark）的，有阿盖尔（Argyll）汽车有限公司的。这个阿盖尔公司的经理阿列克·戈文要求员工做到最好，他严格训练徒工，把他们培养成技艺高超的工匠。阿盖尔公司的汽车都是他们满怀自豪、精心手工打造的。1906年戈文（Argyll Govan）在罗蒙湖（Loch Lomond）附近盖了一座工厂，大理石台阶，豪华卫生间，镀金穹顶，简直就像宫殿。该建筑至今仍在使用，成了购物中心。同他的精品汽车一样，他的精品建筑也永远不会过时。

高阔的展厅里面有皇家专列的火车头、火车车厢，还有曾经在非洲行驶过的车头，都是实物。格拉斯哥制造的火车头，曾经出口到世界各地。

玻璃展柜里面一把银柄雕花剪刀非比寻常。在1899—1967年间，它曾经为约翰·布朗船厂制造的400艘轮船下水剪彩。其中有玛丽皇后号、伊丽莎白女王号和伊丽莎白女王2号。

展厅里面那艘玛丽王后号模型令人赞叹不已。玛丽王后号是第二次世界大战前欧洲上流社会奢华生活达到顶峰时的产物，号称是一座浮动的海上皇宫。排水量达81 237吨，可以载客1 957人、船员1 174人。1940年3月，英国政府征召玛丽王后号和伊丽莎白女王号邮船。接到通知前往澳大利亚之后，玛丽王后号在悉尼港接受了战时改装，船体漆成了灰色，所有的高级家具和豪华装修全部拆除。随后运送5 000名澳大利亚士兵前往欧洲和北非战场参战。此后，玛丽王后号多次往返于悉尼港和苏格兰的Gourock港之间。1941年年底，太平洋战争爆发，玛丽王后号又运送了大量美国士兵到澳大利亚以抵抗日本可能的入侵。澳大利亚的战略安全保住之后，玛丽王后号前往大西洋，从美国向英国运送士兵和战争物资。丘吉尔也曾经化名"瓦尔登上校"搭乘这艘船前往美国。玛丽王后号往返大西洋1 001次，其超级航速令德国潜艇望而兴叹。1967年，玛丽王后号退役，被精明的美国人用350万美元的价格买下，改建为"玛丽王后号旅馆"永久停靠在加利福尼亚州长滩，成为南加州最著名的旅游景点之一。

另一艘船模是四桅帆船Archibald Russell号，1905年在格拉斯哥格兰诺地方的船厂下水。她是这个等级的最后一艘大船。她早期往返英国、德国、西班牙以及巴西和澳大利亚，运送粮食、木材、煤炭等货物。1923年被出售给一家芬兰公司，成为澳大利亚粮运赛的主力船。1929年，她创下了返程最快速度（93天从澳大利亚墨尔本经南美洲的合恩角到达爱尔兰女王镇）。此船于1949年拆毁。唯一存留的纪念是一口钟，保存在格兰丽号（Glenlee）大帆船博物馆。

格兰丽号（Tall Ship，俗称"大帆船"）是此地克莱德河岸制造的数以百计的帆船之一。现停靠在交通博物馆外的河边。她幸运地经受住了大自然的狂暴考验,以其先进的技术性能,在不断变化的世界上生存下来。从1896年下水之日起,她载运货物横越大洋,历经36年。1922—1992年,她担任西班牙海军教练船70年。后成为漂浮在水面上的博物馆,展现苏格兰造船业的历史。算来这艘幸运船如今已经110岁啦!来到苏格兰,处处感受到航海文化和传统。航海的需要,也倒逼科学和技术的发展,而科技进步更加促进了工业和航运的日新月异。易安最喜欢这一类展览,看得津津有味,恋恋不舍。

第四天

6月19日
星期五
阴晴不定
风冷

科学中心

步行去格拉斯哥科学中心(Glasgow Science Centre)。途中经过一所红色砖房,三层楼的建筑正面,镶有白色大字"穆斯林中心",不知是穆斯林的活动中心,还是社区中心,抑或兼具礼拜堂功能。由于对于穆斯林的礼仪风俗惯例禁忌知之甚少,不敢擅入。但是仍然感到社会的进步:在基督教国家,穆斯林也可以平等相处了。千年之前十字军对穆斯林的血腥屠杀已经成为历史。

科学中心位于克莱德河对岸,远远就望见科学中心的建筑和一座高塔。高塔是收费的观光项目。科技中心也有自己的英文网站。

同格拉斯哥博物馆一样，科学中心也不收门票，自愿捐款。捐款的投币机设计成势能动能转换机，投入硬币，观察硬币骨骨碌碌滚过长长短短的槽，跳下高高低低的坎，启动大大小小的奇妙装置，十分有趣。真是符合科技馆的宗旨，富有创意，激发灵感。

原来以为会在"科学中心"见到科技发展史——各种各样从初级到高级的机器、设备、用品、仪器，甚至武器……结果发现这只是一个与香港科技馆类似的科普园地，馆内有许许多多互动设施。基本上是学生和家长带孩子们来参观。那些互动装置设计得十分巧妙，简简单单、一目了然，却展示了大自然的神奇与奥秘！即使是成年人也会玩得饶有兴味，流连忘返。

第五天

6月20日
星期六
阵雨冷风

格拉斯哥博物馆

易安咳嗽不止，仍然不肯休息，考虑到天气和身体情况，决定还是室内活动较好，于是两人步行再次参观博物馆。

博物馆动物展厅的高高穹顶之上，吊着一架英国战斗机实物。这就是二战之中抗击德军立下汗马功劳的战机"喷火战斗机（Supermarine Spitfire）"。据说，二战时候，英国喷火战机飞行员的存活时间平均只有四个星期！然而勇敢的人们从世界各地赶来加入英国反法西斯的斗争。正如美国的飞虎队

◎ 立下汗马功劳的战机"喷火战斗机"

和许多华侨子弟来支援中国抗日一样。真正的好汉！

　　第二次世界大战之中值得一提的事件很多，博物馆里面介绍了苏格兰人罗伯特·沃特森·瓦特（Robert Watson Watt）。1935年他发明了世界第一台实用雷达。1936年1月英国在索夫克海岸架起了第一个战略预警雷达站。随后英国空军又增设了五个，它们在第二次世界大战中为抗击德军空袭发挥了重要作用。

　　有几张二战期间英国的宣传画颇有意味。一张画面是使用铁锹挖地的人，背景是许多孩子的脸庞，题为《为了他们》。另一张画着一位在麦田劳动的妇女，题为《加入妇女土地大军》。还有一张画的是人们在收获粮食，背景是做其他工作的人群。标语是："无论你的一线工作是什么，帮助在土地上劳作的人们都是你的二线工作。"1939年第二次世界大战爆发的时候，英国70%的食品依靠进口，因此，德国的战略之一就是攻击驶往英国的货船，以封锁其工业、饥饿其人民来迫使英国投降。这些宣传画号召人们去农村帮忙种庄稼，或者在院子里种马铃薯、种菜。战争期间，英国还实行了食品配给制，以保证食品公平分配。

还有一幅上色素描，表现格拉斯哥被炸之后，断壁残垣的惨象。格拉斯哥首次遭受轰炸是在1940年6月，但是最严重的几次空袭是在1941年春季。3月13—14日，格拉斯哥在多次狂轰滥炸之后遭受灭顶之灾。12 000多座建筑，只有8座没有中弹。仅格拉斯哥就有647人死亡，1 680人受伤。这一幅画令人不禁想起了我国抗日战争时期重庆遭受的大轰炸。日本空军五年半时间里，对重庆进行了至少218次轰炸。仅仅1939年5月3、4日两天，日军狂轰滥炸、使用燃烧弹，就造成市民死伤6 000余人。先父母曾经亲历这场劫难，目睹其惨烈景象！我至今不愿、不敢去日本旅游，就是因为那面太阳旗上面的一团血红会直刺内心深处的伤口。

在战争期间，人们的一切活动都与战争相关。博物馆摆放着1940年发明的战役棋。棋盘类似中国象棋，棋子之中有坦克、炮兵和步兵，以占领对方基地为胜。博物馆鼓励参观者当场下棋。在英国，几乎所有博物馆都有与参观者互动的各种游戏。

博物馆主厅，穹顶、吊灯、装饰富丽堂皇，却不失高雅。作为建筑师，能够获得这样一个机会，设计整座大型博物馆，已不枉此生！正中上方是壮观辉煌的大型管风琴。每周日下午三点钟演奏半小时。恰巧被我们无意之中赶上了。乐声空旷飘渺，庄严辉煌。那琴师也十

◎ 博物馆主厅

分享受——并不是人人都有机会弹奏这么高级的管风琴呀!一帅气青少年在一旁为琴师翻乐谱伺候。

　　观众们聚精会神,安安静静地欣赏响彻大厅的恢宏的管风琴乐。每奏完一曲,观众们都热烈鼓掌,琴师也风度翩翩地鞠躬回敬。

　　我们将近闭馆才离开。易安咳嗽不止,感觉困顿。到家之后,简简单单两片面包夹奶酪西红柿作为晚餐,饭后他倒头便睡。

踏上苏格兰的土地

◎ 琴师正在弹奏壮观辉煌的大型管风琴，一帅气青少年在一旁为琴师翻乐谱伺候

苏格兰之光

大作家高于女王
犟易安败给伤风

第六天

6月21日
星期天
时雨时晴

乔治广场
现代艺术馆
格拉斯哥大教堂

早晨刚欣喜地见到阳光，出门之后就下雨了。今天星期日，城里停车不收费，我们开车进城去参观。

在距离目的地最近的一个停车场停车之后，步行来到乔治广场（George Square），赫然在目的就是壮丽华美的市政厅大楼。大大小小的装饰柱、浮雕、塑像、塔楼、铁艺将整座建筑打扮得富丽堂皇，成为一件巨型艺术品。市政厅前面，建有一方浅灰色花岗岩围成的台基，这是设计成墓地样式的阵亡军人纪念碑。纪念碑坐东朝西。南北东三面是矮墙，矮墙内是平缓的几级台阶，西面开口处由两头雄狮守护，台基中心矗立着一座石碑。9.7米高的碑体正面上方，金晃晃镶嵌着一柄十字铜剑，中间的深浮雕人像是格拉斯哥城的守护神圣蒙戈，圣蒙戈像后方框内刻有"1914—1919，1939—1945"字样。其下是黑漆填色的碑文："格拉斯哥市满怀自豪与感恩之情谨将此纪念碑献给牺牲于战争之中的格拉斯哥官兵,他们的英名永垂不朽。"

立碑前面是略高于地面的模拟石棺,贯穿棺面是一柄棕榈树叶浮雕,其上覆盖着月桂树叶花圈浮雕。在石棺周围有着人们献上的五六只鲜花花圈。

碑身两侧顶部各有两只月桂树叶状花圈的浮雕和两根由月桂叶花圈装饰的青铜旗杆。纪念碑背面也有相同装饰的青铜旗杆,上部浮雕是帝国军徽,下面的碑文是:"在全国参战的8 654 465位皇家军人之中,格拉斯哥出征的将士就有200 000人。"这个数字是当时具有百万人口的格拉斯哥市的五分之一!这其中有18 000人不幸阵亡。

纪念碑建于1924年,建筑师是John James Burnet,雕刻家是Ernest Gillick。1924年5月31日那一天,英国陆军元帅道格拉斯·黑格(Douglas Haig, 1st Earl, 1861—1928)为纪念碑揭幕,数以千计的人们参加典礼。第二次世界大战之后,"1939—1945"字样加刻于碑身之上。军队曾经在这里接受检阅然后开往战场,这里也曾为凯旋的战士们举行欢迎仪式。每年,人们聚集在此缅怀牺牲在战场的亲人和同胞。

乔治广场周围的建筑物颇具美学价值,除了东侧的格拉斯哥市政厅(1883年奠基,1888年建成)之外,南侧有原邮政总局,北侧有格拉斯哥皇后街站和北不列颠铁路酒店(现在的千年酒店),西侧有商会大楼等。这种老城的许多古典建筑都堪称艺术品。从设计到施工,从整体造型到墙柱门窗等都是精雕细刻,百看不厌。这些城市建筑和整体规划构成了一个城市的风貌和品味。如同一个人的衣着打扮,既是他/她对自己的定位,也是其审美观、价值观的外在表现。

◎ 阵亡军人纪念碑

在广场休息时候，一位年轻的华人妇女，面貌白净，身形富态，前来搭话、寒暄之后，开始向我传教。她的教派叫作"耶和华见证者"。这是我从来没有听说过的，不免好奇，想一探究竟，于是问她这"耶和华见证者"与其他教派有何不同，诸如长老会、卫理会、圣公会……，她竟然不能作答。为什么还没有弄懂，就深信不疑呢？也许是由于不懂，所以深信；或者是不想疑，甘愿信吧。

广场四周还有 11 座塑像，他们分别是：年轻的维多利亚女王 Alexandrina Victoria、她的丈夫艾伯特亲王、苏格兰诗人彭斯、托马斯·坎贝尔（Thomas Campbell）、詹姆士·瓦特、化学家托马斯·格雷厄姆（Thomas Graham）、格拉斯哥出生的将军约翰·穆尔爵士（Sir John Moore）、陆军元帅克莱德勋爵（Field Marshall Lord

Clyde)、四次出任首相的威廉·尤尔特·格莱斯顿(William Ewart Gladstone)、罗伯特·皮尔(Robert Peel)和锐意改革的议员詹姆斯·奥斯瓦尔德(James Oswald)。这十一座雕像所代表的人物,每一位都有长长的故事。其中,维多利亚女王和罗伯特·皮尔的故事令我记忆深刻。

维多利亚女王(1819—1901)在位的64年期间(1837—1901)是英国最强盛的所谓"日不落帝国"时期,英国自由资本主义鼎盛繁荣,在世界范围内建立了大大小小许许多多殖民地。女王登基的时候,英国只有几条铁路,但她去世的时候,英国已经拥有一个连接各大城市的发达铁路网。另外,第一次万国博览会于1851年在伦敦开幕,是当时世界瞩目的盛事;伦敦的污水排放系统和电力街灯都是维多利亚女王在位的时候实现的;且在1891年英国已经实行初等义务教育。

这也正是"八国联军""英法联军"侵华的时代。网上见到有人将维多利亚女王与慈禧太后做比较,令人不胜唏嘘。

维多利亚女王一共育有九个子女,被称为"欧洲的祖母"。其中,长公主嫁给了德国腓特烈三世,而那个发动第一次世界大战的德国皇帝威廉二世就是长公主的儿子,长公主的女儿是希腊王后。

第二个孩子是后来即位的英国国王爱德华七世,其女是挪威国王哈康七世的王后。

第三个孩子爱丽丝嫁给了德国黑森大公路德维希四世,爱丽丝的女儿之一后来成为俄国末代沙皇尼古拉二世的皇后。也就是说,末代沙皇的皇后是维多利亚女王的外孙女。俄国十月革命成功之后,这位外孙女与沙皇丈夫、五个子女连同几位仆人和医生被集体枪杀。

另一个女儿是当今英国女王伊莉莎白二世的丈夫菲利普亲王的外

祖母。其他儿女也都与欧洲各国的王室成员联姻。所以人们说，第一次世界大战是在亲戚之间打起来的。

那位罗伯特·皮尔（1788—1850）是英国保守党的创建人。在担任内政大臣期间改革英国的刑法，推行"都市警察法令"，组建了伦敦第一支训练有素的现代警察部队。所以后来英国人把警察叫作"鲍比"——"罗伯特"这个名字的昵称。皮尔后来两次担任英国首相，进行了许多改革，为维多利亚时代的稳定与繁荣起到关键作用，常被称为"英国历史上最杰出的首相"。皮尔幸逢君主立宪制，不至于因为改革而掉脑袋；女王既有制度约束免除大错之福，又有任贤用能富民强国之智，因而深得爱戴，远离恐惧，安享尊荣。

广场中心最高一座塑像是1837年建立的，苏格兰大诗人大作家瓦尔特·司柯特（Walter Scott）站在20多米高的石柱上面，俯视着帝王将相、芸芸众生。令人忍俊不禁的是，所有这些赫赫有名的人物都是满头满脸的鸟粪——骑在马上的女王陛下和亲王殿下，气宇轩昂的元帅和首相，无一幸免。不知为何，当今王室和政府容忍这些污物。即便不必追究那些大不敬的海鸟，起码得为自己的前辈们洗个脸吧？

在圣乔治广场还看见一顶不大的蓝色帐篷，走近观看，原来是志愿者为无家可归的人们设立的食物施舍处。虽然知道我国历代都有为灾民、乞丐、穷人建立粥棚施舍救人的传统，但是我第一次在街头见到粥棚还是2010年在温州市，温州人保留了许多古风。

广场不远，就是现代艺术馆。大门前方骑马人物是在滑铁卢打败拿破仑的陆军元帅惠灵顿公爵（Arthur Wellesley, 1st Duke of Wellington）。他头上顶着个交通圆锥！尚未领教现代艺术，先领略一下现代幽默吧。

现代艺术馆里面的那些现代派艺术品超出我的艺术鉴赏能力,用老百姓的话说,就是蛤蟆跳井——不懂(噗通)。倒是内部装修颇有艺术感。尤其是楼梯间的雕花天花板加透空玻璃,美观实用,引人注目。

◎ 现代艺术馆

逛到不远处的步行街,再次下雨。典型苏格兰天气!我赶紧打起伞来,可是街上行人在霏霏细雨之中悠然闲逛,几乎没有人举伞。是不是他们已经习惯了这种时雨时晴的天气呢?

◎ 打败拿破仑的陆军元帅惠灵顿公爵

途经一座小型教堂,小巧却不失美感。基督教兴旺发达不是没有原因的。其他历史学、社会学、心理学等方面的原因不说,仅仅就其

◎ 雕像底座也是艺术品

◎ 格拉斯哥街头墙画不少，这一幅越看越有意思。没有一定的专业水平、艺术天赋，还真是画不出来呢

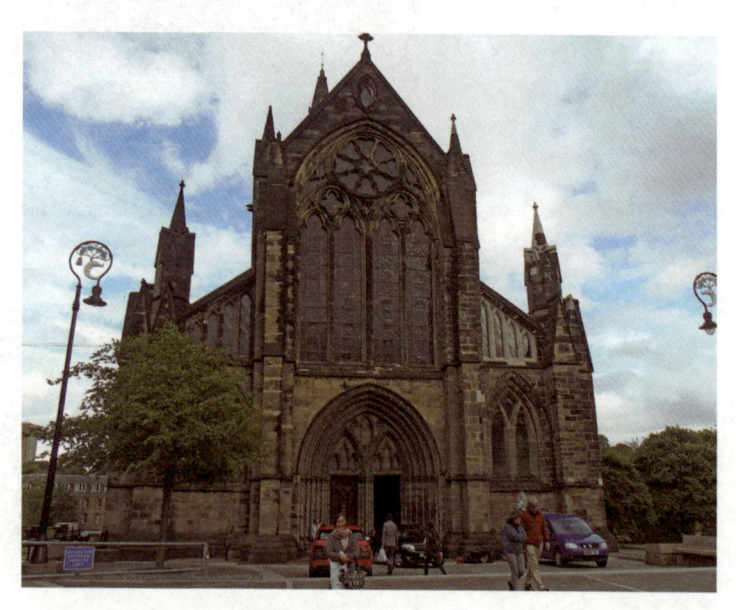

◎ 格拉斯哥大教堂又称"圣蒙戈大教堂"

美学价值——建筑、音乐、仪式……就已经令人神往了！

终于来到著名的格拉斯哥大教堂。这座大教堂传说是上文提到的那位格拉斯哥守护圣人圣蒙戈选址并建造的，圣蒙戈墓就在教堂地下室里。因此该教堂另外一个名称就是"圣蒙戈大教堂"。据说格拉斯哥这个城市就是由此慢慢发展起来的。步行到达之时已经是下午四点钟，人家正准备关门，乐师正在收拾乐器。听说我们不远万里而来，友好地给我们5分钟入内参观。如果我们早来一会儿，据说还可以欣赏到唱诗班的美妙颂歌呢，今天可是礼拜天啊。

教堂规模十分宏大，距今已有800多年历史。格拉斯哥大学初期曾经在这里上课。信步沿外墙参观，可以看见侧面矮屋的屋瓦都是天然石片。教堂墓地的墓碑高低参差，其中一座大石碑高过人头，阔若大门，浮雕装饰，斑驳的刻字勉强辨认出来是某人为其40岁去世的妻子所立，死于MDCCC XⅡ年。算算看，是哪一年？原来是1822年。距今将近200年啦！可叹岁月的风霜雨雪，石头也不能幸免。任你是高官巨富、天潢贵胄，虽花费巨资建造墓碑，也终归灰飞烟灭。

格拉斯哥虽然已经是一座现代化城市，但是保留了许许多多古建筑，使得城市自有其独特风貌。这些老房子的功能改变之后，无论内部还是外观，都仍然尽量保留原有的艺术价值。我们曾经去过的一家餐厅是由老剧院改造的，不但整个格局没有变，连古色古香的室内装饰也都还保留着，十分耐看。食客们可以边候餐，边观赏。我们饭后楼上楼下绕场一周，如同欣赏一件建筑博物馆展品。

冷雨之中逛一天，易安仍然是光腿穿牛仔裤，说是从小就不曾叠穿两条裤子，室外结霜的冬季也是单裤一条。结果咳嗽不止，鼻水不停。晚饭之后，支撑不住，主动上床睡觉。

第七天

6月22日
星期一
阴

莫拉格家

早上太阳露出笑脸，内心欢喜温暖。好景不长，云朵滚滚而来，遮天蔽日。

易安彻夜咳嗽，头一次天亮之后不起床，头一次主动喝热水，但仍不肯吃我随身带的中国药"克咳"。鉴于这种情况，我使用笔记本电脑上网去查治疗咳嗽的穴位。然后遵照网上图例，找到天突、鱼际、太渊、列缺等穴位，依次给易安按摩，果然奏效。下午他发起烧，脸都烧红了，而且诉说牙痛，却既不吃我的大蒜退烧偏方，也不肯上医院，更不让我喊救护车。易安还有不到一个月就满70岁了，急得我心慌意乱。晚上易安未吃饭，接受了莫拉格的退烧药、咳嗽药，昏昏睡去。

今天购物、洗衣。上网传照片给亲友。发现QQ空间收到许多贺卡，原来今天是我的生日！

第八天

6月23日
星期二
阳光灿烂

牙医诊所

莫拉格打电话为我们联系牙医。易安不听劝阻，早上起床在冷风流窜的卫生间淋浴！然后梳洗穿戴整齐，开车去牙医诊所。一位女牙医没有发现易安牙齿有什么问题。我询问医生，先母曾经牙痛，其实是心脏病发作的先兆。会不会是易安连续十多天感冒咳嗽，劳累有加，休息不足，身体长期负担过重，心脏发出警报了？

易安身体虚弱，回"家"的时候，居然承认腿没有力气，走不动了！

第九天

6月24日
星期三
阵雨

格拉斯哥街头

易安一觉睡到八点钟，感觉好多了。中午外出吃饭。我们经过那条主街Byers Street的时候，再次见到那位手风琴演奏者。50岁上下年纪，坐在一只凳子上拉着中型手风琴。我头一次注意到他，是因为那首经典俄罗斯民歌《格林卡》和一两首耳熟的俄国民歌。其他曲调我辨认不出，但是多数悠远、感伤。在细雨霏霏、冷风阵阵之中，令人心酸。我去送钱给他的时候，跟他友好地打招呼，但是他不能作答——不会说英语。易安猜测他是犹太人，因为感觉那些曲调是犹太韵味。我发愁他每天收到的捐助不够生活费用，吃饭倒是够了，喝酒、饮咖啡不行，尤其是旅馆可住不起。难道露宿街头吗？还是有亲戚朋友提供食宿？格拉斯哥街道上偶有衣衫褴褛、面容枯槁的乞丐。虽然其中没有老弱病残，但在凄风冷雨时节，实在令人不忍。易安认为这些无家可归者大多可能是毒品或者赌博的牺牲品，或者没有能力过正常生活的精神障碍人士。因为在英国，失业者有救济，政府也有廉租房，残疾人有政府及慈善机构介绍工作或者提供帮助。我们还曾路过一栋简朴安静的小平房，被分隔成单独的小门小户。易安说，那是为逃离家庭暴力的妇女儿童而设立的避难所。

易安的感冒病毒传染了我，我也开始咽痛、咳嗽、流涕。只好服用"复方板蓝根"，用盐水漱口以期缓解症状。

第十天

6月25日
星期四
牛毛细雨

诊所
植物园

早上我喝掉最后一包"板蓝根"，用盐水漱口，服大蒜瓣水止咳。格拉斯哥的大蒜来自中国，合人民币几块钱一头。

易安终于同意去看医生，来到莫拉格介绍的附近全科诊所。澳大利亚属于英联邦，英联邦内各国的医疗保险可以相互结帐。可是虽然人已经到场，却不能就诊，非得预约不行，因为上午已经预约满了——下午四点半钟再来！不过如果急症，直接叫救护车去医院抢救，无需预约。

回程逛书店，我想买英语歌本，售货员非常抱歉地说找不到。现在人人跟着电子媒体学唱，居然将无需电力随时随地可以阅读、白纸黑字这么方便可靠的纸媒放弃了！

易安刚刚恢复一些，就不肯午睡了。我老老实实午睡以恢复体力。下午先参观距离我们民宿只有步行五分钟路程的植物园。格拉斯哥植物园（Glasgow Botanic Gardens）建于1817年，由格拉斯哥皇家植物协会经营管理，对公众免费开放。在一片绿意盎然草木繁盛的公园里面，几座白色圆顶大温室清新典雅赏心悦目。其中最著名的基布尔（Kibble）宫是嵌着近十万片玻璃的铁架结构。内里的各种植物，以主题方式栽种，很适合喜欢拍照的游客。我非常欣赏基布尔宫里面那些白色大理石雕塑。每一座雕塑都是精品，座座都有故事。

暖房之中许多年轻姑娘小伙儿悉心照料热带植物。真想不到互联网、手机时代还有这样耐心的年轻人！也许是志愿者吧。我发现志愿者往往比拿工资的人对待工作更为认真负责，更加热情投入。

园内许多植物从未见过，颇感新奇，忍不住左拍右照几十张不止。结果回家途中，发现路边就有其中一两种！不禁领悟到：身边的美丽最容易错过；拍照的另一好处就是，让你更仔细地观察事物。当然，如果亲手绘画，观察会更加仔细，而且记忆深刻。记得女儿对我说过，在大学期间他们有一门课是世界古典建筑。她将那些精美的建筑逐一临摹，结果考试的时候，根本无需死记硬背，一切历历在目！所以那些学习植物学、动物学的学生，甚至医学院的学生都要能够手绘标本。

下午如约去看病，报上身份、医保号等信息，无需付费。希望我国的医疗保险能够早日实现各省通用，以方便老年人异地投靠子女、

◎ 候诊的人们可以读书、看电视,同时烤火(虽然现在是夏季)

各行各业出差、外出打工人员、长途旅游的行者……

易安买了一只中型巧克力蛋糕,给我补过生日,晚上与莫拉格分享。尽管我华发已生、皱纹渐显,但莫拉格祝我永远21岁!

第十一天

6月26日
星期五
时雨时晴

莫拉格家

我头疼眼晕、喉痛流涕,似乎发烧,卧床休息。易安下午自己出门乘地铁观光。晚饭后与易安观看一部反映威尔士矿工生活的黑白老电影。

富商搜集文物献国家
巨子经营财富惠民众

第十二天

6月27日
星期六
晴

格拉斯哥布雷尔收藏馆艺术爱好者之家

这么难得的大好晴天，躺在床上生病岂不辜负了老天的美意！虽然易安也不是感觉很好，但他还是强撑着开车载我去格拉斯哥著名景点布雷尔收藏馆和艺术爱好者之家参观。

布雷尔收藏馆（Burrell Collection）前身是工业巨子布雷尔爵士的私人珍藏馆。威廉·布雷尔（Sir William Burrell）于1861年出生于格拉斯哥商人家庭。他在15岁便显露出商业天赋，辍学与哥哥乔治一起在父亲开创的船运公司工作。73岁时，布雷尔与格拉斯哥市签订协议，把他花毕生精力搜集的世界各地的8 000多件艺术瑰宝送给格拉斯哥市民。布雷尔96岁高龄时在他购买并收藏所有艺术品的城堡中安详去世。布雷尔收藏馆现位于格拉斯哥波勒克郊野公园，是一座获奖建筑。它外形朴素无华，但处处可见匠心独运。收藏馆入口的大门，新墙镶嵌着的是重金收购的中世纪大理石建筑构件，那扇大木门也

◎ 连接各个展厅的门也由古代门框门饰镶嵌而成

◎ 中国汉朝的守墓兽

是古物。连接各个展厅的门也由古代门框门饰镶嵌而成。展馆内部的大型落地窗让自然光完全照进来,室内古老展品与室外清新自然相映成趣。

馆内还有许多其他石刻石雕建筑构件,包括16世纪西班牙或者葡萄牙的遗存。如果这些艺术品不被收购保管,早已不知葬身何处了。

展品之中还有公元前3000年左右的古代埃及容器和造型、装饰都十分典型的希腊古瓮。

来自中国的收藏包括好几件体量不小的唐三彩:一头昂首嘶鸣的双峰骆驼;一匹鞍鞯华丽的骏马,旁立身着袍服、头戴高顶毡帽的西域商人；有奔马员人的泥塑，骑马人的相貌、装扮与兵马俑类似；有明朝的彩绘瓷制罗汉。还有精美的玉器，其中一件13—15世纪的制品，据说是射箭比赛的奖杯，其造型是两只圆筒，由一头站在熊身上的鹰联接，晶莹剔透，十分罕见。另一件是中国明朝的瓜形鸡骨玉碗。另外还有中国汉朝的守墓兽，是一只艺术夸张的狗，非常可爱。

馆内有很多精雕细刻甚至镶嵌贝片的木器，包括壁炉框、大衣柜、高背椅、古式床等。无论是什么实用的器物，如果工匠精雕细刻，就成了艺术品，工匠也成了艺术家。

仅仅是教堂的彩色玻璃画，这位富翁就收藏了几十幅，挂满长廊一面墙。其中一幅表现三位被布条蒙住双眼的殉道者跪在地上，被绳索捆绑，双手合十，后面两位衣着华丽的牧师在祈祷，一个刽子手高举利剑，即将砍下。鲜艳的色彩，更突出了恐怖残酷之感。我非常欣赏基督教宣扬的平等、博爱、宽恕、自律的理念，可是难道这一切美好的理想需要以杀戮异见者实现吗？这种血淋淋的手段不是与那神圣的目标相矛盾吗？如若真存在着慈悲的上帝，他怎么能够容忍信徒以他的名义行凶？真是百思不得其解。

这些收藏品，从不同侧面反映了各国的社会生活。有一只德国纽伦堡16世纪的铜盘。画面表现的是圣经故事：摩西派12位部落首领去寻找上帝允诺给亚伯拉罕的乐土，亦称希望之乡，其中10人不相信会有这样的福地，结果他们的部族流浪了40年，几乎灭绝。而两位相信上帝的首领找到了迦南福地，并且带回了那里的肥美葡萄——大得两个人才能抬起一串。

一幅生动有趣的挂毯是法国1450—1475年间由羊毛夹丝线织成的。这只是全套挂毯之一。其他几幅保存在旧金山M.H.德扬纪念馆和法国卢浮宫。画面是农民利用白鼬抓野兔的情景。在 14 世纪的法国贵族 Gaston Phoebus 写的"狩猎笔记"里有这样的描述:"在野兔的各个洞口安装上细网,把一只白鼬送入最后一个洞口。给白鼬戴上口套,它就无法吃掉野兔。野兔受不了白鼬的气味,纷纷逃往洞口,结果就是自投罗网,成为农民的炖肉美餐。"瞧,挂毯右上角那位妇女手指着弯腰的农民,他的红裤子(臀部位置)挂在了荆棘上——法国人的幽默!

◎ 法国 1450—1475 年间由羊毛夹丝线织成的挂毯

丰富的藏品之中除了上述的各国工艺品，还有画家雷诺亚（Renoir）和塞尚（Czanne）的油画。

馆内这些中国、印度、埃及、希腊等古国的文物都是稀世珍宝。如果不是具有文化修养，怎么会花钱收买那些残垣断壁，发现上面精美的古代雕饰？如果没有这些悉心收集文物的鉴赏家，会有多少无价之宝连同其历史信息葬身垃圾堆？感谢富商布雷尔。

当年这位富翁不知花了多少英镑一件件买来这些宝贝！后来又悉数捐给了国家。现在这里仍然不收门票，鼓励捐助。在英国，博物馆、图书馆这些具有教育功能的社会机构，都敞开大门，向全民开放。这样一来，出身贫寒家庭的人，也有机会接受教育。不仅体现了社会公平，而且体现了这些机构建立的主旨、这些精心收藏的初衷以及政府税收的完美使用。培养全民的美学修养，激发人们的求知欲望，何愁社会缺乏前进动力、创新能力、爱美之心、和谐气氛呢？如果人们都有足够的文化熏陶，自尊自爱，以作贡献为乐，自然获得正确的荣辱观。至少，游手好闲的或者无家可归的人，可以有个去处，以免个别人寻衅滋事、破坏社会。现在我国许多公立图书馆、博物馆都免费开放，确实是社会的进步，令人对未来充满希望。

出得馆来，就是公园的草地。人们在蓝天白云之下、绿地柔风之中休闲、游玩。发达国家的幸福生活也是世世代代奋斗取得来的，第三世界国家的人民仍需努力。

在收藏馆的咖啡厅就餐之后驱车3公里来到艺术爱好者之家（House for an Art Lover）。这是格拉斯哥十大景点之中第九名，位于格拉斯哥贝拉豪斯屯（Bellahouston）公园内。这座建筑由苏格兰籍著名建筑师查尔斯·雷尼·麦金托什和他的妻子玛格丽特·麦克唐纳设计，也是获奖建筑。艺术爱好者之家建立于1989年，在1996年对游客开放。这里经常举办艺术、设计和建筑展，常展是麦金托什作品展，也举办婚礼和其他活动，还设有咖啡馆、画廊和商店。

艺术爱好者之家平时上午10点到下午4点开放，周五、周六12:30闭馆。今天刚好是周五，吃了个闭门羹。不过，咖啡店还在经营，更有婚礼在此举行，宾客们喜气洋洋，衣着鲜亮，服务员神气体面，忙进忙出，倒也不失为一道风景。

我们在附近转转，发现了一所石墙石瓦的U型小房子。这也是艺术爱好者之家经办管理的事业之一：文化遗产中心（Heritage centre）。

不进则已，一进去就看了两个多钟头。内容还真是丰富啊！原来这小小展览馆是由以前的马厩和鸽房改成的，展示贝拉豪斯屯及其周围地区的历史。由于空间狭小，展品以照片为主，只有几座雕像实物。

第一幅吸引我目光的照片是坐落于费尔菲尔德（Fair field）船厂的办公楼大门左右两边的两尊红砂岩雕像，它是爱丁堡雕塑家詹姆斯·P.麦吉利夫雷（James Pittendrigh Macgillivray）1890年的作品，真人大小，人物刻画高度现实主义。他们提供了重要信息：格莱德河岸造船业的成功，依靠的就是这两类人的劳动。左边这位工程师，手握图纸，身着制图员的衣服与领带，来自设计办公室；作为对照，右边造船工肌肉发达，胸前戴着皮围裙，衣领敞开，立于铁砧之前——显然是一位蓝领工人。脑力劳动者和体力劳动者都是劳动者，皆为推动社会进步的功臣。没有这种认识，贬低任何一种劳动，都会阻碍社会进步和发展。雕像基座是船头造型，两边各有一位吹着号角的天使，为乘风破浪的工业和经济加油鼓劲。

另一幅照片是威廉·皮尔斯爵士（Sir William Pearce, 1833—1888）的铜像。1870年，皮尔斯爵士应伊莎贝拉·费尔菲尔德（Isabella Ure, 1828—1905）之请，接手费尔菲尔德工厂的管理工作之后，将该厂改造为世界最大造船厂，有5 000工人在此为英国海军和全部跨大西洋航线打造舰船。以高速而著名的"大洋灰狗"快船就是他发明的，是在为最快横渡大西洋而设的"蓝绶带奖"的激励之下开发出来的。此奖项在整个20世纪80年代均为费尔菲尔德船厂所造船只斩获。1885年，他成为戈文地区首位国会议员，两年之后，因其对工业的贡献而受封为从男爵。威廉·皮尔斯是一位强硬的保守党人，但是他的许多慈善活动使他成为戈文地区劳动人民衷心爱戴的人物。公众甚至捐款为他建立了纪念碑。当地报纸《戈文报》为这座铜像揭幕特别

◎ 《戈文报》刊登的插图，再现了皮尔斯爵士铜像揭幕式的盛况

出版的增刊，上面刊登一幅木刻插图，再现了揭幕式的盛况。数以千计的当地居民前来观礼。背景不远之处，就是皮尔斯大楼，是皮尔斯夫人为纪念先夫捐建的工人文化宫，1906年对公众开放。

现在讲讲皮尔斯供职的费尔菲尔德工厂的厂主约翰·艾尔德（John Elder，1824—1869）。他是人称"克莱德造船工程之父"的大卫·艾尔德之子，师承其父。1852年成为"阮道夫，艾略特暨合伙人轮机公司（Randolph, Elliot & Partner）"的合伙人。不久，他就将这家公司改为费尔菲尔德船厂的厂区。约翰·艾尔德是位杰出的工程师。他的主要革新有：完善了复合式发动机，从而延长了汽轮机船舶的单次燃料航行距离；改进了表面冷凝器，从此无需使用会损伤机器的海水。他还是一位开明的雇主，他为自己的4 000名工人的子女开办学校，并且建立了一套慈善运作模式，这使得他的遗孀伊莎贝拉在其英年早逝之后能够继续进行慈善事业。1883伊莎贝拉买下了一块地，拟建立艾尔德公园，他的雇员们发起募捐为他在园中建立纪念

◎ 艾尔德铜像，背景照片里的那位身着家常衣袍、态度安详的妇女就是伊莎贝拉的塑像照片，右下方是群众冒雨参加揭幕典礼的情景

碑。完成之后的铜铸纪念碑底座之上,是约翰从容自若的全身像,左手搭在一台复合式发动机上面。这是第一座在戈文地区树立的塑像,由维多利亚女王最看好的雕塑家 Joseph Edgar Boehm 创作。洛锡安勋爵于 1888 年 7 月 28 日为纪念碑揭幕。尽管当天瓢泼大雨,仍然有大批群众参加典礼。

再说伊莎贝拉·艾尔德(1828—1905)。丈夫去世不久,伊莎贝拉就接手经营费尔菲尔德船厂。不过,她的余生大部分时间致力于"管理她的巨大财产,使其能够给尽量多数的人们带去尽量多的幸福"。在戈文地区,她建立了艾尔德公园,免费图书馆和 Cottage 医院。同时还在格拉斯哥捐献了房产给玛格丽特女王学院——苏格兰的第一所女子大学。并且在格拉斯哥大学设立了造船工程和市政工程教授职位。在格拉斯哥她的塑像是除女王之外仅有的一座妇女塑像。当地百姓出资为尚且在世的人物造像,也是罕有的。可惜伊莎贝拉 1905 年去世,距塑像完工仅仅数月。

多么有见识的财富管理者啊!

还有图片介绍几位在本地作出杰出贡献的造船工程师、船厂经营者、船运公司经营者。令人不禁想起了我们中国的爱国实业家卢作孚(1893—1952),民生公司的创始人、中国航运业的先驱。这些工程技术人员、制造业工厂主、实业家,都是国家栋梁,是推动国家经济发展的引擎般的人物。哪怕仅仅维持国家经济正常运行也离不开他们啊。

见到照片介绍 1891 年在戈文定制的两艘跨北大西洋航行的快船:Compania 号和 Lucania 号。这两艘船均为 19 000 吨,时速 23 海里。它们先后于 1893 和 1894 年以五天多一点的时间穿越大西洋赢得冠军。

我很想知道中国万吨巨轮的历史,上网查了一下,100年前中国造船业就有世界水平!上海江南造船所在1918—1919年接受美国订货,制造四艘同类型排水量可达14750吨的货轮,都是全遮蔽甲板、蒸汽机型货船。四船于1920年6月3日下水,经美国运输部验收,工程坚固、配置精良,美国政府对其建造质量十分满意。"厉害了我的国"!

易安疲倦,到家即卧床休息。阳光空气对我起到加速恢复健康的作用。我又发现偏方:口含姜片"止咳消炎",亲测有效。

◎ 1920年代制造出的李斯特电动车

大学奉献社会
教授关注民生

第十三天

6月28日
星期天
间断细雨

格拉斯哥大学及其亨特博物馆

格拉斯哥大学是一所综合性大学,包括心理学、生物学、医学、商业、经济学、管理学、法学、文学、考古学、艺术、物理学、工程学(航天工程,电子工程)等。

中世纪著名建筑设计师乔治·吉尔伯特·斯科特爵士(Sir George Gilbert Scott)设计了哥特风格的格拉斯哥大学建筑群,其中最负盛名的建筑是大学的主楼——吉尔伯特楼(Gilbert Scott Building)。古老华丽的建筑,彰显着悠久的历史。这座500多年的大学,孕育出多少科学家和现代科技成果!坐落于校园内、高耸于格拉斯哥城其他建筑之上的钟楼,有绿树簇拥,有古楼为邻,无论从哪个角度看,都庄严美丽典雅高贵,放射着苏格兰之光——科学、理智、探索、求是、踏实、坚毅的精神特质。

站在这些贵族气派十足的建筑旁边的感觉,非身临其境不能体会。我非常喜欢这些

◎ 大学的主楼，吉尔伯特楼

古典建筑。作为外行，说不出这些建筑之所以美丽的原因，只是觉得它们给人一种安全感、愉悦感。即使不谈功能，只讲外观，当代一些建筑物也是过分标新立异了，有的像是随时要倒塌，有的令人不愿（也许是不敢）再看第二眼。而这些老房子，给人的印象是，投资人爱美、设计师认真、施工方讲究。也许那时候大家都有一定的美学修养？或者大家都不但爱钱，而且爱面子，因此即使不懂美学，也尽量附庸风雅？窃以为，附庸风雅是非常好的社会潮流。如果人人以粗俗卑劣为时髦，世界将会怎样？被讥为"附庸风雅"的原因也许是内涵不够，因此时而"露怯"。不过那没有关系，慢慢充实自己就是了。起码这人能够分辨美丑，向往的是馨香蜂舞的花丛，而不是恶臭蝇飞的粪堆。

学校大门两边石柱上，左面是凯尔特巨狮，右面是苏格兰独角马。左面标有建校年份1451年，右面是修葺年份1951年——自豪而又低调地宣布自己的悠久历史！距今已经550多年啦！在这样的校园里学

◎ 格拉斯哥大学的大门两边石柱上左面是凯尔特巨狮，右面是苏格兰独角马

习，不沾染几分贵族气息，可太对不起自己了！不用功可太对不起自己了！

  每天经过格拉斯哥大学，都不由得想象着在这所散发着浓郁人文气氛、具有古老科学传统的大学里面读书该是多么幸福！时不时在街道上遇见匆匆而过的学生，不禁心生羡慕！羡慕他们的年轻，羡慕他们人人都有受教育的机会。有一次路过大学，见到穿毕业礼袍的学生兴冲冲地走出来，我由衷地替他们高兴，替他们的家长高兴。按捺不住激动，我热情地向他们表示祝贺！当然这些风华正茂、春风得意的年轻人也喜上眉梢，满面笑容地感谢我的祝贺，分享他们的幸福。

  最为印象深刻的是大学的亨特博物馆（Hunterian Museum and Art Gallery）。1783年，苏格兰科学家威廉·亨特逝世之前，将他庞大和丰富的收藏捐献给格拉斯哥大学，并且捐款建造博物馆。1807年博物馆首次开放，位于主干道之上，是苏格兰历史最久的博物馆。现在博物馆迁入格拉斯哥大学主校区。校园之内还另有动物学博物馆，美术馆。还有麦金托士屋（The Mackintosh House），专门展示苏格兰建筑家、设计师麦金托士及其夫人的作品。

博物馆的许多展品来自托马斯·布朗（Thomas Brown，1774—1853）。布朗出身于格拉斯哥富豪家庭。早年接受从医的培训，还在格拉斯哥大学教授生物学。他以矿石收藏而闻名。他的藏品非常广泛，是苏格兰19世纪最了不起的收藏之一，其中包括具有重要意义的化石和人类学收藏。1829年，托马斯·布朗继承了安内郡噶尔斯屯附近Lanfine那里的家产之后，迁居彼处，将自己大量藏品在家中展出。除了本地的石头标本、矿物标本和化石，他还从世界各地的商贩手中收购，同时，也接受其他学者、收藏家和旅行家的馈赠。在1880年代，托马斯·布朗的女儿将大部分藏品连同详尽的目录都捐赠给了格拉斯哥大学。她还设立了奖学金和一家医院。

我所参观的亨特博物馆位于主楼二层，其中展品包括许多其他人的捐赠。里面有当年科学家们收集的标本和化石、使用和创造的仪器。还有部分历史文物。

进入令人叹为观止的大穹顶哥特式回廊，走上华丽的楼梯，来到博物馆门口。精致却不十分大的实木门开在墙壁一侧，而不是正中，门楣上方嵌有威廉·亨特的金色剪影头像。进入博物馆主厅一层，眼前豁然开朗。展厅上下两层贯通，光线充足。每层各有不同的立柱，柱头柱身雀替都有雕花装饰，博物馆的本身就是一件艺术品。里里外外都那么精致，令人赞叹。这是设计师和工匠的共同成果。讲究每一处细节，追求完美，是一种自尊。即使身为工匠，也具有贵族气质。

关于历史的一件展品令人印象深刻，这就是玻璃柜中那幅地图讲述的故事，苏格兰人一直引以为荣。公元前一世纪，罗马帝国入侵不列颠岛，征服了英格兰人。苏格兰人虽然武器落后，但是凭借复杂的

◎ 令人叹为观止的大穹顶哥特式回廊

地形和骁勇善战的传统，没有被征服。罗马帝国的军队尽管最终消灭了当时苏格兰主要的王国军队，但在两百多年间里不断遭到苏格兰人的骚扰。公元122年，罗马不得不在英格兰和苏格兰边界上修筑一条约118公里的哈德良长城；公元142年，在哈德良长城以北又修筑了37公里的安敦尼长城。当时的地图显示，罗马帝国版图包括地中海周边部分非洲、亚洲和大片欧洲以及英格兰威尔士，却被小小苏格兰挡住，停滞不前了。不屈不挠、顽固不化的苏格兰人啊！

在动物学展区，有已经灭绝的动物标本，也有供科学研究的其他标本。艺术品之中有一只来自中国的象牙雕盒。盒盖、盒身布满深浮雕，草木花鸟，亭台楼阁，石桥宝塔……仅盒盖顶部就有几十位人物，进行着各种日常活动。其设计之精细、技艺之高超，令人赞叹不已。

看见当年生物学家手绘的蛇头解剖图，不由感叹这才是货真价实的科学家！我曾经在其他博物馆见到过手绘的植物解剖图，那花瓣、花萼、雌雄花蕊、茎叶以及它们之间的关系，清清楚楚，细致准确！不知如今各国还有多少动物学家、植物学家能够手绘标本了。

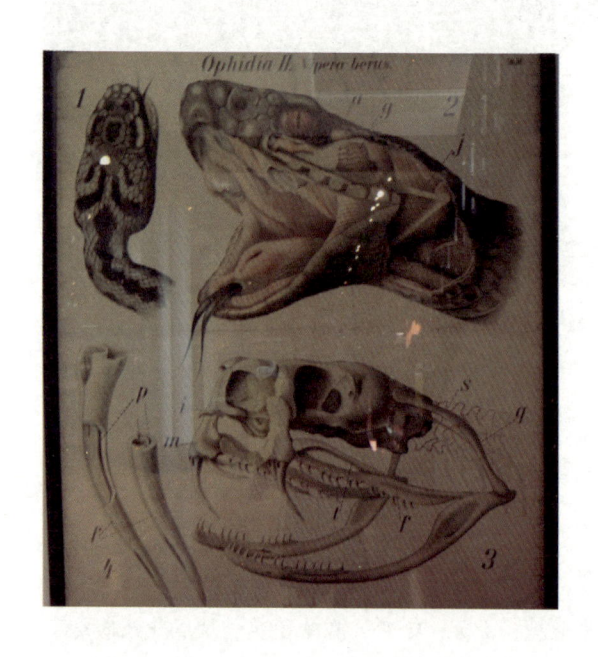

◎ 当年生物学家手绘的蛇头解剖图

亨特博物馆里面当然有科学家们的塑像。大科学家詹姆斯·瓦特的形象是坐着研究图纸，神情专注。碑座上面刻写着瓦特生卒日期和最重要的贡献及其历史地位。

一座1951年由Benno Schotz创作的铜铸头像塑造的是约翰·博艾德·奥（John Boyd Orr，1880—1971），他是医生、政治家、生物学家、世界卫生的推动者。格拉斯哥大学毕业之后，他在阿伯丁大学进行营养学研究,为丘吉尔建言。他的研究为二战时期英国的食品政策打下基础。约翰·博艾德·奥后来成为联合国粮农署首届署长,1949年获诺贝尔和平奖。退休之后,他担任格拉斯哥大学名誉校长和国会议员。又一位苏格兰人引为骄傲的学者!他的贡献惠及苏格兰人民、英国人民和世界人民。而善于倾听专家意见的丘吉尔不但率领英国战胜了法西斯,原来也时刻关心着百姓生活。

还有一位是威廉·坦南特·盖德纳(Sir William Tennant Gairdner, 1824—1907)爵士,也是格拉斯哥大学教授,格拉斯哥第一位全职卫生医官。他对于心肺疾病的学术研究颇有成果。但是他最大的贡献在于关心百姓的生活质量。当时格拉斯哥有几处世界上最糟糕的贫民窟,拥挤不堪,疾病横行。盖德纳发表了关于空气和饮水质量的文章,发明了居住"票"制度。此"票"是一钉于门上的金属牌,上面标明空气空间和允许居住的人数。有视察员定期巡查监管,同时市政府建造合乎卫生的房屋以容纳格拉斯哥的人口。看起来,工业化走在世界前面的格拉斯哥,也经历了环境污染、贫富悬殊种种"初级阶段"的窘况。政府及时任命威廉为卫生医官来解决问题。而威廉既是懂科学、负责任的专家,又是具有执行力的官员,他使格拉斯哥人民得以改善生活,享受科学进步的成果。

展品之中有一件是凯尔文电表。这位威廉·汤姆森·凯尔文就是格拉斯哥凯尔文公园里面那座塑像所纪念的人物,第一代凯尔文男爵(1st Baron Kelvin, 1824—1907)。他是数学物理学家、工程师,也是热力学温标的发明人。1846年凯尔文被选为格拉斯哥大学自然哲学教授,自然哲学在当时是物理学的别名。凯尔文担任教授53年之久,到1899年才退休。1904年,他出任格拉斯哥大学校长,直到逝世。

凯尔文研究范围广泛，在热学、电磁学、流体力学、光学、地球物理、数学、工程应用等方面都作出了贡献。他一生发表论文多达600余篇，取得70种发明专利。博物馆墙上有许多凯尔文名言，例如："当你与困难狭路相逢之际，就是即将斩获创造发明之时""每当我进行一项研究的时候，必须制作机械模型来解释其中原理，否则永远不能满意，永远不能理解"。所以他创造了不少模型，来说明、证实一些基础原理，并发明、制作了许多仪器和机械装置来进行实验和教学。

凯尔文的哥哥詹姆士·汤姆森（James Thomson）也是科学家。展品中一个PV曲线模型就是詹姆士的创作。这个模型是根据测量数据制造的，解释了压力与碳酸凝固点之间的关系。压力影响凝固点和沸点的概念是一项非常重要的发现。馆内还有其他装置：一套玻璃X光源管、空气引擎、谐波分析器、谐振器、压电天平等。

一张叫作"时间到！"的黑色石椅颇有来历。橡木椅框制作于1775—1776年间，一片厚玄武岩石镶嵌其中成为座位，高高的椅背顶端是一只由月桂树叶围绕的沙漏。自从1461年格拉斯哥大学成立之日起直至19世纪，所有的学生都坐在这张黑石椅子上面接受口试。口试开始之际，仪仗官手执权杖，将沙漏设定好，大约20分钟之后，所有沙粒漏尽之时，仪仗官以杖触地，口称"沙已漏尽"（用拉丁语）。然后，转向主考官，再次以拉丁语宣告："先生，轮到下一位。"这张黑石椅现在仍然用于"考文（Cowan）"奖章的典籍考试和名誉学位。

还有一些零零碎碎的物件都反映着各自的时代：19世纪学生参观亨特博物馆的参观券、1840年亨特博物馆奠基石上的铜牌、19世纪格拉斯哥第八区警察的警棍、1915年格拉斯哥大教堂的橡木桌槌、二战之中炸弹残骸的引信头……当时扔掉就是垃圾，谁知多少年过后，

◎ "时间到!"的黑色石椅

成了文物，为历史作证。

博物馆许多藏品由校友所赠。展品旁边附有说明：Ian Adair Muirhead（1913—1983）是格拉斯哥大学的学生，随后成为格拉斯哥大学教授教会史的高级讲师。他曾经在几个教区担任牧师，也是一位经验丰富、热情洋溢、受到爱戴的教师。业余时间喜欢在苏格兰各地漫步，收集了很多具有人类学价值的石片、骨头、贝壳等。1995年他的这些收藏为学生提供了学习和研究的材料。一名学生根据他的燧石撰写了毕业论文。亨特博物馆从1807年建立开始，收到无数慷慨的捐赠，这些藏品一直为学生服务。这种尊重科学、崇尚贡献的传统，激发着一代又一代学子的热情、灵感、创造力和进取心，也铸造着一所大学的灵魂、声望、名誉感和凝聚力。

校园随意进出，包括博物馆。没有见到保安，也没有见到衣冠不整之人。基本看不到学生，可能是暑假期间吧，也没有见到旅行团。我们遇到一位年轻人，以为是格拉斯哥大学的学生，交谈之后，才得知他是来苏格兰旅游的英格兰大学生。

随着大学的发展，现代化建筑也出现在古老的校园。格拉斯哥大学图书馆就是一座现代化风格的大楼。虽然没有古典建筑美观，但是其内部设施相当高级，为读书人提供许许多多的便利。

再见，美丽的格拉斯哥大学。再见，蓝天白云、绿树青草，自由思想、科学精神！

坚固王宫堪比监狱
骁勇将士岂非屠夫

第十四天

6月29日
星期一
零星小雨

格拉斯哥
斯特灵
福瑞斯

跟莫拉格道别，送她一块四两重的澳大利亚巧克力表示感谢。因为我们定旅馆的时候不是旺季，价格较六月份低。易安问莫拉格是否满意，需不需要我们补差价，莫拉格慷慨大方，说无需加钱，友好道别。于是我们冒着蒙蒙细雨奔往大名鼎鼎的斯特灵（Sterling）城堡。

出格拉斯哥北上M80公路，43公里之外就是著名的斯特灵城堡。斯特灵城堡属于苏格兰文物局（Historic Scotland），苏格兰政府下的一个执行机构，负责苏格兰的历史遗产保护工作。苏格兰境内大约有360座历史遗产在其保护和管辖之下。前台接待员建议我们购买文物局会员资格。每人每年几十英镑，就可以免费参观文物局下辖所有城堡、博物馆、宫殿、教堂等，免费参加文物局举办的日间活动，还可以在购买这些景点附设的咖啡店、礼品店的服务和商品时享受

10%—20%的优惠。我们当场加入会员，获赠一本会员手册，里面有辖下全部景点的信息。

斯特灵城市位于山谷之中的福斯河河湾和冲积平原之上，地势依山傍水。城堡则坐落于77米高的悬崖上，它曾是苏格兰国王的王宫。在英国历史上有着重要地位的苏格兰玛丽女王、詹姆士六世都曾在此居住。城堡见证了苏格兰历史上的很多战争和事件，有人把它称作"苏格兰的一枚胸针"。现在城堡内有军团博物馆。

山坡上停车场免费停车。远远望见城堡之外，绿茵之中高耸着的两座塑像。

第一座是纪念碑，为"阿盖尔及萨瑟兰高地人第一营和路易丝公主阿盖尔公爵夫人为纪念1899年10月—1902年5月在南非战争中为国捐躯的战友们所建"。南非战争也称为第二次布尔战争，是英国为争夺南非领土和资源，而同荷兰移民后裔布尔人进行的一场战争。战争进行了三年，遭到布尔人坚决抵抗。阿盖尔公爵夫人和萨瑟兰高地营的官兵们固然有情有义，可不知布尔人看到这座纪念碑会作何感想。

第二座是身着中世纪铠甲、手扶重剑的苏格兰王罗伯特·布鲁斯（Robert Bruce，1274—1329）的雕像。他在1314年的班诺克本战役打败爱德华二世御驾亲征的英格兰大军，受降斯特灵城堡，从此确立了苏格兰的独立，被苏格兰人尊为民族英雄。但是根据维基百科显示，这位布鲁斯并非那么光彩照人。他为了自己称王，曾打击另一苏格兰贵族，也曾与英格兰王联合。1306年，布鲁斯索性杀掉对手苏格兰贵族，自立为王。无奈后来惨败于爱德华一世手下，逃到小岛暂避一时。此后又经过反反复复的武装斗争，直到爱德华一世死掉，爱德华二世无能，布鲁斯才终于坐稳苏格兰王的宝座。老百姓无权无势，除了自

◎ 纪念 1899 年 10 月—1902 年 5 月在南非战争中为国捐躯的战友们的纪念碑　　◎ 身着中世纪铠甲，手扶重剑的苏格兰王罗伯特·布鲁斯的雕像

己的性命，几乎没有能够改变现状的资源。物质的匮乏，常常导致精神的茫然，他们的希望只是改变现状，至于变成什么样子，是超出那些日日夜夜为生存劳作不息、殚精竭虑的人们的知识范围和想象空间的。可怜的民众只能将自己的理想寄托于神仙皇帝，因此免不了常常美化历史人物，以树立心目中的英雄，给自己一点遥远渺茫的希望。

斯特灵城堡是三面有峭壁的要塞建筑。这里虽然早在史前时代就已经有人类活动的踪迹，但直到 1110 年苏格兰国王亚历山大一世兴建首座礼拜堂，才有了在此处设有建筑的正式纪录。至于今日所见到的斯特灵城堡，则几乎都是在 15 世纪末至 16 世纪末期间，由斯图亚特王朝的詹姆斯四世、詹姆斯五世与詹姆斯六世等几位国王在位的期间所修筑。

进入城堡,登上城墙,观城外村庄、教堂、墓地、原野。东北方向3.5公里开外,福斯河以东,隐约可见郁郁葱葱的阿比·克雷格(Abbey Craig)山上高高的威廉·华莱士(William Wallace)纪念塔。1297年9月11日,威廉·华莱士(电影《勇敢的心》主人公)率领苏格兰起义军在斯特灵桥大败英军。电影与历史不是一回事。历史是由鲜血与战火铸就的,由无数必然与偶然,碰撞、崩裂出的事实;电影是热忱和激情创造的,难免有意或无意篡改事实,是愿望加想象孕育的作品。

城堡之内宫殿之外,有一小小花园。不禁想象了一下几百年前,国王、公主、女王、王子们把自己关在城堡里面的日子。

城墙内面修筑了一座六个拱门的坚固石屋,它们设计于1708—1714年间,为战时防弹兵营之用。不过,通常用作仓库。现在是城堡展览馆,介绍斯特灵城堡的古今。门上大字书写:"请进来会见1 000年的历史。"

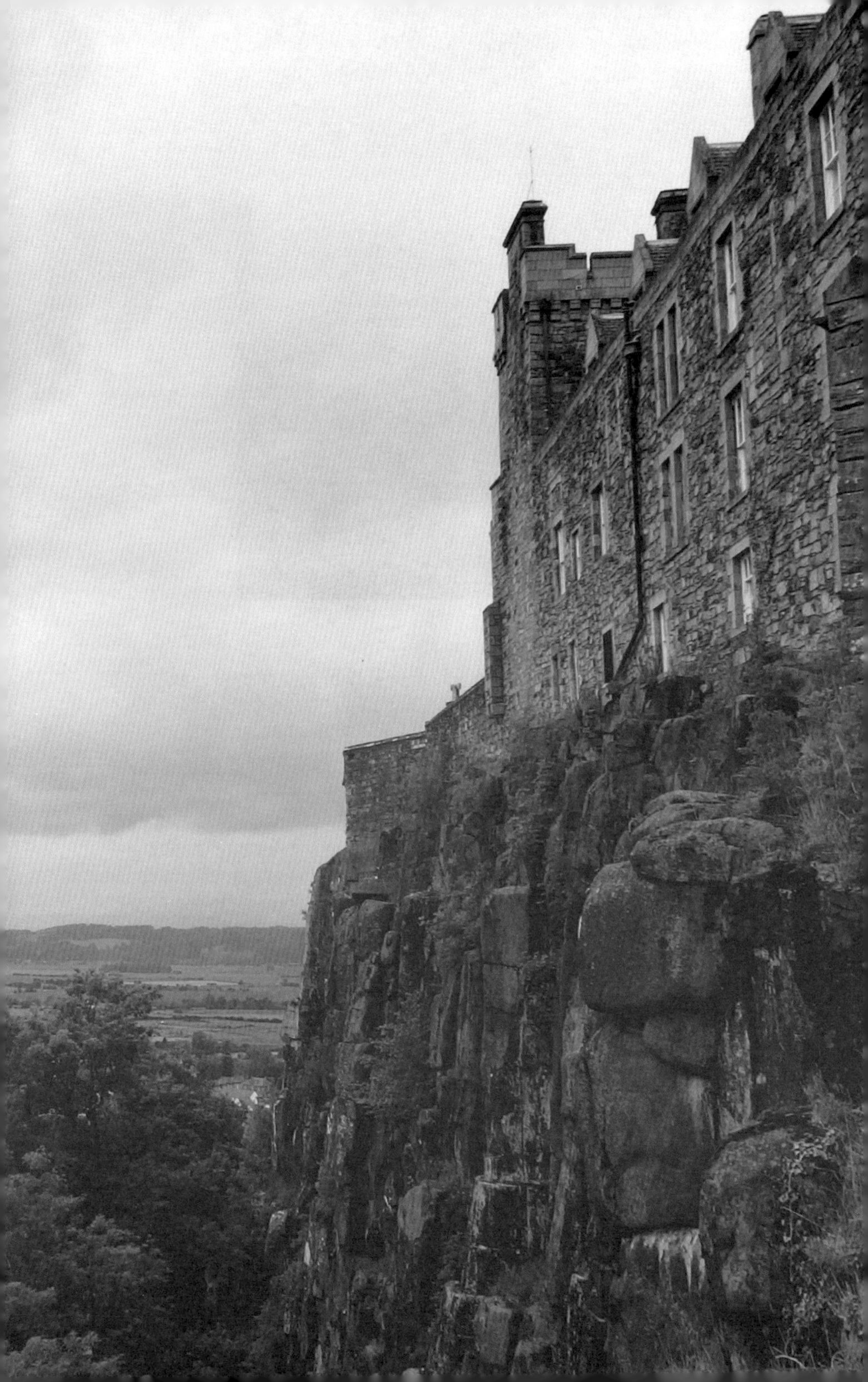

◎ 隐约可见郁郁葱葱的阿比·克雷格山上高高的威廉·华莱士纪念塔

　　展馆内第一件引起我们兴趣的是一张围困城堡防御图。城堡居高临下，敌人在山下搭起高高的投石机攻击城堡。

　　还有个斯特灵鸟人的故事令人忍俊不禁：炼金术师兼伺臣约翰·达米安宣称，他要穿鸡毛羽衣飞到法国去。1597年，詹姆士四世及其朝臣齐聚此地观其壮举。这位异想天开的家伙从斯特灵城堡墙垛上纵身一跃，扇动他制作的鸡毛翅膀，径直落在山下的垃圾堆上，万幸地只摔断了一条腿。可怜的达米安，羽毛可不是能否飞行的必要条件啊。

　　来到城堡大会堂。悬臂托梁是按照1700年代的绘画重新构建的。这是中世纪苏格兰最大的厅堂，可以容纳500人在此聚享国宴，或者召开临时国会。大会堂建于1503年，展示着斯图亚特王朝和詹姆士四世的权势。最为奢华的一场宴会可能就是詹姆士六世在1594年为儿子亨瑞举行的浸礼盛典了。一艘5米长，有完备风帆、36门铜炮的大船由轮子推入大厅，送上一道鱼餐。大厅尽头有室内小眺台，墙帷上面凹室里有号手。

斯特灵城堡的重头戏之一就是其中的军团博物馆，全称是阿盖尔及萨瑟兰高地军团博物馆（Argyll & Sutherland Highlanders Regimental Museum）。这里不另收门票，欢迎捐献。瞧瞧这些阿盖尔暨萨瑟兰高地兵——典型的苏格兰骁勇形象——目光如炬，凶猛刚烈。

短剑，是苏格兰高地人的传统兵器，是各个苏格兰团队的正式装备。后来随着时间的推移，演变为纯粹的礼仪用品和正装的一部分。短剑经常镶嵌烟晶宝石或者刻花玻璃。

这里展出的是苏格兰军官的短剑（1830年间）。剑鞘和剑身都装饰有苏格兰国花"蓟"，这是军团特有的风格。一副餐用刀叉通常插在剑鞘外侧两个圆孔中。蚀刻在剑身上还有"第93"和战斗荣誉"好望角"字样。在1857—1859年的印度兵变战役中，93团的军官们仍使用短剑作为兵器。

不少照片和实物介绍第一次世界大战时的高地兵。一幅展板是当年的剪报，大标题是《负伤生还者名单》，同时刊登这些幸存者的照片和情况介绍文字。另一幅展板上面有狭窄战壕里面木板沙袋搭成的

◎ 阿盖尔暨萨瑟兰高地兵

◎ 苏格兰军官的短剑

临时栖身处的照片,还有一位第 14 营中士西德尼·奥德哈姆(Sydney Oldham)写的配画诗《致战壕硕鼠》:"你这丑陋粗笨的家伙,胆大妄为肆无忌惮,大模大样啃食我的面包,享受你的大餐,毫不顾及我辘辘饥肠……"还有一张展板,上部是这位中士的照片,下面是他画的许多战时速写以及每幅速写的说明。

一幅油画和一幅照片令人心里不是滋味。

油画标题为"朝鲜 262 高地之战"。山地之间,硝烟滚滚。油画正面是高地兵,有人已经负伤,有人正在射击,有两人正在往迫击炮里面装弹。不远处山脚下就是成群进攻的敌人,一颗炮弹正在敌人头上爆炸。那"敌人"会不会就是我们中国人民志愿军的战士们呢?

照片的说明是"1950 年朝鲜,B 连正向 Chong-ju 村推进"。照片里面四名士兵隐蔽的土堆,是半边倒塌的农舍,他们手中的轻机枪、冲锋枪还有带刺刀的步枪,正瞄准着谁呢?断壁残垣泣诉战争之残酷。

几个大玻璃展柜里面有各种比赛的精美银质奖杯:1886—1990 年,每一位冠军名字都镌刻其上;有军官退役时赠送给军团的个人纪念品;还有各色各样造型的军功章和战役纪念章。每一枚奖章都是血与火的见证。其中一只玻璃展柜里面挂着几排军团战役纪念章,每一块纪念章都附有文字说明。正上方是一幅世界地图,地图上是奖章获得者的战场所在地,分别是南欧、西欧、南非、北非、阿拉伯半岛、印度、东南亚和朝鲜半岛。

来到当年的王宫。大石块砌成的宫墙,积淀了几百年的烟尘灰土,承受了几百年的风霜雨雪,目睹了太多杀戮与争斗,已经身心疲惫,无意辉煌。内部壁画、壁毯、天花板、家具等已经全部按照原样进行

◎ 当年国王从古堡王宫极目远眺之时，是在欣赏自己的领土，还是恐惧远方的敌人呢

装修，那古老的石砌大壁炉早已磨光了棱角，却仍然显示出王者气派。

在寝宫和王宫接见室，都有真人身着古装扮演宫女，也承担部分讲解工作。

来到王宫内院。四面高墙，如同监狱。在极权独裁时代，国王就这样把自己囚禁在城堡之内，年年、月月、天天防备内部的阴谋、外来的仇敌、人民的愤恨、属下的反叛。表面上金碧辉煌，气势煊赫，内心里却时时刻刻惊恐惶惑，寝食难安。

王宫里面原来有许多橡木手工雕刻的肖像装饰牌，装饰着内宫的天花板。最古老的远自16世纪。有国王、王后、贵族、罗马皇帝，以及圣经和古代神话里面的人物；18世纪时垮塌散失。苏格兰文物局收集一部分，修复一部分。后来木雕家约翰·唐纳森（John Donaldson）花费七年时间将斯特灵城堡里面的头像全部复制，成为现在的斯特灵肖像馆。这个肖像馆与众不同，特意邀请参观者触摸："敬请抚摸！这些雕刻是你与斯特灵头像的感官联系。让你的双手探

◎ 橡木手工雕刻的肖像装饰牌

索这些雕刻吧。你的爱抚渐渐地会使它们更漂亮,你们最喜爱的地方,其颜色会改变并且发出光彩。"

易安对建筑、历史、军事、艺术全都感兴趣。一直逗留到下午三点半,连午饭都没有时间吃。如果不是还有240多公里路程要赶,易安肯定要细细参观到闭馆。

离开城堡,在斯特灵市区没有逗留,驱车沿A9向东北海岸进发。途经珀斯(Perth)城——澳大利亚西澳州的首府也叫Perth——未停,匆匆赶往下一个居住地福瑞斯(Forres)。

向北,向北。远山披着白雪,令人神往。哦!苏格兰的山,苏格兰的雪。

◎ 苏格兰的山，苏格兰的雪

福瑞斯在英国东北地区，位于苏格兰高地首府茵福尼斯（Inverness）东面43公里，人口12 500多人（截至2011年），相当于我们中国的一个乡镇。除了规模小、人口少之外，跟大城市没有区别。公园、公厕、运动场、消防队、警察局、博物馆、图书馆、镇政府、访客信息中心、教堂、学校等公共设施机构整洁规范，标准一致。这小镇的垃圾有两种分类——可回收与不可回收，什么时候我们国家每个乡村都有上下供水排水系统、垃圾处理规范，那就真正实现现代化了。

我们在小镇转了两圈，没有找到订好的住宿地点。连信息中心、政府甚至警察局都在5点钟下班！只好找路人打听。苏格兰人口太少，想问路吧，街上都找不到人！好不容易问到第二个人，真巧——居然也是来自澳大利亚的观光客，他用手机上网帮助我们找到民宿所在的街道。

即将下榻的民宿是一座两层小楼，整洁美观。民宿主人马尔科姆身材瘦高，貌不惊人，衣着简朴，彬彬有礼而不失热情，主动出来帮忙拎我们的大箱子上二楼卧室。寒暄之后，他立刻带领我们熟悉居住环境：卧室约20平方米，三个窗户，一张大沙发，入墙三门大衣柜，里面有十几只衣架和备用的毛毯。办公桌抽屉内有地图和旅游资料、WIFI的密码、转换插座，甚至一只棉布购物袋（英国超市只提供收费购物袋）。此外还配备了可以折叠的室内晾衣架（苏格兰多雨，非常必要）。接着又介绍给我们楼梯另一端供我们单独使用的卫生间；楼下厨房，各种炊具餐具，烹调佐料。这位马尔科姆是何许人也？如此温文尔雅又高效细心。

苏格兰中部东区

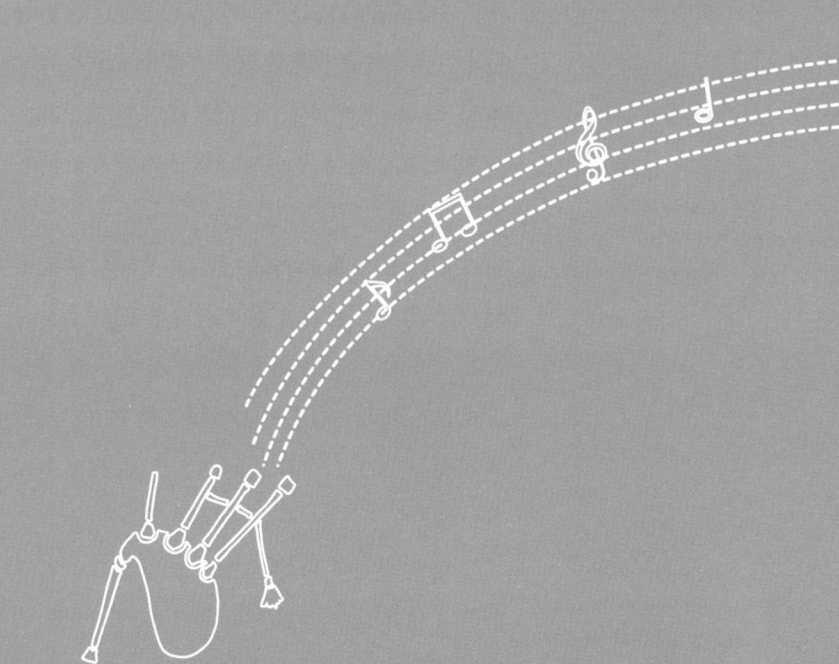

空军机械师开民宿
渔村冷冻窖办展厅

第十五天

6月30日
星期二
晴

福瑞斯镇
芬德鸿村
卡兰村

早上强烈的阳光洒满卧室,唤醒我的兴奋点,无法安眠。索性起床,刚刚五点半钟!今天此地日出时间4:15,日落时间22:25。日照时间超过18个小时!这还不是最长的夏至那一天呢。

首先熟悉我们的民宿。主人马尔科姆虽然也是苏格兰姓氏,而且居住在苏格兰,却出生在伦敦。受过良好教育。他一口英语标准规范,正是我们中国人听惯了的BBC英语,所以交流顺畅。马尔科姆从空军退伍,是一位机械师。

我们卧室所在的二楼,三个窗户中有一个开在斜屋顶上。这一带的住房,与北欧相似:屋顶陡高,窗户开在屋顶斜坡上面。据说,北欧冬季雪大,屋顶坡度大是为了防止积雪压垮屋顶。

卫生间给我们专用。除了淋浴间还有一只大浴缸,并预备了崭新的香皂,擦手用毛巾,换衣时用的坐椅，拖把，刷子（擦淋浴间玻璃隔断上面沾溅水渍的），洗头膏，大、小浴巾……，甚至准备了牙线！搁板上还有装饰用的三只瓷质小鸭子！

楼梯间两层四面墙上挂有风景画、照片、素描肖像。还有一尊铜器和一架书籍，显示着主人的品味和教养。

在他的厨房兼饭厅还专门为我们准备了一只小冰箱。马尔科姆说，我们一住十几天，没有自己的冰箱不方便。果然如此。有了自己的冰箱，可以买菜买肉，生活健康舒适。还有我们专用的储物柜（饭盒水瓶、面包麦片、蔬菜水果等都有了安身之处）和专用的餐具（他有不止一位房客。他将自己和每个房客的餐具分别摆放，并且加上名牌予以区分）。他告诉我们油盐酱醋各种调料可随意使用。另外餐桌上备有大大小小的盘垫和杯垫，小花瓶里面插上了自家花园里面采来的鲜花，而且每天换新！

洗衣房里面洗衣机、烘干机、洗衣粉、洗衣盆、晾衣筐、衣夹、肥皂……应有尽有。

真是天生的一位航空机械师——不放过每个细节，做事一丝不苟！他检修过的飞机，绝对安全可靠！花园也治理得整齐、实用、赏心、悦目。除了各色花草还有多种树木。花园里面有一棵植物，叶大如荷，红色粗壮的叶柄居然可以食用，且出乎意料地嫩、脆，没有外表看起来那样有粗粗的、韧韧的筋。我到网上一查，发现它原来是"食用大黄"。我只听说过大黄是一味中药，药性猛烈。却不知它还可作为食物食用，真是活到老学到老。这里人们用大黄叶柄做果酱，因为太酸了，必须放大量食糖。我整个儿一外行，居然用来做汤，酸得无法形容！尝那么一点点，马上不知道该睁眼睛还是闭眼睛！

马尔科姆将自己的日常生活也安排得井井有条：两天上班、星期三练柔道、星期六跳苏格兰舞，其余时间打理花园、清洁自己的小楼、经营自己家庭旅馆的网站——这位老先生还与时俱进哪！其实不老，他告诉我说他今年65岁，可是面相只有50岁上下。这可能与他健康的生活方式、理智平和的性格有关。这样一位热爱生活的男人，妻子何在，不得而知。墙上挂着他与健康阳光的两个儿子的合影。闲谈之间，马尔科姆幸福地告诉我，两周之后，就是他大儿子的婚礼。届时他的父母双亲，还有其他亲戚朋友都回来参加婚礼，各个房间就都住满了。

马尔科姆这里还住着一位常年房客，是在本地报社工作的年轻人；一位只住三天的波兰姑娘，刚刚在此地得到了工作，尚未找到固定住所。马尔科姆连连道歉，说这位临时房客不好拒绝，给我们添麻烦了。其实根本没有影响到我们的生活。后来又有一位女士只住了一夜。我们居住期间的最后一位临时房客是一位来自奥地利的园艺师，年轻人腼腆诚实，是来附近海滨小村芬德鸿（Findhorn）参加音乐研讨会的。我说："原来你是音乐家！"他老老实实地说："我是花匠。"我说，园艺可是一门学问，需要掌握很多知识和经验。怎样才能当上园艺师呢？是不是有专门的园林学校？他以实相告："我是学徒出身。"我说起女儿在爱丁堡大学攻读景观学硕士学位时，有一门课程是学习各种与景观相关的花木知识。单单是那些植物的拉丁文名称就难认难记！年轻人颇有同感。我还说，花匠是非常好的职业：每天亲近自然、创造美丽！"如果你有机会去中国，一定要去看苏州园林。"我还把"苏州"两个汉字和汉语拼音写在一张纸上面给他。小伙子很高兴——他听说过中国园林，表示一定争取去趟中国苏州，并认真收好那张字纸。一位花匠学徒,英语掌握得这么好,可以随时出国访问,顺畅交流。可是我们的许多大学生把学习英语作为无用的负担,这样怎么走向世界呢?

有一部译为《翠堤春晓》的美国老电影,讲述了奥地利音乐家小施特劳斯的故事。电影里面奥地利人民个个都热爱音乐,音乐一响,贩夫走卒都懂得欣赏。没有这种文化土壤,就无法产生那么多伟大的音乐家。所以,一个花匠,以音乐作为业余爱好,到外国去开音乐研讨会也是很自然的事情。

如果长途旅行,住家庭旅馆就有很多优势:洗衣晾衣、烧水做饭、针线刀剪,样样方便。当初决定选择家庭旅馆的时候,还没有预料到会有这么多好处呢。易安还不失时机地借用马尔科姆的吸尘器和浇花的喷水管,里里外外清洗了汽车。

我们一共住了13天,只花费390英镑(住满一周以上的优惠价)。当然要提前预订。旺季就不是这个价了,也许还订不到。我们原来打算定的民宿是距荫福尼斯较近的一家,但是那一家已经满员,只好订这位马尔科姆的家庭旅店,没有料到这么满意。实际上,这是此行所有民宿里面最为满意的。

上午去5英里之外的芬德鸿。这个海滨小村是马尔科姆首推的景点。

小村面临北海,虽然阳光灿烂,但是海风颇大,感觉如同初春或者深秋。此地夏季最热的七月份平均温度不到摄氏20度。可是当地人居然一本正经地过起了夏天:短衣短裤,带着幼儿玩沙戏水!

岸边的海水清澈见底,沙砾、海草历历在目,清晰可数。村外野草茂盛、树木稀疏,通往海边的各条步行道和行车道纵深之处都有路

◎ 6月份的芬德鸿村

标,防止游人迷路。

　　海边草地有一块告示牌,劝诫人们不要让狗粪污染了环境。一头表情生动的苏格兰梗身着苏格兰民族服装基尔特(Kilt),手拿收集狗粪的小口袋。大字标语是:"不要弄脏苏格兰。"下面画有垃圾箱的一行字,意为:"捡起来,扔进去。"红底白字是:"不收拾自家狗粪者,罚款40英镑。"最下面三行小黑字:"如果你见到某人不收拾自家狗粪,请拨打'反社会行为'热线,

◎ 告示牌

◎ 不要错过这所令人兴奋的地下冰屋

或者发电子邮件至……"

若不是路边一块牌子上写着"冰屋"二字，我们都不会发现这里有什么建筑物。招牌上面大书："不要错过这所令人兴奋的地下冰屋。酷（cool——冷——多义词妙用）！免费参观，感谢捐献。"走近才看见一座低矮的小屋，低矮的小门就是入口。原来这是一个半地下室冷库，当年拉冰的马车直接开到低矮的斜坡屋顶上，将一车冰从屋顶开口倒入冰屋。冰屋内还有很大的地窖。现在地窖不开放，盖了厚厚的玻璃天窗在我们脚下，可以驻足一窥。"冰屋"就是这小村子的渔业博物馆，里面也有照片、图画、文字、实物……。管理员是一位老先生，弯腰驼背，中气不足，气喘吁吁。小小冰屋，我们每人捐门票两镑。热爱家乡的人们坚持保护自己的历史，这种公益事业，确实值得人们支持。根据2011年统计，村里人口只有901人。小村的供电、给排水、各种公共设施齐备。

另一个小村博物馆叫"Heritage Center（文化遗产中心）"，这个

"遗产中心"不过是小小两所简易房屋，介绍芬德鸿小村的历史。内有照片、图画、文字、文件和实物：老式工具、农具、渔具、生活用品……，展品十分丰富，令人赞叹。管理人是一位老太太，银发驼背，却衣着光鲜，热情迎接每一位游客。老人家还在小小院子里面栽种了各色鲜花，将这简陋的博物馆装点得生机勃勃，令人心情愉快、印象深刻。

小小博物馆，竟然从冰川期介绍到当代芬德鸿！有示意图、还原图和发掘出来的古石器。早在中石器时代，芬德鸿就有人类居住。17世纪一场沙暴过后，一位眼尖的男孩发现了一些小型燧石石器。本地史前历史学家和人类学家研究证实这确实是古人类遗址，当时只有屈指可数的人类在此居住。然后介绍了铜器时代、中世纪、船运和港口、第一条铁路、芬德鸿的体育运动等。

几件实物见证芬德鸿的教育：芬德鸿小学的课桌椅及学生用的写字石板。英国乡村也曾经非常贫困，孩子们连纸笔墨水都买不起，只好用画石在石板上面练习写字。

芬德鸿有大片贝类生长的海床。这种海贝是当地渔民的饵料。收集和剥贝的任务常常是渔民的妻子儿女承担。据报道，在19世纪，每年有100艘船只专程来芬德鸿采购贝肉带回自己海港使用。一幅照片里的妇女名字叫安妮，她正在卖贝肉给渔民做饵料。她的丈夫在整理鱼线。

另一幅照片是一位渔妇，正背负沉重的鱼筐。当年捕获的鱼由全船人员分配之后，渔妇就负责卖鱼。她们带着新鲜鱼或者腌制、熏制之后的鱼，步行5英里到福瑞斯去卖。有时候也到周围农家去换取牛奶、鸡蛋。

芬德鸿铁路介绍：芬德鸿在17、18、19世纪是进出口的重要海港，联系着斯堪的纳维亚半岛、波罗的海沿岸、苏格兰南部地区和法国西部。码头和内地的双向物流需要更快捷便利的交通。1860年3月，此地第一条铁路完工，于4月18日通车。票价给卖鱼的渔妇们优惠，因而大受欢迎。

900人的小村竟办有这么好的博物馆！如果我们中国的乡村市镇办起博物馆来，内容肯定比他们的要丰富得多！

下午我们沿海岸向东34英里，去一个叫Cullen（权且译为"卡兰"）的地方。因为易安的奶奶名字就叫Cullen。

◎ 苏格兰的青天碧海，绿野白云

卡兰村有记载的历史长达800多年，现有居民1 327人（截至2011年）。1327年，当苏格兰王罗伯特·布鲁斯四处征战的时候，妻子死于斯，葬于斯。

◎ 1886年建成的铁路桥

　　远远地就望见雄伟的多拱高架桥。这是1886年建成的铁路桥。现在是休闲远足路线之一，也是卡兰的一景。近草远天，面海背山，圆拱方砖，优美壮观。小村渔业停摆，各业萧条，几家"大"旅馆兼饭店都关门停业，并且挂着"出售"招牌。虽然如此，街道仍然美观整洁。窗口路边，鲜花灿烂。

　　1 000多人的小镇，也有阵亡将士纪念碑。碑文是："纪念卡兰地区在1914—1918年和1939—1945年两次世界大战中的官兵。他们的英名永存。"碑身上面镌刻着烈士们的姓氏名字。

　　慢慢逛到码头。岸边临海的护堤十分有特色，堤坝上端向外倾斜，引导海浪回卷，以免冲过护堤。

苏格兰中部东区

　　码头上照例树有图文并茂的彩色说明牌，为来访者介绍本地历史文化。画中有跳跃的海豚、布鲁斯王和妻子、海鸥、铁路桥、火车头、大帆船，左下角还有一位妇女在烹调。文字介绍说，渔业在卡兰至少有500年历史了。卡兰港建于1817年，曾因捕捞鲱鱼而繁荣一时，如今主要供娱乐船只使用了。卡兰村曾经专事出口熏制小鲱鱼，一度有三家规模不小的加工厂。本地的特色佳肴就是卡兰熏鱼汤（Cullen skink）：一道用熏鲱鱼、土豆、韭葱/洋葱和牛奶做出的美味鱼汤。莫瑞河口海湾（卡兰村所在地）是英国仅有的两处瓶鼻海豚栖息地之一。幸运的话，你也许会看到这种海豚在海面上跳跃、嬉戏呢！

◎ 美观整洁的街道

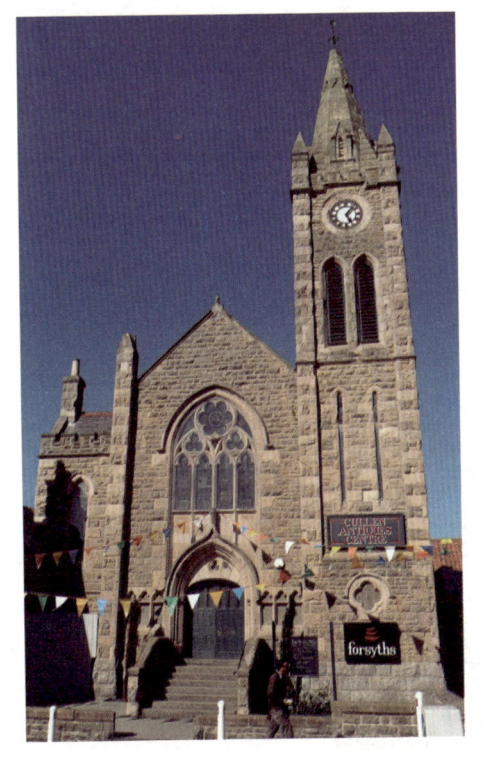

◎ 这座老教堂现在是卡兰文物中心

苏格兰之光

苏格兰女豪杰义救王子
安德鲁大教堂礼赞神工

第十六天

7月1日
星期三
晴雨相间

荫福尼斯

早上大好晴天，温度升高。到英国以来我头一次穿连衣裙，于是高高兴兴、漂漂亮亮出门。谁知时雨时晴，乌云一到，冷风必临。幸好随身带了冲锋衣，一天下来，穿穿脱脱好几回！

今天开车向西，去43公里之外的英国北部最大城市荫福尼斯（Inverness）。inver是河口的意思，ness就是因水怪而著名的尼斯湖那个"尼斯"。在地图上，可以看到一条

◎ 从城堡山俯瞰，远山近水，宛若仙境。瞧那山顶片片积雪，在夏日的阳光下神秘闪耀

长长深深的峡谷形成的河流和湖泊将苏格兰分成南北两部。峡谷中最大最宽处就是尼斯湖。尼斯湖向东通过尼斯河入海。这个城市的名字直译就是"尼斯河口",它是苏格兰高地地区的首府,人口从 2012 年的 46 870 人增加到 2018 年的 63 780 人!

尼斯河上的几座桥梁,配上两岸精致的老建筑,景致美不胜收。市内停车收费,我们步行游览,尽情欣赏。

我们走过尼斯桥,去参观荫福尼斯城堡和博物馆暨美术馆。城堡山下有一座高高的钟塔。

继续前进,又是一座雕塑。这是泰勒凯比尔之战(Battle of Tel-el-Kebir)纪念碑。泰勒凯比尔在埃及郊外。这是 1882 年 9 月 13 日英埃战争中的一次决定性战役。士兵固然勇敢,可叹这场战争却是帝国主义的侵略行径。

细细观察,塑像头上、肩上是什么?那是防止鸟雀栖息的金属针,保护塑像不受鸟粪的污染和腐蚀。想起可怜的格拉斯哥广场那高高在上的维多利亚女王、艾伯特亲王等大人物,鸟粪淌了满头满脸!

城内河边制高点就是荫福尼斯城堡,于 1856 年建成,外观雄伟壮丽。它现在是法院所在地,因此不对外开放。城堡之外朝向尼斯河那面的草地上,矗立着一座雕像,这是为了纪念一位叫作弗洛拉·麦当娜(Flora Macdonald)的苏格兰妇女。她曾冒着生命危险,帮助在 1746 年卡洛登战役大败的查理·爱德华亲王躲过追捕,乘船逃到天空岛,因此被苏格兰人尊为民族英雄。那首著名的《天空岛/斯凯船歌》就是歌唱这个传奇故事的。

荫福尼斯城堡上面苏格兰国旗高高飘扬。城堡山坡面对尼斯河,山坡草地绿茵之上有一块介绍眼前风景的指示牌,告诉游客上游有哪

苏格兰之光

◎ 尼斯河上的几座桥梁，配上两岸精致的老建筑

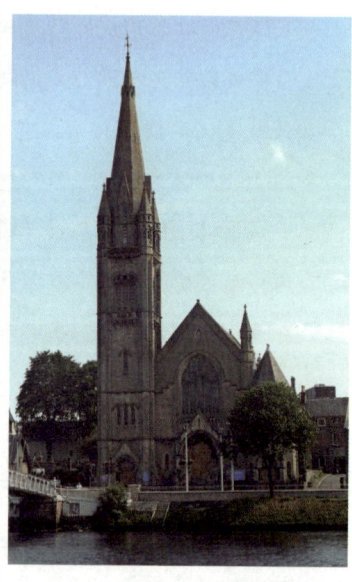

◎ 尼斯河东岸桥边的苏格兰独立教会教堂

◎ 城堡山下的一座高高的钟塔

◎ 泰勒凯比尔之战纪念碑

苏格兰中部东区

◎ 城内河边制高点就是荫福尼斯城堡

◎ 弗洛拉·麦当娜

◎ 河对岸上游就是荫福尼斯大教堂（圣安德鲁国教教堂）

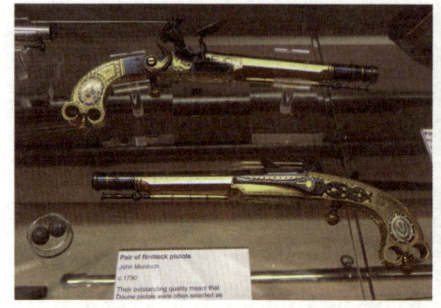

◎ 金柄雕花燧发枪 　　　　　　　　　◎ 圣安德鲁大教堂布道坛

些景观，下游有哪些景观。来到苏格兰，各处的博物馆和景点，从大门处欢迎辞到每一份说明牌，都是由英文与苏格兰文两种文字写成的。

荫福尼斯博物馆及美术馆就在城堡旁边，非常方便旅游者。里面展示了从石器时代的出土文物直到近代的社会生活。许多出土文物十分有趣。虽然没有发现罗马人在此地居住的痕迹，但是发现了一些古罗马器物。这些器物主要是在铁器时代的苏格兰东海岸发现的，说明是从海路进口的。

玻璃展柜里面有精致的苏格兰短刀和19世纪的燧发枪。在那个时代，拥有这样精美的武器十分时髦，彰显身份。

这个博物馆也有不少互动节目，其中之一是把考古发现的陶器碎片拼成陶罐。看起来博物馆确实需要具有许多专业知识并且有较高创新能力的设计者，难怪大学里面有图书馆学专业呢。

河对岸就是荫福尼斯大教堂（圣安德鲁国教教堂）。它于1866年奠基，1869年开放，无论是造型还是装饰都壮观美丽。这是我参观的教堂之中唯一提供汉语（繁体字）介绍的。教堂也是免费参观，欢迎捐款。平时礼拜一到礼拜五，都有早祷、晚祷和赞美诗合唱。礼拜天有圣餐、赞美诗、布道和晚祷。即使不信教，在这么美丽的教堂里面，唱着纯洁心灵的诗歌，也让人心醉神迷。

大教堂里有很多大型彩色玻璃镶嵌画，讲述了圣经故事。我只看得懂耶稣诞生的故事。第一幅是天使向三个牧羊人报告耶稣诞生的喜讯；第二幅是圣母玛利亚、约瑟和婴儿；第三幅东方三博士俯伏跪拜，打开宝盒，将黄金、乳香和没药作为献给圣子耶稣的礼物；第四幅因为希律王下令将伯利恒和附近地区2岁以内的男孩全部处死，约瑟得到上帝指示带着孩子和玛利亚逃往埃及。唉！古今中外独裁帝王都是不择手段维护自己的统治，无法无天，无德无忌。可怜无辜百姓如羔羊一般惨遭杀戮。

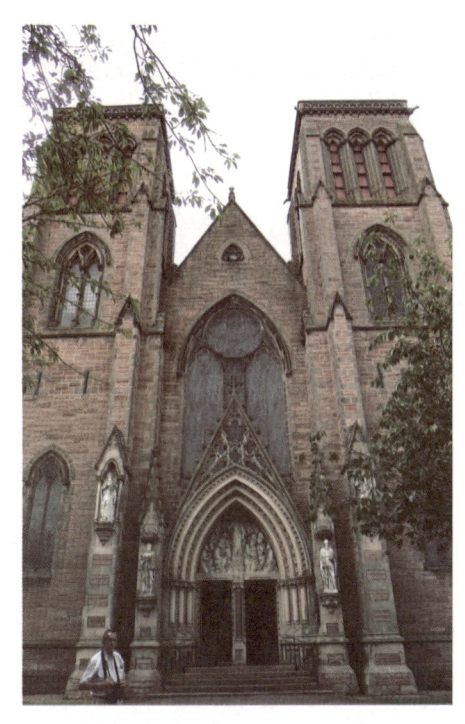

大教堂里无论木器铁器还是石器都精雕细刻，连唱诗班的座位都是艺术品。地垫上也有与基督教相关的图案。那大理石布道台，上下雕花为沿，坛体深浮雕成有石柱的拱门，门内又是深浮雕人像圣经故事。在这样的讲坛上面布道，是不是顿生神圣感？是不是真正觉得自

◎ 大教堂西面尖拱券门

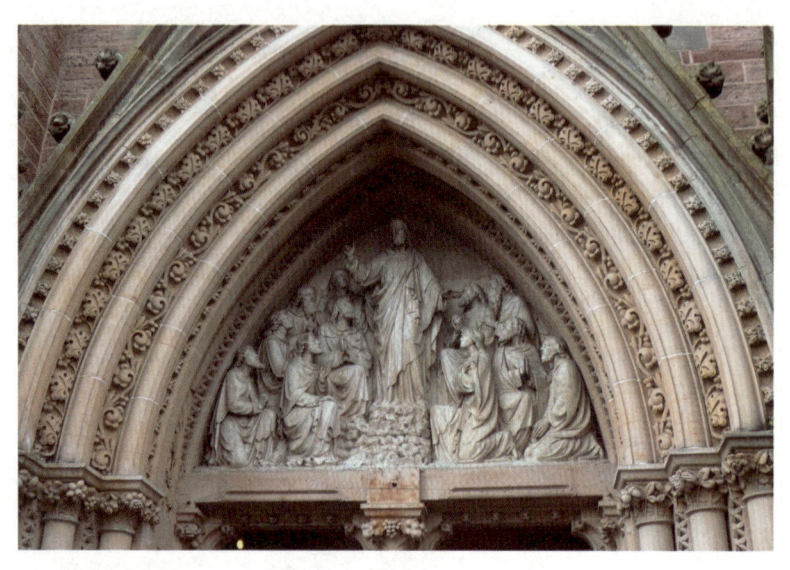

◎ 门楣之上的深浮雕

己是上帝谦卑、虔诚的仆人?

　　大教堂外部装饰也极尽奢华,不知花费工匠多少心血。仅仅西面尖拱券门框就有层层退入的六对柱线与六层尖拱肋,层层雕花。中部门楣之上的深浮雕是耶稣被害复活之后,向十一位门徒传播福音。十一位门徒或跪或站,那敬服景仰的神态,认真倾听的表情,可谓栩栩如生;雕像衣袍飘垂,细腻自然,丝丝入扣。坚硬生脆的石头可以表现得如此柔软精微,令人叹为观止。

　　几万人口的荫福尼斯,大大小小教堂十几座。各个教派有自己的教堂。一家圣洁会教堂(五旬节教派)门边朴素的告示牌上写着:礼拜仪式——礼拜六 10:30am 和礼拜日 6:30pm;祈祷与圣经研读——礼拜三 7:30pm……

苏格兰中部东区

获奖母山羊会笑
断臂纳尔逊阵亡

第十七天

7月2日
星期四
晴

福瑞斯镇

福瑞斯地处东部海滨,雨水充沛,气候宜人。田野绿油油的庄稼,云天雾海,是非常美丽的地方,本身就值得一游。

下午我们游览小镇市容。来到圣劳伦斯大教堂——本镇最大的教堂。昨天驱车进镇时就看见这所教堂不同凡响,计划今天好好参观一番。走到跟前,发现正在举行葬礼。一风笛手身着苏格兰格裙礼服吹奏风笛,气氛庄重却不沉重,无嚎啕涕泗,有浓浓人情。四位身着黑色制服的殡仪馆工作人员扛着黑色棺材走出教堂,装入停在路旁的殡仪馆黑色专车。易安感到奇怪,为什么棺材没有亲友陪伴。我说,死者八成是一位老人。后来教堂里面出来了身着丧服的几十个人,果然以老年人居多。今日教堂举办丧事,不便打扰,看来只好他日再访。

来到市中心,见到一座小型建筑物,建于1844年,叫作墨卡特十字座(Mercat

Cross），这是苏格兰的特色建筑，老城集市市场所在地的标志。基本上每个城、镇的中心都有它的身影。

墨卡特十字座后面那个楼房叫作 Tolbooth，是苏格兰市政建筑，通常包括市政会议厅、法庭和监狱。福瑞斯的这座 tolbooth 建于 1838 年。忽然看见大门横幅写着："Historical Photo Exhibition（历史照片

◎ 墨卡特十字座

展)",这是一场临时展览,真巧,马上决定参观。入场每人一英镑,主要是介绍本镇社会生活等各个方面的历史,十分有趣。其中介绍了本镇一家饼干工厂,产品远销英国各地;还介绍了本地的肥皂厂、学校等机构,以及小镇历年的各种比赛、运动会、庆祝会……

◎ 那个年代的小镇女人都如此端庄雅淑、美丽动人

这是圣劳伦斯女子协会1956年12月圣诞派对合影。那个年代的女人多么可爱!小镇女人都如此端庄雅淑、美丽动人!照片左下角是每一个人的名字。她们的子孙可以骄傲地指出:我的奶奶/姥姥多么漂亮!

还有一张照片是1957年年度福瑞斯节日女王。两个古装男童手托"女王"的白边红斗篷,少女手捧鲜花、微笑清纯、长裙洁白、没有矫揉造作,只有青春自然,胜过当今世界明星!

另一张照片是1952年福瑞斯节上,儿童装扮的绿林好汉罗宾汉(Robin Hood)和他的伙伴福来儿·塔克(Fliar Tuck)。一高一矮两个少年,身披粗毛毯,手执生木棍,腰悬箭袋,帽插羽毛,脚穿绳鞋,虽然故意蓬头垢面,却是满脸笑意。

最喜欢的老照片是20世纪70年代一只获奖山羊跟主人的合影。主人喜悦自豪,在情理之中。可是瞧瞧那只山羊!满脸得意、笑容可掬、神气活现、自信骄傲!我从来没有见过,从来没有想象过一只山羊竟然可以有这么丰富、这么恰当、这么自豪的表情!由于十分好奇,我

◎ 你看她（母山羊）的笑容还有几分贵妇人的矜持呢

忍不住上前去向工作人员，一位老先生（这里的工作人员全是老人，估计都是志愿者）询问。这位老先生告诉我说，这只山羊的主人，也就是获奖者——焦克·麦克拉瑞恩——正是今天丧礼的主角！享年83岁。"比我年长2岁"老先生补充说。如果我们在路过教堂之前先参观展览、看到这张照片，刚才我一定会去葬礼跟这位老先生，当年的养羊冠军道别。

展览会里另一位老先生主动热情地提出要带我们到这座建筑各处转转。这可是额外项目，不在展览之内的哦！看来今天老先生情绪好。

墙角的立式大衣架上面是市长的礼服：紫红色长袍、白鼬毛宽边，外带一顶呢质双角帽。

老先生又带我们参观老法庭，主动请我们坐在法官席上，给我们拍照。高高在上的法官席，并排两张高背红皮椅，连接两张椅背的木框上刻有"1893（年）"字样。然后下楼，看了楼下原来关押犯人的地方和刑具。最后，他推荐我们去纳尔逊塔。

步行穿过一大片草地（福瑞斯镇公园兼运动场），慢慢登上树林覆盖的小山，20多分钟之后，来到塔前。这座塔是公众捐助集资建立的，以纪念霍雷肖·纳尔逊（Horatio Nelson, 1758—1805），英国著名海军将领及军事家。他在1798年尼罗河口海战及1801年哥本哈根战役等重大战役中带领皇家海军胜出，又在1805年的特拉法尔加战役击溃法国及西班牙组成的联合舰队，最终在战斗中阵亡。这次大海战巩固了英国海上霸主的地位。1843年伦敦建特拉法尔加广场纪念此次辉煌胜利。

福瑞斯这里的纳尔逊纪念塔于1806年奠基，1812年建成开放。跟许多英国其他景点一样，免费参观，欢迎捐献（一两个硬币都行）。入口处值班的女士十分友好，热情地介绍参观内容和事项。这座塔高21米，直径8米，有旋梯96级到达各层及塔顶。塔基入口处两边各有一门铸铁火炮。

◎ 纳尔逊纪念塔

来到塔上俯瞰四面风景，葱茏树木之间，大片翠绿田野，蜿蜒默塞特溪水静静流淌，开阔芬德鸿海湾澹澹生烟。极目远眺，绵绵青山，悠悠低云，海天相接，光色朦胧。

◎ 塔上远眺

塔顶观景处，有一详细精准的方位图，标示出我们视野之中的山水名称、高度或者面积等相关信息，使观赏美景的体验锦上添花：既有感官愉悦，又有知识享受。

塔中有关于霍雷肖·纳尔逊的小型展览，主要是图片与文字介绍。有一张展板涵盖了许多故事：中间上部漫画之中那个肉感女人是纳尔逊的情妇，出身卑微的汉弥尔顿爵士夫人艾玛（Emma, Lady Hamilton）。两人情深意笃，不顾非议。听说纳尔逊即将出海作战，艾玛大恸不已！下面图中漫画是纳尔逊时代强征士兵的情景。几个手执武器的兵士强行抓住路人，形似绑架。当时，"抓壮丁"被认为是必要的罪恶。海军需要大批水兵，然而自愿加入海军的人数不能满足需要，所以往往强征商船船员。再下面是拿破仑的漫画像。波拿巴·拿破仑比纳尔逊年轻两岁。在尼罗河口海战中输于纳尔逊。漫画中的拿破仑，双角帽装饰繁复，带穗肩章军服华丽，他气急败坏，目怒脸歪。有趣！我以前见过的拿破仑，无论画像或者雕塑，都是神勇果敢的英俊武生模样啊。

塔中还展示了纳尔逊使用过的餐具。纳尔逊南北征战，出生入死。有两次感染热带瘟病，险些丧命。他1794年在法国科西嘉战斗中右眼受伤失明，1797年在西班牙Tenerife岛一次军事行动中右臂关节被滑膛枪弹击碎，因此从肘部以下截肢。这是截肢以后供单手使用的合并刀叉。

塔顶值班的志愿者是一位来自中国香港的华裔女士，五十多岁年纪，彬彬有礼，热情好客，主动为游客拍照。这是我们仅有的一次在福瑞斯遇到华人。攀谈后得知，她的丈夫是苏格兰人，曾在香港机场工作，后来患病，退休到此地。得知我们来自悉尼，她告诉我们她的弟弟在悉尼定居，并称赞悉尼是最美丽的地方。（易安听后大为得意，回到住处仍然高兴不已。）说着说着，这位女士忽然泪流满面，说自己是见风过敏。我希望她不是"老乡见老乡，两眼泪汪汪"。苏格兰地区人口稀少，连亚裔面孔都罕见，遇到华人就更难得了。

下得山来，见到草地一边绿树掩映的老房子。石墙石瓦，尖顶门饰，尤其是那粗粗细细的烟囱，似乎格林童话、安徒生童话、迪士尼童话都曾经在这里上演。

草地对面圣约翰国教教堂（St John's Episcopal Church）建于1830年间，如今它已守望美丽的福瑞斯180多年啦！

沿主街继续向东，小镇的公共花园展现在眼前。这里面积不大，却有一方池塘，水中喷泉的细细水柱婀娜摇曳。五彩花卉构成蝴蝶、孔雀和其他动物造型以及几何图案。小小花园多次获奖，有英国国家奖和苏格兰大奖。最可贵的是，这花园全由志愿者创造和打理。

主街一侧路边，有花篮悬挂于铁柱之上，英国许多街道有这样的花卉打扮。我曾见到过园林工人用专业的浇灌工具来护养这高高在上的美丽。

◎ 街旁悬挂于铁柱之上的花篮

沿主街行进，东张西望。小镇街道，清净整洁。一白墙小房，粉红窗框，原来是花店。还有家一元店，大门之上红字招牌直译为"五分和十分硬币"。还有一家门面，二楼外墙上装饰着一副黄铜色杵臼，猜得出这是一家药房。这又是一个例证，说明东西方的医药都是从民间动、植、矿物发展起来的。有些西医鄙视草药，实在是数典忘祖啊。

我又发现一个小小的漂亮教堂，古色古香，然而似乎已经废弃了。加上我们前天到达时见到的（1903 年开放）那座圣利奥尼达教堂，居民只有 12587 人的福瑞斯竟然有五座教堂。

路边一栋小小二层楼，是福瑞斯的市政厅（Town Hall），不知有几位工作人员在此办公，他们将这座小镇管理得井井有条，令人充满敬意。

一日千里天空岛往返
四乡百技运动会比拼

第十八天

7月3日
星期五
晴

马里湖
希尔代格村
天空岛

6:30出发,前往著名的天空岛(the Isle of Skye,译法从俗)。时值夏季,远山之巅仍有积雪,并非由于海拔高,而是因为纬度高。

鲜有人迹的荒野,不知为何如此打动我的心,不由得频频停车拍照。明明从未谋面,偏偏一见钟情!木石无情人有情,身在他乡似故乡。

◎ 远山之巅仍有积雪

苏格兰的山虽不高，却有挺拔刚毅之姿，水固清澈，绝无柔弱纤秀之态。

◎ 清晨的 Loch Garve 湖

◎ 蜿蜒道路通往著名的马里湖（Loch Maree），苏格兰尼斯湖以北最大的湖

从马里湖南下不远处就是本埃山区。这是苏格兰高地西部一组山峰，高度从 800 多米到 1 000 多米，是登山远足爱好者的理想目的地。公路旁边就是本埃山访客中心。朴素洁净的小平房，屋门旁边粉墙之上，一方纹理毕现的木块，刻有苍苍本埃山，郁郁松树林，粼粼马里湖。还有英格兰、苏格兰两种文字的"欢迎"字样以及本地名称、服务时间等重要信息，落款是苏格兰自然遗产局。另一门边粉墙上的一块说

◎ 草短风长，幽静思古往；云高天远，苍茫生悲凉

◎ 另一青山绿湖。名字虽已经忘记了，但难忘的是那片美丽，那份心境

明牌是图文并茂的本地区风光介绍。最左边是现代化的公共卫生间。

停车在希尔代格村（Shieldaig）午餐。小餐厅干净温馨。供应的是本地自产的熏三文鱼，新鲜诱人，可惜我不喜欢吃生东西，所以点了一份有蔬菜的套餐。端上来一看：还是有几片生鱼——来到此地，不请你吃本地海味，岂非怠慢客人？

希尔代格村美景如画。静静的天，淡淡的云，悠悠的水，甜甜的风。时间似乎不存在了，一片平和安详。无论脚步多么匆匆，也会在这里停下；无论心中曾经翻涌着什么，在这里也会悄然融化，心神清虚。真想在此定居，每天对着蓝天碧海发呆。

休息之后，我们沿 A896 南下回到 A890，然后过 Skye 桥，到达天空岛。我成功地将两座桥挤在一张照片里。

过桥之后的第一个渔村是凯丽金（Kyleakin），其制高点有一座城堡废墟，叫摩尔堡（Castle Moil）。据说，公元 900 年的时候，一位酋长带着新婚妻子来到此地，倚仗这咽喉要道，索要"买路钱"。

现存的石墙经鉴定是 15 世纪的遗存。

我们先去北岛，那里有天空岛首府波特里（Portree）、老人岩和不远处的利尔特（Lealt）瀑布。但是因为时间不够，都没有停留。

到达基尔缪尔（Kilmuir），参观天空岛农舍博物馆（Skye Cottage Museum），实际上就是几间石头老房子，厚厚的石垒墙，厚厚的草屋顶。长屋两端都有烟囱，与我国东北乡下的传统房屋十分相像。墙基堆着几块磨盘。20 世纪 70 年代，我在乡下的时候，也用磨盘磨过面。

室内以实物和照片展示此地人民当年的生活。左边墙上展板罗列着多达 40 个绵羊品种名称，右面墙上两块展板上是 100 多种羊毛织物。展板之下是手摇纺车；旁边是一个假人铁匠——右手握锤，左手钳子夹的是一只马蹄铁，他戴着皮围裙，面前是砧台，背后是圆柱形的鼓风机；还有洗衣房的设备——将衣物挤压去除水分的干衣机，以及铁

架底层放着的铸铁熨斗。

展馆内还有若干年前邮局和学校的介绍、1950年在天空岛上行驶的15种式样的公共汽车照片。桌面上一册档案簿，是基尔缪尔地区早年的人口统计；另一册是本地收集到的从1849年起的各种各样的信件，封面上书"小心轻翻"；第三册记录的是1837年移民澳大利亚人口统计；第四册是各种发票与货单。这些都是进行科学研究需要的珍贵档案啊！

出得门来，靠墙放着铁质农具，我只认识其中的犁耙。如果我们的乡镇都有博物馆，这些已被时代淘汰的老房子、老物件都是不可或缺的展品。

后院不远处就是苏格兰女英雄弗洛拉·麦当娜的纪念碑。天空岛船歌唱道："……未来的国王跨越大海，航向天空岛……，狂风在咆

◎ 连接苏格兰本岛与天空岛的两座桥梁

哮，恶浪在疾啸……，弗洛拉不住凝望……"在天空岛树立弗洛拉纪念碑顺理成章。后来弗洛拉曾在美国居住，晚年返乡，去世后就在基尔缪尔这片墓地里长眠。

时候不早了，没有去南岛，径直开车返回。虽然归心似箭，无奈美景留人！不拍照实在是于心不忍。恋恋不舍地离开人们一再传唱的天空岛。

晚上10：00回到福瑞斯。做前天超市买回来的半成品牛肉馅饼和已经洗好切块成段的蔬菜，晚上11：00吃完晚饭。

今天往返奔驰500多公里，历时15个半钟头。沿途美景，悦目养心，补偿了辛劳。尽管如此，易安还是筋疲力尽，因为长途驾驶，而且许多路段是单车道，必须时时密切注意是否对面来车，需要避让，加之此路线山重水复，曲曲弯弯，上上下下，注意力一直高度集中，丝毫不能放松。可是惊人绝世美景就在那山重水复曲曲弯弯之间啊！

◎ 恋恋不舍地离开人们一再传唱的天空岛

第十九天

7月4日
星期六
小雨转晴

福瑞斯镇

来得早不如来得巧，我们非常幸运地赶上了今年的福瑞斯高地运动会。下午来到公园草地会场，门票4英镑一人。一进会场就看到招兵的摊位。原来英国招兵是这样子的！正规军招兵广告写的是："工程兵71团现在招募。工作地点：……（用红点标于左边地图）。"最底下一行字是："又学技术，又挣工资。"招收预备役大幅宣传画上面的字是："参加预备役，你可以在业余时间体验另一种职业。我们正在招募数千名有薪兼职人员。"现场还开来了有吊车的军用大卡，搭起了几个帐篷，桌子上摆着宣传品和枪械、野战头盔、防弹背心等装备。

运动会项目真不少：（成年组、少年组）短跑、自行车、链球、长跑、拔河……。其中几项运动是苏格兰独有的：手提一大块像秤砣样的铸铁，使劲越过头往后抛，往高抛，越过那根像跳高运动的杆子，以其最后成功地越过横杆上缘的高度计算成绩并以此判定名次。还有一项苏格兰传统项目：把一根又重又长的木头，大头朝上举起来，扔出去。扔得远者得胜。既需要力气，又需要技巧。多数运动员刚刚举起来，木头就倒了；还有的人，小心翼翼，奋力举起大木头，一旦迈步，就失去平衡,根本来不及扔。敢于参加这项比赛的,都是大力士,他们的胳膊堪比粗壮的脖颈!

另一边是少男少女的苏格兰舞蹈比赛。等待比赛的小小舞蹈选手们身着苏格兰传统服装,尤其是那双舞鞋颇有特色。苏格兰的民族舞蹈,腿脚摆动、跳跃很多。

运动会闭幕式是风笛队列行进吹奏表演。各路风笛乐队身着自己部族纹样的苏格兰褶裥短裙和全套盛装,雄赳赳、气昂昂地进场,最

◎ 给我印象最深的是这个握拳动作——苏格兰女孩的舞蹈也充满激昂奋斗精神

◎ 苏格兰的民族舞蹈,腿脚摆动、跳跃很多

◎ 总指挥将长长的指挥棒高高抛起

前面的是总指挥。其余每支乐队各有自己的指挥，手执长长指挥棒的便是。他们手里的精美指挥棒还用来表演。高高抛起，然后接住，或者在手里旋转耍弄。

每支风笛队都将自己队伍的名号写在大鼓鼓面上。其中一支来自斯特拉塞斯拉（Strathisla）的风笛乐队，建立于1919年，如今近100年历史啦！风笛演奏队伍之中男女老少都有，个个满脸严肃认真，典型苏格兰作风。苏格兰风笛那悠远嘹亮高亢昂扬的乐曲，雄浑旋律之中透着几缕苍凉，几分悲壮。令人奋然激动，令人黯然感伤。这个苦难深重而又奋斗不息的民族，越走近他，越了解他，就越觉得他与我们中华民族有着许多相似之处，也有截然不同之点。

最后，军队协助收拾会场的各种设施。地上没有留下垃圾。

国王曾为座上客
豪宅充当战俘营

第二十天

7月5日
星期天
晴

阿伯丁郡基尔
德鲁米城堡
亨特里城堡
达夫故居
班福镇

早上8:30出门。今天走了一个倒三角形。先驱车向东南方向80多公里,到达位于阿伯丁郡(Aberdeenshire)的基尔德鲁米城堡(Kildrummy Castle)。此堡建于13世纪中叶,几经围攻、数易其主,终于在1716年詹姆斯二世党人起义(Jacobite Rebellions)失败之后彻底废弃。如今只是残垣断壁。我们一大早就到达城堡遗址,那位值班人员,一位中年妇女还在城堡外围的草地上跑来跑去拦羊呢。看见有游客,便过来给我们打开院子大门。

基尔德鲁米堡当年小有规模,曾经是中世纪苏格兰最为气势恢宏的堡垒。建筑之初不惜斥巨资,仿效最新欧洲防御要塞风格。城堡入口处有吊桥,当中是大厅。那石墙厚度足有两米!各个厅、室都有文字说明,还有图画示意。城堡建于高处,易守难攻。我们登上一处残垣,俯瞰山坡之下小河。

树林掩映之中,就是基尔德鲁米城堡大

酒店。看起来似乎很有故事的感觉，可以演绎惊悚片、侦探片，或者浪漫爱情片……

◎ 树林掩映之中的基尔德鲁米城堡大酒店

离开这 700 多年的老房子，沿 A97 公路北上，访问阿伯丁郡的亨特里城堡（Huntly Castle）。亨特里城堡最早是戈登部族（Clan Gordon）首领亨特里伯爵（Earl of Huntly）祖先的府邸。那五层的塔楼及其部分建筑尚存，城堡遗址当中的一个小土堆是仅存的 12 世纪原址。14 世纪此城堡被赐予亨特里的亚当·戈登爵士，1307 年布鲁斯·罗伯特王曾经是他的座上客。桀骜不驯的英国浪漫主义诗人拜伦的母亲就来自阿伯丁郡的贵胄戈登家族，是不是这一位戈登？

在 1452 年的一场战争之中，城堡被大火夷为平地。1689 年第一次詹姆士党起义时候，邓迪子爵曾经将城堡作为他的军队司令部。18 世纪初叶，城堡已经衰败，成为附近村民的建筑材料。1746 年，第二次詹姆士党人起义时，英国政府军在此驻扎过。从此以后，城堡成

◎ 阿伯丁郡的亨特里城堡

为石料来源。直到19世纪在文物保护的强烈呼声之下，才获得保护。1923年之前，城堡还是戈登氏族的家产。现在它由苏格兰文物局管理。这些城堡遗址一概自由参观，不收门票。遗址之内各处皆有说明牌，许多说明牌是配以文字的彩色图画，展示当年城堡内部的生活场景，十分有意思。

亨特里城堡里面有一幅画讲述这样一个故事：第四世伯爵从法国之旅受到启发，回来改建城堡，将亨特里加高一层。图中描绘1556年的大厅，他在此大摆宴席，款待盖斯的玛丽（Mary of Guise，苏格兰女王玛丽之母）。多支烛架上大蜡烛光芒四射，奢华的壁毯挂满四壁，好几位仆人忙碌伺宴，还有乐手在演奏竖琴。玛丽见到伯爵为欢迎自己如此铺张奢华，心中不安。伯爵请玛丽放心，并带她参观自己地窖，里面堆满了各种粮食酒肉。见到伯爵如此张扬地炫耀财富，玛丽的智囊建议："应该修剪这只北方公鸡的翅膀。"仅仅6年之后的1562年，苏格兰玛丽女王果然一仗打败伯爵，她的支持者将城堡之中的财富献给了女王。

还有一张图画表现当年伯爵城堡里面的酿酒坊：在16世纪初，啤酒由欧洲传入英国。当时城堡里面每一个人都喝啤酒。每人每天的消耗量达到一加仑（约3.79升）。发酵过程杀灭了液体当中的致病生物，成为安全的饮用品。幸好那时候的啤酒酒精度数不似现在的啤酒这么高。像亨特里城堡这样的大户人家，啤酒作坊是必不可少的。

登上五层塔楼，俯瞰城下，能不能体会到城堡主人的那种土皇帝的虚荣心、优越感、霸气、轻狂、自大、忘形？

无暇发思古之幽情，驱车前往东北方向60公里开外（也属于阿伯丁郡）气派的达夫故居（Duff house）。本来两侧还有小楼相连，

◎ 登上五层塔楼，俯瞰城下

可惜二战之中被毁。

第一代法夫伯爵威廉·达夫·布雷克兴建这所豪宅,来取代班福(Banff)镇上那座稍微逊色的阿尔里花园府邸。豪宅于1735年6月11日奠基,五年之后建成,但是内部装修花费了100多年。20世纪期间,此豪宅曾充当棕榈庭院大酒店、疗养院和战俘营;1995年以来,成为苏格兰国家美术馆的一个分支。大厦内部装饰之富丽堂皇,豪华精美,不一而足。最值得称道的是,府邸主人颇有鉴赏能力,收藏了大量名画和艺术品。

距达夫故居不远,就是班福镇。海边小镇班福在1163年就建有城堡,以抵御北方维京人的侵犯。2001年的人口统计是3 991人。八月份平均最高温度为17.8摄氏度。我们在镇上观街景,吃晚餐。然后往西回到福瑞斯,大约75公里,完成了这个倒三角形的最后一个底边。晚上7:00多顺利到"家"。

◎ 达夫故居

乔治要塞军团史
福尔克纳博物馆

第二十一天

7月6日
星期一
晴

乔治要塞

昨天因为没有会员证明，两次遭到盘问。今天到福瑞斯镇图书馆打印苏格兰文物局电邮过来的会员证明信。英国每个小镇都有图书馆。安静整洁、高效友好，是所有图书馆的风格。

下午沿 A96 西行约 30 公里，来到乔治要塞（Fort George）。要塞扼守着尼斯河入海处莫瑞峡湾的出口，地理位置十分重要。这座八面威风的要塞始建于 1748 年，耗时 22 年才完工，但是一直使用至今。整个要塞建成有星角的矛尖形，尖端插入河口，控制了航道，是整个欧洲最出色的防御工事之一。当初建造乔治要塞是为了防范苏格兰人造反，而现在它是苏格兰军队的营房。军营内不时有身着军装的官兵匆匆而过。

要塞给人的整体印象是，所有军营都是方方正正，外围建筑的转弯处不是钝角就是锐角，没有一处是柔和的曲线。加上海风冷峭，给人以严峻、肃杀的气氛。这也许正是设计者的初衷吧。

要塞大院内有苏格兰军团展览，已成为传统教育基地，分别介绍各个部队的历史。每个路口、门口都有路标指示着各处展览室。

打动人心的第一件展品是一位军人厄内斯特写给战友母亲的信件，报告她的儿子罗纳德牺牲的消息。里面详细地描述了当时战场的情景，还画了战斗进行时候的方位图；而后报告他们如何安葬自己战友罗纳德，以及牺牲者的遗物已经寄出等细节；最后表示全体战友的衷心哀悼，再次赞扬罗纳德牺牲得正如军人那样令人敬佩。落款日期是1914年11月3日。可以想象读信的那位母亲是怎样地肝肠寸断、泪雨滂沱！

玻璃柜子里面的实物展品令人触目惊心——第二次世界大战期间英军缴获的日本军刀和一面日本国旗，旗上面有"武运长久"字样和日本军人的签名。英国人不认识汉字，在展柜里面摆放颠倒了。虽然可笑，却怎么也笑不起来。因为那日本旗当中一大团红色给人以血迹斑斑的感觉！那是中国人的血呀！虽然也有可能是英国兵的血。据说，日本兵对待英军战俘十分不人道，逼迫他们在极端恶劣的条件下修筑泰缅铁路，导致死亡率很高。我无法淡忘这刻骨铭心的耻辱和血债。

还有一张1959年的征兵广告："六年固定工作机会，去冒险、来挣钱、有保障。来参加女王陛下的卡梅伦高地兵吧！"英国皇家武装力量在和平时期一直通过志愿兵役制招募人员。在第一次世界大战和第二次世界大战时曾实行过全民义务兵役制。但1960年《义务兵役法》废止之后，招募兵员就不得不与其他就业机会竞争了。

我们来到兵营里面的小教堂歇歇脚，发现每个座位都备有一本《圣经》。军队小教堂也有精美的彩画玻璃窗。彩画里面有天使，天使演奏的乐器竟然是苏格兰风笛！

苏格兰中部东区

第二十二天

7月7日
星期二
小雨

福瑞斯镇

早已注意到主街路边一栋体面的二层小楼是福瑞斯博物馆，门前还有鲜花围绕的铸铁艺术喷泉。福瑞斯的博物馆门面虽小，却是苏格兰五星级（最高级）博物馆呢！其正式名称是福尔克纳博物馆（The Falconer Museum），以福尔克纳兄弟命名。兄弟二人亚历山德（Alexander Falconer, 1797—1856）和修（Hugh Falconer, 1808—1865）均出生于福瑞斯。哥哥亚历山德在加尔各答（印度当时的首都）做生意，后来回到家乡，在遗嘱中捐献1 000英镑"以建立一座展览科学发现和艺术品的博物馆、图书馆和演说厅"。弟弟修是一位博学之士，与达尔文是同时代的人。他一生大部分时间在印度做科学研究。他将茶叶种植引进印度；他发现的化石对达尔文的研究有着影响，许多后来发现的植物和动物也以他的名字命名。达尔文发表《物种起源》之后，因为与《圣经》所说上帝创世相悖，遭到攻击。修却坚决主张达尔文的突破性研究应该获得承认，因而积极提名给科普利奖（英国皇家学会颁发的最高科学奖项）。修却因这一番奔波而使健康受损，当1865年达尔文获得此奖公布之时，修却与世长辞了。

福尔克纳博物馆建于1871年。除了常展

（社会史、地理、自然史、人类学……）之外，还经常有临时展览。每年11月份至次年3月份闭馆。一年竟有五个月闭馆！可见苏格兰冬季之人烟稀少。福瑞斯一带还是较为富庶的地区，并不是贫瘠荒凉或者最冷的地方呢。

进到馆内，首先看到玻璃柜里一本书。这是修·福尔克纳撰写的《古生物学记事（第二卷）》。书上面是乳齿象（类似猛犸象的庞然大物）的牙齿化石。

一只大玻璃罩里有各种鸟的标本。另一玻璃柜里有精致的工艺品昆虫。还有一个玻璃柜里面是蝴蝶与昆虫标本。许多昆虫小得看起来只是些小黑点！每一种昆虫的名称都由旁边小小纸条上面标明。

楼上还有许多哺乳动物标本。博物馆的互动居然是邀请参观者抚摸一只水獭标本——旁边一个牌子上书"请非常轻柔地抚摸"。儿童活动区为孩子们准备了一张桌子，上面有几种动物标本、纸笔颜料等，供孩子们观察、写生。

地方博物馆全方位介绍了本地历史、经济、社会发展与科学研究等。这里有轻工业产品、本地的银匠与银器、本地的工商业等方方面面。历史之一是，1939—2010年，福瑞斯地区的Kinloss曾经建立过一个空军训练基地，为皇家空军培训飞行员。

并不古老的电话交换台也摆在博物馆里。科技发展这么快，社会生活变化这么大，很可能许多人已经不知道仅仅几十年前的电话是如何工作的了。易安在十六七岁时候曾经为电话局打工，做夜班接线员，以补贴家用。今天他见到电话交换台，如同与老友重逢。

一份1841年8月13日的招聘广告的职位要求："……单身男性，绝对诚实，文静有礼，品行良好，十分熟悉放牧和饲养雷斯特（Leicester）

和车费厄特（Cheviot）绵羊的最佳方法。必须能够担负管理羊群的全部责任，而不事事依靠指示。应聘请联系……"原来是招牌羊倌！其标准不低于如今一个责任技师或者部门经理！

看了一张照片我才知道前天路过的小学校建于1829年，1900年时，福瑞斯共有5所学校。展板左下角是另一所学校的校歌。联想起在温州大学校史博物馆，我也曾见到他们抗日战争时期的校歌。我们中国的教育，源远流长，更值得大书特书啊。

福瑞斯人民的体育运动值得一提。福瑞斯1938年就建立了自行车协会。此外还有足球、高尔夫球、板球、马术、网球、田径和冰壶运动。冰壶协会早在1873年就在福瑞斯成立了。原来，冰上溜石（冰壶运动）起源于14世纪的苏格兰，至今在苏格兰还保存刻有1511年份的砥石（即冰壶）。优质冰壶的原料采自苏格兰Ailsa Graig岛。1924年起，冰壶曾6次被列为冬奥会表演项目；1966年，国际冰上溜石联合会成立；1991年，冰壶获得了国际奥委会的承认；从1998年开始，冰上溜石列为冬奥会正式比赛项目。原来高尔夫和冰壶也都是苏格兰人的贡献。

前两天我们欣赏的福瑞斯高地运动会也有历史：第一届福瑞斯高地运动会于1928年7月21日举行。由于非常成功，从此福瑞斯高地运动会每年举行，甚至在第二次世界大战期间都没有中断。1982年的运动会最值得一提：那一年，女王伊丽莎白二世赏赐礼物作为优胜者的奖品。如今的运动会由热情的志愿者组织，且于每年7月初举行。

小镇博物馆，连视频都有！英国的博物馆不但都有视频设备和空间，而且全部备有座位。观看视频的时候，就可以顺便休息，然后又能精力充沛地继续参观了。博物馆内还有电脑提供资料查询。五星级名副其实！现在我国许多博物馆也有很好的视频设备，可惜没有座位。

皇家生财有道
同室操戈无情

第二十三天

7月8日
星期三
时晴时雨

科嘉芙城堡
巴尔莫勒尔堡
（王家夏宫）
奥金顿城堡
埃尔金镇

首先沿 A940 公路往南 70 多公里，去科嘉芙城堡（Corgarff Castle）。途经格兰威特（Glenlivet）苏格兰威士忌酿酒厂，未及参观。这个"格兰威特"还在十大苏格兰威士忌中排名第一呢！

科嘉芙城堡遥遥在望。此堡建于 16 世纪中叶，起初是 Forbes of Towie 的私人住宅。1571 年，其仇敌奥金顿的亚当·戈登（Adam Gordon of Auchindoun）放了一把大火，女主

◎ 途中风景，深浅绿野，朦胧云光

◎ 科嘉芙城堡遥遥在望

人及其儿女和许多仆人葬身火海。一首苏格兰叙事歌谣《Edom o Gordon》唱的就是这个血腥悲惨的故事。18世纪詹姆士党人起义之后，英王重建此堡为兵营，驻扎了一队政府军。此堡被作为军用直到1831年。后来一家酿酒厂将塔楼用作蒸馏塔，其他房屋作为工人居所。现在这里由苏格兰文物局管理，并对公众开放。

离开这座具有400多年历史的古堡，沿A939向东然后向南，过Gairn河之后进入B976前往巴尔莫勒尔堡（Balmoral Castle），共约23公里路程。沿途但见山树、溪水、古桥、老屋。

巴尔莫勒尔堡作为一个王室居所的历史最早可以追溯到1848年，受托人是罗伯特·戈登爵士。在他去世之后，维多利亚女王和阿尔伯

◎ 沿途但见山树、溪水、古桥、老屋

◎ 巴尔莫勒尔堡

特亲王借居于此,并在1852年买下这座城堡。阿尔伯特亲王亲自参与了城堡的部分重建设计工作,将城堡改建成苏格兰角塔式建筑风格。现在,巴尔莫勒尔堡是英国女王伊丽莎白二世的避暑行宫,女王夫妇每年要在这里度过夏季。

夏宫大门兼作售票处。门票包含了停车费和语音导游器(英语、法语、德语、意大利语和西班牙语)。由于是皇家夏宫,每年8、9、10月三个月关闭,女王一家人在这里避暑,不能被打扰。现在是7月份,我们得以入园内参观。美丽庄严的宫殿虽近在咫尺,却不得而入——这是王室私产。开放的区域包括庭院、花园、菜园和舞厅。每年4—7月、10月底至12月初,对公众卖票,"补贴家用"。

半边悬空的角塔是苏格兰城堡的特色,也展现了苏格兰石匠的技艺。我早已注意到,英国建筑的大门通常小得与整体不相配。这么大的建筑,竟然开这么小的门!还号称是皇家宫殿!不过这还不算太小呢。记得唐宁街10号大英帝国首相官邸那个窄门吗?只能容一个人进出!是不是因为英国湿冷的气候使然?

舞厅里面有许多展品(不准拍照):王室家庭生活照片、影像,孩子们的玩具,前国王使用过的手杖和历代国王打猎的战利品鹿头鹿角等,可真是不少!现在这片王室私产的林子里还有野鹿呢。展品之中还有许多野生动物的标本。展品说明中介绍,由于森林大量砍伐,有一种鸟已经在上一个世纪就灭绝了。窃以为,有些物种之所以灭绝,王室和贵族的狩猎爱好"功"不可没。

王宫里面有菜园与花园。菜园不是因为环境污染需要"有机""特供",而是因为自家蔬菜蛋奶新鲜方便,而且种菜种花养羊养鸡,也悦性怡情,放松身心。花园里面也有一些动物标本。

夏宫百年大树,彰显王家气派。在英国,许多豪宅都育有大树围绕自己的产业。尤其是入口处通往王宫的林荫大道,先声夺人——那

◎ 通往王宫的林荫大道

斑斑驳驳的树荫，神秘诱人，那居高临下的枝干，高傲威严；令主人自豪时不忘自尊，令客人谦卑并顿生恭敬。不禁怀念起武汉大学、武汉测绘学院、华中师范大学等几所名校校门大路两边那郁郁葱葱的高大乔木。它们不仅排成一片林荫、一道风景，而且昭示着无字的历史，蕴含着教育的初心，传达着大学的使命。

从夏宫出来，回到A939公路，经A97北上进入A941去往奥金顿城堡（Auchindoun Castle），又是77多公里。

奥金顿城堡建于十五世纪，1567年卖给了亚当·戈登爵士，就是烧死了科嘉芙城堡一家（男主人外出幸而逃过一劫）老老小小的那个凶残的家伙。亚当·戈登爵士横霸一方，得了报应，被威廉·麦金托士（William Mackintosh）报仇烧毁了这座奥金顿城堡。有一首民歌就叫作"奥金顿堡的燃烧"。1725年城堡被废弃。城堡的石料被用于当地农场建筑物和附近的Balvenie城堡。苏格兰文物局将其维修之后，于2007年开放。

城堡有一个大的中央塔和高高的围墙。配套建筑包括一个马厩、啤酒屋和面包房。第二大的圆塔把守大院的西北角。地牢或者地窖可以直接进入塔底地下室。

今天晴雨转换不下十次，其中几次是阳光和雨点同时洒在头上。这就是苏格兰。原空野旷，风高草低。遥想氏族之间仇杀正酣之时，"勇士"们可曾想到过双方同是苏格兰人，血浓于水？此情此景正合了古语："狐眠败砌，兔走荒台，尽是当年歌舞之地；露冷黄花，烟迷衰草，悉属旧时争战之场。盛衰何常，强弱安在，念此令人心灰。"在一片荒凉，萧萧冷风之中，居然还有一对年轻人也来访古。我们相互打招呼，颇有遇到知音之感。

沿 A941 继续北上十多公里，经过 1814 年建成的克雷盖拉希（Craigellachie）桥。200 多岁的老桥依然风姿绰约！

这是座铸铁单跨桥，跨度约 46 米。这在当时是具革命性的，因为桥拱极其纤细，这是传统的砖石结构无法办到的。它由著名的市政建筑工程师托马斯·特尔福德（Thomas Telford，1757—1840）设计并承建（1812—1814）。

铸铁件由英国铁工先驱威廉·黑兹尔丁（William Hazledine，1763—1840）在威尔士的登比郡（Denbighshire）铸造，然后从铸造厂运出，通过埃尔斯米尔运河（Ellesmere Canal）和庞特基西斯特高架水道（Pontcysyllte Aqueduct），经海路在斯佩河口（Speymouth）上岸，装入货车运到施工现场。20 世纪 60 年代曾经进行过一次检测，显示这座铸铁桥有异常高的抗拉强度。

◎ 克雷盖拉希桥

桥的两端各有一双15米高、有箭缝和微型锯齿形城垛的仿中世纪桥头堡，颇有特色。这座桥一直使用到1963年才关闭进行翻新。桥头石柱上面嵌有翻修纪念金属铭牌。后来设定了14吨载重限制。1972年，新建了一座钢筋混凝土桥梁取代老桥连接A941公路。现在这座二百年铸铁老桥仍保持良好状态，开放给步行者和骑自行车的人。苏格兰文物局将此桥列为A级文物，英国土木工程师学会和美国土木工程协会将这座桥定为历史遗迹；2015年此桥入选英国纪念邮票。

　　继续向北22公里，来到埃尔金（Elgin）镇。埃尔金是莫瑞地区行政和商业中心，23 000多人口（截至2011年）。有小学、中学、职业学校和一个大学，共16所学校；大大小小的教堂和其他13家宗教场所。一家医院，三处医疗中心和一家安养所。

　　那座宏伟的埃尔金大教堂（Elgin Cathedral）建于1224年。虽然已经是废墟，仍然壮观威严，令人难忘。今天得以仔仔细细、前前后后欣赏一番。多亏易安专门为此行送我一只新相机，否则拍不下来这个全景。

　　夕阳之下，建筑更为辉煌壮丽。大教堂下午5:30闭馆，我们来晚了，未能入内参观，只能绕教堂一周。在教堂院子里的墓地，形状各异的墓碑高高低低，遍身岁月痕迹，其下埋藏着多少悲欢离合、荣辱沉浮的故事！

　　埃尔金算是千年古镇了，值得一游。市中心有墨卡特十字座、阵亡将士纪念碑、市政厅……，除了镇博物馆，还有一家机动车博物馆，展出了20世纪初叶的各种小汽车和摩托车。我们没有时间参观，只拍下一些街景留念。告别之时，回眸一望，绕镇而过的洛斯河上，小桥流水令人回味。

苏格兰
中部东区

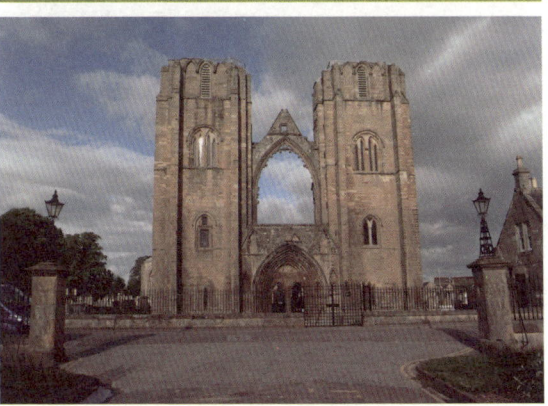

◎ 宏伟的埃尔金大教堂建于1224年。虽然已经是废墟,仍然壮观威严

尼斯湖畔古堡
莫瑞湾外小镇

第二十四天

7月9日
星期四
多云

厄克特城堡
奈恩小镇

　　开车上公路 A96 向西，经荫福尼斯进入 A82 公路，一路湖景。车程 66 公里，来到著名的尼斯湖。"尼斯湖中心暨展览"位于一栋两层石砌小楼。排队好几分钟，来到内里，展示内容只有一些照片、模型和几个短片，不值门票和时间。不过我喜欢那里面的厄克特城堡（Urquhart Castle）复原模型。

　　沿 A82 继续前行，不到 4 公里就来到了尼斯湖畔的厄克特城堡。此堡是苏格兰占地

◎ 尼斯河岸　　　　　　　　　　◎ 厄克特城堡复原模型

◎ 苏格兰占地面积最大的城堡之一，尼斯湖畔的厄克特城堡

面积最大的城堡之一。最高的塔楼曾经有五层。周围有壕沟，通过吊桥才能进入大门。临湖一侧有铁栅栏门，门外下了阶梯，就是私家码头，通过水路与外界联系，运输给养。城堡院内还有小礼拜堂、议事大厅、厨房和防御工事。

现在城堡已成废墟，是13—16世纪的遗存。14世纪时，此堡在苏格兰独立战争中有着重要地位。1692年，政府军撤退时将此堡部分炸毁，以防被詹姆士党人利用来反抗英格兰的统治。

厄克特城堡与许多苏格兰景点不同，几乎是全年开放，一来可见

其热门程度,二来可见尼斯湖地区冬季气候温和。不过4—10月周日不开放,11—3月提前至下午4:30闭馆。

这里每天有几场免费导游。我们先随兴所至,四处观望。到了时间,就去指定地点等候导游。导游是位小个子男士,他讲得兴起,超过了半小时规定时间。跟其他城堡一样,各处有介绍牌,上面有图有说明:城堡的变迁;城堡生活还原图……。城堡外面,高高耸立着敌人围攻时候使用的巨型投石机。

城堡管理者还花钱雇了风笛手来现场演奏。风笛手身披苏格兰民族服装全套行头,英武魁伟、相貌堂堂。全套苏格兰民族服装包括:一条长度及膝的方格呢裙,一件色调与之相配的背心,一件花呢夹克和一双长筒针织厚袜。袜子最好是斜格,颜色和图案与格裙相同。靴子上罩着高筒白布鞋罩,右小腿外侧插有苏格兰长匕首。裙子用皮质宽腰带系牢,腰带正中悬挂一个大荷包,垂在花呢裙子前面,有时肩上还斜披一条花格呢毯,用卡子在左肩处卡住。帽子如果不是高高的黑熊皮毛,至少也得是与格裙同样图案的呢帽。

我们坐下来静静欣赏。水光山色,古堡废墟,白云悠悠,笛声呜呜……眼前恍惚刀光剑影,耳畔俨然人吼马嘶……多少血腥的战争,多少悲惨的故事!勇敢勤劳的苏格兰民族,直至近代,才摆脱愚昧的仇杀、暴力的争斗,一步步迈入理性的文明。

曲终人散。观众之中一位小女孩儿请风笛手在名片上面签名留念。我这大受感动的老天真也上前与他合影。这位大师风笛手送我们一张只比贺卡稍窄的大型名片,印有以碧湖苍山为背景的本人演出照片,照片下书:"曾为歌后麦当娜的苏格兰高地婚礼演奏"。再下面是电话和网站。这位风笛手名字是卡勒姆·弗雷泽(Callum

◎ 身披苏格兰民族服装全套行头的风笛手正在现场演奏

Fraser），与妻儿住在荫福尼斯。他经常在世界各地的种种庆祝活动中演出独奏，包括彭斯节、圣安德鲁节，以及许多明星的婚礼。卡勒姆还是大师工匠协会（The Guild of Master Craftsmen）的会员，并且曾经多次获奖。有条件的年轻人也可以学习麦当娜，去苏格兰举办婚礼，或者请这位风笛大师来中国为婚礼演奏哦！

告别尼斯湖。返程经过面临北海的小镇奈恩（Neirn）。我们到达时是下午4点钟，小镇博物馆已经下班。只好看看街景，又见墨卡特十字座。

安静的小镇街道。中国字的大招牌吸引了我的注意力——又是一家华人外卖店。世界上无论多么偏远的角落，都有华人的身影或足迹。多么顽强的生存能力！

路边楼房的五彩门厅令我驻足观看。这座叫作Jorden House的四层楼，门廊和门楣的雕花瓷砖何等精致！堪称艺术品。墙上小牌子是这座楼的立面图。这些细节，显示出整个设计和施工的独到精良，每一处都很讲究。

◎ 门廊和门楣的雕花瓷砖何等精致

◎ 墨卡特十字座

又见路边大树掩映着一个院落,不知是什么重要机构。大院无门无岗,随便进出。里面有一座塑像,一米高的基座之上是真人大小的铜像。近前观看,原来铜像人物是一名叫作格里格博士(Dr Grigor 1814—1886)的本地医生。他热心公益事业,除了建立数个机构之外,还发表许多文章,推广小镇奈恩为疗养胜地。我们中

国农村乡镇、大小城市里何尝没有许许多多这样为家乡作过贡献的人物呢？

小镇人口只有 12 046 人（截至 2011 年），却有 10 座教堂，而且都有活动。我们遇到的第一座"老教区教堂"于 1897 年建成。许多人认为这座教堂是这一带最精致的建筑，兼具早期英国过渡风格与哥特印记。方形塔楼高 100 英尺，内部光线极好。[①]一座圣尼尼安教堂也十分美丽，峻拔钟塔、玫瑰花窗、尖拱券门，它于 1881 年 12 月 29 日对公众开放，如今已经 130 多岁啦。

---

① 老教区教堂网站（http://www.nairnold.org.uk/about）里还有彩画玻璃窗等其他照片。

国王主教办大学福泽后代
贵胄富豪建城堡魂惊幽灵

第二十五天

7月10日
星期五
阵雨

阿伯丁大学
弗雷泽城堡
法维城堡

7:30 出门,向东南方向的阿伯丁前进。福瑞斯到阿伯丁最短距离 120 多公里,自驾约 2 个小时。如果沿海岸线先向东,然后向南,时时停车欣赏苏格兰中部东北地区那诱人的蓝天白云、绿野碧海,需时多少就全靠自己掌握了。

阿伯丁是苏格兰人口排行第三的城市,2001 年统计为 212 125 人。主要工业有造船、机械、造纸、化学、化肥等。迪河河口为苏格兰北部的主要港口和渔业中心。20 世纪 70 年代起,它迅速发展成为开发英国北海油田的最大基地,被誉为"欧洲石油之都"。这里有阿伯丁大学、技术学院等高等院校。我们此行主要目的是参观著名古校阿伯丁大学(University of Aberdeen)。

1495 年,当时的阿伯丁主教威廉·艾尔芬斯通(Elphinstone)受苏格兰国王詹姆士四世派遣,到罗马觐见教皇,请教皇御许阿伯丁成立一所大学，称国王学院（King's College）。教皇询问在阿伯丁成立大学的缘由以及财政方面如何维持之后，复以教宗诏书，阿伯丁大学正式成立。大学在刚成立的时候教师和学生统共只有36人。阿伯丁大学的教学和研究质量举世闻名，主要培养医生、教师、牧师、律师和管理人才，曾出现五名诺贝尔奖得主。英国前首相温斯顿·丘吉尔亦曾担任阿伯丁大学校监。

◎ 著名的最早的国王学院及其礼拜堂。顶端那皇冠塔已经成为阿伯丁大学的标志

阿伯丁大学拥有500年历史的古建筑群仍在使用当中，并早已成为苏格兰的风景名胜。

国王学院的结构如同四合院，其中皇冠塔与教堂部分建于公元1500年。教堂内部保存了当初用橡木制作的唱诗班座椅。宗教改革时期，大部分教堂都遭到抢劫，附近的圣马格教堂的大钟亦被盗去，幸好当时的校长力保皇冠塔与教堂不受伤害，这才得以保存至今。现在国王学院常用作学术和商务会议的举行地，苏格兰议会亦曾于2002年在此举行会议。

国王学院前面的绿地当中有一铜棺。原来这就是阿伯丁大学之父，时任阿伯丁主教威廉·艾尔芬斯通之纪念碑。1514年威廉·艾尔芬斯通主教逝世，葬在国王学院礼拜堂内祭坛之前。但在宗教改革时期，其墓不知所终。1914年，主教逝世400周年临近，人们决定为他建造一座纪念碑，但直到1931年才完工。根据起初的设计，纪念碑安放在礼拜堂之内，但由于其体积太大，1946年被移至国王学院礼拜堂外绿地。

目前的阿伯丁大学是国王学院和另一所著名大学马修学院（Marischal College，1593年成立）合并而成。马修学院的哥特式建筑重建于1836—1841年，采用阿伯丁盛产的白色花岗岩为主要物料建造，美轮美奂，是全世界第二、全英国最大的花岗岩建筑物。建筑师是著名的亚历山大·马歇尔·麦肯齐（Alexander Marshall Mackenzie）。马修学院大楼现在部分租给市政厅办公，但是大学仍然保留着里面的马修博物馆、毕业大厅等设施。

阿伯丁大学还有许多值得参观的地方，例如：动物学大楼内的自然历史博物馆，通过捐赠在1899年建立的植物园（Cruickshank

○ 阿伯丁大学之父，时任阿伯丁主教威廉·艾尔芬斯通之纪念碑

Botanic Garden）和新阿伯丁大学图书馆。新图书馆被称为邓肯·莱斯图书馆，以前任校长邓肯·莱斯的名字命名。听说南开大学也有为纪念张伯苓先生而修建的伯苓楼，颇感欣慰。新图书馆是一座现代建筑，斑马纹玻璃外墙流光炫目，于2012年正式开放，由当今女王伊丽莎白二世亲自剪彩。馆内藏书超过100万本，其中包括大学在过去500年所收藏的超过25万本的古老文献。可惜我们时间有限，没有来得及参观。

◎ 1913年始建的新国王大学

我们在校区四处转转，许多古老的小楼都有历史，外墙铭牌一一标明："启蒙运动哲学家托马斯·莱德（Thomas Reid, 1710—1796）曾在此学院任教"；"鸟类学者威廉·麦吉利夫雷（William McGillivray, 1796—1852）故居"等，令人肃然起敬。

我们来得太早，许多建筑物都尚未开门。加之是暑假期间，基本没有见到学生。在路口见到小楼一座，只有三层，正面连窗带门一共九扇。原来这是老市政厅，现在是阿伯丁大学"国王博物馆"。国王博物馆是阿伯丁大学博物馆的一部分，经常从大学博物馆之中挑选收藏品进行特展。博物馆小小两间屋子，却不乏吸引人的展品。有鸟类标本，有蝴蝶标本。其中一只通身碧蓝的蝴蝶，闪耀着锦缎色泽，亮丽动人！我从来没有想到会有这么"灿烂"的蝴蝶。自然界的神奇无法解释，只好赞美大自然以表达惊叹和惊异！

今天主题展之一是光与能。有一面展板介绍光、力量与崇拜。讲到人类是为什么、如何地崇拜太阳。还有一张照片介绍了"国王学院"小教堂内部。一束日光投射进来,照在威廉·艾尔芬斯通的墓上,给人神圣的感觉。

另一幅展板讲述人类如何想方设法地"照亮世界"。其中,右下角木刻画展现了1814年的伦敦街头情景:在没有路灯的时代,有引路男孩手持火把,为行人照明挣钱。我从来没有听说过还有这种职业,看来确实"需求就是市场"。

一件实物展品是苏格兰北部设得兰岛 Bagi Stack 灯塔的航行探照灯。此灯使用了菲涅尔透镜,透过它发射的光线可以在32公里以外看到,而苏格兰物理学家大卫·布儒斯特爵士正是促使英国在灯塔中使用这种透镜的推动者。1999年,Bagi Stack 灯塔换成了太阳能光电灯塔。

告别这所拥有520多年历史的大学,向西行驶约27公里,来到弗雷泽城堡(Castle Fraser)。

◎ 弗雷泽城堡

弗雷泽城堡占地 1.2 平方公里，包括花园、树林和农田。考古发现城堡内有大约 15 世纪或 16 世纪的方形塔楼遗迹。弗雷泽城堡属于苏格兰国家委托基金会（National Trust for Scotland），我们购买了会员年票。一年之内，所有属于这个基金会的景点全部免费参观，而且每个月赠送一期会刊（我们回到澳大利亚之后，每月仍然会收到印刷精美的会刊）。但是，建筑物内部不准拍照。

关于弗雷泽城堡的建设，有许多古怪独特之处：隐密的楼梯间、小窗和孔洞可以偷窥与窃听客人的一言一行。当时的地主透过这种"地主的耳朵（Lairds Lug）"，清楚知道大厅里每个人对他的评语。用花岗岩打造建筑结构不容易，当时庄园主人麦可·弗雷泽（Michael Fraser）于 1575 年开始建造，经过 61 年才完工。一直到 19 世纪都不

◎ 法维城堡

断有小部分的装修。

城堡房间装潢、家具、摆设等虽然算不上金碧辉煌，但也是相当地考究。弗雷泽家族十分兴旺发达，后代也非同小可。澳大利亚第22位总理马尔科姆·弗雷泽（Malcolm Fraser）就是家族中一位十分出色的政治家。

离开弗雷泽城堡北上约36公里，就是法维城堡（Fyvie Castle）。这也是苏格兰委托基金会的财产，所以不准室内拍照。据说法维城堡是由苏格兰王狮子威廉1211—1214年间建造的。布鲁斯王也曾来过这里，查理一世在此堡度过童年。1390之后，它不再是皇家产业，每次易主，新主人都增建一座塔楼。里面的东西价值连城。还有大旋转楼梯、当年的盔甲武器，以及肖像画收藏都值得一看。东面围墙内还有花园。

1889年买下法维城堡的是亚历山大·福布斯－里斯（Alexander Forbes-Leith），他在美国伊利诺斯办钢铁厂发了财。他带来不少美国的花草树木。周围大片土地森林曾经是皇家猎苑。当然，同其他苏格兰城堡一样，这里也有闹鬼的故事。最著名的是，1920年城堡进行翻新的时候，人们在一间卧室墙内发现一具女人骨架。在埋葬骨架时，城堡出现了无法解释的事件和怪异响声。主人惊惧，唯恐得罪了这个"幽灵女士"，赶紧又将骨架放回原处，随之一切归于平静……

回"家"途经班福镇，花十英镑又买两份炸鱼薯条，分量多到吃不完。明天是在福瑞斯逗留的最后一天，该如何度过呢？

古老城堡豪华贵族范
美丽花园别致饮鸟盘

第二十六天

7月11日
星期六

布罗迪城堡
考德城堡与花园

大好晴天,也是我们在福瑞斯的最后一天,赶紧洗衣,把穿了半个月的毛衣毛裤也洗了。中午才出门。先去西面9英里的布罗迪堡(Brodie Castle)。

据说,这片产业是马尔科姆四世赐予布罗迪家族的,早在1160年就建有城堡。现存的城堡由布罗迪部族建于1567年,1645年被戈登部族的路易斯·戈登(Lewis Gordon)亨特里侯爵(Marquess of Huntly)放火烧毁。

◎ 布罗迪堡

1824年建筑师威廉·彭（William Burn）将其扩建成为既豪华气派又古色古香的苏格兰风格的大型府邸。布罗迪家族世代居住于此直至20世纪末期，后移交与苏格兰委托基金会。

城堡室内阴暗（不知是否由于窗户窄小），天花板有繁复的石膏塑像，笨重奢华。这里收藏了许多与家人有关的画像……不知为什么我感受到一股土豪气。

继续向西开车20分钟，就是著名的考德城堡（Cawdor Castle）。这是14世纪的考德领主们的住宅。虽说莎士比亚悲剧《麦克白》中的城堡也叫考德（"Thane of Cawdor"），但事实上苏格兰国王邓肯是11世纪的人物，而这里的中心塔楼建于14世纪，侧楼是17世纪才修建的。城堡中目前仍然有人居住，并有完备的家具。每个房间里

◎ 福瑞斯镇的圣劳伦斯大教堂

◎ 独具匠心的饮鸟器

面都有塑料贴膜的单张解说牌，供游客自己阅读，解说词不乏幽默。此堡是私人财产，所以收费。该城堡被列为国家建筑名录 A 级保护文物。这位贵族善于理财，也颇有品味，是见过世面的人物。家中装饰和收藏的艺术品，精致名贵。城堡的花园列于国家园林暨设计景观名录，要另外收费。国外许多喷泉兼有饮鸟的功能。这个花园里面的饮鸟器独具匠心。看见那只前来饮水的小鸟了吗？

我们回到福瑞斯，晚饭后去镇上拍街景和圣劳伦斯大教堂（St Laurence Church）。光线仍然很好，只是教堂已经下班，不能入内参观了。据说里面是相当壮观。

明天就要进入苏格兰高地腹地。晚上跟主人马尔科姆道别，送他一块澳大利亚巧克力表示感谢。他居然感动得说不出话，使劲地跟我拥抱！

苏格兰高地

邓罗宾城堡奢华仙境
巴德比村庄悲惨人间

第二十七天

7月12日
星期天
晴转多云—转雨—转晴

福丽特湖
邓罗宾城堡
巴德比村遗址

与福瑞斯镇民宿主人马尔科姆道别后，向苏格兰高地北部地区凯斯内斯（Caithness）进发。经 A96 西行，到达荫福尼斯之后转 A9，驶过跨莫瑞峡湾的 Kessock 桥北上。又经过 Cromarty 峡湾大桥和 Dornoch 峡湾大桥，进入了凯斯内斯地区。

易安忽然想去多诺赫（Dornoch）小镇瞧一瞧，于是离开大路向东。不知不觉迷了路，来到一片水边。我俩正不知所措呢，忽然发

◎ 驶过 Cromarty 峡湾大桥，奔向苏格兰高地

现水面有海豹。原来，这就是我们本打算一睹芳容的福丽特湖（Loch Fleet），真是"歪打正着"！福丽特湖是一片保护区，湖边竖立着一块别致的木牌，上面嵌有三块图文并茂的彩色说明书，介绍福丽特湖保护区。从这里就可以看见福丽特湖入海口不远处小丘上面的斯科尔博城堡（Skelbo Castle）废墟，那是一座14世纪的建筑。

当你迷路的时候，不必惊慌，不必抱怨，那里往往有出乎意料的风景，也许这正是命运女神送给你的意外惊喜呢！

按计划到达距离福瑞斯镇120多公里（我们这么一绕路，行程可就不止了）的邓罗宾城堡（Dunrobin Castle）。茂林深处，宫殿般的楼塔掩映其中。为炫耀家世悠久，而非一夜暴富，贵族庄园通常植有高大树木。豪华府邸隐匿其后，既彰显谦谦风度，又防备窥探之徒。

城堡三面临海，景色极为壮观，被誉为苏格兰最美丽的城堡之一。邓罗宾城堡拥有多达189个房间，是高地北部地区规模最大的城堡。1872年维多利亚女王访问这里时曾在此下榻。

邓罗宾城堡自从13世纪就成为萨瑟兰（Sutherland）公爵与伯爵府邸。萨瑟兰公爵是苏格兰最古老的7位公爵之一，由于联姻和领土关系有着很多盟友，也是不列颠最有势力的家族之一。城堡高耸于悬崖边上，早期只是一个具有防御功能的方形要塞，拱形屋顶，城墙足有1.8米多厚！16世纪以后，陆陆续续围着老城堡扩建，将其围在中心，所以邓罗宾城堡成了苏格兰居住历史最久远的城堡。直到200年之后，才修建了下山阶梯，增建了一座高楼。

邓罗宾城堡被苏格兰人称为"苏格兰皇冠上的宝石"，果然名不虚传。它不但外观壮美高贵，内部装饰也富丽堂皇，既有老城堡遗存，又有新改装的豪华餐厅、起居室等。19世纪的卫生间已经安装了自

◎ 三面临海，景色极为壮观的邓罗宾城堡

来水浴缸、冲水马桶。各个大厅、起居室、卧室和书房都有油画和各种精美的艺术品。其中除了许多世界名画之外，还有历代萨瑟兰公爵、伯爵及其夫人和儿女的画像。其中第五世公爵夫人的几幅画像令人印象深刻：这位贵妇人在第一次世界大战期间担任救护车司机和护士的工作。此时的公爵夫人，身着军衣，同以前华丽服饰画像里那种盛气凌人的神情相比，平添了几分悲悯，锐利目光因为善良而变得柔和起来。

这城堡主人猎杀了大大小小不下200只野生动物，将其专门展放在另一所房子里面，这还不包括收集的鸟类标本。其他收藏品还有各种矿石、印度、中国、非洲国家的饰品和用品等，例如中国清朝的小脚高底鞋——参观外国博物馆，总是看到让人叹息的东西。

贵族和富豪都不惜斥巨资打造他们的花园。萨瑟兰公爵也不例外。他的花园精心设计，各种植物组成规整的几何图形，其中还建有美观的大型喷泉。花草树木生机勃勃，五彩缤纷。花园后面饲养了七八只小型猛禽，有几种鹰隼和猫头鹰。上午11：30和下午2点各表演一场。整个参观过程，易安最欣赏这一部分。

鹰隼身量不大，但却是飞行速度最快的鸟。有一只小鹰隼动作神速——训鹰人手里的肉条只弹起三寸高，还没有落下一分寸，那鹰隼就已经从几十米开外俯冲过来，叼走了肉条，仅仅在一眨眼的瞬间！训鹰人的口才也很好。在国外看表演，我发现表演者往往是三分功夫，七分口才，至少是五比五。

然后训鹰人给鹰隼喂食。但喂食的不是活鸡，而是已经杀死的带毛鸡块，以防受到动物保护主义者的指责，也避免刺激善心的观众、更不愿对儿童产生不良影响。我认识的一个男孩子，幼时由于见到大人杀鸡，受到刺激，从此不吃鸡肉。

有一段插曲：我们从城堡来花园的路上，下阶梯来到观景平台，看见好几个人围在一起，当中一人躺在地上，可能是一位老人突发什么状况。既然已经有人施救，加之我们不是医生，也不懂急救，只好

◎ 斥巨资打造的花园一角

走开,不要添乱,所以没有围观。在鹰隼即将表演的时候,轰轰隆隆的引擎声音使得表演暂停,原来是急救直升飞机来接运病人。看起来,刚才我们下阶梯时,有人打了求救电话,也就是十几、二十分钟的样子,飞机就到了!飞机降落在那个巨大的观景平台上面,很快,就又起飞,轰轰隆隆地远去了。看起来,这里的医疗急救系统不仅发达,而且运作良好。

从那宫殿般气派豪华的邓罗宾城堡出来,继续北上,去一个叫作巴德比(Badbea)的地方,它曾是 Clearance Village(直译:"清场"村)的遗址。说到"清场",可能许多人没有听说过,但是说到"圈地运动""羊吃人",凡是了解英国历史的人都知道——工业革命推进了纺织业的发展,大地主们一看:养羊比收租来钱快、挣钱多!就把租户们赶走,把麦田改成草场。现在,无论是谁到大不列颠土地上,都赞叹那大片大片绵延起伏的绿色,蓝天白云之下的丰美草场,点缀其中的红顶白墙……多么美丽的田园风光!我第一次去英国的时候,看见这样广袤的土地上面没有庄稼,就十分不解,甚至不由得心痛:在中国南方,尺把宽的田埂边上都种满了作物,每一寸土地都需要用来养活人口!原来这就是资本的力量——既然羊毛更有利可图,何必种庄稼?圈地养羊之风从1780开始,历时70年,一直刮到苏格兰,可怜苏格兰高地能够耕作的土地有限,那些租户被驱赶离开家园,分配土地到了不适宜放牧的地方,巴德比就是其中一处,现在成为这一段历史的见证。

从1792年开始,横遭退租的佃户被迫离开世世代代生活了几百年的土地,陆陆续续迁到指定的居住地巴德比。这是一片石块遍地、终年寒风凛冽的陡峭山坡,崖下就是汹涌的北海。农户携家带口来到此地,一切从头开始:用石块砌屋,以便栖身;清理杂草乱石,以种庄稼……。土地贫瘠,气候恶劣,男人们只好到十二三华里开外的贝里代尔(Berriedale)受雇成为捕捞鲱鱼的劳工。捕鱼是一项既艰苦又危险的工作,对于没有出海经验的农民尤其如此。而妇女在家不仅要照顾庄稼、家务、孩子和家畜家禽,还要加工丈夫捕捞回来的鲱鱼。也有些农户家的男人靠给大牧场主修建石围墙为生。巴德比地区的海风是如此之大,坡地是如此之陡,人们不得不把小孩子、家养的羊和鸡都用绳子拴住,以免被风刮到悬崖之下汹涌的大海里去!1814年的时候,这个小小村落的人口达到80人。后来,当时的领主不再经营捕捞鲱鱼的生意,人们失去工作,在此无法生存,只得离乡背井,远走他方:苏格兰低地、爱尔兰、美国、加拿大、澳大利亚、新西兰……一个叫作亚历山德·罗伯特·萨瑟兰(Alexander Robert Sutherland)的小伙子,1806出生在巴德比村,1839年移居新西兰。72年之后,1911年,他的孙子唐纳德·萨瑟兰回到祖先曾经居住过的地方,用祖辈房屋遗址的石块建造了一座纪念碑,以纪念当年在巴德比生活和劳作的先人。同年,最后一家居民也离开了这乱石遍地、海风呼啸的陡崖。

同样是萨瑟兰家族成员,那位住在邓罗宾城堡里面的萨瑟兰贵族是何等奢华,而赤贫的萨瑟兰百姓却在生死线上挣扎!仅仅在几个小时之内,我们观察到的两种生活,就有天壤之别!

我们今天的目的地是位于凯斯内斯地区中心,瓦腾(Watten)湖边的一处房车营地。由于易安的祖先来自凯斯内斯地区,易安决定在此地逗留三个星期,寻根访祖。除了地处偏僻外,这里是能够找到的合乎要求的最便宜的住所了,每天住宿费折合人民币300多元。这个房车营地中心（Central Caravans）有三室一厅和两室一厅的房车好几辆。主人住在砖石结构的房屋内，却锁着门，无人应答。我们在院子里面找到了提前租下的两室一厅的房车。房车门上贴着写了易安名字的纸条，房门钥匙就插在门锁上！开门进去，一厅一厨两卧两卫，十分宽敞明亮。我们终于来到了真正的苏格兰高地。

◎ 房车客厅兼餐厅

荒僻凯斯内斯地区
平静瓦腾湖畔生活

第二十八天

7月13日
星期一
多云

凯斯内斯瓦腾湖
瓦腾村
维克镇
拉瑟伦博物馆

凯斯内斯位于苏格兰东北角,面积约1 844平方千米。与西部高地相比,这里地势相对平坦,大片大片的高沼地里,草炭将水染成褐色。由于土地贫瘠,天然林一旦被损毁,很难自然再生。我们看见不少人工针叶林,然而长势不理想,成材率不高;还经常看到大片林地上伐倒的木材遭到丢弃,无人利用。凯斯内斯地区连草场都不多,人口就更为稀少。根据2001年人口统计,凯斯内斯地区共有居民23 866人,其中15 000多人居住在维克(Wick)和瑟索(Thurso)两镇。乡间广袤的原野上没有村落,只有相距数公里的农户,鸡犬之声不能相闻。我们还见到许多因主人离去而遭废弃的农舍,屋顶已经荡然无存,只剩高低不等、颓倾坍塌的几面石墙,孑然独立于荒凉之中,暴露于风雨之下,不胜凄凉。看来,随着年轻人去往外面精彩纷呈、热闹喧嚣的世界,老年人离开这虽然留恋却无法永驻的人间，这一带人口只会越来越少。

　　凯斯内斯地区最大城市瑟索，位于我们下榻之处瓦腾湖北面，最短距离16公里。瑟索也是苏格兰最北部海岸最大城市，2011年人口统计居民为7 933人。凯斯内斯地区的行政中心是维克镇，位于我们下榻之处瓦腾湖以东大约17公里。

　　凯斯内斯地区有两大景观，其一是瑟索以西约15公里处的敦雷（Dounreay）核设施。敦雷曾有一座古城堡。第二次世界大战时建有飞机场。20世纪50年代，英国在此建立了两座核设施，用以发展快中子反应堆样本和潜艇核动力堆试验。后来英国意识到，无论是从国家和人民安全的角度，还是从经济合理性的角度来看，核燃料循环并不划算，故决定敦雷退役。目前大部分设施正在拆除。据估算，解决这些核废料以及已造成的污染问题，需要60—100年时间，耗费数十亿英镑。

　　其二是风力发电场。苏格兰的风常年不息，据说现有的风力发电设备，已经满足了90%以上的日常电力需求。在一些不适宜耕作和放牧的荒地上，可以见到大型风力发电场，几十座高大风车，张开巨人般的臂膀，煞是壮观。除此之外，也有不少农户自备各式小风车。

　　我们下榻之处房车中心附近的瓦腾湖（Loch Watten）是英国最北部的淡水飞钓湖泊之一，周围是沼泽和潮湿的草场，因此吸引了众多鸟类——大雁、天鹅、水鸭及其他各种水鸟，成为野生动物的避难所。瓦腾湖的褐鳟鱼个儿大，味美，更有其他大大小小的鱼类值得一钓。五六月份是垂钓的旺季，人们租用小船，在波光粼粼的湖面之上放松身心。这个叫作Dounreay Fly Fishing Association的钓鱼协会在凯斯内斯十个淡水湖拥有15艘小船，10镑租一天，25镑租一周，生意一直做到九月份。

我们在网上订的这个房车是两室一厅,一厨两卫,这个房车中心,也接待自己开着房车来旅游度假的客人,为他们提供水、电、洗衣房等生活所需。洗衣房在院子里面一个独立的小房间。洗衣机、烘干机都需要投币才能运转。烤火、做饭、淋浴都是用天然气,免费。卧室里面的电热器也需要投币。

房东的儿媳十分友好,还曾帮助我收衣服。因为那个洗衣房是公用的,如果我出门,衣物不能总是留在洗衣机里面,倒不是怕人偷走我们的衣物,而是担心妨碍他人使用。

房东乔治·阔德拥有的不仅仅是这七八部房车和自己的房产,还拥有周边好大一片地——到底多大,我也不清楚。有一天我们打算去

◎ 最是令人开颜处,犊牛吮乳依依时

◎ 来到湖边。云低天暗,水清草绿,野湖闲舟,心旷神怡

湖边转一转，他手臂那么一挥说，这都是我的，你们随便转。还嘱咐我们，在公路上步行，要特别当心来往车辆。一是因为这一带没有人行道，公路两边就是杂草，而且草长得相当高，无人修剪，不适合步行。二是道路窄（是无路肩的双车道）、车速快（乡下地方，车辆和行人稀少）。所以听见来车，就得及时避让。

根据以往经验，每个小镇都有政府管理的"游客中心"或者"信息中心"。下午驱车去维克镇。在公路通往城镇的各个入口处，和每一个转弯处，都有醒目的路标指引外地访客。我们根据路标，很快找到了"游客中心"所在的建筑物，然而这里却是一家服装店。进去询问，店员叫我们上楼。楼上一间大屋子沿墙摆放着好几大架子的衣物。所谓"游客中心"只不过是在二楼的楼梯口，左手边的一张桌子和一个书架，上面陈列着五花八门各种旅游景点介绍的小册子和地图。这里居然没有工作人员！政府雇员是由税收养活的，多一名雇员，就要多花一份纳税人的钱，而工资是有最低标准的，低于标准就是违法。于是"游客中心"干脆不设工作人员。我们取了维克市区图，上面有医院、学校、图书馆、博物馆、旅店、饭店和景点等重要信息，非常实用。

从维克沿A99继续南下，行驶约27公里，来到与国道A9交汇点的拉瑟伦（Latheron）。这里有家"刚"部族文史中心暨博物馆（Clan Gunn Heritage Centre and Museum），位于一所曾经的老教堂之内（建于1734年）。院墙外面，道路旁边，一间简陋的小屋是公共厕所。里面的设施一应俱全，除了没有热水洗手之外，与大城市的卫生间毫无二致。易安在博物馆内细细阅读展板和资料，还到教堂墓地查看墓主人的姓氏、年代，以期有什么发现，久久不忍离去。老教堂以及安眠在墓地的人们，枕着波涛，听着海浪，日日夜夜，潮起潮落，已经

◎ 拉瑟伦"刚"部族文史中心暨博物馆

280多年了。瞧那苏格兰的云光!

因为没有互联网,晚上就有时间看看电视了。英国的电视有智力比拼节目、有类似于我们中国电视台的《鉴宝》节目、有老百姓自己盖房子的短纪录片、还有小学生单词拼写比赛、破案连续剧、各种体育赛事转播、脱口秀等。令我印象深刻的一个节目,是记录一位儿童教育专家(中年女性),住在客户家里三天,观察、提建议并且参与解决幼儿教育问题。这家的问题孩子是一位三四岁的男孩儿,任性霸道,随心所欲,甚至于出手打妈妈!那位专家果然有理论、有经验,给出的具体建议和办法都直接奏效。不过据我看,问题还是出在家长身上,那位妈妈性格懦弱,而且三天时间里孩子爸爸始终没有露面。可见整个家庭的氛围、决策,父母的情商与智商都对孩子有着不可低估的影响，如果家长的问题不解决，孩子仍然不能健康成长。

几只野兔常来房车营地玩耍。散步时候，我们会采回五颜六色的野花装点房车生活。

距离我们房车中心东南4公里就是瓦腾村，小小瓦腾村有一所小学，一家便利店，一座公共厕所，一间邮政所，还有一家叫作"褐色鳟鱼"的旅馆。曾经的火车站现在是私人住宅。两条公路穿村而过：西北—东南方向的A882公路，和东北—西南方向的B870公路，形成X字型十字路口。因为这A882就是瓦腾镇的主街。所以进镇入口处不但有"欢迎来到瓦腾"的大牌子，还有一个电子限速提示装置，限速30英里。这个装置十分可爱。超过30英里，就给你一个哭脸，每次我们远远看见哭脸，就主动减速，想看看笑脸是什么样子。限速的目的就达到了。

苏格兰一条叫北滨五百（North Coast 500）的公路线正式开通，全长804公里，围着整个苏格兰北部的海岸线转了一圈，将整个高地的绝美景色全部囊括在内。据说查尔斯王子希望用一条路来展现苏格兰的美景，让更多游客体验这里的风貌、食物和文娱活动，于是支持修建了这条环苏格兰高地的公路。现在，NC500已经被评为"世界上六大最美的沿海线路"之一。在凯斯内斯逗留期间，我们沿着这条"最美公路"环行了一周，其中北岸和东岸走过不止一遍。行进路上，一边是碧海蓝天，绝壁远帆，另一边是绿野荒原，云山冷湖。如诗如画，雄浑辽阔；步步是景，景景动人。

公路至端太后有农场
天涯海角灯塔照人生

第二十九天

7月14日
星期二
晴
有时多云

约翰·奥格罗
茨村
梅伊城堡
邓尼特角

早上8:30出门,直奔英国本岛东北角、A99公路的尽头,不转弯,沿小路直下海边只有300人口的约翰·奥格罗茨(John O'Groats)村。小村名字来源于一位叫作约翰·奥格罗茨的荷兰人,他一度经营着往返奥克尼岛的轮渡。现在,码头上仍然有往返奥克尼岛的跨海客运轮渡。约翰·奥格罗茨这个名字已经进入了英语的成语,当英国人说"Land's End(英国本岛的西北角)to John O'Groats",就相当于美国人说"coast to coast",意为从这一头到那一头最远的距离。

村中高处特意树立了一根石柱,其顶部有路标指向各个方向及其与约翰·奥格罗茨村的距离。坡下东边一面白墙上也有一块醒目的标牌,最顶上书:"约翰·奥格罗茨,开端与起点。"还标出约翰·奥格罗茨距伦敦1 110公里,距爱丁堡450公里,距北方奥克尼岛9.7公里,距离北极3 500公里,距离新西兰两万多公里！从此处海岸可以清晰地看到 6.84 公里开外的小岛斯楚玛（Stroma）。

有路标指示向东步行路线，可以到达英国本岛最东端邓肯斯比角（Duncansby Head），只需沿海边前进三四十分钟就行。我们兴致勃勃地走了一段，鹅卵石、礁石、坡地、草地……我们磕磕绊绊地行进，速度很慢，路上还有打湿鞋子的危险，遂放弃。

开车向西约 10 公里就到达了位于苏格兰北部海岸的梅伊城堡（Castle of Mey），这是伊丽莎白王太后（当今女王伊丽莎白的母亲）从 1955—2001 年间的夏宫。

梅伊城堡建立于 1566—1572 年。在 1952 年年初，伊丽莎白王太后的丈夫英王乔治六世（就是电影《国王的演讲》里面那位英俊但是口吃的国王）逝世，伊丽莎白王太后极其伤心。后来，自然环境优美的梅伊城堡打动了王太后，她于是购买下来。从 1955 年起，每年的 8—

○ 梅伊城堡

10月她都要来此小住，最后一次造访是在2001年10月。在1996年7月，伊丽莎白王太后把梅伊城堡及其周边的地产全部捐赠给了英国国民信托基金会。王太后逝世之后，城堡及其花园定期对游客开放，即每年5月1日至9月30日。我们又一次恰逢其时。

人们亲切地称伊丽莎白太后为"Queen Mother（王后妈妈）"。老人家相当长寿，差4天就102岁，于2002年3月30日逝世。同那些我们参观过的土豪、贵族、发财富户相比，太后十分低调。房间小些，天花板装饰也不张扬。无论外观还是内部，都远非皇家气派那么富丽堂皇，反而给人以温馨舒适、亲切平和之感。梅伊城堡地处海边高地，天气晴朗时分，从这里可以眺望北部的奥克尼群岛。

太后的农场和菜园很有意思，花园也不夸张。农场里面饲养着种类各异的鸡、鹅、猪、羊。绵羊有白身黑头的，全身咖啡毛色的，也有褐色身体、头部黑白相间的。竟然还看到一头驴！另有两只松鼠模样的小动物，原来这就是金花鼠。还有我从来没有见过的可爱小红猪！她的一位近侍幽默地说："王后妈妈理想中的城堡布局是：一半住着她的家人，另一半住她喂养的绵羊。"

农场里还有一座小房，里面是纪念第一次世界大战的展览。一个故事讲的是斯楚玛岛300多人口里面，就有60人参军，其中6人阵亡，更不幸的是，这六人当中有三人是兄弟！

王后妈妈的花园里五彩缤纷，阳光下灿烂的花朵，盛开的生命，美得叫人心痛。

开车继续向西十几分钟来到邓尼特角（Dunnet Head）。这才是真正的大不列颠本岛最北端。陡峭的圆形砂岩岬角，宽约5公里，伸入大西洋的彭特兰湾（Pentland Firth），构成海拔约30米的高地，上面的山峰高 129 米。

　　岬角的北端有一个 105 米高的灯塔，建于 1831 年，是苏格兰著名工程师罗伯特·史蒂文森（1772—1850）的作品。史蒂文森家族四代人一共为英国建造了 97 座灯塔。第一代是托马斯·史密斯（Thomas Smith，1752—1814）。托马斯幼年丧父，30 岁之前，已经拥有五金店和灯具生意，并且制造灯具、设计新型街灯，从此与灯塔结下不解之缘。他一生共建造了七座灯塔，为那些与茫茫波涛、冥冥黑暗殊死搏斗的海船，点亮了航行安全的生命之光。第二代传人就是罗伯特·史蒂文森，除开其他工程，共建造了 16 座灯塔、6 座桥梁。罗伯特的儿子阿兰（Alan Stevenson）建造了 15 座，阿兰的弟弟大卫（David Stevenson）和小弟托马斯（Thomas Stevenson）28 座，大卫的两个儿

◎　岬角的北端有一个 105 米高的灯塔

子大卫·阿兰（David Alan Stevenson）和查理·阿列克赞（Charles Alexander Stevenson）26座。建造灯塔的艰难困苦、技术要求和极大的责任，为这勇气百倍、智力过人、敢于迎接挑战、乐于探索创新的工程师世家提供了施展才能的舞台、成就事业的土地和实现人生意义的天堂。多么值得自豪的家世啊！

第三十天

7月15日
星期三
晴雨不定

维克镇

早上阳光灿烂，赶紧洗衣。刚刚晾出去一半儿，头上便落下雨点，于是匆匆收回来。

我们一路上的家庭旅馆都有WiFi，唯独此处享受独门独户、两室两卫的大房车没有无线网络。于是出发去维克镇，估计图书馆有互联网。但是图书馆没有WiFi服务，只允许使用图书馆的电脑，而且时间限制在半小时内，以方便更多人使用。图书馆工作人员介绍我们去一家叫作Wicker's World的饭店，那里有无线网络，而且饭菜味道十分受欢迎。我们为此在那里享受一顿大餐，不过网速超慢，最后我只好放弃，易安倒是写完了两封邮件。

下午去湖边散步。晚上易安把房费660英镑现金全部交给房东乔治。

老贵族始发善举
小石匠终成大器

第三十一天

7月16日
星期四
晴

维克港口
博物馆
纪念花园

维克镇位于凯斯内斯东海岸,维克河的入海口,面对着北海的维克湾。维克(Wick)是维京语"湾"(vik)的意思,从这个地名,看得出维克的历史和维京人的影响,维京(Viking)人是斯堪的那维亚人的一支,他们是从公元8—11世纪侵扰并殖民欧洲沿海和不列颠群岛的探险家、武士、商人和海盗。其后代许多定居在苏格兰。据2001年人口普查维克居民为7 333人;10年之后,减少到6 954人。

今天我们专门来维克镇博物馆参观。由于来得太早,博物馆还没有开门,于是先到海边码头上转一转。码头上照例有展板和实物,认真且详细地介绍了码头的历史。

首先看见的是一门供大雾天气使用的信号炮,炮身标有1881年字样,地面石基还有刻字说明。大炮背后有黄色说明牌:"这门炮是国会议员约翰·潘德爵士(Sir John

Pender，1815—1896）赠与富特尼（Pulteney）港口基金会，为渔民和其他经过海岸的船只提供雾天信号之用。行此善举是因为这一地区发生过多次渔民悲惨丧生之事。"牌上有约翰·潘德爵士的照片。1864年（这一年发生了许多大事，刚刚上网搜索"1864年"——血雨腥风不忍卒读），他组建了电报建设与维护公司；第二年，又与人合作建立了英美电报公司来铺设大西洋海底电缆；1869年，他的英（国）印（度）海底电讯公司敷设了直达印度的海底电缆——有钱有善心，可以"任性"捐献。说明牌下面最后几行字是感谢地方政府、感谢当地工商人士捐款促成2012年信号炮回归云云。最下面是几个捐助单位的标识Logo。

还有一块维克港历史介绍说明牌，上面一张画像是曾担任维克镇长的约翰·辛克莱爵士（Sir John Sinclair，1754—1835）。渔港正是由于他对水产学会的干预而建成的。展板上还有一幅托马斯·特尔福德1801年画的渔港和渔镇的蓝图。

说明牌右下角的照片（摄于1890年）更有意思：右边遮住半边天那黑压压的一片，原来是渔船在晒帆哪！历史记载捕鱼量最大的一天是1864年8月23日，976条渔船卸下了24 400鲱斗（鲜鲱鱼计量单位，合37.5加仑，约为750—850条）鲱鱼。这样算来，那一天里，3 000多剖鱼和装桶/箱工人加工了将近2 000万条鱼！1912年是维克渔业史上，季节捕捞量最大的一年——总共加工了169 730大桶鲱鱼。在高峰时期，维克是当时世界最大鲱鱼捕捞港。

维克港至今仍然繁忙。坡上一座老房子，是过去的鲱鱼市场，曾经热闹非凡。当年渔民在这里展示自己的货色，与商人讨价还价。许多渔民妇女从一大清早就开始工作，一边剖鱼一边按照大小分类，每

◎ 数以百计的渔船在晒帆

分钟可以加工 40 条鲱鱼！

展板里面还有一幅油画，是商业奇才詹姆士·布莱莫讷（James Bremner, 1784—1856）的肖像。他在 50 年的时间里，修造了 50 条船，外加无数港口，其中包括维克港、克斯港、散德赛德港和喀斯特勒堂

◎ 桅杆如林，鱼桶如山

◎ 剖鱼女工

港。詹姆士还是沉船打捞专家，他最大的丰功伟绩就是成功打捞布鲁内尔的著名铁船大不列颠号。布鲁内尔先前雇用了许多工程师来打捞这艘大船，统统失败，全靠布莱莫讷的技术才得以成功。这位实干家也是维克人哦！

之前讲到的那位规划港口的托马斯·特尔福德先生值得一书。此公好生了得：父亲只是一个苏格兰牧羊人，他出生不久父亲去世，之后在贫困中长到十四岁，开始跟石匠学徒。他学徒期间修造的石桥历经200年至今仍然坚固如初。他靠不懈努力，坚持自学建筑设计、工程项目管理等知识，后来得人资助考取了测量员资格。在市政工程还处于襁褓阶段的时候，他已经立志成为建筑师。他经手的工程不可胜数，包括修路开渠，翻新教堂，改造监狱，建设各种市政设施和港口、隧道……仅仅在石洛普郡（Shropshire）一地，就有他建造的桥梁40座。那座入选英国纪念邮票、秀美的铸铁单跨桥也是这位托马斯设计并且承建的。鉴于特尔福德对于全部市政工程知识的掌握，他于1820年被选举为英国土木工程师学会主席，在任14年，直至去世。

这就是典型的苏格兰精神——无论起点多低、环境多差，都不屈不挠，踏踏实实做好每一件小事，认认真真解决每一个问题，没有时间怨天尤人，全副精力投入工作，最终实现了自己的价值——所有那些桥梁、道路、港口、隧道和其他公共建筑，都是他的纪念碑！

面向码头的一道长长的石砌墙面嵌有七幅金属镂空画，叫作"七扇门"，由艺术家苏·简爱·泰勒和利兹·奥当尼尔设计，铁匠易安·辛克莱制造的。艺术家根据维克中小学生从历史故事和传统民谣得到的灵感，以及捕获祖先的梦幻与记忆所创造出来的各种形象，设计了"七扇门"。这些形象质朴而神秘，充满活力与想象，越看越有意思。

◎ 七幅金属镂空画

　　附近街道有一处废墟。阅读说明牌，得知这是纪念花园，是为了纪念第二次大战时期维克镇在两次空袭之中丧生的18名同胞而保存的遗址。1940年7月1日，一架敌机投下两颗炸弹到有商铺、有住宅的班克柔街，导致15人丧生，其中8名为儿童。据信这是"二战"时英国本岛第一次在白昼遭到空袭。1940年10月26日，三架敌机在镇北小机场附近投下烈性炸药，直接落到住房上，当场炸死一名妇女和两名儿童。说明牌最后写道："所有罹难者名字记录如右。愿人们永远记住他们。愿花园里的花朵为他们永远开放。"名单上面清清楚楚印着牺牲者的姓氏、名字和年龄。

　　来到维克博物馆"Heritage Centre"。门外有纪念牌："王太后陛下于1989年8月17日亲自为此展馆揭幕。"原来小镇博物馆是"王后妈妈"亲自揭幕的呢!

进入展室,迎面看见一幅出海渔民祈求上帝保佑的绣品。这里的展品十分丰富。有"原始的"洗衣机、干衣机、地毯清洁机、吸尘器……,有一两百年前的厨具、灶具、工具、床具、家具……,还有本镇玻璃厂的工艺品。

有一个木制讲桌,上面工工整整漆着:"维克镇及富特尼镇商人辩论协会1857年。"150多年前,这里的商人们是不是通过这个协会培养能力,以说服他人,推销自己、自己的产品、自己的主张?

一张大大的展板和照片介绍了本地发明家阿列克赞·贝恩(Alexander Bain,1811—1877),他就出生在凯斯内斯瓦腾湖附近。他从小就对钟表着迷,20岁跟随维克钟表匠约翰·塞勒学徒。自从阅读了一篇介绍电的文章《奇特的新动力》之后,他跑到瑟索去听了一个关于这个题目的讲座。从此他满脑子想的都是电!为了获得更多关于这个新动力的知识,他离开家乡。1837年,贝恩在伦敦发明了电力钟,随后发明了电报打印,后来又发明了传真机。他的传真机比电话机还早30年。所以,苏格兰人自夸"苏格兰人发明了现代世界",不是没有根据的。

最难得的是博物馆拥有的5万张历史照片,记录了维克和凯斯内斯地区1862—1976年的社会生活和发展。这些照片叫作乔纳森收藏(The Johnston Collection),因为这都是乔纳森一家三代的劳动成果。曾祖威廉·乔纳森(William Johnston)是一位水管工,1829年来到维克,参加了维克教区教堂的建设。那时候维克正在发展,机会多多,于是老威廉就在此定居,娶妻生子。他的儿子阿列克赞在1826年建立了摄影生意,随后儿孙继承了他的事业。在这100多年的时间里,祖孙三代共拍摄了 10 万张左右的玻璃底板照片，现在还有将近 5 万张得以保存，其中 2 万张能够洗印出来。前面那几张码头和剖鱼工人的照片就是乔纳森一家的杰作。

其貌不扬的小小博物馆后院还有一个空中花园。还差两天就 70 周岁的易安竟然不小心摔了一跤，后脑勺碰在石头上，吓得我魂飞魄散。检查后发现没有受伤，算是万幸！出门在外，安全第一！

离开博物馆，步行去参观镇郊一座方尖塔。阅读上面镌刻的字迹，得知这是为码头建设者所立的纪念碑。在中国，我见到许多令人叹为观止的工程：飞跃天堑的桥梁，穿山越岭的隧道……谁是设计者？谁是施工者？谁是那些构件的制造者？却不得而知。这些了不起的人

◎ 从空中花园俯瞰维克港

们，用他们的知识和创造力，解决了多少难题，真正值得我们钦佩和纪念！他们的事迹，值得大书特书。他们才是应该被人敬重、值得仿效的英雄。

出城向南，去看老维克城堡（Castle of Old Wick）废墟。这城堡据信是凯斯内斯公爵在 12 世纪初建成的。地势险要，三面绝壁，易守难攻。悬崖下面，海浪汹涌，城堡一带，海风呼啸。悬崖上面有许多鸟巢，海鸥迎风停在空中。

刚部族血火历史杰出人物
邓比斯山河故乡殒命亲王

第三十二天

7月17日
星期五
晨雨
午阴
夜晴

拉瑟伦"刚"
部族博物馆
邓比斯村博
物馆

昨夜狂风暴雨,替我们洗去汽车几天来长途跋涉蒙上的一路风尘,柔风细雨是起不到这个作用的。早上冒雨出发,再访"刚"部族文史中心暨博物馆。

易安的祖先属于苏格兰"刚"部族,这个部族世世代代居住在凯斯内斯地区,南接萨瑟兰部族,东邻辛克莱尔部族,西面是麦凯部族。苏格兰部族的凝聚力如同中国孔孟陈蒋那些大姓氏的氏族凝聚力,不过苏格兰人没有祠堂。想来我们中国是农业社会,人们世世代代居住在同一块土地上,即使战乱期间,那些入侵者为了安定民心,也尽量不破坏人家的宗祠。加之逃难的人们总是想方设法回到家乡,所以祠堂这样的永久性建筑得以保存;而苏格兰不仅常年遭受战争与劫掠,而且畜牧业比重较大,人口逃亡迁徙流动,祠堂是无法想象、也难以实现的。不过。他们有教区的教堂作为聚会地点,教堂的墓地也是教区会众共享的墓地。教会覆盖了相当一部分中国祠堂的功能。

刚部族的祖先是来自奥克尼岛的北欧人（一说是凯尔特人）后代，"Gunni"这个名字是"战争"的意思。刚部族的族徽是紧握短剑的右手，上书："要么和平，要么战争。"充分表现出这个部族血与火的历史，以及他们那决不妥协的刚毅性格。刚部族与相邻部族为土地和权力发生过多次争战。

刚部族的宿敌是吉斯部族（the Clan Keith）。据说，杜格尔德·吉斯觊觎一个叫作布瑞莫地方的刚部族的女儿海伦，但是海伦拒绝了杜格尔德的追求。听说海伦将要嫁给另一位男士，杜格尔德·吉斯就包围了海伦父亲的房子，杀害了里面的好些人，把海伦抢走关在阿克吉尔（Ackergill）城堡。海伦宁死不屈，从城堡塔楼跳下。刚部族为报复吉斯部族，一再袭击吉斯部族的领地，吉斯部族也经常伺机劫掠刚部族。双方都在频繁的争斗之中遭受损失，因此同意在维克附近的一座圣忒尔小教堂（Chapel of St Tayre）会谈，以解决争端，签订和平协议。双方出席和会限12匹马的人数。可是吉斯部族并无和谈诚意，他们每匹马载了两个人，对先期到达教堂正在祈祷的刚部族12个人放手杀戮。刚部族的勇士们奋起反抗，杀死了大部分吉斯战士，血染教堂！刚部族首领的儿子詹姆斯为父报仇，追杀了阿克吉尔城堡的吉斯和他在杜莫艾（Drummoy）的儿子。

1745年，詹姆斯党（Jacobitism，支持斯图亚特王朝君主詹姆斯二世及其后代夺回英国王位的一个政治、军事团体，多为天主教教徒）举事的时候，刚部族没有支持斯图亚特。不仅如此，一位阿列克赞·刚还担任独立高地中队的队长为政府军而战。然而英国政府认为苏格兰人的地域和族群观念动摇国本，于是以铁腕手段清除苏格兰高地人原本的生活习惯和秩序，比如解散高地氏族（clan）、大量没收农民土地，以及禁止穿着象征高地人身份的短裙凯尔特（kilt）和格子图案（tartan）。然而，人民的意志如同大石之下的种子，越是压制，越是顽强。终于出于各种政治考虑，1782年，禁穿短裙和格子图案的法律被废除。如今王室去苏格兰的时候都身着凯尔特呢裙。

苏格兰格子裙的色彩和图案变化多端，部族与部族的格子图案都不相同，每一部族都具有自己独特的图案。刚部族格子图案（1842年）是：绿底，红色细线、黑色和蓝色宽条组成的方格。

一件展品是1889年9月和1890年4月出版的刚部族季刊。还有一幅展板讲述早在哥伦比亚发现北美新大陆之前100多年，刚部族和辛克莱尔部族的帆船就曾经造访过北美大陆。

刚部族相比其他苏格兰部族人口较少，但是仍然出了不少杰出人物。其中一块展板上面介绍了六位：

第一位是威廉·刚爵士（Sir William，1599—1661），职业军人。欧洲三十年战争（1599—1661）期间，他加入了瑞典国王古斯塔夫二世阿道夫麾下的苏格兰旅，在瑞典、德国参战；1636年9月，指挥1 000名火枪手、两个骑兵团与德国军队交战。当时他率领的部队打先锋，威廉带伤战斗，打退敌人八次冲锋。1639年，威廉由英王查理斯一世授勋为爵士，并且担任查尔斯一世军队的第二指挥官。后来，威廉爵士返回欧洲大陆，于1643年在意大利帝国军队中担任神圣罗马帝国的少将，并获男爵称号。

第二位约翰·刚（John Gunn，1789—1807）是音乐教授，在爱丁堡教授音乐。他创作了首部展现苏格兰竖琴的历史作品，并且将40首苏格兰曲调改编成小提琴、大提琴和长笛的演奏曲。第三位威廉·刚也是音乐家。

一位内尔·米勒·刚（Neil Miller Gunn, 1891—1973），出生于凯斯内斯地区的邓比斯（Dunbeath）村，是一位多产的作家。家乡的历史与精神遗产，给他以创作灵感，其中的三部曲从北欧人的入侵（《太阳圈》），到"清场运动"（《屠夫的扫帚》），直至19世纪初叶的渔业繁荣（《银色宠儿》——已被拍成电影），讲述了苏格兰高地人民世世代代的生活与变迁。他一生发表小说21部，短篇小说集2部，非小说4部。还有两位画家：詹姆士·刚爵士（Sir James Gunn, 1893—1914）是肖像画家，戈登·刚（Gordon Gunn, 1916—1979）是风景画家。

有一位刚部族后代，詹姆士·怀利（James Wylie, 1768—1854）令人难忘。他从阿伯丁大学获得医学博士之后，受聘到俄国步兵团担任军医。由于医术高明、救人无数，深受沙皇器重，并获得英俄两国爵位和英、法、俄等六国十项褒奖。怀利最重要的贡献在于开创救治伤兵的先河。在此之前，只救治军官，而受伤士兵都弃于战场，任其自生自灭。怀利生前发表了好几部重要医学专著，去世后大笔遗产捐给俄帝国医学院，用于建设附属医院。

一张1915年10月11日的老报纸《每日图报》很有看头。这一版介绍刚部族英勇参战的人们。左上角的老妇，曾经在图卢兹（1814年，威灵顿率领英军打败法军之地）将受伤的丈夫背出战场。她的儿子继承了家族传统，参加克里米亚战争（1853—1855）。她的两个孙儿参加了1882年的英埃战争。中图是牧师坎贝尔（Campbell）第二天将奔赴前线，与教徒们告别。下图是人们来教堂聆听坎贝尔牧师的告别布道，会众已经排队到了教堂之外的街上。

墙上一木牌刻记着刚部族家谱和主要分支。安德森、詹姆森、贾米森、大卫森、怀利等都是刚部族的后代姓氏。展览室内桌子上面还有好几本家谱，需要坐下来慢慢翻阅。可是户外下雨，室内那么冷，冻得坐不住！简直就像下雪天，怎么也不能相信此时正是夏季！

迫于这样严酷的自然环境和社会状态，早在12世纪，就有刚部族的人们外迁到不列颠西部岛屿和爱尔兰地区。17世纪，许多刚部族的男人加入苏格兰旅当兵吃粮，后来其中一些人定居在德国和英国低地地区。17世纪以来，移民去英国殖民地的刚部族的人们数量大增，到了19世纪，加拿大、澳大利亚和新西兰成了热门移民目的地。其中许多人也为定居地作出了重要的贡献。例如：阿列克赞·刚牧师曾参与纽约城市学院的创建，并且担任过校长；唐纳德·刚是加拿大曼尼托巴省（Manitoba）的创建人之一，并且担任了立法院上议院的议员；约翰·阿列克赞·刚是澳大利亚新南威尔士国会议员，他还发明了单次给药炭疽疫苗，拯救了澳大利亚畜牧业；新西兰的罗纳德·坎贝尔·刚，一位著名的植物学家，是受委派为新西兰首都选址的三位专员之一。

易安在博物馆里前前后后买了一两百英镑的纪念品，有刚部族格子图案的领带、羊毛围巾、帽子和披肩，印有刚部族徽记的酒杯，一本刚部族历史书。正巧7月22日下周三是刚部族国际联谊会（International Gathering of Clan Gunn），20多英镑一张票，易安买了两张。

雨已停，风仍劲。开车南下，去六公里之外的邓比斯村，那个刚部族作家内尔·米勒的出生地。邓比斯村是如此之小，以至于在维基百科和百度上面连人口统计都查不到。这么一个小村庄，却有着非常专业的博物馆，叫作邓比斯遗产中心（Dunbeath Heritage Centre）。

博物馆设在原来的小学校里。这里展示了邓比斯保护基金会的工作：有一个研究基地、一个资料库（手稿、照片、反映本地文化的实物）、一个展览与讲解空间、一个多功能厅（为讲座、故事、工作室等提供场地）和一间会议厅，供本地居民男女老少和外地访客们聚会之用。这个小村博物馆已经因其专业的管理者及对资料的收集保护和展示，以及其收藏品的重要性，而升级为正式博物馆，还是四星级呢！

博物馆所在的这个小学校，就是内尔·米勒童年读书的地方。内尔·米勒的作品很多都是以邓比斯河谷一带为背景的。

这张照片是博物馆一进门的大厅，图正中白色台子是接待处，靠门是各种资料，里面有搁架的小屋是小卖部，出售纪念品和书籍。地

◎ 博物馆的大厅

板上画的是邓比斯的山川河流，地板上面的木制课桌椅是互动区，墙上地图标注着内尔·米勒小说之中故事的发生地，以及对这些地方的描述。

整个馆内设计布局、展品陈列都十分专业。全馆只有一位女士负责接待、讲解兼卖纪念品——几乎每家博物馆都有卖纪念品的小店或者专柜——还主动为我们免费复印了一份彩色本地旅游指南。

博物馆内也有战时历史介绍：本地一些参战军人的简介，包括军阶、出生地、父母姓名、阵亡的时间地点。其中几位还有照片——年轻英俊的小伙子，就这样被战争夺去了生命！告别时拥抱的温暖尚在，活生生的儿子却一去不复返！

有一位本村女士在战争中服务出色，获得奖章。她的照片和事迹以及有关实物都展出在一张玻璃柜里。还有一本"二战"时候的供应证。"二战"期间，食物、燃料和一些日用品都定量供应，一直延续到1953年。定量供应的食品有：（每周）咸肉和火腿113克，糖227克，茶57克，肉一先令，奶酪57克，还有奶油、猪油、腌制蔬果、糖块等，米、面之类没有限量。

1942年8月25日，一架飞机坠毁在邓比斯一带。14位机组人员和乔治亲王（1902—1942）无一生还。这位亲王排行第五，大哥是爱德华八世（那位"不爱江山爱美人"的退位国王温莎公爵），二哥是乔治六世（那个口吃国王，当今女王伊丽莎白的父亲）。乔治王子年轻时候在海军服役，曾于1938年被任命为澳大利亚总督，原定次年上任，结果1939年二战爆发，任命取消。于是再次参军，以海军少将军衔先后在海军和空军任职。他出事这一次飞行是在去冰岛公干途中经过苏格兰，不幸坠落在邓比斯山坡。

博物馆就是这么一栋小房子。全是石砌,连屋瓦都是石片,结结实实,稳稳当当。前面的栏杆是后来加修的无障碍通道。房子外墙一方石匾上书:"1989年8月28日,伊丽莎白王太后陛下为此纪念匾揭幕——邓比斯遗产中心。"

◎ 邓比斯遗产中心

风雨交加访古堡
鼓乐齐鸣贺诞辰

第三十三天

7月18日
星期六
晴雨相间

辛克莱城堡
维克镇

早上洗衣,尚未洗完,天落雨滴。尝试使用电动干衣机。下午出门去著名的辛克莱城堡(Castle Sinclair Girnigoe)。

古堡距离大路还有一段距离,草地小径,只能步行。下车之后,风雨交加,雨借风势,草伏云翻,天昏地暗。这荒废了300多年的古堡,历经500年的狂风暴雨,仍然屹立在悬崖峭壁之上,遥想当年那龙盘虎踞的气势!脚下海浪咆哮,令人胆寒。

辛克莱城堡位于维克镇北3英里,大约在1476—1496年间由威廉·辛克莱,第二代凯斯内斯伯爵建成。有迹象表明,城堡是建筑在更早以前的防御堡垒之上的。城堡规模不小,故事很长,这里只讲几个重大事件:

1577年,乔治·辛克莱(George Sinclair),第四代凯斯内斯伯爵怀疑儿子反叛自己,就把他囚禁在城堡里面,7年之后儿子最终死在城堡。绝对权力,如同剧毒,足以杀灭任何

◎ 辛克莱城堡

亲情。古今中外，概莫能外。1672年，第六世凯斯内斯伯爵乔治欠了第四位表亲约翰·坎贝尔（John Campbell of Glenorchy）一大笔债，于是将城堡抵债。4年之后乔治去世，没有继承人。约翰娶了乔治的寡妇，声称自己继承了爵位。可是乔治的第一位堂亲"凯斯的乔治·辛克莱（George Sinclair of Keiss）"认为自己才是合法继承人，于是两家发生争执。1680年1月份，凯斯的乔治·辛克莱攻击城堡，摧毁了屋顶、墙壁和地板。到了7月份，当凯斯的乔治·辛克莱再次攻击城堡的头一天晚上，约翰仍然睡在没有地板的城堡里。凯斯的乔治大获全胜。1681年，枢密院将伯爵头衔授予凯斯的乔治，同时允许约翰·坎贝尔继续拥有土地，这场争端才算结束。可是城堡损毁严重，从此无人居住了。

古堡三面悬崖绝壁，十分险要。与陆地相连的部分有一深沟，靠一座木桥进出。通往古堡的桥梁是安德鲁·辛克莱（Andrew Sinclair）捐献并且剪彩的，因此命名为安德鲁·辛克莱桥，于2008年开通。我们冒雨进入古堡废墟参观。城堡墙厚，射箭孔深。城堡有后门直通海上，即使遭到围困，也仍然有海路交通。

苏格兰这些古堡废墟都由政府或者基金会管理，负责修葺、加固、整理历史资料、制作安装城堡说明牌，还有周围一带自然环境介绍的说明牌。但是没有围墙环绕，没有管理人员向游客收费。最为欣赏的是这些说明牌，它们令到此一游的访客立于悠悠天地之间，得到古往今来的文明浸润，感受万物生灵的神奇永恒，使人们所见到的一切，都具有了更深的意义，让人觉得不虚此行。

海风疾烈，草随风低。遍地野花，尽管大幅度摇曳，仍然在风中

◎ 风中白花，
　飞舞似海鸟

◎ 风笛乐队后继有人

怒放！这种顶端一丛白色纤维的草，是我不曾见过的植物。难怪许多人献身博物学（动物学、植物学），每当发现一个新物种，那惊讶、惊喜、惊叹、惊异的情绪，那对于大自然无限创造力的敬畏与崇拜，对于自己好运的激动和感恩……，我完完全全能够体会。

今天是易安的生日。我早已为他准备了礼物：一张从悉尼带来的贺卡，一盒格拉斯哥买的苏格兰风笛曲光碟。今天特意来维克镇吃晚餐，一来我请客贺生，二来今天有风笛表演。维克镇的 Weather Spoon 饭店，生意兴隆，味道也好。饭后维克镇的风笛乐队在饭店门前的广场免费表演，这是他们每个星期六的节目。有一少年拎着一只封口的小塑料桶为这只民间乐队募捐。观众之中只有我一个人是亚洲人面孔，而且似乎只有我一人热情拍照。风笛演奏，已经见过很多次了。今天之所以拍照，是因为这几支风笛乐队的队员十分年轻，苏格兰传统后继有人。易安感到十分幸运！有乐队为他庆祝生日呢！

面包师独力科考
辛克莱祖孙积德

第三十四天

7月19日
星期天
晴

瑟索镇
凯斯内斯地平线

瑟索是英国本岛最北部的镇子,曾经是北方的重要港口,也一度是渔业中心,亚麻布料和制革业都颇有名气。瑟索镇上有一所中学,北高地学院(North Highland College)的主校区也在瑟索。瑟索还有足球、橄榄球、游泳、保龄球和越野摩托车俱乐部。瑟索火车站于1874年建成通车。现存的大教堂,圣安德鲁暨圣彼得教堂(St Andrew's and St Peter's)建于1832年。老圣彼得教堂(遗址)是苏格兰最古老的教堂之一,建于1220年(一说其历史可以追溯到1125年)。

今天去瑟索镇,给好朋友邮寄苏格兰的明信片祝贺她的生日。没有想到邮政局礼拜日休息。小镇一片安静,许多店铺关门。正好参观博物馆。

瑟索博物馆,全称为凯斯内斯地平线博物馆及艺术馆(Caithness Horizons Museum and Art Gallery),一共三层楼。我们从三楼开始,二楼和一楼还没有来得及看，下午五点钟就闭馆了。7 000多人口的小镇博物馆拥有8 050多件藏品，涉及人类学、艺术类、民族学、地质与古生物、自然历史、社会史及工业史等。无愧于苏格兰五星级博物馆。

一幅画介绍苏格兰科学家詹姆士·哈顿（James Hutton, 1726—1797），他是现代地质学的奠基人，也是首位指出凯斯内斯与奥克尼岛原来是同一块大陆的科学家。当然还有大名鼎鼎的小石匠工程师托马斯·特尔福德的画像和介绍。

一件实物是1895年约翰·安德森制作的铁路电报机。安德森19世纪末期住在瑟索，是一位手工艺人和发明家。另一件实物是一块木制镶板，上面浮雕着狮头、羊皮纸文件、缎带、花叶，正中是一位手执钥匙的老人。作者是一位比利时难民，由格拉斯哥市政委员会比利时委员会于1918年赠送给瑟索镇市政，以感谢瑟索镇在第一次世界大战期间为难民提供的服务。

这里的儿童互动节目是一艘小木船和一块木盾牌。儿童可以坐到船上，手执盾牌，模拟当年维京人战胜惊涛骇浪来到苏格兰的情景。还有许多展板介绍本地地理、自然环境，以及保护环境的意义。

最感人的故事是关于一位面包师科学家，罗伯特·迪克（Robert Dick, 1811—1866）的。他幼年失怙，后母不愿供他上大学，13岁便开始做学徒。四年学徒期满，从此以面包师职业为生。但是罗伯特一直没有放弃自学，对昆虫学、天文学、颅相学都有涉猎，对地质学和植物学尤其感兴趣。罗伯特每天完成工作之后，就到野外考察。他在本地的岩石里发现了化石，说明教科书上面的陈述不尽正确。与此同时，罗伯特开始收集植物标本。1854年，罗伯特将自己的发现——

瑟索河边生长着的一种据悉已经在英国灭绝的草，写成文章发表，引起了植物学家们的关注。苏格兰地质学家罗德里克（Roderick Impey Murchison，1792—1871）准男爵前来瑟索会见罗伯特，不巧罗伯特正在炉前全神贯注烘烤面包，脱不开身。1857年，罗德里克写信请求购买罗伯特的几样标本，罗伯特将标本免费送给了这位科学家。1858年，罗德里克再次前来瑟索会见罗伯特。罗伯特给科学家展示了自己收集的化石和植物标本。罗德里克评价"罗伯特对于植物学的了解超过我本人"。罗伯特还有其他一些科学家朋友，这些科学家很多都是贵族，衣食无忧，因此有时间、精力、财力搞研究。他们发表专著的时候，都诚恳地感谢罗伯特，说明哪些标本、哪些内容是来自罗伯特的发现和研究。

但是作为面包师，罗伯特的生意每况愈下，因为小小瑟索镇上现在有了6位面包师13个学徒，竞争激烈。罗伯特的健康也不容乐观：风湿困扰双脚，视力也在下降。祸不单行，运送他所购买面粉的船只出事，不但自己承担损失，而且由于面粉质量受到影响，又失去了一些老客户。到1866年，风湿已经发展到四肢。8月份，罗伯特仍然坚持到一处采石场寻找化石，那天他头晕恶心，感觉非常难受。从此再也没有力气野外考察了。他一直在面包坊工作到去世之前两星期。

罗伯特去世的消息，令维克一家报纸的编辑非常痛心。他在讣告之中谴责瑟索镇冷漠地让这位面包师科学家在贫困中死去。随后爆发的辩论使瑟索人民认识到罗伯特·迪克的价值。出殡的时候，几乎全镇人都参加了葬礼。后来人们还建立了一个纪念罗伯特的基金，最后用这笔基金在瑟索墓地修造了一座大理石方尖塔纪念罗伯特·迪克。

一个民族，一个时代，以探索科学为风尚，以忽视学者为耻辱，

◎ 外形如同小箱子的"流动博物馆"

以分享成果为本分，以诚信公平为高贵；还有什么能够阻止他们进步，妨碍他们的发展？这就是在苏格兰发端的启蒙之光——理智之光，科学之光，知识之光，平等之光，自由之光，为喷薄升起的英国工业革命破晓。

现在罗伯特搜集的 3 000 多件标本，最重要的一部分送到了苏格兰保护工作室进行修复、保护并存档。其他轮流在瑟索博物馆定期展出。瑟索艺术家和科学家合作制做了一个外形如同小箱子的"流动博物馆"，供其他博物馆、学校、社区组织借用以展出罗伯特的故事及其搜集的标本。

我们随后参观市容。这座街头饮水泉是乔治·辛克莱爵士（Sir George Sinclair，1790—1868）的儿子于1894年修建的。当中的白石剪影是乔治的父亲约翰·辛克莱爵士（Sir John Sinclair of Ulbster，1754—1835）的肖像。这位约翰·辛克莱出生于瑟索城堡，在爱丁堡大学、格拉斯哥大学和牛津大学三一学院学习研究，是苏格兰启蒙运

◎ 两次世界大战阵亡将士纪念碑　　◎ 嵌有约翰·辛克莱爵士的街头饮水泉

◎ 瑟索城堡的废墟

动中的人物之一。他关于金融、农业的著作对学术界产生了相当大的影响。在那21卷的开山巨著 Statistical Account of Scotland 里，他是第一位在英语中使用 statistics（统计学）这个词汇的人。维克港的修建，也是在他担任维克镇长时推动的。约翰·辛克莱肖像下面的碑文最后叹道："啊！再也看不到这么慈悲的人啦！"

镇中心还有一座约翰·辛克莱的全身塑像；还有一条街道叫作辛克莱街。从贵族的进步，我们可以看到社会的进步。在辛克莱这一豪门中，前辈把自己关在城堡里面作威作福，后代却利用自己的知识和影响力造福百姓。他们自己首先得到了启蒙，然后豁然开朗，明白了人生意义和时代趋势，自然而然地顺应历史潮流而动，改变自己，改善社会。

中心花园临街一边是献给两次世界大战阵亡将士的纪念碑。

另外一座建于1872年的瑟索城堡虽然已是废墟，但仍然散发着超凡气场。

瑟索镇除了有一家Tesco，还有一家LIDL大型超市。后来我们发现Tesco超市里面不但有间小快餐厅，还可以免费上网。我们第一次在店内上网，尝试不成功，请求收款员帮忙。一个金发小伙儿、一个年轻姑娘，都笑脸相迎，热情相助。最喜欢英国的就是：人人给你笑脸！而且都是主动打招呼："How can I help you？"即使是你来"蹭"免费WIFI的也一样！我终于把在家里写好、保存在电脑里的给女儿和姐姐的信发出去了。从此以后，我们就直接开车到Tesco停车场上网了。这里的WIFI信号非常强大，不必进店也能够联网。

第三十五天

7月20日
星期一
零星小雨
傍晚大风

维克慈善商店
富特尼酒厂

后天是刚部族国际联谊会,易安认为我的服装不够正式,坚持要买衣、裙、外套和皮鞋。于是去维克逛街,买了适合我年龄、身份的服装。易安也买了白衬衣。

然后去参观附近著名的富特尼威士忌酒厂(Pulteney Distillery)。这座200年的老酒厂,也有游客中心,定时开放。工作人员带领游客参观酿酒流程,免费品尝本厂各个年份的威士忌。易安买了两瓶苏格兰"老富特尼"——它曾在2016年获得"世界最佳单一麦芽威士忌"大奖呢!我们决定不远万里带回悉尼,时不时拿出来,盛在刻有刚部族族徽的小玻璃杯里,款待朋友。

顺访"电城"纯属计划外
喜遇野鹿尽在期待中

第三十六天

7月21日
星期二
多云转晴

卡姆斯特的灰石冢
布罗拉村
赫姆斯代尔村"时间跨度"博物馆
高地河谷

今天第一站是卡姆斯特的灰石冢（Grey Cairns of Camster）。所谓cairn（暂译作"石冢"），是由一堆石头建筑的类似坟墓的东西。但是里面除了人骨还有其他动物的骨头，考古学家和人类学家认为石冢兼有祭祀功能或者是与灵魂交流的场地。苏格兰有不止一处这种古老的石冢，可能是苏格兰人口稀少，野外荒凉，所以这些古迹得以保存吧。这卡姆斯特的灰石冢是两座较大的新石器时代的

◎ 卡姆斯特的灰石冢

遗存，距今 5 000 年了。苏格兰文物局在 20 世纪发掘、复原了这些遗址并对公众开放。这些石冢大多地处偏僻，政府专门修路通向这些景点，景点之内又建有栈桥通往石冢。因为石冢建于高地，高地之间的低地往往是积水的草甸子。没有这些栈桥还真是难以到达这些古迹。

景点照例有着认认真真撰写、设计、制作的，图文并茂的说明牌，介绍这些石冢所蕴含的地理、历史、人文和自然知识。这些野外的小型景点，都是免费的。假期里大人孩子来此远足，既可回归大自然，又激发了好奇心、求知欲，不仅增长了知识，而且无形之中培养了热爱家乡、热爱祖国的情怀。国家的这一笔钱，并没有虚掷。

离开石冢，计划中的下一站是 45 公里开外的小村赫姆斯代尔（Helmsdale）。继续沿无名小路向南前进，然后进入 A9 公路。A9 是苏格兰最长的公路，被称为"苏格兰的脊梁"。其中苏格兰高地这一部分从戈尔斯皮（Golspie）到拉瑟伦的五六十公里一段，紧靠苏格兰北部的东海岸线行进，断崖峭壁、碧海蓝天，无限风光，尽收眼底。

车子行驶到距离目的赫姆斯代尔村大约十五六公里的时候，忽然感觉车下发出怪怪的响动，易安停到有路肩的地方下车查看，原来是车胎瘪啦！他赶紧打开后备箱——空空如也！车里既没有备用胎，又没有补胎工具！这里前不着村后不着店，于是赶紧把租车公司的说明书找出来，给租车公司打电话。租车公司叫我们在原地等待。等啊等，等了几十分钟，终于等到了一辆救援车。

谁知车上下来的工人，既没有带来轮胎，也没有带来工具，而是将我们的车，开上他的大车（还真需要点技术，试了三次才成功），然后叫我们坐进他的大卡车高高的驾驶室，沿弯弯曲曲、起起伏伏的海边 A9 公路（美丽风景略微补偿了焦燥心情）一直向南，几十分钟

◎ 救援车

之后，方始来到一个叫作布罗拉（Brora）的小村——早已驶过了我们计划中的目的地赫姆斯代尔。

村里有一家汽车修理部。工人把瘪胎拆下来，发现是一只钉子扎穿了外胎内胎。为什么不能当场补胎呢？把车运到这么远来仅仅补一个洞！耗时费工，耽误了我们的行程。更不可思议的是，一年之后，租车公司 Europcar 不远万里给我们寄来账单，要求我们付拖车费好几百英镑！理由是我们租车的时候没有买修车保险——这应该是租车公司的责任呀！只好想一想：幸好车抛锚在国道上，假如爆胎在偏远角落，移动电话不能覆盖的地区，那可如何是好？！

现在既然来到了这个小村，就顺从天意，参观参观吧。1 100 多人的村子，在苏格兰就不算小了。这里当然也有着非常好的"遗产中心"——这是几乎每个英国村镇都有的博物馆。

原来这个布罗拉村，曾经有着非常发达的工业呢！当年这里的煤矿是英国最北的煤矿。布罗拉村地下的煤，见证了侏罗纪，跟恐龙是同时代的老朋友。布罗拉煤矿开采早在 1529 年就开始了（有当年的许可证存档），直至1974年。这里的煤质不是最好，但是却为工业发展提供了可能，难怪小小布罗拉村曾经被人称为"北方工业之都"呢！在1598年开采的煤矿仅是一个竖井，工人在下面朝四周挖煤，因为没有支护，就不能形成巷道，挖到一定阶段，就得另外开井。几个嵌在玻璃墙面的模型展示16、17和18世纪的矿井，从人工、畜力到机械的利用。

煤矿的开采，带动了本地的工业发展：发电厂、造船厂、盐田、腌鱼业、柠檬饮料厂、酿酒厂、毛纺厂、制砖厂、采石场。著名的伦敦桥、利物浦大教堂和邓罗宾城堡都使用了这里出产的白色砂岩。博物馆里还有砖厂各个年代的多种产品呢。

因为毛纺业需要用电，毛纺厂在1913年自建了火力发电厂，还为本村的居民、街灯和工作场所供电，成为苏格兰北部地区使用电力的第一村，并由此得名"电城"，闻名一时。

一幅展板上面挂着一只老式灯泡实物，下面照片里是一位相貌谦和的先生唐纳德·萨瑟兰（1874—1956），布罗拉村的一位电气工程师。在他工作的30年时间里，布罗拉从来没有发生过停电事故！确实值得"青史留名"！这种敬业精神不能不说与苏格兰人特有的高度自尊相关。

一只玻璃柜里面有奖章、证章十几枚，两把短剑，三张照片，介绍的是一位布罗拉村出生的詹姆士（1912—2006）。他从小做学徒，后成为造船工程师，随地质勘探公司到非洲工作。1937年参军，在巴勒斯坦开军车，学会了阿拉伯语。后来被选中成为英国第一批只有200人的突击队队员。经过严格训练，这支突击队以神出鬼没的战术袭击敌人。詹姆士参加了多次行动，包括那次成功袭击驻扎挪威的德军。这位詹姆士的传奇经历，够拍好几集电视剧了。

有着彩色士兵画像的是军队慈善基金会（Aarmy Benevolent Fund）的宣传单。字面直译是："偿还我们欠他的债。"这与辛亥革命之前，孙中山党人在侨民中募捐时令人激奋慨然的动员辞"国外同胞捐钱，国内同志捐命"异曲同工。这个基金会募集捐款，为现役军人、退伍军人和他们的直系亲属提供帮助。其他战争纪念品很多，其中一个是某军事单位的参战任务时间表。

博物馆的互动节目是一幅讲述布罗拉工业发展史的展板，下面摆放一个色彩明快的大盒子，几个圆圆的盖子上面写着关于布罗拉村工业发展史的问题，揭开盖子就是答案。博物馆内儿童活动区无论是墙画还是互动设计，都非常专业！孩子们的画作也非常出色。说不定布

◎ 博物馆内儿童活动区。左边怪兽是拼图游戏

罗拉小村就会出几个大艺术家呢!

开着修好的车,返回原定目的地赫姆斯代尔。远远望见钟楼。赫村是1814年规划,为安置"高地清场"失地农民而建设的居民区,位于赫姆斯代尔河的入海口。这里也是一个渔港。此地还有火车站、长途汽车站。它连接附近村庄,以及南至荫福尼斯市、北到斯科拉布斯特港及瑟索镇。赫村与莫斯科纬度相当。

此地的博物馆叫作"时间跨度(Time Span)"。这个博物馆办得如此出色,以至于成为一个旅游景点。楼上是美术馆,可惜今天不开放。还有一个档案馆、一间研究室,都对公众开放。楼下还开设了礼品店、咖啡室——完全是大博物馆的派头。我看见这里小小村镇博物馆都办得那么有声有色、专业水准,羡慕之余,真想重返大学,改行学习博物馆专业,为我们自己国家的博物馆事业作点贡献。

每家博物馆都有许许多多实物和展板,我挑选了最打动我心的少数几幅拍照。一幅展板介绍苏格兰人民使用的盖尔语(Gaelic),用图表形象地说明从1755年(22.9%)到2001年(1.2%)苏格兰总人口和讲盖尔语人口比例的变化。右下角黑体大字是盖尔语-英语对照表,看起来两种语言差别不小哟!为了挽救民族语言,苏格兰所有景点的说明,都是双语对照的。

走廊墙上一系列展板是世界史、英国史、苏格兰史与本地历史对照图示,包括地质变迁。从地球形成到人类出现,直至古代、近代、现代……

生动易记,就是此博物馆的特色——"时间跨度"。讲历史课的老师不必自己画表格,直接带学生来参观就行了。当年我讲授英美文学史课程的时候,就曾尝试画这么一个中国、英国、美国,三个国家的文学发展对照表。可是既费时费力，又不方便在教室展示，最终放弃。

博物馆室外临河的小小一片花园，辟为"地质园"。各个地质时期的大块岩石栽在地上，岩石的年代和名称被逐一标明。一块片麻岩，年纪有14亿—29亿年。一块白色大理石较为年轻：4亿多年。其他岩石标本还有砂岩、石灰岩、蛇纹岩、花岗岩、石英等。这也是"时间跨度"。

有幅老照片，记录了当年此地农民的夏季生活。新草茂盛时，妇女带着儿童，赶着牛羊来到山上放牧。他们就住在这种石块和草皮搭建的低矮窝铺里面。每天挤牛奶，制作奶酪、奶油，缝补衣裳。在漫长的黄昏时分，就讲故事、唱歌，休息身心。

◎ 石块和草皮搭建的窝铺

离开"时间跨度"，开进无名小路，去看高地著名的Strath（平底河谷）。老石桥的半圆拱，框出远方绿野农舍，如诗如画……风景虽好，倦意难敌。易安没有午睡的习惯，尽情欣赏祖先故土的美丽；而且经不起这山山水水的诱惑，多次停车拍照。我都懒得睁眼。忽然，易安发现树林边缘有两只雄鹿！它们竖起耳朵，警惕地转头望着我们。

◎ 美丽的鹿角，优雅的头颈，流畅的身形，端庄的姿态

美丽的鹿角，优雅的头颈，流畅的身形，端庄的姿态……啊！大自然的精灵，怎么赞叹都不过分！

看他们的鹿角，一大一小，会不会是父子？老鹿的表情有更多的戒备与敌意，小鹿却流露着惊讶与好奇。几百年前的贵族和大地主们竟然以猎鹿为乐，怎么下得了手！野鹿仍然记得人类的凶残与危险，首先惊疑警惕，继而逃之夭夭。

在苏格兰，经常看见公路边有画着鹿的标牌，提醒驾车人："有鹿出没，当心伤害"（如同在澳大利亚，路边有画着袋鼠的标牌一样）。我一直盼望着能够看见野生鹿，今天不期而遇，令人兴奋！

归途上发现草丛之中溪水之上有一吊桥，桥边警示牌说明："此桥只能承载6人。谢谢合作！"又见路边农家的马匹。易安童年在农场生活，也曾骑马上学，所以见到这匹小马，顿感亲切。马通人性，知道来者一片善意，上前亲热一番。

这种随心所欲地闲逛才是自驾游的真谛。如若慌慌张张、匆匆忙忙从此地赶往彼地，相对随团旅游的优势就打折扣了。

首遇海雀惊喜
躬逢盛会联谊

第三十七天

7月22日
星期三
晴转阴转大雨

辛克莱尔城堡
诺斯角
邓肯斯比角

早上阳光明媚,我们重访辛克莱城堡。遇到一位老人,风尘仆仆,兴致勃勃,自称是辛克莱的后人。

城堡往东不远处就是诺斯角(Noss Head),那里的灯塔是灯塔家族第三代传人阿兰·史蒂文森监造的。阿兰的弟弟托马斯也是灯塔工程师,托马斯的儿子就是写出了《金银岛》《化身博士》等脍炙人口故事的作家路易·斯史蒂文森。也许正是这些灯塔

◎ 诺斯角的灯塔

◎ 邓肯斯比角

上勇往直前穿透黑暗的光芒,浩浩荡荡一望无际的海洋,和那来自神秘远方、冲破无数惊涛骇浪的帆船,激发了小路易斯的灵感吧?

  沿海岸风景线国道北上,到 A99 公路尽头之前右转进入小路,去往上个星期二没有到达的邓肯斯比角,去看这不列颠本岛最东端的著名景观:stack 浪蚀岩柱。此时,清晨的灿烂早已切换成淅淅沥沥的小雨,然而这并没有阻挡络绎不绝的游客。我们踩着湿漉漉的海岸

◎ 角嘴海雀

高崖野草，时时停步观景。邓肯斯比角也有一座灯塔，是苏格兰沿海岸200座灯塔之一，建于1924年，也是罗伯特的儿子大卫·史蒂文森的作品。

在绝壁之上，有数不清的鸟巢。一位年轻人发现了角嘴海雀（puffin），按捺不住激动的心情，急于与人分享，主动前来搭话，在雨中指给我们看。角嘴海雀身量略大于海鸥，红色坚喙鲜艳有趣。

忽然小雨转成了大雨，草湿路滑，雨借风势，扑面而来，视线模糊，遑论拍照！雨伞几乎失去作用。风急雨骤，鞋裤湿透。

回家脱掉湿透的衣裳，准备参加这一年一度的"刚部族国际联谊会"。虽然请柬上面说明："衣着便装，包含晚餐"，但我们还是换上新买的较为正式的服装，吃了晚饭才出门。因为据易安的经验，聚会的食物通常只是点心饮料之类。联谊会在莱斯村社区中心（Lyth Community Center）举行。这个莱斯小村，虽然只有163人，却有着一家非常专业的艺术中心。常年有音乐表演、艺术展览和其他交流活动。进入他们的网站 http：//lytharts.org.uk/ 瞧一眼吧，你绝对想不到这居然是一个只有100多人的偏远乡村的生活。

　　刚部族虽然人口少、地域小，而且后代分散，势单力薄，但是凝聚力却很大。每年都有刚部族的后裔从世界各地来到祖先的这片土地，参加"刚部族国际联谊会"。到会的族人来自加拿大、法国、挪威、荷兰、美国、意大利、新西兰、英格兰、威尔士、澳大利亚和苏格兰。另一对澳大利亚夫妇来自南澳州，名字就叫"易安·刚"，看来，这个聚会名副其实的"国际"。晚餐非常丰盛，有前餐、正餐和饭后甜食。可惜我只能尝一两口没见过的几种食品——在家已经吃饱了！

◎ 苏格兰舞

　　主持人是一位中年男士，不但相貌堂堂，而且会弹电子琴，能讲笑话，还唱了几首歌。一青年女子演奏了苏格兰风笛。还请来当地小学生拉小提琴、跳苏格兰舞助兴。苏格兰的舞蹈，必须货真价实地"跳"，双脚离地，提、举、踢、转……

　　主持人弹电子琴，另外一位男士拉手风琴伴奏，邀请大家起立，一起跳苏格兰集体舞。我们恰巧在悉尼学了一晚上苏格兰集体舞，还有一点点印象。凑数蹦跶一会儿，十分开心。

最后联谊会以合唱"友谊地久天长"结束。这"刚部族联谊会"一年365天当中只举行这么一个晚上,我们竟然不期而遇,岂非幸运之至?

来到屋外,半片月亮挂在深蓝色的天边,已近晚上11点钟。苏格兰乡下的夜晚,安静、祥和,许多绵羊带着小羊,大模大样、悠闲自在地站在狭窄的路面上吃路边的草,吃饱之后,母子偎偎着趴在路面上休息。我们的车开过来,它们也不知道躲避,易安只好减速。一直到我们的车头几乎挨着它们毛绒绒的身体了,它们才好不情愿地站立起来,慌慌张张地在狭窄的路面上小步向前跑。我们只好跟在它们后面慢慢移动。终于有一只羊想到应该躲到路边草地里,其余的羊恍然大悟,纷纷跑离路面,我们这才得以以正常速度行驶。易安哭笑不得,说:"羊就是这样,先是没头脑,乱跑,然后,只要有领头的,就跟风。"

月光下,静谧中,一只小狐狸突然从路边草丛里窜上路面,易安赶忙急刹车又打方向盘,狐狸才得以逃生。这么窄的路面,我们之所以没有翻倒在沟里,一是我们车速很慢,二是易安反应迅速,车技高超。

河谷湿地冷雨冷脸
民间故事恶人恶报

第三十八天

7月23日
星期四
多云转大雨
转晴又转大雨
转晴

平底河谷
凯斯内斯湿地
斯特拉斯内弗
博物馆

重走平底河谷,期望再见野鹿,可惜却踪影全无。不过那绿野白羊、茂林丰草、老桥野花、小溪山坡,确实悦目怡情,令人放松身心,具有精神按摩之功效。

今天我们专程去看另一苏格兰高地景观:Flow(凯斯内斯地区的湿地)。这一片湿地足足有4 000平方公里,是欧洲最大的毡状酸沼(blanket bog)。湿地为野生动植物提供了

◎ 绿野白羊,
茂林丰草,
老桥野花,
小溪山坡

良好的生态环境。1979—1987年间，有人打算开发这一片荒地，造林牟利，同时提供就业岗位。后来人们发现这种开发破坏了生态，在多个民间组织呼吁之后，政府干预禁止任何开发，呼吁保护湿地资源。英国现正在为凯斯内斯湿地申请联合国教科文组织的世界自然遗产。

我们到达通往湿地观景处路口的时候，赫然见到皇家鸟类保护协会（Royal Society for the Protection of Birds – RSPB）抗议开发的红色长幅标语。

中午时分，风雨大作，我们又饥又冷。我早上出门时候，打算带上午饭，易安却说不必，哪个景点没有咖啡室或者小吃店呢？结果只看见路边一块茶室的招牌，却找不到营业厅。于是走进挂着招牌的院子里，去临街的那所房子敲门。啊哈！门一开，里面生着炉火，暖意扑面。谁知那开门女人，得知我们来意之后，不但不请我们进屋，反而随手把门关上，带领我们向后院走去，打开一间木屋，里面两张木桌，没有客人，没有炉火，室内温度与女人的面孔一样冷！我们点了汤和面包，女人离去，把我们留在四处透风的冷屋里。这是到英国以来第一次遭遇冷面孔。正冻得坐不住，在屋里东张西望的时候，又来了一家四口旅客。过了好一会儿，女主人从前院端来两只大碗，两个小面包。大碗里面只有半碗汤，而且经过风雨的洗礼，已经不热了！这一点点食物，竟然要我们30多英镑！所以说，到偏远地方旅行，一定要随身带上食物和饮水，靠谁也不如靠自己。

饭后，一分钟也不愿逗留，立刻顶风冒雨去观景台。观景台在湿地沼泽中心，一路上修有栈桥，否则无法进入沼泽湿地。观景台是专家设计的，金属加木板结构，简洁通透，却不是遮风避雨的好去处。台高风劲，雨水扑面，拍照都很困难，我只拍下一张俯瞰湿地的照片。

◎ 斯特拉斯内弗的博物馆

如果天公作美，可以在台上观测湿地里面各种野鸟呢。

苏格兰湿地还有一大特色，就是大片的泥炭，或者叫草炭。夏秋之际，天晴时候，整块整块挖出来，留在野地里面等它晒干，作为冬天的燃料。这草炭将沼泽的水染成褐色，流入小溪、小河直至下游的入海口，所以近岸的海水都呈褐色。

离开湿地，继续西行转北，来到斯特拉斯内弗（Strathnaver）。这个小地方非镇非村，在A836公路北侧，位于斯特拉斯内弗河的入海口处，背后就是法尔海湾（Farr Bay）。此地也有一家利用老教堂设立的博物馆。教堂的小房子，教堂的院子，都原封不动，那种简陋古朴反而使博物馆具有一种沧桑之感。教堂墓地保存完好。没有先人，何谈历史？没有历史的民族，离消失也就不远了。其实，这墓地、墓碑，连同对面的山岩，都可以说是博物馆的展品。

博物馆虽小，却展品颇丰。裸露的石墙和那没有天花板的屋顶，展示着建筑内部的原貌。牧师布道台自身也是展品，原封未动。布道台上面有1774年字样，里里外外也陈列着展品。博物馆内我们见到专门挖草炭的工具、利用废弃线轴做成的搁架、渔夫使用的由狗皮涂漆制成的浮标、压制土豆泥的工具……，还有一只犹太口弦琴（jews harp）。其实它跟犹太人（Jew）没有关系，可能是人们将jaw（下颌）误读而成的吧。维基百科介绍，据说最早的口弦琴可以在一幅公元4世纪（晋朝）的中国古画上面看到。啊哈！无论你发现什么稀奇东西，在中国都是"古已有之"！连国际足协也承认足球是中国人发明的呢！

一张照片记录了当年的农民和他们就地取材搭建的住房。坠着石块的大网覆盖屋顶，以防海风"卷我三重茅"。壮汉们自信而乐观，即便他们那打了补丁的衣裤，有着磨损的痕迹，挂着肮脏的泥土。

农妇背着沉重的草炭回家，手中还忙着编织毛袜子。同中国的劳动妇女一样，她们既参加生产劳动，又要照顾家庭生活，没有片刻空闲。

◎ 博物馆的老照片

这一带是麦凯部族的地界，所以博物馆以介绍麦凯氏族为主。墙上挂着麦凯部族的族徽——也是匕首在握——苏格兰人啊！一幅麦凯部族加拿大联合会制作的展板介绍他们在加拿大的一些杰出人物。一位叫作伊恩·麦金托士·麦凯（Iain Mackintosh Mackay, 1919—2000）的人物，颇有天赋：既是医生，又是语言学家、风笛手和麻醉师，还是伊丽莎白王太后的名誉医生。移民加拿大之后，成为加拿大麦凯部族联合会的创始会员。

几幅照片讲述了一位风笛手亚历山大·麦凯的故事：亚历山大生于1889年。读了几年书之后，就帮助爸爸造船和经营渡船。小伙子聪颖过人，天生吹得一手好风笛。第一次世界大战结束之后，亚历山大大难不死，回到家乡。政府承诺给返乡军人一片土地作为精忠报国的奖励，但是这一承诺没有兑现。亚历山大仍在家乡务农、做工、打渔，还参加了道路建设。故事最后评论道：虽然亚历山大的一生丰满充实，但却没有享受到退伍军人应该有的生活。许许多多亚历山大从高地、从海岛参军为"国王和祖国"而战，却没有得到任何回报。

一幅画像讲述帕特里克·塞勒（1780—1857）的故事：塞勒精力充沛，野心勃勃，狠心无情，1806年成为萨瑟兰产业的代理人。当时羊毛和羊肉供不应求，年轻的萨瑟兰女伯爵看到养羊更为有利可图，就打定主意赶走佃户。塞勒是个采取行动不顾后果的人，他的强硬措施造成一位老年妇女在清场过程之中身亡。结果1816年他以杀人罪被告上法庭。虽获无罪释放，但是塞勒名誉扫地，一年之后被女伯爵解雇。唉，损人不利己的塞勒，失业之后，一家人的生活会是什么样呢？

还有本地小学生们经社会调查、查阅资料写成的当地历史。孩子们工工整整地将收集的信息抄写在一幅幅2开的白纸上面，还用色彩、

◎ 本地小学生们写成的当地历史

图画、美术字来突出重点,装饰展板。

　　离开斯特拉斯内弗博物馆,云开雨住。我们开车去斯特拉西角 Strathy Point,那里可以观海,还有另一座灯塔。刚刚到达就大雨倾盆!于是转头回家。刚刚到家,又雨过天晴!

最美公路如诗胜画
奇特洞穴接海通天

第三十九天

7月24日
星期五
晴

"最美公路"
汤格村/峡湾
斯摩洞
洛欣弗村

易安忽然决定出个远门。我匆匆煮好四个鸡蛋,带上全部面包、半瓶果酱,以及其他水果蔬菜。先北上16公里,到瑟索镇的超市买了苹果派,然后沿北海岸边的A836公路西行。今天走的这"最美公路"——苏格兰North Coast 500果然名不虚传!一路上风景如画,屡屡停车拍照,张张都可制成挂历!

为了方便人们欣赏苏格兰的独特景色,公路旁边特意修建观景台,观景台上面树立

◎ 这种岩石裸露的山峦,透着别样的坚毅,似乎就是苏格兰人的写照。看那起伏山峦,翻滚云天

图文并茂的景点介绍牌。有一块介绍牌是石制的，上面刻有视野中的山形，标出山名和海拔高度。

每个路口都有醒目的路标。白牌上面标示地名、方向和距离（英里），我在游记里，尽量将英里换算成了公里。

◎ 景点介绍牌

红褐色的路标指示旅游景点、历史遗迹。苏格兰非常重视旅游产业。很不起眼的什么山野小溪，也标注出来，引导游客。虽然政府花了不少钱建设了景点介绍碑、牌（有的地方还有免费的小册子）和观景台、停车场，但野外景点都是免费的。因为帐是这么算的：只要有游客，自然就有消费；只要有消费，就可以增加就业、改善百姓生活。百姓有收入，政府才有税收；政府有了收入，才能更好地为人民服务——诸如投资基本建设和提高人们生活水平的设施，如学校、图

◎ 醒目的路标提供了许多必要信息

书馆、博物馆等。这些方便游客的设施就是其中一项。人民看到、享受到了自己缴税带来的福利，就会心甘情愿、心平气和地缴纳税款，由此形成良性循环。

到达瑟索以西70公里、1 000多人口的小镇汤格（Tongue）。小镇面对着汤格峡湾，峡湾与北海相通。与其他小镇一样，这里也有阵亡将士纪念碑。此碑仿照凯尔顿十字（Kildalton Cross，公元8世纪的苏格兰凯尔顿教堂墓地，凯尔特人独石雕刻的十字架）形制建造。碑文："满怀感激！谨树此碑纪念汤格地区为保卫祖国、保卫自由、保卫荣誉、履行职责，在战争中英勇献身的人们。"一面刻有第一次世界大战的年份和牺牲者的姓名；另一面是第二次世界大战的年份和牺牲者的姓名。

继续西行，驶过汤格海峡桥，绕过额瑞波湖（Loch Eriboll，实

◎ 阵亡将士纪念碑

◎ 啊哈！第一次遇见可爱的苏格兰高地牦牛，苏格兰人亲切地称其为"Highland Coo"

◎ 斯摩洞

际上是一个伸入陆地的海湾），行驶 45 公里之后到达斯摩洞（Smoo Cave）。这个水洞的奇特之处在于，它是由来源不同的两种水溶解形成的，内洞是由一条名叫 Allt Smoo 的小河从落水洞流入溶解石灰岩而成的，外洞则是被海水侵蚀而成。洞内有景点介绍牌。进入洞内，头上光亮处是洞顶部的一个通天口，有栈桥通向内洞的落水瀑布。洞上是田野人家，洞口开向大海。洞口右边上山的小路通往海边观景台。

　　两公里开外就是约 400 人口的德尼斯（Durness）村。路上有好几块标牌，介绍德尼斯附近 Ceannabeinne 步行路线上的风物与历史。这个叫作 Ceannabeinne 的地方是一个定居点遗址，年代可以追溯到中世纪。根据放射性碳年代测定，早在铁器时代此地就有人类居住。在 19 世纪中叶被"清场"赶出家园的人们曾经在此形成了一个 14 户人家的小村庄。如今村庄已经不复存在，只剩一所当年学校的校舍，现在改作旅店。

这一历史被规划成了一条徒步旅行路线，精心设计、建造的户外信息牌介绍步行路线和沿途风物。上面讲述18、19世纪的农耕社会状况，下面有地图和彩色照片介绍本地的动植物。右边方框里面讲述19世纪中叶的一次德内斯骚乱（Durness riots）。这是指1841年暮春，居住在德内斯的农户接到48小时离开家园的命令，人们愤而反抗的事件。自从17世纪詹姆士党人被镇压以后，苏格兰部族社会就近乎解体了。部族首领不再以保护自己的部族为己任。一些首领经营不善，生活奢侈，导致债台高筑，于是或提高地租，或卖地还债。到19世纪，工业革命使得羊毛生意盈利大增，地主纷纷改农田为牧场，造成驱逐农户（"清场"）的恶果。

后来德内斯这片土地卖到一个詹姆士·安德森手里。德内斯的人们经历过1839年的一次"清场"，以为清场结束，躲过了劫难，从此可以安安生生辛苦劳作度日，没料到有一天忽然来了一位地方治安官，奉了一纸法令，限他们48小时离开家园！这是詹姆士·安德森特意挑选的日子，因为他知道这一天全村的男人都去八九公里开外的海边去割那种盖屋顶的沙茅草，村里只有老弱妇孺，估计妇女们好骗好哄好吓唬。岂知苏格兰妇女刚烈强悍不让须眉，当时就有一位妇女飞跑至距离海边不远的一座小山坡上给男人们报信，男人们立刻急奔回村。不过还是晚了一步，妇女们已经抓住这名官吏，强迫他当场烧掉了那纸公文，然后宣布没有接到任何法令。

詹姆士·安德森当然不会甘心，几天之后，又请来了县城公安局的警长菲利普·麦凯来下达驱逐令。这位警长脚跟未稳，就遭到围攻，时髦的风雨衣也被扒掉了，高亢尖锐的风笛就对着他的耳朵吹奏。警长落荒而逃，群众还紧追不放，一路在后面朝他扔石头。

我当时看到这个题目《德内斯骚乱》，以为是暴动造反、流血冲突，没有想到是这样的过程。其中很多事情超出我的经验范围：没想到，驱逐农民需要申请到政府的法令，政府以派官吏宣读法令的形式执法，农民不是抗法，而是想方设法"没有接到法令"！

这一条徒步旅行路线不长，只有1公里，地势基本平坦，地貌却变化多样，有山有水，视野开阔，景色诱人。即使加上阅读那些说明牌和拍照（满目美景叫你无法不停步），也只需要一个小时。

继续沿"最美公路"前进：时而苍茫，时而明丽。行驶约30公里到达拉克斯福德（Laxford）桥。这是一个三叉路口，我们转入A894公路向西，约15公里到达斯考利（Scourie，200人口）村，希望能够找到住宿。B&B（bed and breakfast，床铺与早餐）全都客满。继续南下，一路上湖光山色，美不胜收，却无心欣赏。天光仍亮，时间已晚，住宿还没有着落，我俩心理压力增大。又行驶14公里之后，到达一个叫作凯尔斯特罗姆（Kylestrome）的地方，此处只有零零落落几处房屋，连村庄都算不上，不过仍然有旅馆和B&B，可都挂出了客满的牌子。

又向南开了3公里多，来到尤纳浦（Unapool）。因为位于旅游必经之地，虽无村庄，却有几家旅舍与民宿，亦均满员。尤纳浦方圆几十公里是观景胜地，蓝天碧水，野山环抱。道路蜿蜒曲折，步移景异，处处可人，赏心悦目。只是易安开车难度增大，加之行色匆匆，心绪不佳，如此美色，也难动心。

继续前进约11公里之后，到达A894与A837交会的三叉路口，

◎ 尤纳浦

◎ 阿辛特 Assynt 湖

  往东南不远就是 16 世纪末期的阿德瑞克（Ardvreck）城堡。我们放弃这个景点，向西进入 A837 公路，前进方向的左边就是阿辛特 Assynt 湖。空灵山水，舒卷天云，抚慰着我们疲倦的身体、焦虑的心情。

  又行驶 17 公里之后，来到 600 人口的洛欣弗（Lochinver）村。小村位于洛欣弗峡湾，风光秀丽。各家各户，窗口就是画框，每日大自然涂绘千万海景，变幻无穷，供人欣赏。

洛欣弗村黄昏景色

  我们停车寻找住宿，连续看到几处旅馆和B&B挂出满员牌，正心里发慌，忽然见路边一小房子B&B招牌上贴着一张小纸条，写着VACANT（有空位）字样，大喜过望，敲门询问。一和蔼老妪开门迎客，要价50英镑。上楼查看，一切美观舒适温馨……于是立即卸车，搬行李进屋。然后赶往饭店。

  饭店标明营业时间到晚上8点钟。虽然店堂里面仍有不少客人，但是此时已经晚上8：10了。易安试探着问服务员："我们是不是太晚了？"女服务员进里面请示，得到首肯，就招呼我们入座。每人十几英镑的晚餐，分量足，味道好。我最不习惯西餐的地方就是蔬菜太少。说来也情有可原，人家在草原放牧，逐水草而居，哪里安放菜园呢？

  饭后已经是晚上9点，因苏格兰纬度高，夏季日照时间长，天色仍明。信步闲游小镇仅有的两条街道，拍下老教堂、老石桥和黄昏景色。

  今天行程176公里。

温馨民宿可亲可爱
独特展亭无窗无门

第四十天

7月25日
星期六
晴

杰西的 B&B
天涯海角的邮局
德兰贝格观景台
阿德瑞克城堡
诺肯岩展示亭
阿勒浦

　　这温馨的家庭旅馆的女主人名字叫杰西。昨晚问好了我们希望几点钟开早饭，早上我们准时来到餐厅，一切已经摆放就绪，饭菜被热气腾腾地端上来了。我最喜欢英国小村庄里这些老年妇女开办的B&B，她们把每一处空间都布置得那么整洁、舒适、清新、美丽，营造出真正"宾至如归"的氛围，温暖到你的心里！那种"家"的感觉，甚至想要扯住你匆匆的脚步，熄灭你远游的欲望，拉你沉溺于这优雅闲适中——晴日在光影中赏花，雨夜在炉火旁阅读……

　　楼梯拐角的小小空间，也有盆花、彩画、照片和书。楼下小小门斗，窗台、屋角、墙壁、矮凳，上下左右，各色各样的装饰品，雅致清新，驱散倦意，抚慰心灵。柔软的沙发，邀你一坐。窗前盆花，可供欣赏半日。窗里窗外，有着看不尽的美丽。

　　虽然满脸皱纹，弯腰驼背，她们把自己

◎ 到处一尘不染！门前咫尺之地，也打理得魅力无穷，这些老妪天生具有艺术鉴赏力

也打扮得清清爽爽，没有不合时宜的张扬，只有如沐春风的亲切！我很想跟老太太合影，却只问她要了一张名片。然后把我相机里面拍下来的她家照片，放给老人家看一遍，叫她放心，没有她家任何隐私。临告别之时，我在她的客人留言簿（非常赞赏英国的"留言簿"这个传统）上面，写下两个大大的汉字："谢谢！"

沿"滨海路"（没有找到路名，权且这样称呼这条水边街道）步行不远，就是小村邮局。我买了邮票（一英镑一张），给8月份生日的七姐和女儿寄去印有苏格兰风景的明信片，写上亲切的祝福语，充当生日贺卡，送去跨越山山水水，来自万里之外天涯海角的苏格兰小村庄的一片心意。（结果是在深圳的女儿收到了明信片，在长春的姐姐没有收到。但愿那张明信片落在集邮者的手里——全世界能有几个人能够获得从苏格兰洛欣弗小村邮寄到中国的邮戳呢？十分稀有，因此珍贵。如果落在外行手里，价值人民币50多元钱的这一张邮品，加上无价之宝——我热情洋溢的祝福、明信片上一对可爱的苏格兰牦牛、英国邮票、英国明信片、各地邮局的邮戳，那就与废纸无异了！）

B869公路南接A837，绕格伦·莱格（Glen Leirg）半岛的西海岸和北海岸两个边，然后东接A894，是苏格兰特有的单车道公路。这条路左面是海景，右面有湖光，山陡路窄，坡多弯急。喜欢炫耀车技的朋友们不妨到此一游。加上沿途山重水复的动人风景，绝对不虚此行。我们沿B869向东行驶16公里，来到德兰贝格观景点（Drumbeg viewpoint）。山光水影，岛浮云涌，迷蒙多姿，如仙如幻。

这样的路向东行驶了32公里，回到A894之后，北上去

◎ 同样是小桥流水，绝然不似我们江南的妩媚。翻滚的河水，粗砺的岩石，透出一股刚毅坚韧的气概

◎ 山光水影，岛浮云涌

© Kylesku 大桥

看昨天情急之中错过的"尤纳浦瀑布"。绕来绕去没有找到。奈何无缘！虽然错过了瀑布，却重逢了昨天匆匆而过的 Kylesku 大桥。此桥就在尤纳浦以北，仅仅约 6 公里多一点的地方。1984 年 8 月 8 日女王陛下亲自剪彩通车，有石碑为证。御驾亲临这么一个偏远地方，足以说明尤纳浦江山如画，名声远播。

回头向南 12 公里，来到昨天没有时间停车参观的阿德瑞克城堡。这是麦克利奥德家（MacLeod）1590 至 1591 年居住的城堡。据史书记载，拥护查尔斯国王的蒙特罗斯侯爵詹姆士（James, Marquis of Montrose）战败逃到欧洲大陆，又潜回苏格兰再举义旗，无奈兵力不足，再次战败，只身逃出。他在野外饥寒交迫，到阿德瑞克城堡寻求庇护，未曾想苏格兰乡亲，城堡的主人内尔·麦克里奥德贪图大笔赏金，将侯爵交给了克伦威尔的政府军。侯爵被押解到爱丁堡，在 1650 年 5 月 21 日先被处以绞刑，然后五马分尸。相比之下，《天空岛船歌》里面所赞扬的岂止弗洛拉·麦当娜一人，那些在贫困之中挣扎的苏格兰老百姓没有一个人为赏金而出卖王子，而是冒着生命危险帮助他躲过追捕！次年，王室复辟，这个被害侯爵的政敌，约老会（亦称神圣盟约派／国民誓约派／苏格兰长老会）党人阿盖尔侯爵阿奇博尔德（Archibald, Marquis of Argyll）也被处死。唉！冤冤相报何时了啊！

1672年，麦肯齐部族（Clan MacKenzie）进攻并且占领了阿德瑞克城堡，同时攫取了阿辛特的土地。1726年，麦肯齐部族在附近建造了一座大庄园，庄园却毁于十年之后某夜一场神秘的大火。如今只剩城堡的废墟孑然而立在荒野之中了。荒草败砌，掩埋了那一幕幕血与火的惊悚场景。回首对面公路旁边，小山坡上，涓涓溪流，汩汩瀑布，丽若珠帘，薄似白纱。

继续南下10多公里，去看一个叫作"诺肯岩"（Knockan Crag）的景点。诺肯岩是一个独特的岩石构成，展现了非常有趣的地质现象：年代久远的岩层盖在年轻岩层的上面！世界各地的地质学家和地质爱好者都会来此地一睹为快。现在，这里是苏格兰国家自然保护地、西北高地地质公园以及国际地质公园，园内设立了指示牌、说明牌，还修建了停车处、上山的阶梯和"参观者中心"。

"参观者中心"只是一个小亭子。可这小亭子真是不简单：因为是敞开式的（无门无窗，一面是进口，另一面是出口），必须能够适应冬季零下15度到夏季零上30度的气温条件，还需完全防雨防潮。里面安装有互动的由按钮控制的语音装置、展示地质构成的大屏幕、介绍地质学家研究发现的展板、眼界之内各个山峦的模型……门口还有两位科学家的塑像。小亭子所在地视野开阔，起伏的远山尽收眼底。拾级而上，可以看见更多岩层，山顶上还有一个巨大的由石片砌成的圆球，是艺术家乔·斯密斯（Joe Smith）的杰作。

终于来到位于苏格兰西海岸，1308人口（截至2001年）的阿勒

◎ 阿德瑞克城堡

◎ "参观者中心"

◎ 卓南宾馆

浦（Ullapool）。看到"信息中心"，进去咨询住宿，工作人员介绍给我们一家卓南宾馆（Dromnan Guest House），40英镑一人（含早餐），另外收取4镑介绍费。易安交钱定房，开车去宾馆。一位老先生热情接待，我们选了一间南向房间，阳光灿烂，窗含秀色。

卸下行李，开车回到镇上，在海边散步、拍照。吃着炸鱼薯条，观看码头大轮渡启航，驶过水深流急、最宽处达70公里的明奇海峡（the Minch），对岸就是路易斯岛。现任美国总统特朗普的母亲玛丽·安妮·麦克劳德·特朗普（Mary Anne MacLeod Trump）就出生在该岛。维基百科上面有她年轻时的照片，美艳照人。

饭后从宾馆后院出去散步，海边人家，夏日傍晚，别有一番趣味。

探神秘城堡
观跃鱼瀑布

第四十一天

7月26日
星期天
晴

卓南宾馆
卡斯利瀑布
伯纳大桥
神秘城堡
欣瀑布
洛尔湖

绕"最美公路"旅行的第三天。难得的连续三天晴朗!易安运气真好!

早晨到一楼餐厅就餐。各色水果、茶包、咖啡、牛奶、糖、谷类片、果酱和奶油自取自用,鸡蛋、咸肉、香肠随点随做。餐厅面对后花园,园中花木繁茂,草地上有铁艺桌椅、白色石雕、绿枝拱门……景色如画。

告别美丽的宾馆,沿835北上,回到837公路转向东。慕名来到卡斯利瀑布(Cassley Waterfall),水流虽然湍急,却没有落差,哪里算得上瀑布?名不副实。不过,郁郁山林,潺潺溪流还是逗引我们勾留了好一会儿。附近还有好几幢专供钓鱼者使用的小木屋。钓鱼处设立警示牌:不要将外来渔具、渔船带入此地,以防传染病污染河水,伤害鱼类!

继续向东南,中午时分到达伯纳(Bonar)大桥。这1 456人口(截至2015年)的小镇相当繁荣。我们匆匆驶过大桥来到镇上,期望找到公共厕所。英国无论村庄还是景点，都建立了现代化的、备有手纸、洗手池（大多包括洗手液和擦手纸/干手器）和坐便池的公共厕所。不仅如此，大超市、运动场、海边公共游泳池/场、车站、医院、图书馆、旅馆的卫生间都对公众开放。在运动场、海边公共游泳池/场、火车站、医院的公共卫生间还设有淋浴间。可是我们开车转来转去，几次看见指示公共厕所方向的标志，就是找不到。原来这间相当大的公共厕所在大桥的西边，即我们来的方向，刚才错过了。回到大桥西头，看见大幅告示，知会人们附近景点 Falls of Shin（欣瀑布）没有公共卫生间，打算去那里旅游的人们请在此地方便。

这座漂亮的大桥已经是首座伯纳桥的孙子啦！第一座铸铁加花岗岩拱桥在凯尔河上服务了80年，1892年被一场洪水冲垮。1893年7月6日，第二座伯纳桥建成开通。待到1973年第三代伯纳桥通车之后，81岁的第二座老桥就被拆除了。

◎ 第三代伯纳桥

回到镇上,拍照若干。一座战争纪念碑的塑像,是身着苏格兰凯尔特裙的战士,虽然表情坚毅,却似满含泪水,无限悲痛。

我和易安一人一份炸鱼薯条,坐在岸边尽情放纵味觉与视觉。瞧,对岸绿树掩映着一幢神秘城堡!查遍手中地图、旅游图、指南,仍没有查到该城堡的信息。我俩好奇心难捺,开车过桥,沿河边道路过去探寻。

路窄林密,曲径通幽。不久在道路右边,赫然出现高大门柱和围墙柱。枝繁叶茂的林木,炫耀着庄园的显赫。可是没有大门,也没有"私宅勿入"的提示牌,我们的车在遮天蔽日的树荫中顺着林中小路缓缓前进,恍惚走近电影《蝴蝶梦》里面那个古老庄园。经过第二道门柱,即可见到几栋房屋,藏在绿树丛后,陈旧而普通,会不会是卫兵和仆人们的宿处?现在是否有人居住?林中道路继续延伸,最后到达城堡的围墙。古色古香的门柱,雕花铁门上的牌子上书"私宅勿入"。院内停着汽车。这是谁家富豪?哪位贵胄?石柱铁艺大门口摆放着几只颜色不同的垃圾箱:看来垃圾车也来这里服务;而且,这位人物也规规矩矩遵守垃圾分类的规定。

原来,这是卡本代尔(Carbisdale)城堡。原女公爵萨瑟兰

◎ 战争纪念碑的塑像

◎ 卡本代尔城堡

的府邸，2016年被一家英国投资公司（FCFM Group Ltd.）买下。

我们沿原路返回伯纳桥，按计划来到旅游手册和旅游地图都榜上有名的欣瀑布（Falls of Shin）。所谓"瀑布"并不壮观，河道窄，落差小。人们被吸引到这里来，主要是想观看"鱼跃龙门"——这河水直通多诺克峡湾（Dornoch Firth），然后流向北海。据说每年大马哈鱼（salmon，亦称三文鱼）从大海洄游至淡水河产卵时，激流勇进，奋力跃过这湍急的小小瀑布。虽然仅仅两三米的落差，但是水流湍急，即使强壮的人也站不住，小小鱼儿需要怎样奋力才能跳跃如此之高，而且需要三级跳、四级跳，逆流而上呢？

河岸很陡，只有一处观景台较大，也是正对最大水流的地点。观景台只能容纳十来个人，最佳观景地位有好几位年轻人兴趣盎然地耐心等待，不肯离开。我们没有办法拍到好照片，何况三文鱼今天来不来还是个问题，于是悻悻然离开。

从此地北上，沿途拍照。见到画有野鹿的警示牌，始而兴奋——附近有鹿出没！继而失望——什么也没有看见。一路过来看见各地区分界处的标志牌："欢迎来到 Ross and Cromarty""欢迎来到麦凯县""欢迎来到萨瑟兰""欢迎来到凯斯内斯"——出门三天，又转回到凯斯内斯地界了。路边时有画着一只绵羊的红边三角标牌，意为："当心驾驶，附近有羊出没"。这可一点儿不假，那些绵羊常常大模大样卧在路面，旁若无人，心满意足、心无旁骛地消化鲜草。我说："羊的主人不怕有人把羊抓去杀掉吃了？"易安听了，十分惊讶："那不是偷盗行为吗？"说来惭愧，我是取消粮票之后，才能够餐餐吃饱饭的。在这之前的几十年挨饿经历，造成这样的结果：每逢看见飞禽走兽，第一个反应就是："能不能吃？"尽管绝对不会去偷来杀吃。

沿 836 公路北上来到洛尔湖（Loch Loyal）边，湖畔小舟，撩人游兴。

今天行驶了 220 多公里，易安中途疲劳至极，一贯反对和嘲笑我午睡习惯的他，却主动在一观景台停车午睡。观景台通常位于山脊之上，公路近旁。车窗外野风呼啸，每逢有汽车经过，路面颤抖振动，传导到车内。可谓另类午睡。

最后东行到达瑟索。超市买牛肉派，回家焙烤。加土豆泥、包菜和胡萝卜，吃上一顿易安最喜欢的晚餐。

第四十二天

7月27日
星期一
晴

瓦腾湖

休息。整理照片。下午湖边散步。野湖闲舟，蓝天白云，水青草绿，心旷神怡。

不列颠惩戒学生靠法律
瓦利沟维护台阶有义工

第四十三天

7月28日
星期二
忽晴忽雨

利布斯特村
悬崖农户
瓦利沟

利布斯特（Lybster）本来只是天然的小港湾，1790年，工程师托马斯·特尔福德建议在此修建码头。最兴旺的时候，利布斯特是苏格兰第三大鲱鱼渔港。1859年，利布斯特水产公司（Lybster Fishery）拥有357艘渔船，雇工超过3 200人，其中1 469人是出海的渔民。讲述鲱鱼捕捞历史的《银色宠儿》这部电影就是在利布斯特拍摄的。随着鲱鱼资源枯竭，小村繁荣不再，往日喧嚣悄然逝去，唯见连天海涛。

在苏格兰可以见到很多砖石老桥，利布斯特也有这样一座。跨度不大，但架在陡岸之间，岩石之上，自有坚毅之美。老桥之下溪水潺潺、芳草萋萋，却是柔情风韵。两相呼应，触动心弦。岸边草地停着几部房车，更增添几分遐想。

今天再访利布斯特，轻车熟路，我们径直来到海边，见到一位美术教师带领孩子们来此进行实践活动。部分孩子正在自制天然颜料：将各种颜色的石块（也许是什么矿物）、铁锈等，用石臼舂、在石板上磨，研成粉末，其他的孩子就用这些颜料在海边岩石上面画画。既美化了环境，又为小村增加了旅游看点，还给孩子们提供了发挥想象力、展示才能的机会……。在海涛声中、蓝天之下随心所欲地涂抹作画，多么幸福！大自然赋予人类无限灵感，艺术气质就是在这样的快乐活动之中慢慢培养出来的啊。

虽然这个利布斯特村只有居民850人，但是与其他小村一样，建有来访者中心和历史遗产中心，它们合并在一处，叫作Waterline（直译"水线"）。这"水线"博物馆位于一座小二层楼里面。这座小楼是当年的渔业仓库，维修之后，在第一层开了一家咖啡厅（也供应食品），为来此地观光旅游的人士、游艇爱好者和本地渔民服务。小楼第一层的一端，辟为博物馆的一角，复原当年加工鲱鱼的熏鱼车间的模样。现在熏鱼在许多国家仍然是日常食品之一。这家小村博物馆，跟所有国家级博物馆一样，也备有一间可以容纳轮椅和护理人员的电梯，以帮助腿脚不方便的人们去二楼展厅参观。

博物馆的展品颇具苏格兰渔村特色：有渔民和水手使用的各种绳结的实物和名称，及其结绳方法。有利布斯特的玻璃工厂的玻璃制品——写实主义的海鱼、艺术夸张的野鹿等玻璃摆件，颇有情趣。

令人最为印象深刻的是，博物馆邀请利布斯特小学校的学生参与博物馆的建设。专门有一块展板，上面写着："利布斯特小学6年级和7年级的孩子们接受任务，调查利布斯特的部分历史。希望大家喜欢我们的调查结果。调查的内容包括：学校生活、衣着服装、房屋建筑、儿童游戏、体育运动、战争时期……"。参与调查工作的学生姓名记录在各自的专题组中，每组2—5名学生不等。其中一些调查报告就是小学生工工整整的稚气手书，仿佛看见孩子们那可爱的认真模样。

学校生活展区的展品真不少！当中摆放着一张双人课桌，课桌上方那个圆洞，是置放墨水瓶的地方，防止墨水倾翻。两条浅槽放置铅笔和沾水钢笔，以防滚动滑落。20世纪60年代初期我在小学读书的时候就是使用的这种课桌。课桌上面摆放有相册，左边照片是利布斯特小学教师沃特斯小姐与她的班级（大约1930年）的合影。右边照片是教职员工合影。两张照片各有说明牌，上面分别写着照片上每一个人的姓名。小学生们的工作真细致——那是80多年前的照片啊！

课桌上面还有一样有意思的东西：一根浅褐色的当年体罚学生的皮鞭。在20世纪，教师用这样的皮鞭惩戒学生，维持纪律。在校园里骂人、吸烟，迟到或者不服管教，都要挨打手心。其他的处罚包括：抄书、抄时间表、抄《圣经》等。打手心的惩罚分为四等：多次不完成家庭作业，打一下；踢门等行为，打两下；欺负同学，打三下；扯同学头发，打四下。①

关于学校的历史，小小调查员们写出了长达几千字的《利布斯特小学校历史》，还采访了一位1960年在小学校学习的老人，记述了她回忆的一些学校活动。还收集了1950年学校的老照片、老奖状等校史资料。

---

① 在英国中小学校，1989年才通过法律，禁止在公立学校体罚学生，两年后扩大到私立学校，1998年扩大到校外，家长也不得体罚学生。2006年4月英国颁布了《2006年教育与督学法》以后，一些地方教育部门规定了具体要求。例如，鞭子或皮带必须是经过认可的标准，必须备有惩罚记录，禁止体罚年龄在8岁以下儿童，打手心时每双手不得超3下，鞭打男生臀部不得超6下等。

学校还曾经有一片园地，小学生们在园子里面种植水果蔬菜，供给学生食堂。学校建立了自己的小农场、小花园，让孩子们通过这些活动，观察植物的生长，学习许多知识，培养动手能力，同时知晓"粒粒皆辛苦"的道理，享受劳动的快乐，获得劳动的成果，亲身感受到大自然的神奇与美丽……好处多多。可惜有这种主张、有这种条件的学校不多。

介绍铁路的展板也值得一提。建设铁路的法案于1896年通过，接着就是筹款。连同土地，所需资金共计7万英镑。铁路公司出资3万英镑，一位富有的珀特兰第公爵（Duke of Portland）捐款1.5万英镑，高地铁路公司出资1 000英镑，凯斯内斯政府预支1.5万英镑，财政拨款2.5万英镑……，其余的以股票形式集资，每股一英镑。费尽周折，铁路于1901年2月终于正式开工。通车之后，车票分一、二、三等，一等座3先令6便士，二等座2先令4便士，三等座1先令2便士。车速40公里/小时。

一幅黑白老照片展示了人们聚集在利布斯特火车站，迎接维克与利布斯特之间铁路通车的第一趟火车。这一铁路于1903年6月1日开通，1944年4月3日关闭。照片上可以看见6月份的时候人们还穿着厚呢外套或者长大衣！另外一幅老照片则展示某一年下大雪，积雪深达一米，人们用铁锹给火车铲雪开路。另有一张桌子上面摆放着维克至利布斯特铁路的地形模型、照片和火车头模型。不知道这些是不是小学生们自己动手制作的，真不错！

博物馆还为访客准备有桌椅，桌面上摆放着博物馆搜集的资料。其中除了与本村有关的正式出版的画册之外，还有民间捐赠的照片，包括历年各种节日和活动的照片、学校毕业照等。参观者可以坐下仔

◎ 剖鱼姑娘的老照片

细翻阅。本地居民和曾经居住此地的人们，也许会找到自己年轻时以及亲戚、朋友、老前辈的老照片呢！

有一张老照片我第一眼就被吸引，读了照片说明之后，更是感动、感慨！照片上是一位当年剖鱼姑娘的特写，她正在仔仔细细用棉布和线绳包扎十个手指——照片说明这是为了防止剖鱼刀划伤。窃以为也是为了避免尖锐鱼刺的伤害。最让我久久不能忘怀的就是这位女工那灿烂的笑容——发自内心的高兴，没有掺杂一丝悲伤、哀怨、苦楚……想一想她们的工作强度吧——两腿站立一整天，双手浸满鱼腥血水！再加上那腥臭潮湿的环境！美丽的姑娘脸颊绯红，那是海风和阳光的印记。瞧她那由衷的自豪——为自己的工作能力而自豪；由衷的喜悦——为又一个挣钱旺季而喜悦！面对如此艰苦的劳作，却有这么阳光的笑脸，多么打动人心！这是我最喜欢的照片之一。

博物馆里面还展出了一条旧裙子，这条裙子讲述了一个19世纪中叶的故事：裙子来自捐献者的祖母玛格丽特。玛格丽特年轻时曾给一位农场主做家务，当她结婚的时候，雇主将自己教堂里面使用的坐垫送给了玛格丽特。玛格丽特发现这只坐垫里面塞满了羊毛，于是将这些羊毛捻成毛线，然后用这些线织成了三条裙子，一条送给了婆婆，一条送给了小姑子，一条给自己。玛格丽特在生产第 11 个孩子的时候死去。这就是一百五六十年前普通苏格兰妇女的一生。

互动节目是我们参观的所有博物馆的必备内容。参观者可以在一台电脑里面查到与利布斯特相关的更多信息。还有几只做成装鱼木桶形状的"趣味木桶",打开盖子,可以发现有趣的知识。博物馆还有一台显示器,连接着安装在海边悬崖上面的监控摄像机,以供参观者观察峭壁上面的鸟巢以及鸟类的活动。显示器下面是一台遥控器,可以调整观察角度。可惜当时我没有注意,误以为也是查阅资料的电脑,错过了近距离欣赏野生鸟类的极佳机会。

回到A99公路,我看见公路斜对面就立着旅游局的褐色路标,写着:"Whaligoe Steps(直译瓦利沟台阶)",这正是我们今天的目的地之二。可是易安性急,不等我说完,一脚油门踩下去,我们已在好几英里开外。不得已转头回来,又沿途寻找旅游局的褐色指示牌。忽然发现路边有一牵狗步行的女士,易安赶紧停车问路——真是难得啊!乡下地方牧羊犬就在广阔的草场自由奔跑,根本无需遛狗——这是整个苏格兰旅行期间唯一在乡下遇到的遛狗人,遑论苏格兰人烟稀少,偶尔有车经过,难得遇到一个行人!

女士指着前方说,不远处看见右边小路开进去就是。我们果然很快发现一条小路,开车进去,发现海边一农户前,有人在招手,我们认为这是欢迎的表示,于是开车进入农户院子。一位老先生,估计八九十岁,牙齿都掉了几颗,带领我们参观他的家园。

他家就在悬崖边上,我们跨过防止家畜家禽跌落绝壁的铁丝网,观看所谓的"goe"——就是一条窄窄的海峡,或者说是陡峭海岸的一道裂缝。绝壁之间,立崖之下,一湾海水,望着头晕。绝壁是海鸟筑巢的乐园,毛绒绒的雏鸟在窝里等待亲鸟归来喂食。左面绝壁一挂瀑布，直下深渊！多么美妙的家园！

　　院子里面是动物的天堂：奶山羊、火鸡、鸡、鸭还有猫儿狗儿。老人的女儿女婿还养了牛，种了草。我们开车进来的时候在路边开着大型农机作业的就是他的女婿。草是三天前割倒晒在地里的，今天开着这架机器，将地上面的干草卷成卷，包进黑塑料布，形成紧紧的一大卷（感觉直径有一人高）！这些活计，如果人工来干，就是强壮劳动力也需要几天，一旦下雨，可就全湿了！苏格兰天气经常是一天之内下几场雨的！

　　这家悬崖农舍白墙灰瓦，红褐色窗框，干干净净的两层小楼。虽然是偏远的海边，独门独户，却看不见垃圾粪便和废弃物。悬崖之下的海水清清亮亮，没有一片垃圾、半点臭气。

◎ 崖边农舍"私家"瀑布

跟老人道别，前往传说中的"瓦利沟台阶"。早在18世纪中叶就有渔船在此停泊。1786年的时候，那位后来规划了维克码头的托马斯·特尔福德先生受不列颠渔业协会委托，前来瓦利沟勘察修建港口的可能性。结论是"糟糕的选址"。不过，一位大卫·布罗迪船长（Captain David Brodie），不信这个邪，花了8英镑雇人修筑了通往海面的330级台阶。1814年，他的投资得到了回报，这一港湾为14艘捕鲱鱼船提供了泊位。

当年，捕获的一筐筐鲱鱼拖曳上岸之后，妇女们在海边当场剖鱼：鲱鱼、鳕鱼、黑线鳕，然后背着鱼筐，登上这300多级台阶，再步行到12公里开外的维克镇售卖。人们还把在崖上制造的鱼桶搬运下来移到海边，盛装腌制鲱鱼，然后由帆船运往各地。

早在19世纪初，就有人修理维护瓦利沟台阶。已故的埃塔·居尔（Etta Juhle）女士在1975年山体塌方之后，全凭一己之力清除了大约30吨的碎石。1998年以来，大卫·尼克尔逊和历史学家雷恩·萨瑟兰以及其他志愿者们，全靠人工将石料废料搬上搬下。在夏季，他们每三个星期来割一次野草，以方便游人。

路边有块小石碑，上面刻着"纪念埃塔居尔，她维护瓦利沟台阶多年"。

尝"哈格斯"欣赏风笛表演
访采石场观光规划村庄

第四十四天

7月29日
星期三
晴

维克镇

我们再次来到维克,先去维克图书馆同时也是艺术馆。然后再次到 Weather Spoon 饭店吃晚餐。我点的餐叫什么忘记了,一大块鸡肉,上面一片咸肉,另加一块哈格斯(Haggis)。还有水煮西兰花和胡萝卜,只需7.7英镑。餐食不但都是热的,而且还有蔬菜,虽然没有米饭或者馒头。哈格斯被誉为苏格兰的"国菜",是将剁碎的羊内脏如心、肝、肺,再加上燕麦、洋葱、羊油、盐、香辣调味料和高汤等放入羊肚里面制成的食品。苏格兰国民诗人罗伯特·彭斯(Robert Burns)在1787年离开家乡到了爱丁堡,十分怀念哈格斯,还创作了《致哈格斯》(Address to a Haggis)一诗。我是喜欢吃羊肉的人,仍然觉得腥膻气太重,不知道是佐料不够还是羊肚没有清理干净。也许人家怀念的就是这种腥膻气吧?

晚饭之后,我们来到维克风笛乐队会所

（Pipe Band Hall），购票入场，欣赏每个星期三的演出。这个演出只是在每年七月和八月举行，又被我们无意之中碰上了，好幸运！维克风笛乐队曾经参加过盛大的爱丁堡军乐表演呢。

进门之后就是一个大厅，里面与舞台垂直摆放了四套长排桌椅，桌子上有茶杯茶碟，碟内有小点心和糖果。茶杯旁边印有数字的小纸条是抽奖号码。许多俱乐部、会所通常以小额彩票方式募集资金，吸引客人。

女主持人穿一条深红色裤子，口齿伶俐。今天的节目不少：一少女身着苏格兰舞裙，脚踏苏格兰舞鞋，表演苏格兰舞蹈。还有风笛独奏、合奏，来自加拿大的一支三人组合弹琴唱歌。红裤子女主持人起先清唱，后来由手风琴伴奏演唱。唱起老歌的时候，观众在台下合唱，当然免不了要唱《友谊地久天长》啦！气氛热烈友好。观众以老年人居多，除了我们来自澳大利亚，还有来自其他国家的游客。最终尽兴而归。将近11点钟到家。旷野寂静，夜空如洗，一轮圆月，清辉朦胧。

第四十五天

7月30日
星期四
晴

迈布斯特采石场
霍尔柯克村

从瓦腾镇沿B870公路往西，来到迈布斯特（Mybster）一个废弃的采石场（Achanarras Quarry）自然保护区。这里之所以成为景点，是因为科学家们在这个采石场发现了许多远古化石。虽然是一个野外不收费的景点，却仍然看得出是专业人员精心设计的科普教育基地。从公路边景点指示牌开始的一条砂石小路，沿途树立石制标志，上面刻着地质年代，最后到达采石场旧址。只见书页状石片遍布周围，中央一个大坑，积水不知几深。岸边三面各有一只橙色大救生圈备用。无论在城市还是乡村，英国的水边都备有救生圈。这样简单的安排，却能够在关键时刻大起作用：一旦有人不幸落水，岸上的人们即使不会游泳，也可以施救。不至于酿成救人者反而牺牲了性命的悲剧。

1870年农户就用此地出产的片石建房，至今人们还可以在凯斯内斯和其他地区见到以片石为瓦的屋顶、片石围墙、石板路。后来随着城市发展和建设，这里的石板出口到世界各地，最繁荣时期（1902年），采石工业雇有1 000名工作人员。但是运费和人工的成本攀升之后，采石工业逐渐凋零。

同所有景点一样，这里也有展区布局图，给访客指示方向。继续前行，来到坡上一间有顶无墙的简陋棚屋，这就是采石场的展厅。棚屋看似简陋，实则具备了安全性、可靠性、知识性这些要件。将地质、地理、生物进化等专业知识以图文并茂的方式简单明了地介绍给观众，连小学生也能够理解，着实令人佩服——只有深入了解自己学科的专家，才能以最通俗的方式讲解给外行听懂，正所谓"深入浅出"。那些不会用浅显的语言或者易懂的方式授课的教师，把课讲得玄而又玄的，往往是因为他/她本人没有搞懂。没有"深入"，谈何"浅出"？例如，一块展板以图画形式把三亿五千多年前的泥盆纪，到两百多万年前的第四季至今的地质与生物演进，做了一个高度概括和生动直观的描述。

野花总是开放得那么动人！地域越是荒凉，土壤越是贫瘠，这些不知名的小花越是打动你的心。它们身着彩裙打扮得漂漂亮亮，在风

◎ 开放得那么动人的野花

◎ 阵亡将士纪念碑的碑座上面是悲伤的母亲和年幼的孩子

雨中唱着自己的歌，蓝天下跳着自己的舞。它们不在乎是否有人欣赏，不希冀谁来捧场，只用短暂的存在，展示生命之美，回报阳光雨露，赞颂天地父母。我不由得弯下腰来向她们致敬。

开车北上去瑟索。田野尽头是北海。回程经霍尔柯克（Halkirk）小村。村头赫然矗立着庄严的阵亡将士纪念碑。碑身镌刻着两次世界大战中本教区牺牲者的姓名。碑座上面不是奋勇杀敌的战士，而是悲伤的母亲和年幼的孩子，令人心碎。

瑟索河水静静流淌。古桥石栏，苔印斑驳。桥头的碑文被280多年的风霜雨雪，侵蚀了字迹。大意是：1719年约翰·辛克莱去世之时，指定了一笔钱修建一座石桥，为瑟索河边的霍克可村民和自己土地上的佃户往返提供方便。由于种种原因，石桥1731年才建成。碑文以《圣经》中的两句话结束。第一句看不清。第二句是"《圣经·箴言》不劳而得之财，必然消耗。勤劳积蓄的，必见加增"。最后署名：石匠威廉·施尔。

小村人家古老的石墙边盛开着鲜嫩的花朵。路边长椅，好客暖心。

我最喜欢这些老房子——石墙石屋见证了多少悲欢离合，藏在神秘烟囱里面的小精灵目睹了多少天真烂漫、风华正茂、雄心勃勃和日薄西山！

来到一片好几个足球场那么大的绿地，看到大牌子："欢迎来到霍克可，苏格兰第一座规划村庄"。原来这是运动场。仅有居民960人（截至2015年）的小村竟然有这么宽阔平坦的草地运动场，还有一座观礼/指挥台，太奢侈啦！

村里1900年建成的老教堂仍然有牧师和会众在这里举行宗教活动，包括每个礼拜天的礼拜。

小村有座气派的楼房，是此地出生后移民新西兰的Ross先生出资捐建的。它于1912年建成，1913年捐给霍克可村，提供给村民在此举办各种活动。设计者是辛克莱·麦克唐纳（Sinclair Macdonald）。四角突出的小顶塔bartizan，是苏格兰典型建筑风格。那座高耸的钟楼是后来加盖的。这座大楼和老教堂，都在英国建筑遗产名录之中。

回"家"路上。苏格兰原野明丽新鲜，天高云低，风和气清。不禁思念起祖国的东北平原、华北平原、冀中平原、江汉平原……

苏格兰高地　259

◎ 古老石墙 好客木椅　　　　　　　　　　　　◎ 百年老屋

◎ 1900年建成的老教堂　　　　　　　　　　　◎ Ross楼的钟塔里是英国第一只电动大钟

◎ 苏格兰原野明丽新鲜

奇特古石阵
亮眼博物馆

第四十六天

7月31日
星期五
晴

圣忒尔小教堂
阿克吉尔城堡

我们专门去瓦腾湖一带的几处墓地寻祖。我们分头查看一排排的墓碑。碑文不忍细看，每一座坟墓都埋葬着一个故事。其中一座墓里，埋葬着只在世上存活了几个星期的婴孩。碑文催人泪下："上帝将你借给我们，却不肯赐予我们。你太美丽，尘世不宜。"痛失爱子的哀伤，浓重深切，读来痛彻肝肠！百十来人的小墓地，看来看去，墓主人的姓氏大多是萨瑟兰，还有不少海德森、辛克莱，连一个贾米森都没有。

然后到维克镇北面去寻找那座发生了吉斯部族与刚部族12勇士发生血战的圣忒尔小教堂。离开A99公路，开进一条小路，直达海边停车。然后在海边高地原野漫无边际地寻找。绿油油的草地上一头母羊带领两只小羊悠闲地吃草。看见我们，不但不惧怕，反而好奇地上前来，还钻到我衣襟里来找吃的！面对这么善良的绵羊，想到人类对它们的杀害和人类的自相残杀，一时感到无地自容。英国文豪斯威夫特在他的《格列福游记》里面写道，格列福鉴于人类的种种罪行，耻于为人，不是没有道理的啊！

最后易安终于在荒草之中发现了一个低矮的水泥墩：镶嵌其上的金属牌镌刻着："圣忒尔小教堂原址——刚部族协会1999年"。500多年前的流血之地、伤心之地、仇恨之地，如今连残垣断瓦都荡然无存！1978年，吉斯部族和刚部族终于签订了友好条约，结束了几百年的宿仇。

我们立足之处面对北海，走下海滩，可见远处礁石之间海豹出没嬉戏。举目眺望，右边辛克莱城堡废墟遥遥兀立。左边视线所及之处亦有一座城堡。不禁好奇，驱车前往一探究竟。

原来这就是吉斯部族的阿克吉尔城堡，杜格尔德·吉斯把刚部族的女儿海伦抢走之后就关在这里。据说海伦当年愤而跳楼，至今阴魂不散。这座500多年的城堡，历经多少争战，至今仍然基本完好，可

◎ 石墙古堡，述说着无声的故事，天空风云变幻，墙外涛声依旧

算得上是幸运了。现在该城堡经营着一家旅馆，还出租场地给会议、典礼等，所以我们不得而入。

第四十七天

8月1日
星期六
晴

阿哈瓦尼赫石阵
城堡镇博物馆

昨夜雨。顺A9公路北上10公里，去阿哈瓦尼赫（Achavanich）看一个石阵（Stone Setting）。石阵就在A9公路路旁斯特姆斯特湖（Loch Stemster）边。

这个石阵有三处与众不同：一是石块不大，最高的也只有两米左右；二是排列成马蹄形，而不是圆形；三是石块的尖锐面对着中心，而其他石阵是以平坦面对着中心。这片石阵现存36块石头，据信是4000年前铜器时代的遗址，原来可能有54块。在东南不远处，人们还发现了比石阵早1000年的大石冢的遗迹。

景点说明牌照例由两种语言书写：英文和苏格兰文。语言不仅仅是民族凝聚力、语言学家的研究对象，也为社会学家、历史学家、人类学家、考古学家等科学家提供了非常宝贵的信息和工具。现在我国许多语言学家开展保护少数民族语言和汉语方言的工作，的确十分有远见。

继续北上，行驶29公里来到瑟索。在超

市买了热牛肉馅饼去瑟索东面8公里处的小村城堡镇（Castletown）海边观景、午餐。苏格兰北部海岸通常陡峭，居住地大多位于高崖之上。和许多其他沿海小镇一样，这里在海边崖上设有大木桌、长木凳，供游人休息、野餐。今天难得的晴暖，可以看到大人和孩子们身着短衣、裙装，光脚在沙滩、礁石上行走、玩耍。饭后去码头参观。我的四姐和四姐夫就是码头设计工程师，他们一生在国内外江边海岸设计了几十座码头。每次看见码头就想起他们。

居民798人（截至2001年）的小镇有两家旅馆、一所附设托儿所的小学、两家蔬果店（其中一家还卖肉）、两家发廊、一家汽车修理店、一所教堂……，麻雀虽小，五脏俱全。当然还有"遗产中心"——镇博物馆。博物馆屋顶安装了太阳能板。屋瓦、石墙、步道和花坛都是用本地特产的石板修建的。还没有进门，就被小小院子里面的园艺惊呆了——简直就是艺术作品！

◎ 艺术作品式的园艺

院内的废旧小车也成了花坛，颇有童话意味。屋外石墙上嵌着好几幅介绍花园植物的展板。其中就有苏格兰空旷原野里那些不畏疾风冷雨、蓬勃生长的花草之一，根可入药的"白芷"。

馆内陈设简陋，然而功能齐全。今天只有一位老年女士和一位年纪也不轻的男士在值班。两人都热情地欢迎我们，兴致勃勃地带领我们参观。这个小镇当年加工采石场的石板，然后经码头运往各大城市。不仅苏格兰首府爱丁堡、英国首都伦敦的许多街道铺设着这里的石板，连远在万里的澳大利亚悉尼，和大洋彼岸美国纽约的金融区的街道也从这小小城堡镇进口石板呢！真想不到！

有一只模型船，是1865年建造的96吨的双帆木船"凯斯内斯少女"号。有一幅画介绍了一位本地船长。还有一个大家伙——飞机发动机！这个实物展品有说明和照片：一架飞机失事一头扎在城堡镇附近的湿地里面。有两个"好事之徒"，在泥水里面挖了好多天，最后还动用了机械，终于把这架发动机挖了出来！照片里面两个壮汉，满身满脸泥水，竟笑开了花！

镇外不远，就是苏格兰地区存留的古迹之一：2 000年前早期居民建立的圆形石塔屋（broch）。

奥克尼群岛

古老鹰冢印证人类史
爱美战俘兴建礼拜堂

第四十八天

8月2日
星期天
晴

邓肯斯比角
渡海
鹰冢
意大利礼拜堂
丘吉尔屏障
"东岸"旅店

7:30起床,收拾行李,打扫房间。这是租房的规矩:必须将房子干干净净交回房主。平时我就将餐具、炊具、灶台保持清洁,今天就省事快捷。说实话,比我们入住的时候干净得多。房费早已交给房东,也没有人来查房。10点钟出门,易安没有径直去码头,而是开车奔向邓肯斯比角,说是上次风狂雨疾,没有尽兴,应该在告别苏格兰本岛之前,再看最后一眼。今天我们再访这片海角,映日海浪,辽阔云天,青草萋萋,绝壁巍巍。大自然总是这样拥抱着你,感动着你。

然后驱车向西,到达吉尔(Gill)港。我们早于5月份未赴英国之前,就已经在网上订好去奥克尼岛的船票。现在只需到售票窗口确认,然后开着车排队等候班船到达。

大轮渡靠岸之后,打开闸门,舱内大大小小各式汽车开出船来,上岸奔赴各自的目的地。随后,我们与其他车辆,听从指挥,按序依次上船,在舱内尽头转弯,以便面向闸门停车。我们被告知乘客一律离开自己的座驾,到上层客舱休息。但是不要锁车,以免船体颠簸时候,车辆报警器鸣叫。虽然我们车内没有钱财,但是那些纪念品对于我们十分宝贵。在国内时,我曾经被扒手偷走过对他一文不值、对我却十分有用的学生证和笔记本!好在停车的船舱是敞开式的,我们在顶层甲板可以时时观察下面停车舱里面的情形。因为是头一次搭乘这种车人共享的跨海大轮渡,我感到新奇不已。

绝大多数乘客不愿呆在舱内,纷纷来到甲板观景。晴空炫目,水天相映;阳光灼肤,海风刺骨。同一处甲板,迎风之处与背风之处,体感温度如同冬夏!

波涛翻滚,轮渡乘风破浪向北前进。遥望彭特兰群岛(Pentland Skerries)灯塔,它于1794年由史密斯·史蒂文森和罗伯特·史蒂文森首建。

又见奥克尼群岛之南部霍伊岛的 Cantick Head 灯塔,它则于1858年由大卫·史蒂文森和托马斯·史蒂文森建造,使用至今。

◎ 遥望彭特兰群岛灯塔

晴空万里，风平浪静，波光粼粼，闪金耀银。大约两小时之后，我们抵达奥克尼群岛之一的南罗纳德赛岛（South Ronaldsay）的首府圣玛格丽茨霍普（St Margaret's Hope）轮渡码头。

奥克尼群岛包括大约70个岛屿，其中20个有人居住。根据2011年统计，岛上居民有21 000多人。奥克尼群岛共约990平方千米，我国香港新界地区面积还有978平方千米呢。我们码头停靠地圣玛格丽茨霍普镇，名字意为"圣玛格丽特的希望"，因为挪威公主玛格丽特在嫁给英国国王的途中在这里过世，当时还不满8岁。这是一桩政治婚姻——苏格兰王亚历山大三世死后，各方面能被接受的王位继承人只有他的外孙女玛格丽特，当时只有三岁的玛格丽特就被以"女王"称呼。原本计划到达苏格兰之后，通过与英格兰王爱德华二世（当时还是王子）结婚，使苏格兰和英格兰合为一体。

我们的车开出船舱，离开码头，没有进城，径直上了A961公路奔向该岛南端，去探访"鹰墓（Tomb of the Eagles）"。按照路标指示，行驶十几公里来到了鹰墓的展览馆/游客中心，看了相关文物和说明，听了关于"鹰墓"的介绍。原来这是新石器时代的一处石冢，位于海边悬崖附近。1958年一位农民刨挖本地盛产的石片时偶然发现了它。1976年考古学家John Hedges开始全面研究，并且发表了专著。古石冢里面发掘出了16 000块人骨和725块鸟骨，其中绝大多数是白尾海雕（Haliaeetus albicilla），估计是8—20只。科学家认为这些海雕死于公元前2450—2050年，也就是说，晚于此石冢建造年代1000年，并由此断定人类世世代代在此地活动逾五千年。

介绍结束，我们这些参观者在导游带领下步行一英里来到鹰墓跟前。途经海岸绝壁，大石板成排斜列，峭岩翻浪，惊心动魄。不可思

◎ 海岸绝壁边的长椅

议的是，如此危险之地，竟有一张长椅，任凭风狂涛吼。而且看起来不止一人曾在这里安坐——瞧那座椅前面青草已经磨光。两根粗大木桩用来固定长椅，是不是曾经有椅子被风卷到悬崖之下，海涛之中？

我们对考古外行，看不出鹰家奇特之处。沿 B9041 公路原路向西返回到南端小镇伯威克（Burwick），在海边码头驻足观望片刻，随即沿 A961 公路北上，此公路从南端伯威克小镇起始经 Burray 岛、Glims Holm 岛、兰姆霍姆（Lamb Holm）岛，一直通向奥克尼主岛首府柯克沃尔（Kirkwall），是建筑在将五个岛连接起来的"丘吉尔屏障（Churchill Barriers）"之上的。

看地图就可发现，这五个岛西面的海域斯卡帕湾（Scapa Flow）曾是一座军港。1939 年，德军潜艇从东而来，悄悄航行西进，秘密穿过不知是哪两个岛屿之间的空隙，潜入斯卡帕湾击沉了英国战舰皇家橡树号！于是丘吉尔下令用混凝土和废弃的轮船在这五个岛屿之间修建了堤道，形成屏障，来保护这个海军基地。

兰姆霍姆岛本来是一座无人居住的小岛。第二次世界大战期间，英军将其在北非俘房的550名意大利战俘送到奥克尼修建丘吉尔屏障。在兰姆霍姆岛北端是第60号战俘营，有战俘200人。这些意大利战俘刚到的时候，岛上只有十几座临时房屋。爱美的意大利人修建了水泥步道，种上了鲜花，使环境焕然一新。战俘中的一位艺术家多梅尼科·乔切蒂（Domenico Chiocchetti）用铁丝网做骨架，水泥当塑形材料，制作了圣乔治屠龙的塑像。这些意大利战俘还修建了一间有布景的剧院和一座娱乐厅，娱乐厅里面甚至有一只水泥桌球台。

这些信奉天主教的意大利人，非常希望有自己的礼拜堂。当时负责战俘工作的高层官员也督促建立礼拜堂。几个月后，新指挥官 T.P. Buckland 少校上任，充满热情的随军牧师乔阿奇诺（P. Gioacchino Giocobazzi）神父、艺术家多梅尼科·乔切蒂和全体战俘齐心协力，一座真正的礼拜堂（而不是简易礼拜室）在1943年末开始兴建。为了支持艺术家的工作，神父找来了水泥匠、铁匠、电工等具有专门手艺的工匠。艺术家乔切蒂的激情和灵感如火燃烧，将两座半圆形的活动营房，变成了如此精美的礼拜堂：正立面是中规中矩的教堂形制，遮住了活动营房的简陋；内部圣所、参礼间、祭台、圣洗池一应俱全。乔切蒂不仅在天花板画了壁画，还将墙围装饰的平面彩绘画出了浮雕的立体效果。1944年丘吉尔屏障完工，战俘们离开此地之后，乔切蒂仍留下继续他神圣礼拜堂的内部装饰工作。

1958年，奥克尼人成立了一个保护小礼拜堂的组织；1960年，乔切蒂回来协助修复工作；1964年乔切蒂携妻子旧地重游；1994年，

奥克尼群岛

271

◎ 精美的礼拜堂

◎ 英国土地上高高飘扬的意大利国旗

许多当年的战俘来此地参加小礼拜堂50周年纪念，可惜乔切蒂健康状况不佳，已经不能旅行了；1996年，奥克尼与乔切蒂的家乡莫埃纳（Moena）签订协议，加强两地的友谊；1999年，乔切蒂逝世。如今这座建在临时房屋基础之上的小礼拜堂不仅仍继续着宗教活动，而且每年吸引10万多参观者。2014年，小礼拜堂举行了70周年纪念的特别弥撒，多梅尼科·乔切蒂的女儿安吉拉为弥撒颂唱了《天赐神粮》（Panis Angelicus）。

小礼拜堂前面的草地上，圣乔治屠龙的塑像旁边，意大利国旗在英国土地上高高飘扬。

丘吉尔屏障也值得停车观看。堤道附近可见沉船残骸，岸边牛儿安静地吃草。战争遗址总是使人怆然叹息。

驶过丘吉尔屏障，继续北上，来到柯克沃尔。我们下榻的东岸旅馆（Eastbank House）的管理人跟福瑞斯民宿的主人同姓，也是马尔科姆。不过这位马尔科姆与前一位相比，外表与性格全然相反：小个儿、胡子拉碴、热情洋溢、话多、快活、抽烟喝酒。我们来到院子的时候，他正坐在楼房门外的木桌旁边与客人喝酒谈天。见到我们，便满面笑容上来握手，带领我们到预留的房间，指引厨房、洗衣间等。

厨房很大，三处灶台、两个电烤箱、一个微波炉、四只冰箱，还有许多储物柜、无数锅碗瓢盆和刀叉汤匙锅铲之类炊具餐具，还有两处洗碗池（备有洗洁精），可供数人同时做饭。可惜处处、件件都油腻粘手。后来我花了时间，清洗了几只碗碟刀叉和一处储物柜，将洗干净的餐具藏在里面。还洗刷了案板、灶台、微波炉等任何我需要使用的厨具。几次见到工作台、水槽、烤箱、地面……实在是又湿又脏，忍不住一再花时间擦干、擦净。

洗衣间也很宽敞,里面有三台洗衣机,两台干衣机。还有烫衣设备,并提供洗衣粉、肥皂,一切免费使用。可惜洗衣机、烘干机都那么脏,我花了好长时间擦干净一台洗衣机,然后去卧室取衣服回来洗。才两三分钟的功夫,洗衣机被人家用上了!没办法,我只好认认真真擦洗另一台机器,然后才把自己衣物放进去。

楼梯间与每一层楼之间的防火门都严实且沉重,我们的房间在三楼。卧室地毯不但陈旧,甚至都没有铺平,一个角还翘起来!幸好被褥都干净无异味。

我们当初订旅店时候,看见这一家评价不好,就没有选它。后来时机错过,没有更多选择,而这一家地点方便,价格有竞争力,便硬着头皮订了。现在看起来不是硬件的问题,完全是由于管理没有跟上去。凭这一套设备,这么好的地点,若管理到位,价格双倍也会吸引大量客人。

即使如此,希望马尔科姆不会因此失掉工作,虽然他确实不够称职,但跟客人们关系不错。他有两位常客——都是在此地打工的年轻人,其中一个是趁假期打工的高中生。他们早上一边做早餐,一边将中午的工作餐准备停当,放入饭盒。马尔科姆主动跟我谈话,说他在20世纪70年代去过中国,在中国弹吉他唱歌,很受欢迎。我不喜欢他跟我说话时拍我肩膀这种亲昵举动,所以不愿深谈。其实,这位年纪不轻的音乐家肯定是个有故事的人。我们逗留的最后一晚,马尔科姆和另一位青年常客请我们吃饭,其他客人还包括马尔科姆的前女友以及她的现男友。他前女友风韵犹存,衣着鲜艳如吉普赛人,神采飞扬似艺术家。

我曾经阅读过某某颇有天分的作家、诗人、画家、音乐家或者普通人，因为酗酒误事，遭到解雇，穷困潦倒，甚至送命的故事，当时不解何以喝酒会遭到解雇，见到这位马尔科姆，这才明白酒精的威力。他每天除了喝酒抽烟、聊天听曲、接引客人外，什么都不做，地面已经脏得粘脚！到处是灰尘、油烟；很大的一个院子，花草树木也没有打理。我跟他谈起我在他的大厨房里面做了哪些清洁工作之后，他才动手收拾了一下厨房。

"街球"夺冠芭芭拉
死里逃生埃里克

第四十九天

8月3日
星期一
雨转晴

柯克沃尔博物馆

早上风雨大作。下午去参观柯克沃尔博物馆。博物馆所在的建筑物也是展品,叫作坦克尔内斯房屋(Tankerness House),已经有400多年的历史了,是苏格兰保存最好的16世纪联建住宅之一。

这大宅子起初是牧师住所,1641年由詹姆斯·北凯买下,从此更名为坦克尔内斯房屋。与许多奥克尼岛居民相同,北凯家族的祖先可以追溯到维京人。詹姆斯·北凯的祖上是挪威国王哈根四世的航海家。早在16世纪就拥有土地,到了18世纪,已经是奥克尼大地主之一。他在地方事务上颇有声望,几度担任柯克沃尔市长,还曾被选举进入议会。他的儿子亚瑟·北凯,于1674—1679年间也担任了市长。亚瑟的兄弟威廉·北凯1657年毕业于爱丁堡大学,获硕士学位,是一位学者,1683年威廉去世之后,将大量藏书捐给了柯克沃克图书馆。第一次世界大战之后,政府提高地税，限制租金，于是北凯家将大部分产业卖给了租户。

1951年，坦克尔内斯房屋成为柯克沃尔市政的资产，1968年它被修复之后，又被改建成柯克沃尔博物馆。这所房屋现已列入遗产目录，其中的起居室和书房保留原状，展示了19世纪殷实人家的生活。

步入高墙院门，首先看见老磨盘和石臼。院子里面还有一门膛线炮管加农炮，曾作为舰载武器，后被北凯家从荷兰东印度公司手中获得。

楼上展示北凯家当年的起居室。墙上的画，室内的家具、餐具……样样都无比精美。爱好艺术品可谓是贵族和富裕人家的时尚。还有一架显微镜——用来进行科学研究，或者仅仅作为主人品味的象征。

有钱人的炉铲、火钩和火钳都金光耀眼！如今的年轻人没有烧过煤火炉子，恐怕不知其用途。英国一年四季阴冷，家家靠壁炉或者火炉驱寒散湿。炉铲是添煤的工具，火钳用于夹煤夹柴，火钩调整炉内燃料以及通风。壁炉旁边的圆形绣品是做什么用的？原来人们围坐在炉前取暖，炉火热辐射烤脸，而且火焰明亮耀眼，需要这小小的遮挡。

◎ 壁炉前的奥克尼高背椅，金光耀眼的炉前用具和绣花遮屏

放在壁炉里面的那一幅大绣品,则是用于保护腿部的,而不是属于壁炉里面的家什。

再次见到著名的奥克尼椅子。其特色就是这高高的椅背,简直相当于半间小屋,挡风保暖。还有一个特点就是座位下方通常还有一只小抽屉,放烟叶、烟斗、眼镜、《圣经》或者女人的针线活、毛线活。

西方淑女也要精通"琴棋书画"和女红,所以钢琴是必备之物。此外,钢琴也是招待客人的一项活动所需。客人主人都可以坐在琴前,随手献上一曲,或者为演唱者伴奏。

地方博物馆显然主要介绍本地历史和生活。关于史前时代皮克特(Pictish)人和维京人的展品具国际级的重要性,其中有在著名的斯卡拉布雷(Skara Brae)史前人类居住地发现的骨制针状物,奥克尼岛发掘出来的公元前1500—公元前800年的铜斧、铜矛和铜刀。

其他令人感兴趣的展品有:草编——北方岛屿大树难以生长,木材缺乏,所以各种草编应运而生。还有中国瓷器,尤其是青花瓷是英国人的钟爱,不过英国从15世纪(明代)才开始进口。英国人曾费尽心力想研究出青花瓷的制作秘诀,却还是一无所获;虽然有许多仿制品,却总不那么十全十美。还有一个假人男孩,打扮成耕地的马,色彩鲜艳,极尽装饰,这是南罗纳德赛岛的马节和男孩耕地节时男孩子们的节日服装。

该镇主要的年度庆典之一是"the Ba Game",一种独特的球类比赛,每年在圣诞节和元旦举行。参赛队伍为"Uppies"和"Doonies"两队,队员由出生之地决定。出生在北街的,是Uppies,出生在南街的属于Doonies。每队代表市镇的一半。场地就是街道,Uppies把球触到镇子南街尽头的墙上,即赢得比赛;Doonies把球投到镇北柯克沃尔湾的水里，就是胜利。Uppies 与 Doonies 挤在一起，各自设法把球运到规定的目标，手段不限，十分有趣。男孩子的比赛从十点半开始；成人组下午一点整开始。获胜者保有那只球"Ba"，因此每年比赛都是一只新球。比赛用球"Ba"是内充软木的皮面实心球，由柯克沃尔仅有的几位工匠手工制作。橱窗里面展示了许多"Ba"、比赛盛况的照片、反映比赛情景的艺术雕塑和漫画。我非常喜欢这些夸张而幽默的雕塑。

◎ 数数这件雕塑有几个人

◎ 各种草编

◎ "观众不宜的运动！"——混乱之中，队员扯下了观众的裤子！

一张照片上美貌的姑娘名叫芭芭拉，是1945年圣诞节比赛的获胜者。那年战争刚刚结束，制作新球的物资无法获得，1934年的获胜者捐出了自己的奖品"Ba"作为比赛用球。上午11:30比赛开始，可是对于女子比赛怀有敌意的男人们，很快在混乱之中偷走了这只球，比赛无法进行，赛事组织人员只好去取那只为新年准备的"Ba"。此时被偷走的球在教堂墓地里找到了，于是继续比赛。可是好事多磨，这球在半路一所房屋卡住了，只好第三次开球。比赛终于在下午一点钟男子比赛开始之前，以Uppies获胜而结束，此球奖给了芭芭拉。芭芭拉当年20岁。芭芭拉1999年去世之后，家人遵嘱将那只奖品球捐给了柯克沃尔博物馆。

　　在苏格兰参观的这些博物馆，一个显著特色就是，他们搜集了许许多多"小人物"的故事。"人民"不是抽象的名词，"人民"是每一个个体的组合。每一个生命都得到尊重之时，才是人民真正当家做主之日。

　　博物馆正在举行的一个特别展览叫作"战壕里的奥克尼人"，讲述奥克尼军人在战争中的故事。展览前言说：第一次世界大战给欧洲、亚洲、非洲（澳大利亚和新西兰组成的澳新军团亦参战）人民造成巨大灾难，同时也带来剧烈的社会变革。贵族和平民、志愿兵和招募兵挤在同一处战壕里，妇女代替男人进工厂、开机器……，平等已是事实，平等意识深入人心。战后许多君主垮台，民主国家建立；在英国，经过多年艰苦斗争的女权主义者也终于争取到妇女选举与被选举权。

　　一张照片展示当年战壕里士兵睡觉的"猫耳洞"，正所谓"日光寒兮草短，月色苦兮霜白"。

　　奥克尼作家埃里克·林克莱特（Eric Linklater）应征入伍之后在

◎ 战壕里士兵睡觉的"猫耳洞"

比利时战场作战。他在自传里面回忆:"……忽然头上遭到无法形容的强大一击!当时瞬间感觉又恨又惊,一颗子弹!估计是机枪子弹,因为德国人步兵的枪法不怎么样。"这颗子弹击穿他的钢盔,打掉一块头骨,却没有伤及性命!最不可思议的是,埃里克竟然没有失去知觉!现在他的钢盔已经捐给了博物馆。展板照片是被子弹洞穿的钢盔、埃里克当年的军服格子裙、本人戎装照片和几张战场惨状。

还有一位小伙子乔治·亚瑟,15 岁时谎称自己 16 岁报名参军,因为身高 1.82 米,人家就相信了。可是乔治·亚瑟父母不愿意儿子参军,于是上报年龄不够,请求回家。但审核、审批程序耗时太久,等到批准文件下达,亚瑟已经年满 16 岁,必须应征入伍了。亚瑟参军之后继续长个儿,一直长到 1.9 米,被调去担任军事警察,在这个部门里面,亚瑟身高还低于平均值呢!亚瑟的工作之一就是用水龙头浇醒醉酒士兵。他女儿猜测,也许这就是亚瑟滴酒不沾的原因吧。展柜里面是亚

◎ 罗伯特·泰勒

瑟获得的奖章、从他腿里取出的炮弹碎片和其他相关物品。

这位英俊少年名叫罗伯特·泰勒（Robert Taylor）。第一次世界大战爆发时，罗伯特·泰勒在苏格兰国家银行斯托姆斯分行工作。这是"保留职业（Reserved occupation）"之一，即这些工作岗位非常重要，担任这些工作的人豁免征兵，也不许参军。罗伯特争取到了解除保留，参加了皇家炮兵。在赴比利时战场之前，他曾经两次负伤。当几个信号兵都伤亡的时候，罗伯特亲自担任弹着点观察官，并且单枪匹马地指挥炮火打击德军反攻。1917年8月，获得了只颁发给勇敢军官的军功十字勋章（Military cross）。但是罗伯特还没有来得及领取勋章，就牺牲在战场上。照片由其侄女贡献。

一位叫作Brian Bugde的有心人搜集整理并编辑的本地军人资料也在这里展出。没有细细阅读展览的全部内容，但是战争残酷、人文关怀、社会进步等这次展览的主题，已经深深印在心中。

第二次世界大战时期，为了打破纳粹德国对苏联的封锁，盟军开始了北冰洋护航行动。这是一条极为艰险的航程，护航舰队绕着斯堪的纳维亚进入冰冷的巴伦支海，在全长约2200海里的航行中，不光要避开漂浮不定的冰山、隐藏水下的暗礁，还要时时提防着以挪威为基地的德国空军、水面舰艇和潜艇部队的威胁。期间将近3000人员牺牲，100艘英国船只沉没。展板上的照片是护航舰艇之一"皇家海军舰艇贝尔法斯特号（HMS Belfast）"和该舰当年甲板和大炮结冰的情景。贝尔法斯特号巡洋舰是护航舰队最后一艘坚持到胜利的舰艇，现在停泊在伦敦的泰晤士河上塔桥附近作为博物馆供人参观。

许多护航舰艇和商船曾在奥克尼的斯帕卡湾停泊、维护，受损的船舰在此修理，受伤的人员在奥克尼住院治疗。

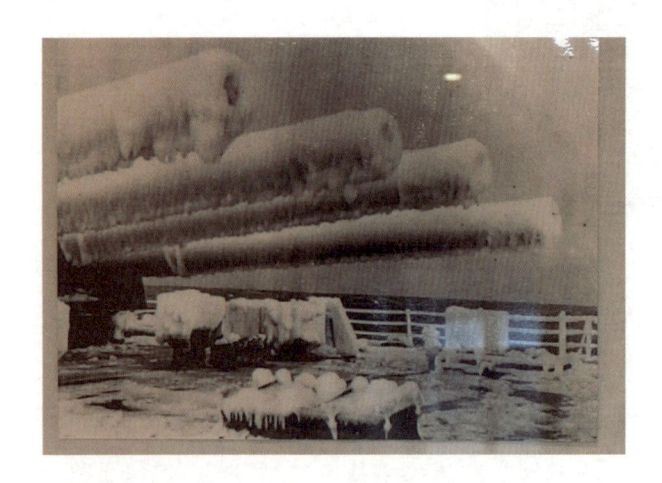

◎ 甲板和大炮结冰的皇家海军舰艇贝尔法斯特号

愚民损毁立石圈
风暴揭开古村落

第五十天

8月4日
星期二
雨转晴

斯坦内斯立石
巴恩豪斯史前遗址
地下村斯卡拉布雷
斯凯尔房屋
Brough of Birsay
伯赛的伯爵宫

沿 A965 向西 16 公里左右，就是斯坦内斯立石（Standing Stones of Stenness），有公共汽车开往景点。现存的立石位于连接斯丹尼斯湖（Loch of Stenness）和哈瑞湖（Loch of Harray）之间的海岬上。最初这些石头有 12 块，组成一个直径约 32 米的环形，外围是直径为 44 米的壕沟。考古发现壕沟里存在木炭、陶器和动物骨骼的残骸。其西北 1.2 公里的地方是布罗德盖石圈（Ring of Brodgar），其东边 1.2 公里处是梅肖韦（Maeshowe）古墓，立石的入口正对着位于哈瑞湖旁的新石器时代人类定居点巴恩豪斯（Barnhouse Settlement）。岛上其他几处新石器时代遗迹也在这附近，这意味着这块区域是对考古来说很重要的一片区域。

这一立石圈是新石器时代的遗存。在此举行的宗教仪式和其他被认为有魔力的仪式一直延续至 19 世纪初叶，人们认为在这里可以与北欧诸神进行沟通。其中有一块"奥丁石",当地的夫妇牵手从大石之间的裂口穿过,表示对彼此忠贞。1814年12月,一个叫作麦凯的农民,移居到奥克尼群岛,他在斯丹尼斯立石附近拥有一大片土地,但是他对那些在立石旁做宗教仪式的当地人相当不满,于是他准备将这些立石毁掉。1814年,奥丁石被打碎了,另外的一块立石被推倒了,麦凯引起了公愤,只好作罢。1906年,那块被推倒的立石被重新立起来,但是奥丁石却无法复原了。

雨细风疾,长草伏地。不知这里的天气是否常年如此。

几步之遥,就是巴恩豪斯新石器时代居住地遗址,发现于1984年。1986—1991年考古学家进行发掘工作,发现了至少15座房屋的基础。这些房屋与更为著名的斯卡拉布雷(Skara Brae)史前居民点里面的早期建筑有很多类似之处。也有中心火塘、靠墙的石板床和石板食具柜。专家测定此处遗址可追溯到公元前3000年。

从立石圈向北,约17公里,来到古老的布朗尼磨坊(Brony Mill)。如此偏远的磨坊,竟然已经订满访客,我们只能预约明天下

◎ 我头一次见到雨中霓虹

午 1 点钟参观。

　　沿 B9056 南下，去参观慕名已久的斯卡拉布雷史前人类居住地。首先参观室内介绍与考古发现。有几样从来没有见过的精巧的石器，凝结了五千年前人类的智慧。

　　这处新石器时期的遗址位于奥克尼岛西面斯凯尔（Skill）海湾岸边。1850 年一场狂风暴雨，造成 200 多人死亡。风暴过后，当地居民发现海浪冲走了叫作"斯卡拉雷"的土墩，暴露出石砌的建筑，当地领主威廉·瓦特（William Watt）断断续续进行了业余的发掘工作。1868 年停止发掘。这片史前遗迹静静地继续她 5 000 年的睡眠，无人打扰。直到 1913 年的某个周末，忽然来了带着锹的一伙人，劫走了不知几许的史前器具。1924 年，又一场风暴来袭，卷走了部分史前古屋。于是人们决定，斯卡拉布雷遗址需要认真保护与发掘。这个工作交给了爱丁堡大学教授 V. Gordon Childe。教授于 1927 年首次来到斯卡拉布雷。

　　科学家估计几千年过去，已经有一些古屋被大海侵蚀掉了。或许，因为大海的威胁，这里的人们只好放弃自己的家园？如今被埋在地下的村社斯卡拉布雷现存 8 处相连的石屋，大约从公元前 3180 至公元前 2500 年，人类在此居住。这是欧洲最完整的新石器时代的晚期遗

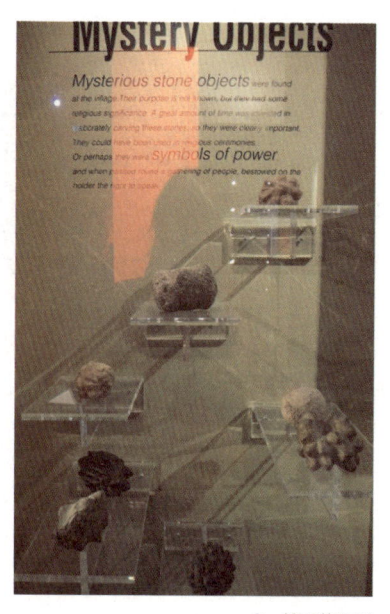

◎　精巧的石器

◎ 斯卡拉布雷 8 处相连的石屋之一

址，比金字塔更为古老，1999 年时被联合国教科文组织列入世界遗产。因为保存完好，也被称为"苏格兰的庞贝"，虽然与庞贝的奢华雄伟无法相比，但却年长 2 000 多岁。

那位业余考古的领主威廉·瓦特的家——斯凯尔房屋（Skaill House）——将近 500 年的老房子，也成了博物馆。虽然没有那些贵族城堡和富豪府邸那么气派，但是细节和时尚都尽量讲究。墙上的油画、精致的木器、图书馆兼书房、美轮美奂的餐具（我真心喜欢瓷器上面那些表现农村生活的绘画）、柯克沃尔伯爵宫的模型、雕花壁炉框、各种收藏（瓷器和日本工艺品等）和必不可少的钢琴，表现出主人对于艺术与知识的追求。没有这些素养，怎么会知道考古？

返回 B9056 公路，北上七八公里来到 Marwick Head 鸟类保护区。不列颠皇家保护鸟类协会拥有几十万会员和一个少年爱鸟俱乐部，它还划定了几十个鸟类保护区。

继续北上，到达伯赛（Birsay）镇（虽然只有几户人家，却是伯赛区首府），隔海就是小岛 Brough of Birsay。低潮时候水落石出，小岛就与主岛相连。我们运气好，正赶上低潮。步行过海，来到岛上。虽然小岛现在无人居住，但是据信公元6世纪就有人居住了。目前已经发现的房屋和教堂的遗址是公元9世纪以前的建筑，连下水道都已经具备。一些考古发现的物品现在柯克沃尔博物馆展出，其中包括来自斯堪的纳维亚、盎格鲁萨克逊、冰岛以及本地皮克特族人的物品。说明牌展示当年考古场景、发掘的器物、1500多年前人们在岛上生活场景图和12世纪教堂复原图。

小岛上还有一座灯塔，1925年由大卫·阿兰·史蒂文森修建。灯塔大门墙上的金属铭牌刻有灯塔编号。步行沿海岸观鸟。海鸟春季来筑巢产卵，现在大部分雏鸟已经羽毛丰满会飞了，只有少数在窝里嗷嗷待哺。小岛面积只有0.16平方千米，十几二十分钟就能绕岛一周。

◎ 回到主岛，转身遥望 Brough of Birsay 以及上面的灯塔

◎ 从底层登塔的阶梯。将形状体积相差巨大的石材建成如此复杂的城堡!赞叹石匠的高超技艺

开车两分钟回到伯赛的伯爵宫（The Earl's Palace in Birsay），这是柯克沃尔城里伯爵宫的主人帕特里克的父亲，苏格兰奥克尼伯爵一世，罗伯特·斯图亚特（Robert Stewart, Earl of Orkney, Lord of Shetland, 1533—1593）的府邸。这位奥克尼伯爵一世，是国王詹姆斯五世与情妇的私生子，也是苏格兰女王玛丽同父异母的哥哥。

城堡第一部分始建于1569—1574年间，第二部分于16世纪80年代完工。只有一两万人口的小岛，这样大兴土木，岂有不得罪天地之理？宫殿建得要塞一般——从底层的墙上的射击孔可见，关于罗伯特伯爵的负面传闻并非子虚乌有——他害怕报复，生活在恐惧之中。罗伯特死后，他的后代只是偶尔来城堡小住，到1700年，城堡已经损毁。可怜财富与血汗付诸东流，唯有建筑师和工匠的功绩供人怀念。现今，伯爵宫名列建筑名录A类以及古迹清单。

沿A986经芬斯敦Finstown（距伯赛20多公里，奥克尼第三大定居点）返回旅馆。在厨房做饭时，马尔科姆来聊天，说自己在40年前，曾去过中国青岛，说青岛啤酒味道好，还记得中国话："你好！"

奥克尼群岛

探险家名垂青史
恶伯爵命丧黄泉

第五十一天

8月5日
星期三
晴

考古发掘现场
布罗德盖石圈
梅肖韦古墓
斯特罗姆内斯镇

距离昨天参观的立石圈以西不到2 000米,位于连接斯坦内斯湖(Loch of Stenness)和哈瑞湖之间的地峡上,是一处Ness of Brodgar考古挖掘现场。为了保护有待挖掘的部分不受雨水侵蚀,要每天晚上用苫布盖好、旧轮胎压牢。苏格兰天气变化无常,风雨骤来之时,考古人员立刻停工,冒雨将遗址苫盖保护。发掘现场面积有2.5公顷,发掘工作始于2003年。除了专业考古工作者和考古专业学生,还有许多志愿者参加发掘工作。迄今为止发现了具有装饰的石板、6米厚的石墙、房屋基础,还有一座建筑,据信是新石器时代的庙宇。其中最早的结构可以追溯到公元前3300至公元前3200年之间。公元前2200年不知何故遭到遗弃无人居住,而且部分被拆毁。

为了进行科普宣传,现场特意搭建了一座观察台。参观者可以观看现场全景。每天定时有考古专家在台上给参观者介绍他们的考古发现。

步行向东不到两三百米，就是布罗德盖石圈。这里是新石器时代奥克尼中心的一部分，被联合国教科文组织授予了世界遗产的称号。一块立石1980年被雷击中，裂成两半。附近有一土丘，会不会也埋藏着什么遗址？

沿B9055返回A965公路，几分钟就到达著名的梅肖韦古墓。这是一处新石器时代石冢，估计建于公元前2800年左右。一位精神抖擞的女导游带领我们穿过草地，来到一座圆锥形土丘跟前，圆周91米，周围挖有一条濠沟。这就是梅肖韦史前墓葬。导游手提强光电灯，为我们照明。通往墓室的狭窄过道只能容一人通过，左右两壁和顶部三面都是一人高的大石板构成，令人惊叹称奇——古人是如何搬动这些庞然大物的？墓室内齐胸高处，有好几个砌得方方正正的石窟。墓内石壁上面刻有树状的文字。10世纪前后曾有维京人盗墓。1999年，

该遗址作为英国新石器时代文化古迹的代表而被列入《世界遗产名录》。站在古墓之上，可以见到刚才参观的布罗德盖石圈。

下午参观斯特罗姆内斯镇（Stromness），奥克尼第二大城镇（大约有2190位居民），也是同名教区的首府。

斯特罗姆内斯是一座历史悠久的海港。关于小镇最早的旅馆记录是在16世纪，许多捕鲸船队、往返加拿大的商船和探险船队都使用该港口。主街两侧是用当地石材修建的住宅和店铺，有不少艺术和手工艺品馆。2 000人的小镇，也有一家博物馆。馆内收藏的展品反映了该镇的历史，比如重要的捕鲸遗迹以及当地人从格陵兰和加拿大北极圈地区作为纪念品带回来的因纽特手工艺品。可惜行程匆匆，没有参观。我常常感叹人们贪心：总想去前方看更多的东西，却错过了身边的珍宝。而自己何尝不是如此！

回到宾馆，看见马尔科姆把厨房整理和清洁了一下。对于我的称

◎ 站在古墓之上看布罗德盖石图

赞,他回答说,他的努力得到欣赏,十分高兴。随之弹琴、唱歌,还招待三个常住的小伙子吃晚饭。

第五十二天

8月6日
星期四
雨转晴

圣马格努斯大教堂
主教官
伯爵官

今天参观著名的圣马格努斯大教堂(St. Magnus Cathedral),这是英伦三岛位置最北的大教堂,也是英国著名的十大教堂之一。圣马格努斯大教堂始建于1137年,是为了纪念圣·马格努斯·厄林德孙(Saint Magnus Erlendsson,1108—1117年任奥克尼伯爵)而建立的。红砂岩大教堂混合了罗马和哥特式

◎ 圣马格努斯大教堂

的建筑风格,建了300年才完成。教堂内部宏大高伟,主厅左右各有侧厅。祭坛、讲坛、唱诗班座位、各处栏杆门框……竭尽装饰,美不胜收。无名的工匠,对生活观察之细致,表现

◎ 大教堂内部弥漫着古代宗教的奇异氛围

手法之纯熟,艺术创造之鲜活,令人赞叹!多少民间艺术家为人类留下美丽遗产!大教堂里弥漫着古代宗教的奇异氛围,它的独特之处在于无处不在的异教元素,以及祭坛上摆放的维京人长船。

大教堂内有座人物卧像,是著名的探险家约翰·雷(John Rae,1813—1893)的纪念碑。约翰·雷毕业于爱丁堡大学,是一名外科医生。然后受聘于北美最早、曾经是世界最大的加拿大哈德逊湾公司,在安大略分部工作十年,为公司里面的欧洲人与土著人治病,同时学会了许多雪地旅行知识。1844年被托马斯·辛普森(Thomas Simpson)招募参加探险队,从此开始探险家生涯。1848年,他加入理查德森的探险队,寻找西北航道,第二年被派去寻找富兰克林失踪探险队及其船只。约翰·雷分别于1848—1849年、1851年和1853—1854年组织三次北极探险,并测绘标注了2 255公里的加拿大海图。从1860起,约翰·雷在冰岛、加拿大等地从事电报电缆工作,71岁时再次为哈德逊湾公司工作,这一次是为公司探寻美国至俄国的电报电缆路线。1893年约翰·雷即将80岁时,在肯辛顿(Kensington)逝世,一周之后,他的遗体运回家乡奥克尼,葬在圣马格努斯大教堂墓地。

◎ 著名的探险家约翰·雷的纪念碑

◎ 教堂后面的战争纪念碑,四根粗大石柱上面镌刻着第一、第二次世界大战本地阵亡将士的名字

约翰·雷以强悍的耐力著称,加上大无畏的冒险精神,正是典型的苏格兰人。

博物馆东面,大教堂之南,仅一路之隔,就是主教宫(Bishop Palace)与伯爵宫(Earl's Palace)。

主教宫建于12世纪,与刚才参观的圣马格努斯大教堂属同一时代。大教堂的第一任主教挪威天主教会的老威廉居住于此。1263年,挪威国王哈根四世与苏格兰为领土争端开战。挪威在1263年的领土包括格陵兰的两小块地域、法罗群岛（Faroe Islands）、冰岛全部、奥克尼群岛、设得兰群岛（Shetland Islands），以及苏格兰西面海域的赫布里底群岛。连著名的天空岛都是挪威的领土。苏格兰亚历山大二世和亚历山大三世都曾想把赫布里底群岛划归苏格兰，但是与挪威的谈判破裂，挪威国王哈根四世带领庞大的舰队到克莱德湾（Firth of Clyde，现在的格拉斯哥一带）欲以武力相威胁订立城下之盟。英国采取拖延策略。冬季来临，哈根四世只好撤回到奥克尼岛首府柯克沃尔，下榻主教宫，不久后在此离开人世。自此苏格兰拥有了外赫布里底群岛的领土。此后主教宫无人居住，到了1320年就已废弃。

1468年，丹麦暨挪威国王克里斯提安一世将奥克尼和设得兰两岛典当给苏格兰国王詹姆斯三世，作为女儿玛格丽特的嫁妆。由于一直无钱赎回，两岛遂成为苏格兰的财产。即使如此，"大"不列颠王国的国土面积仍然比挪威小十几万平方千米。现在欧洲国家面积排名中，挪威第6名，英国第11名，排在意大利之后。

主教宫曾在16世纪40年代修复，后来几易其主，成为苏格兰奥克尼伯爵一世，罗伯特·斯图亚特的财产，随后其子奥克尼伯爵二世，帕特里克·斯图亚特继承。这位伯爵二世雄心勃勃，想将这主教宫并入他那富丽堂皇的伯爵宫，却因债务缠身，不得已将主教宫还给当时的奥克尼主教（Bishop James Law）。再后来，争端又起。最后，无论是主教宫还是伯爵宫双双沦为废墟。

一路之隔的伯爵宫是上文提到的奥克尼伯爵二世，帕特里克·斯图亚特于1607年兴建的。这位二世为了霸占这块地片，捏造罪名，将原地主审判并处死。然后又利用权势，大量使用无偿劳役建造伯爵宫。他的倒行逆施，引起公愤，两年之后，受招面见枢密院，随后被监禁在爱丁堡。在帕特里克被囚期间，他的私生子罗伯特造反（据说是他的授意）。凯斯内斯伯爵辛克莱帅领军队围困伯爵宫，用加农炮发射140发炮弹猛轰城墙。据说城墙是如此之坚固，以至于有好几发炮弹打在城墙上面的时候竟然像高尔夫球一样裂成两半！不久之后，这造反的儿子和帕特里克本人都以叛国罪被处死。

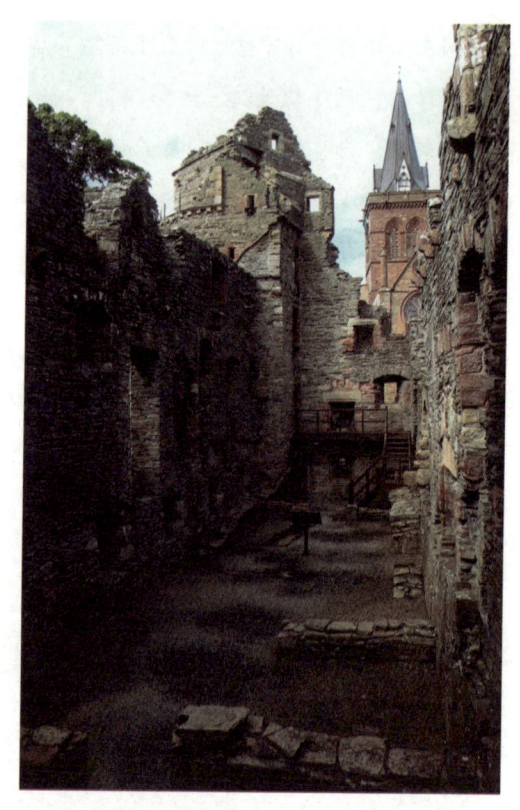

◎ 从主教宫废墟看大教堂

　　伯爵宫大宴会厅里巨大的壁炉、巨大的厨房和灶室都告诉人们伯爵当年的穷奢极欲。曾经骄横跋扈、为所欲为的一岛之主，落得如此下场，令人唏嘘！残垣断壁，无声地叙说着几百年前的故事。警醒世人：愚昧的贪婪、腐败的权势都是毒酒，入口香醇，忘乎所以，胆大妄为，死到临头，尚且迷醉不醒！

德国舰队自沉海浪翻涌
皇家海军蒙难烈焰腾空

第五十三天

8月7日
星期五
雨转晴

斯卡帕博物馆
救生艇博物馆

早上 7:20 出门,赶 8:00 的轮渡去霍伊(Hoy)岛,奥克尼群岛的第二大岛。汽车轮渡一小时到霍伊岛的莱尼斯(Lyness)。莱尼斯渡口正西几百米就是第二次世界大战时期,专门为海湾里面舰队服务的油库和泵站。现在油库、泵站以及旁边的一所小房子都辟为博物馆,全称是斯卡帕湾访客中心暨博物馆(Scapa Flow Visitor Centre and Museum)。

斯卡帕湾长约 24 公里,宽 13 公里,面积 130 平方千米,是一块位于奥克尼群岛境内的半封闭水域,由该群岛里的主岛、霍伊岛、南罗纳赛岛等其他小岛包围,是一良好的天然海湾,有 3 条航道通大西洋和北海,从古代的维京人时代开始,斯卡帕湾就一直是军舰频繁进出的区域,曾为英国重要海军基地,直至 1956 年此处的军港关闭。在第一次和第二次世界大战中,英国据此控制北海。而今它是一个著名的战争遗迹游览胜地。

博物馆入口处有一只铸钟。上面铸有文字："Trinity House, London"。下面石座上标有开放时间和"免费参观"字样。当年的防鱼雷网围成了博物馆的院子。1938—1939年间，有1 100名皇家海军人员和130名非军事人员在防鱼雷网场地工作。院内院外展览着形状各异的水雷和大小高射炮，还有皇家海军舰艇汉普郡号（HMS Hampshire）的螺旋桨推进器及其长长的主轴。汉普郡号1903年下水，装备先进。1916年6月5日，大名鼎鼎的英国陆军元帅霍雷肖·赫伯特·基奇纳（Horatio Herbert Kitchener）在斯卡帕湾从皇家橡树号下船，登上汉普郡号，去俄国商谈共同对付德国。驶出斯卡帕不久，在奥克尼马维克角（Marwick head）外海触雷沉没，基奇纳元帅和653名船员遇难。汉普郡号主轴和锰青铜的螺旋桨重达35吨，1985年德国救捞船将其从沉船拆卸下来，1988年送回奥克尼展览。

1940年，保护斯卡帕湾的高射炮已经增加到120门。百炮齐射的时候，3分钟内可发射1 800发炮弹，炸弹碎片在天空形成一道火墙，使敌机无法接近斯卡帕锚地。

两次世界大战期间，斯卡帕湾都是皇家海军战舰的主要锚地。二战时期，莱尼斯是主要的陆上基地，支持本土舰队（区别于公海舰队）、无数战舰、航空母舰和其他舰艇，承担着补给和维修的任务，并且提供简易电影院等休假娱乐设施。到1940年，在莱尼斯工作的军人与非军事人员合计达12 000人。

进入泵站——博物馆正厅，粗粗的管道和其他设备没有拆掉，本身都是展品。管道之间是一排排展板和各种实物。看见两个文件夹：红色文件夹是皇家海军舰艇汉普郡号伤亡人员名单，日期是1916年6月5日；白色文件夹是皇家海军前卫号战列舰伤亡人员名单，日期是1917年7月9日。

斯卡帕湾发生过两起特大事件，其一就是第一次世界大战结束之时，停泊在斯卡帕湾的德国公海舰队自沉。

第一次世界大战德国投降之后，德国公海舰队的74艘战舰被羁押在斯卡帕湾。不准悬挂德国旗帜、战炮的开火装置被拆除、燃油不足以驶离奥克尼地区、水兵被遣散只留最低限度人员……。士气低落，消息不灵。包括如何处置这些军舰的巴黎和会谈判旷日持久，舰队孤独地被囚禁在斯帕卡湾长达7个月。在列强为利益争执不休之际，舰队司令冯·鲁伊特（Real Admiral Ludwick von Reuter）制定了自沉的计划，宁可全军覆没，也不让舰队被协约国瓜分。1919年6月21日，负责看守的英国舰队离开斯卡帕湾至北海进行训练，只留下两艘驱逐舰担任警卫。上午10点，旗舰发出准备信号。11：20，全体德国军舰都收到来自旗舰上的沉船暗号。军官立刻下令升起被禁止的舰队旗、战旗，打开通海阀，全体弃船。一个多小时后，英国人才发现情况不对，军舰一艘艘相继倾斜，慢慢没入水中，只有海面上旋涡翻涌。英国舰队匆忙返航，尽力补救。最终52艘战舰沉入了海底，沉没吨位达490 200吨。

几十年过去，经过多次打捞，如今还有7艘大型军舰留在湾底，斯卡帕湾因此成为潜水爱好者的天堂。人们为了保护这些遗迹，成立了一个叫Scapa MAP的国际研究组织。

另一大事件就是英国海军皇家橡树号（HMS Royal Oak）被击沉：第二次世界大战期间，英国皇家海军严密地封锁了海湾。在7个入口处中有6个设有防潜网，还布设有水雷场。只有第7入口处航道狭窄、水下岩石密布，没有设防潜网。另一说法是，旧防潜网拆掉，新防潜

◎ 柯克沃尔博物馆藏品，Bob Brown原作丙烯画，威风凛凛、破浪前进的"皇家橡树"号战列舰

网尚未安装的秘密被德国间谍获得并迅速报告给德军。1939年10月12日夜晚，德国U-47号潜艇艇长普里恩上尉驾着潜艇擦着海底航行，悄悄进入了斯卡帕湾。14日凌晨，发现隐蔽停泊的英国战列舰"皇家橡树"号。上尉立即命令发射3枚鱼雷，其中一枚击中目标。"轰"然一声，惊醒了"皇家橡树"号战列舰上的英军官兵。舰员们紧急抢修，堵住了破损处，还以为是舰内发生一起机械爆炸事故。趁此机会，U-47号潜艇又迅速装填好鱼雷，驶近距战列舰1 400米，再次放射3枚鱼雷，全部命中目标。"皇家橡树"号战列舰的舰体顷刻炸裂，大量海水涌入船舱，机舱内燃油泄漏到海面，整个海面都燃烧起来，火焰吞没了"皇家橡树"号战列舰，舰上833名官兵丧生。曾经的英雄舰艇至今仍沉睡在斯卡帕湾海底。

1940年挪威被德国占领之后，大约3 300名挪威人逃离家乡，参加盟军作战，解放自己的祖国。他们把自己看作是为自由而战的斗士，而非难民。这些勇敢的挪威人陆陆续续乘坐大约 220 条各种各样的小船越过几百公里波涛汹涌的北海，其中 20 条船不幸沉没，船上的人们拼力试图游泳到达彼岸，但仍有 166 人丧生。加上其他事故，遇难总数达 329 人。

另一间展厅摆放着许多小船。每艘船都有故事。一艘只有两对桨的小船，就是从挪威南部霍达兰（Hordaland）来到英国的那些小船之一。距离最近的英国设得兰岛也有约 300 公里海面哪！需要什么样的决心、勇气、经验和臂力！

有一条 1910 年建造的小帆船，平时渔民驾着这几米长的小船出海捕鱼。第二次世界大战期间，人们用它来将物资一点点从岸边运送到大型运输船上。

还有一艘十米左右的木舟是船与船、船与岸之间的交通艇，同时也用来训练船员。船长常常在大海之上，距离海港还有一两天航程的时候，把下级军官和中级海员放在这艘小艇上，给他们一只六分仪、一些食物和淡水，叫他们使用帆或桨自己设法到达港口。

一条普普通通的蓝色小帆船也有故事：她制造于 1870 年间，长度只有约 4.4 米。主人安德鲁在第二次世界大战期间应征入伍，小船静静等待几年，终于盼到主人回归。安德鲁回乡之后，驾着小船捕龙虾，还参加了帆船俱乐部，1954—1958 年间，曾经五次赢得第三等级帆船比赛！

博物馆南面矗立着英、俄两国共建的纪念碑。英、俄（不是苏联镰刀锤子红旗）两国国旗高高飘扬。碑文是："纪念所有从斯卡帕湾出发参加北冰洋护航的人们。1941—1945 年。为了我们的自由，他们作出了巨大牺牲。永志不忘。"

从 1941 年 8 月至战争结束，一共有 78 次护航行动。参加行动的约有 1 400 艘商船，由英国皇家海军、皇家加拿大海军和美国海军护航，共损失了 85 艘商船和 16 艘皇家海军舰艇。德军损失了一艘战舰、三艘驱逐舰和至少 30 艘潜艇。维基百科上查到：" 四年间向苏联输送了 12 755 辆坦克、22 200 架飞机、375 800 辆卡车、400 万吨弹药以及其他补给。" 而俄罗斯联邦驻联合王国大使馆英文网站上显示："总共运送了 450 万吨的物资，其中包括 7 000 架飞机、5 000 部坦克，以及汽车、燃料、药品、弹药、装备等。"

北冰洋护舰令人想起我们中国人民英勇的抗美援朝。

向西回到霍伊岛堤道这边，就是朗霍普救生船博物馆。这家小村救生站救人多多，获奖无数。但是有一次在恶劣天气出去救援时，全体殉职！易安细细观看，买了一本书，还做了一点捐献。这类小小地方博物馆都是免费参观，即使工作人员是志愿者，日常维护也需要钱哪。

开回莱尼斯码头。渡轮靠岸，船头升起，船体与码头对接，渡轮上面的汽车就平平稳稳地开进开出了。瞧那拱形船头两边的液压杆！我喜欢这些聪明的装置，佩服科学家、工程师和技术工人！

驶离莱尼斯码头。别了，斯卡帕湾，这个埋葬了数万吨钢铁、逾千条性命的地方。

做晚饭时我发现，存放在公用冰箱里的鱼失踪一条，啤酒也不翼而飞。

百岁老磨坊三星古农庄
小镇存遗迹本地有高人

第五十四天

8月8日
星期六
晴转雨

古尔内斯石塔
巴洛尼磨坊
克布斯特博物馆

早上先开车去探看明天搭船去设得兰岛的轮渡码头,因为明天的轮渡是夜班,以免到时候天黑看不清,耽误了行程。

然后去24公里开外的古尔内斯石塔(Broch of Gurness)。这是一处公元前500至公元前200年,铁器时代中期的聚居地遗址。大大小小的残破石墙,无言地诉说着一个相当大的族群的创造力和艰苦生活。

◎ 古尔内斯石塔

第二个目的地是巴洛尼磨坊（Barony mill）。这座古老的水力磨坊1873年就已经存在了，可还不算这一带最老的磨坊呢。可喜的是这位140多岁的"老前辈"现在还能够工作——仍可运转。磨坊用当地出产的一种特别的麦子加工成饼干售卖。我们买了三包。人家没有收我们的门票，易安做了一点捐献。

再去克布斯特博物馆（Kirbuster Museum），只不过是一处包括院子的农舍，还是三星级的博物馆呢。

这农舍可真够古老的——1723年修建的。坚固的石墙，庇护人们几百年，最后一户人家Spence和Hay在这里居住到20世纪60年代。1986年作为博物馆对公众开放。整个农舍包括住房、猪圈、一间铁匠房和一座谷物干燥仓。住房里面保存了18世纪的家居布置，例如：中心火墙、家具、被服……甚至还有一个不知多么久远的，嵌在凹室里面的石床。农舍里面的老炊具、油灯等日常用品，令易安想起他早年在农场的生活，也使我联想起"文化大革命"期间在乡下的那所"干打垒"土房子。

◎ 克布斯特博物馆

奥克尼群岛

第五十五天

8月9日
星期天
晴

咔嗒磨坊
叶斯纳比悬崖
特罗姆内斯博物馆
柯克沃尔码头

今天第一个景点是咔嗒磨坊，一个小小水力磨坊。小磨坊建于19世纪20年代，一直使用到19世纪80年代。里面的设备至今完好——它们即将200岁啦！来到磨坊后面，在石屋的磨坊和磨盘之下，可以清楚看见这小磨坊与众不同之处——其驱动轮是卧式的，六块叶片，两排。简单而且省力。这种卧式

◎ 咔嗒磨坊及六块叶片的卧式水车

水车可以追溯到8世纪维京人时代。

小磨坊无人看管。小门上面有铭牌提示:"请锁门,不要触摸机器。"每个参观者都自觉爱护这历史文物,我们临走之时,也小心翼翼扣好磨坊的小木门。

叶斯纳比悬崖(Yesnaby Cliff)有一处观景台,因其海面上一座独立礁石而闻名,也是攀岩爱好者的胜地。礁石上大下小,亦称"叶斯纳比城堡",它耸立海水之中,底部已经被凶猛波涛冲出一个石洞。远远就看见绝壁临海,听到涛声轰鸣,不由得心跳加速。待到走近悬崖,狂浪扑打礁石,令人胆寒腿软!人们用"沸腾"一词来形容这里的汹涌海面。荒凉而威严的苏格兰海岸峭壁有一种震撼人心的力量。

观景台上面旅游局设立的景点说明牌介绍了这里的地质构造、地貌形成、本地动植物等。

再访斯特罗姆内斯镇,参观斯特罗姆内斯博物馆(Stromness Museum,评级四星半)。除了捕鲸遗迹和因纽特手工艺品,还有奥克尼岛上的考古发现、军事历史,有海船、战舰模型及其故事,有几位本地人物的介绍,也有不少鸟兽昆虫标本。

头一次见到叫作圣基尔达邮船(St Kilda Mailboat)的木制漂流船。19世纪中叶人们开始使用。海船食物短缺,或者失事船只的海员流落到荒岛,将求救信放在上面的小箱子里,任其漂流,以求获救。本地居民Jacko Linklater曾经在海边发现好几次此类漂流船,都将其中的信件及时送达。

一位年轻人约翰·兰顿(John Renton)就出生在斯特罗姆内斯。完成基础教育之后出海,刚刚19岁年纪,就已经航行地球四周!1868年他在美国三藩市被人下药卖去当船员。他发现这艘船经不起

风浪，根本不适合航行，就约同其他三人乘小船逃离，在太平洋漂流了34天，1100英里，终于漂到了马莱塔岛（西南太平洋，所罗门群岛）。村长收养兰顿为家人，他在村里生活到1875年，才被一艘大船带回英国。回到家乡不久，澳大利亚政府聘请他做招工人员。他负责招募岛民到昆士兰州甘蔗种植园干活。1878年兰顿在新赫布里狄斯（现今瓦努阿图）的一场小冲突中被杀。展品中有他带回的一串人齿项链。

◎ 约翰·兰顿

另一位奥克尼人士威廉·巴尔福·贝吉（William Balfour Baikie, 1824—1864）出生在柯克沃尔，是探险家、博物学家和文献学家。贝吉在柯克沃尔受教育之后，到爱丁堡大学学医，毕业后供职皇家海军。1854年到非洲去尼日尔河探险，期间队长去世，他带领全队完成了700英里的勘探工作。1857年再次去非洲，沿尼日尔河建立贸易站。他们的船在中途触礁，一队人员全靠当地人民供给的食物才得以生存。一年以后他们终于获救，贝吉却不肯跟大船回去，坚持要付钱给当地人之后再回船队。几天之后，贝吉乘一只独木舟赶上大船，小舟满载当地人民送的礼物。常年的辛劳损害了贝吉的健康，1864年他决定回国，途中感染了热病，不幸逝世，年仅39岁。

博物馆里面总有一些趣史。有一幅告示是斯特罗姆内斯地方政府的交通管理条例：任何马匹、马车不准在本镇狭窄街道"疯狂地、不负责任地"行驶。超过每小时4英里（约6.4公里）就是超速，每次违规罚款40先令。

在小镇街道闲逛，海边人家前门临街，后院石墙临水，可以坐在圆桌旁边喝着咖啡观海。这是真正海景房——日日夜夜听涛枕浪。

沿着狭窄陡峭的街巷步行，时而发现散落在各处的历史遗迹。不只一座小楼上钉着标牌，标明是某位名人的故居，"诗人乔治·麦凯·布朗（George Mackay Brown, 1921—1996）曾于1968—1996年在此居住"。这位乔治·麦凯·布朗是苏格兰著名诗人、作家和剧作家。回去谷歌一下，发现作品真是不少，有诗歌集、短篇小说集、剧本和长篇小说。

又有标牌：哈德逊湾公司驻奥克尼港办事处。在此处许多奥克尼人签约加入哈德逊湾公司工作。

还有一所1835—1836年的临时医院，被困冰上几个月之后获救的捕鲸人，患坏血病曾在这里治疗。

路边黑色铁门锁住的是一口老井，曾在此井加水的除了许多商船，还有著名的哈德逊湾公司船队（1670—1890年期间）、库克船长的"决心号"和"发现号"（1780年库克船长被杀之后返航时）、约翰·富兰克林爵士北极探险船（于1845年）。老井于1931年关闭。

当然最显眼的建筑是教堂，而且不止一座。一栋破旧的小楼是斯塔姆斯邮政局。英国皇家邮政最早由国王亨利八世于1516年所创，距今500年！1635年开始对一般公众提供服务，也有370多年历史啦。

喜欢夏日阳光照耀的花朵！小宾馆的蓝色招牌之上是什么？一节鲸鱼脊骨！以鲸鱼骨装饰自家小屋，也是本地的特色之一。

◎ 以鲸鱼骨装饰自家小屋，也是本地的特色之一

　　正对码头是一家大宾馆。我正好奇为什么码头上各国国旗迎风飘扬，原来"欧洲海上钓鱼锦标赛"刚在此举行完毕（8月3日—7日）！难怪看见许多拎着鱼篓、兴冲冲的钓鱼者。又被我们不期而遇！还有一座临时搭建的颁奖台。据说该地还是绝佳的游泳、潜水、帆船等户外运动场所。

　　码头上又见约翰·雷的纪念碑。碑座上面最大的字是："西北航道"，这是他最大功绩。雕塑家是奥克尼最北端小岛北罗纳德赛岛（North Ronaldsay）的易安·司柯特（Ian Scott）——典型苏格兰姓名！

　　小镇还有一所"皮尔艺术中心"（Pier Arts Centre）。看这现代派的门面，就猜得出里面是什么风格的艺术。据说展出有大量玛格丽特·加迪纳（Margaret Gardiner）收藏的20世纪英国艺术品。可惜我们都是外行，不理解其中深意。不过内部装修值得称道，玻璃、金属、木料设计美观实用合理舒适，而且风格与整个艺术馆十分协调。

匆匆忙忙赶在下午2∶35回到旅舍，因为马尔科姆请客，说是2—3点之间开饭。结果是5点钟才开饭。我趁机午睡，易安洗车。

晚饭后不慌不忙收拾行李，辞别马尔科姆，开车去码头。从奥克尼岛去设得兰岛的码头就在柯克沃尔，经营这条航线的公司叫作Northlink。我们搭乘的航班23∶45启程，第二天7∶30到达设得兰群岛首府勒维克（Lerwick），行程约190公里。

到达码头时候夜幕早已降临。灯光范围之外，一片黑暗。在排队候船的车辆之中，易安发现一辆1915年出产的老爷车，哈哈！一百岁还在跑！准车迷易安上前跟车主攀谈，知音相遇，谈得融洽欢愉。

再见，奥克尼！

设得兰岛

乘跨海轮渡
访最北岛屿

第五十六天

8月10日
星期一
晴

轮渡
大卫的民宿
夏洛蒂要塞
广场建筑
市政厅
设得兰博物馆
Knab 防御工事

　　从奥克尼岛首府柯克沃尔到设得兰岛首府勒威克，乘轮渡单程约8个小时。

　　舱室很贵，几十英镑一人。也可以花7英镑在电影院买一座席。电影院的座席比狭小的飞机机舱好多了。可是毕竟坐着打瞌睡不舒服，许多人索性躺在电影院铺了地毯的地面上。另外还有许多乘客，估计是常来常往的，富有经验，带着睡袋，全家男女老少睡在咖啡厅的地毯或者长沙发上面，不花一文，暖和舒适。

　　我曾经搭乘海船从大连到上海，出了防波堤之后，顿时感受到什么叫作海风，什么叫作海浪。幸而一来船大，稳定性好，二来距离海岸不远，虽然陆地不在视线之内，风浪毕竟不似公海那么激烈，所以尽管有些头昏胃翻，却也没有晕船呕吐，平平安安到达上海。因此对于乘坐海船，倒也没有什么恶感。不过，当时举目四顾，天空高不可及，海水深不可测，茫茫宇宙，无边无际，孤零零一艘客船，是何等渺小无助！一种惶恐油然而生，惴惴不安直至望见陆地方止。

相比2 000多公里的大连至上海的航程，只有200公里的奥克尼至设得兰确实只算轮渡，更无法与那些横跨大西洋、环行世界的航行相比了。所以我根本没有把这次轮渡放在眼里。没有想到，开船不久，就领教了北海的波涛，幸好只有8个小时的航程。起初夜气渐深，温度下降，我冻得睡不着，后来开始感觉有些晕船，刚刚难受一会儿，天色启明。6点钟时候，已经日高一竿，于是赶快到甲板上面观景。据我有限的经验，感觉晕船时，站在甲板上面，眼睛望着远处，身体主动随着船体晃动，很快就可缓解不适感。此时轮船渐渐接近陆地，风平浪静。

真是难以想象千百年前维京人是怎样驾驭惊涛骇浪，跨越300公里汹涌海面，来到设得兰，又从设得兰南下登陆奥克尼岛的！他们除了兽皮船和木船之外，就是发达强健的肌肉、世代相传的经验、高超的操纵风帆的技术和势不可挡的勇气了。

设得兰在望，见到一艘横越大西洋的"荷兰至美洲"巨型客轮在勒威克海港外的锚地停泊。码头上还有好几艘大型客轮、货轮。越来越接近勒威克码头，这些房子明显带有斯堪的纳维亚风格。那座带钟楼的建筑是市政厅，面海的现代建筑是博物馆。

登陆之后，直奔Skeld附近的民宿（40多公里）。弯弯曲曲的沙石路时而出现岔道，由于山势起伏，很难判断哪一条岔道通往何处。好在山坡之上，孤零零的小屋一目了然，我们终于开进了小路尽头的院子。两重院门大开，房子的大门也是长年不锁，不过十分沉重，双手才能启动！可能是为了挡风吧。

民宿主人是大卫和德比。德比告诉我们说，她是美国人。他们的小房子坐落在半山坡上，视野开阔。最近的邻居也在一两公里之外。厨房的灶具是燃油炉和烤箱，客厅壁炉的燃料是草炭。各个房间不仅悬挂了画框，甚至还有壁画。室内摆放着大大小小的艺术品。两只懒猫对客人毫无兴趣。据我观察，猫永远是那副唯我独尊的模样，以自我为中心的态度，偶尔来跟主人亲热，也并非前来讨好，而是索要主人的关爱罢了。

我们的卧室和主人的卧室都在楼上。在两间卧室之间的房间里面，有一台类似印刷机的家伙。原来夫妇二人是承制广告的艺术家。

最有意思的是，我们的卧室里面所有柜子抽屉，都塞满了主人的东西。不知是他们不在乎这些东西，还是相信客人的诚实，抑或是没有为迎接客人做好准备？楼上楼下都有卫生间。楼下的卫生间里面设有淋浴和热水器。楼上的卫生间就在楼梯口，与主人卧房相邻。第一晚我起夜，差点走进主人卧房——他们睡觉不但不锁门，还开了一道缝！格拉斯哥的女主人莫拉格晚上也是不锁卧室，也是将门开着一点点。如此不设防的人们啊！

房前屋后好几片土地，既无庄稼，又无牲畜。男主人大卫还带我去参观他的园子。

我们卸下行李之后，易安不肯休息，又开车返回勒威克。结果疲劳袭来，不得不在博物馆停车场停车，放倒座椅在车内午睡。休息之后，先去信息中心兼游客中心拿了设得兰岛地图和勒威克市区地图，再去参观夏洛蒂要塞（Fort Charlotte）。夏洛蒂要塞建于1665年，第二次荷兰战争期间。1781—1782年美国独立战争期间重建，并且以乔治三世的王后夏洛蒂的名字命名。这座18世纪的防御工事及其

◎ 一步即可跨过的水流，竟然设计建造了小小木桥，还有别致的栏杆！乱七八糟的园子马上浪漫起来

◎ 花园和"近"邻

附属建筑保存至今，只有表面几处经过修缮，添加了维多利亚时代的装饰。

要塞的大炮指向海湾。要塞的另一面一直没有全部建成，只有几个尖角突出的棱堡。西部棱堡的设计是安装五门12磅重炮弹的铁炮，用以防御来自陆地方面的进攻。

炮台后面是另外一条街道。我们顺着街道来到市政厅广场。北面的建筑门口蓝色牌子写着几个部门的名称："县办公楼""县法院""检察官菲斯卡尔办公室"和"县治安官办公室"。

然后来到市政厅。这里既无门卫，又无保安，任何人可以出入。楼内几个房间里面有人声，不知是办公还是开会。几个房间关着门，门上标牌写着该房间的部门或者用途。整栋大楼静悄悄的。二楼大会

◎ 市政厅建筑有玫瑰窗、有钟楼,似乎是老教堂改造的

◎ 精心设计、精雕细刻的正面墙饰

议室敞开供人参观。会议室三面墙都有彩色嵌画玻璃窗,有些彩窗是历史人物。窗前有说明牌,讲述这些历史故事,读来饶有兴味,可惜我们没有那么多时间逐一阅读。不过仅仅这些彩色玻璃画,也值得停步欣赏。

还有几幅另有来历:有 1883—1983 年字样的汉堡窗:"汉堡

◎ 中间美丽的公主就是不幸死在奥克尼岛的挪威公主玛格丽特,亦称玛格丽特女王,当时她尚未加冕,所以手中捧着王冠

市政委员会和汉堡人民将此彩窗赠与勒威克市政府,以纪念贵市在1883年给予来自汉堡的海员和渔民的巨大帮助。"阿姆斯特丹窗:"阿姆斯特丹市长及市政委员会将此窗赠与勒威克市政府,以纪念贵市给予荷兰海员和渔民的巨大帮助。"

市政厅前面小广场中心有一座阵亡军人纪念碑。易安在碑座四面的阵亡将士名单里面发现好几十位本家贾米森!可见设得兰岛上贾米森之多,又可见贾米森家的儿孙之英勇。看起来,刚部族的后代贾米森一支迁徙到了设得兰岛。

最后在设得兰博物馆逗留一个小时。博物馆就建在海边。近处小船码头。远处集装箱码头。这是我们离开格拉斯哥之后见到的最大

◎ Knab 防御工事

的博物馆了。馆内一艘油轮模型让孤陋寡闻的我大开眼界：兰诺赫湖（Loch Rannock）号是在设得兰注册的最大船只。她负责将设得兰西部海上油田开采的石油运送到萨洛姆湾（Sullom Voe）中转站。她一小时可以卸载一万吨原油，卸空船舱需要 12 个小时。兰诺赫湖号 1998 年由韩国大宇重工机械制造，隶属于丹麦 Maersk Line 航运公司，由英国石油公司经营，共有船员 28 人。这会不会就是我们几个小时之前在海上看见的那艘红色大船？

勒威克位于设得兰主岛东面一个小小的半岛，半岛尖端叫作 Knab。我们从博物馆出来，东南方向就是 Knab。这里曾经是海港，也建有防御工事。有那么点中国长城的意思。在互联网上面找不到任何关于 Knab 的汉语介绍。看起来，迄今为止，设得兰岛仍然是中国人很少涉足的远方。

小渔船翻山抄近路
矮脚马散放探车窗

第五十七天

8月11日
星期二
晴转零星小雨

Scord of Brouster
史前遗址
Sandness 毛纺
织厂
Mavis Grind 地峡
设得兰矮种马
NorthMavin 地质
故事
Eshaness 灯塔
Cutch Kettles
大灶
Johnnie Notions
Böd 小屋

大卫 8:00 才起床给我们做早餐,本来昨天约好 8:00 开饭的。不过,咸肉、鸡蛋、西红柿、奶油、面包、牛奶……热乎乎端上来,令人别无他求。在这么寒冷的夏天(7月和8月平均最高温度 14°C),晚上洗淋浴时候,开着取暖器都需要咬紧牙关才不打寒战!而此时此刻 8 月份的武汉,汗水沿着脸颊淌,顺着脊梁流呢!

我曾经问过苏格兰的农民,你们的羊在野外,会不会丢失?要不要经常喂食?回答是:NO。他们的羊散放在外,有些地方各家牧场有栏杆,有些人家就任其漫山遍野游荡,等到下雪之前,把羊统统找回来,数一数,比去年多出来的,就是今年的收成。

先去西边一个叫作 The Scord of Brouster 的史前遗址。目前可以看见三所房屋、石墙围起来的几片地块和一座石冢的遗存。根据出土文物及其他发现,考古学家认为这是公

◎ 设得兰风光

元前2220年左右新石器时代的人类居住点。由于公元前1500年，此地海水侵蚀、泥炭扩展，居民只好迁移他方。

然后北上去Sandness，方圆若干公里只有几户人家，竟然还有一座教堂、一所小学。还有一家毛纺织厂，叫作贾米森羊毛纺织厂。这正是易安的姓氏，感觉十分亲切。小厂只有几个工人，一个女孩接待兼售货，允许我们随意参观。好几台纺织机闲置不动，给人一种萧条的感觉。他们的产品有毛线、毛衣、围巾、披肩等。我们购买了这家天涯海角乡村小厂的纯毛披肩。

沿A971公路经Aith村、Voe村，进入A970。到达Brae之后公路向西两三公里，就来到一处十分有趣的地方Mavis Grind。这个不到100米宽的陆地，西边是大西洋，东边是北海。以前人们不想绕海航行转一个大弯，就在这里停船、卸货，然后把船也拖上岸，翻过山坡，就到达了另一面海域。之后重新装船，继续航程。因为对于那些人力小船来说，绕海航行不但路远，而且危险。直到1950年，人们才不再如此"抄近道"了。露天展板上面还有老照片，展现了一个真实的故事。那是 1864 年 2 月，约翰逊一行人天不亮就从（西南方的）Papa Stour 岛出发，驾着两条苏格兰长型六桨渔船。一条上面装了两头牛和春天到来之前喂牛的饲料，另一条船上是老婆孩子，大女儿 3 岁半，

◎ 小船翻山

小儿子才 11 个月。他们在此地卸船爬山下坡再装船，进入 Sullom Voe 海湾，晚上 11 点钟到达东北方向 Yell 岛的 Otterswick 海岸。

这一带的地质构造讲述的故事可就以百万、千万、亿年计算了。已发现的最早的岩层距今 20 亿年。岩石种类多达 20 种。这些不同种类、不同年代的岩石反映了设得兰岛曾经历轰轰烈烈的造山运动、惊天动地的火山爆发，也见识过茫茫苍苍的沙漠、汩汩滔滔的河流，又沉没于热带海洋之下……难怪人们会对地质学怀有那么浓厚的兴趣！

偶然经过一处墓地，易安又见到许多在此长眠多年的本家亲戚。一块白色小墓碑，是翻开的书本形状，简洁明快朴素美观。碑前是栽种的鲜花，每年夏天开放，献上亲人的思念。生死之间，不再遥远，而是诗意盎然！

North Mavine 这一带，设得兰矮种马就在野外散放。对人类没有一点戒心。也许指望游客给什么好吃的东西吧？

沿 A970 前进转 B9078 向西，到达 Eshaness Coast，这里又有一座斯蒂文森灯塔，是大卫·阿兰·斯蒂文森在 1925—1929 年间修建的。塔高 12 米，额定光力射程 46 公里。1974 年实现了自动化。守塔人的住房现在成为度假宾馆。

◎ 终于见到了设得兰矮脚马。好可爱

◎ 头、嘴都伸到车窗里面来了！从来没有这么亲密接触马匹！又爱又怕

　　离开 Eshaness 海岸，驶向东南来到 Hillswick 地方，这里有一处叫作 Cutch Kettles 的露天大灶。这是人们用树皮鞣料对渔网和鱼线进行防腐处理的地方。墙上绿色牌子是为旅游者提供的关于此地大灶的介绍。苏格兰旅游局的工作做得真细致！

　　继续前进，想看看 Johnnie Notions Böd 是什么样子，却一无所获。在设得兰岛，Böd 是为渔民在捕鱼季节准备的简易房屋，现在为那些愿意以最简单方式度假的人们提供住宿。在设得兰岛，仍然有好几处 Böd，都位于美丽的海边，各自有其独特的景色。例如，上网查找关

◎ 回"家"必经之路上的风景。总觉得那钟塔、绿茵、野花、小桥、溪水……如童话、若仙境。路边木椅邀请,回到温暖人间……

于 Johnnie Notions Böd 的介绍:它位于设得兰岛西北海岸。没有电,有自来水(没有热水)、两间室内冲水厕所、一台固体燃料炉灶、一张餐桌、基本餐具和备餐台。卧室一间,可容四人。

天色渐暗,匆匆往回赶。因人口稀少,中午吃饭的小店已经关门。继续前行,终于在晚上 7:30 时分来到小镇 Brea,发现 Brea Inn 仍在营业,而且不止一家食客。我只要了半份晚餐,就吃得舒舒服服。

晚 9 点钟才到"家"。大卫和德比专门为我们买了一台小冰箱,今天送达。厨房与小餐厅相连,热热闹闹,正在招待与主人年纪相仿的一男一女两位客人。德比请我们品尝她亲手做的点心——烤制的干水果馅酥皮小饺子。

易安上网,发现约克市预订的民宿,主人毁约。约克市是我们下一站爱丁堡之后的第一个英格兰住宿地,必须赶快重新搜索旅馆或者民宿,还要及时申请退款。

中国人早就说过:"在家千日好,出门万般难。"中国人自古不喜欢旅行,甚至把长途迁徙作为一种刑罚。像孔夫子那样周游列国,其实是穷困潦倒。好在那个时候没有户籍与居住地限制,也没有粮食供应限制,否则,孔老先生及其弟子非饿死不可。几十年前,饭店吃饭、商店里面买粮食制品都需要粮票。如果去外市、外省,就需要凭城镇居民粮油供应证到粮店去将自己的粮食定量和食油定量扣除,换成全国粮票。我不知道当年农村户口的人们如何换粮票,会不会就直接背着干粮出门呢?"旅游"还是改革开放以来的新鲜事物。

灯塔博物馆广增知识
农业展览会大开眼界

第五十八天

8月12日
星期三
晴

灯塔博物馆
Jarlshof 史前遗址
农业博览会

今天是女主人德比做早餐,既无西红柿又无咸肉。昨天她还主动提供信息说:今天主岛南部有一年一度的农业博览会,值得一看呢。

首先直奔本岛最南端 Sumburgh Head 去参观灯塔博物馆,得知小小设得兰岛上竟然有 39 座灯塔。这座 Sumburgh Head 灯塔是其中十大灯塔之一,于 1821 年建成,是设得兰岛上的第一座灯塔。1814 年罗伯特·斯蒂文

◎ 灯塔博物馆

森同苏格兰大诗人大作家沃尔特·司各特来设得兰岛旅行的时候,认为这个海角适合修建灯塔。这也是罗伯特·斯蒂文森所设计的第八座灯塔。

1821年建成之后,这里除了灯塔还有东西两处住房,供守塔人和助手及其家属居住。另有一所房子作为修理间,楼上是客房。实际上常来这片海域造访的客人是鲸鱼和海豚。

一年之中,Sumburgh Head海角有58天要遭受7—10级风暴袭击。一位家属回忆说,大风天气里,丈夫去上班,从住房到灯塔,需要四肢伏地爬行,以免被强风吹跑!看起来灯塔四周这高高的围墙作用不小呢!

守塔人确实不简单。他必须具有高度责任感,24小时都要观测天气,保证信号不间断;心理素质超级好,耐得住常年的孤独寂寞;还必须是多面手,工作上的各种修修理理,生活里的做饭种菜,样样拿得起放得下。他们的辛勤劳动和重要贡献都没有被

◎ 经历9个月风霜冰雪、守候期待,终于迎来了不到3个月的无霜期!瞧这片天涯海角野菊花的夏日"欢乐颂",大合唱,它们为守塔人带来别样的喜悦

◎ 登塔远眺来时的路：左面是 Jarlshof 史前遗址，中间是 Sumburgh 村，右面白色建筑物是 Sumburgh 飞机场

忘记——姓甚名谁都记录在册。

有几张照片来自守塔人的家庭相册。记录了守塔人及其家属在岛上的生活。夏季种菜养羊，冬季雪埋到窗台。

灯塔内所有设施都有详细说明，其中一些还附有示意图。介绍灯塔的建设、信号灯、镜片、雷达信号、雾天号、引擎，标称光程以及工作程序。塔顶还有一只巨大的红色雾天号。

回头往北约两公里，就是著名的 Jarlshof 史前遗址。从此地发掘出来的文物跨越几千年，从公元前 2500 年，铜器时代、铁器时代、皮克特族时期、维京人时期，直到公元 17 世纪苏格兰领主的堡垒式宅邸。这一切激发了沃尔特·司各特的灵感，回去之后就写出来《海盗》一书，并且将此处起名为"Jarlshof"。现在 Jarlshof 史前遗址连同 Mousa 和 Old Scatness 一并录入了世界遗产初步名单。

岛上没有树木，所以建筑材料都是石块。由于紧邻海岸，很多遗址已经被海水冲掉，这才暴露出来，被人们发现。据说 5000 年前，海平面比现在低 50—100 米。

继续北上约 15 公里,想一睹 St Ninians 岛的风采。到达海边,虽然沙滩将主岛与小岛相连,但是只能步行过去。时间有限,只好放弃。

再向北行驶 12 公里,匆匆赶到农业博览会。草地上面,载牲畜的大货车、各家的小轿车不下百辆,密密麻麻停了一大片。有红色带子圈出停车场地,加上醒目的指示牌,人们按照指示有序停车。

◎ Jarlshof 史前遗址

来到会场,博览会已经接近尾声,临时搭建的帐篷展厅内,各种奖项已经评选出来,供人们做最后欣赏。有些花儿从来没有见过,有些就是我们日常生活中的熟悉面孔。可是它们统统开得这样丰满、茁壮、意气风发、精神抖擞、活力充沛!"娇嫩"二字完全不适合它们的风骨。每一片花瓣都没有一点瑕疵!我对栽培它们的设得兰人由衷产生敬意。

除了绘画和摄影,拼花被面、坐垫等也是艺术创作。还有精美的手工编织品。北国海岛冰雪覆盖、黑夜笼罩(日照时间短至 5 小时)的漫长冬天,却正是艺术之花盛开的季节啊!

有些展厅开始收捡各自展品,一位中年妇女,将她亲手设计、缝制的漂亮童装收走。看见那是获奖作品,我表达了自己的钦佩之意后,她也丝毫不掩饰自己的自豪之情。

参展的还有马、牛、羊、狗和家禽。一只荣获二等奖的母鸡悉心照顾自己的宝宝鸡雏,毫不理会鸡笼上面那个奖章。脖子上挂着三等奖奖牌的苏格兰牧羊狗,毛色黑白相间,惹人喜爱。这种 Border Collie (边境牧羊犬),在世界犬种智商排行第一名!相貌俊美可爱,身材比例协调,闪转腾挪灵敏矫健,性格也非常开朗活泼。又看见鲜黄和橘黄毛色的绵羊,赶紧拍照。再去打听,原来是染上的颜色。农民对于自己产品的热爱,可见一斑。既然是农业博览会,自然有各种农业机械。我大姐、大姐夫都是农机专家,大姐夫几十年前发明的一

◎ 可爱的蔬果艺术品。这是第一次见到果蔬创意作品,新奇欣喜

◎ 虽然现在网络上面这样的创意很多了,但仍百看不厌!

种铧犁，听说现仍在一些农村使用呢！所以，看见农机，感觉亲切。

在 Tesco 购买食品，回"家"做晚饭。易安疲劳过度，注意力不能集中，人生地不熟，错过了路口，发现之后及时绕回来，仍然多开了十几公里！

出于好奇，我们晚上尝试用泥炭生火，烧壁炉。泥炭看起来像砖坯，拿起来却轻得很，而且像以前计划经济时候配给的生火炭一样，燃点很低。20 世纪五六十年代我生活在长春市，住在日本侵占东北时期修建的房子里，使用管道煤气灶和管道暖气。60 年代初期，去北京探亲，发现首都人民靠蜂窝煤炉子做饭取暖。下乡之后，我学会了烧柴灶。后来迁居到武汉，非常惊讶这座重工业、轻工业都非常发达的大型城市，竟然家家户户烧煤球炉，而且冬季没有暖气。每天早上，街道上烟雾腾腾，呛得睁不开眼。那时候见识了生火炭，学会了用废纸或刨花、生火炭和碎木块生煤炉子。所以，生这个泥炭壁炉，驾轻就熟。我特别喜欢这种烧柴的壁炉，橘红色火苗跳跃闪耀，看一眼就顿生暖意。

在设得兰，政府免费分给每人一块泥炭地，夏天自己出力挖泥炭，留在地里晒干/风干，自己运回来过冬。其实，这海岛上一年四季都离不了火炉。此时正是仲夏时节呢！

又乘轮渡踏三岛
不惧艰险救他人

第五十九天

8月13日
星期四
晴

恩斯特岛维京大船
穆尼斯城堡
耶尔岛白夫人
老哈博物馆

今天的目的地是设得兰最北端（有人居住）的小岛恩斯特（Unst）。在恩斯特以北还有无人居住的更小岛屿。我们早上7点多钟出发。设得兰岛云光荡漾，草色青明，远山苍苍，近水盈盈。绵羊悠闲地在绿原享用早餐，漫山遍野的白花灿若繁星。

中途见到一处小小金色细沙海滩，令人耳目一新——看惯了苏格兰陡峭严峻、高耸巍峨的海岸，这一片温柔还真让人受不了。

◎ 碧水青草，绵羊野花

可是易安不以为然："我们悉尼像这样的沙滩又大又多又好……"但在苏格兰，即使这样的平滑沙滩，仍然是海涛轰鸣，左右两边礁石回声沉闷，如同远方惊雷，隆隆不止。

开车北上50公里去主岛东北端Toft码头搭乘轮渡。码头上不知谁家饲养的鹅，见有人来，不但不让路，反而认为我们侵犯它们的领地，大声抗议。苏格兰的鹅！

海峡不到3公里宽，风平浪静。候船加跨海，40分钟之后来到耶尔（Yell）岛的Ulsta码头。开车出了轮渡，沿西线A968公路北上28公里，穿行耶尔岛，直至其北端Gutcher码头。

在Gutcher码头再次登船，渡过了只有2公里宽的海峡，终于踏上我平生到过的最北一片土地恩斯特岛。那些印象中的地球北方城市，诸如：阿拉斯加的朱诺、丹麦的哥本哈根、俄国的莫斯科和圣彼得堡、瑞典的哥德堡和斯德哥尔摩，都在恩斯特之南。

早就买好了明信片，准备在这北纬60.75°地方邮局寄给我的姐姐。可惜忘记带来，而且一直没有见到邮局。实际上，岛上唯一的邮局位于Baltasound小村（恩斯特最大村），我们当时一路向前，没有停留，所以也没有发现那里有邮局。最后还是在勒威克付邮。不过勒威克也在北纬60°范围之内哦。可喜的是姐姐接到了我的远方明信片。据说，原来在更北的Haroldswick镇有一家邮局，号称英国最北邮局，专门为游客准备了特殊的纪念戳。该邮局营业了许多年，直到1999年才关闭。于是Baltasound邮局就成了最北邮局了。

恩斯特岛面积120平方千米，2001年人口普查居民720人，2011年只有632人了。这么小的岛上，有什么新奇等待着我们呢？

恩斯特的码头所在地叫作Belmont。上岸之后，直接沿A968北上一路开到终点 The Skidbladner（也有公共汽车到达），路边停着一艘"大船（Long Ship）"。据说这艘维京人的船 Skidbladner 号到此登陆之后，此地就以该船命名。Skidblaner 号船长 24.3 米，宽 5.25 米，既可以载货、载客，也可以作为战船打仗。现在路边的这艘大船是复制品。

大船一侧建有木梯方便人们登船参观，木梯上有欢迎牌。大意是："欢迎上船。请投币：成人 2 英镑，儿童 1 英镑。感谢为我们的将来作出贡献。"旁边还竖有两块木牌，说明这处展览得到国家彩票基金的支持，也是获得欧盟部分资助的项目。

大船不远，道路斜对面就是叫作"长屋（Long House）"的农舍。这是 20 世纪初佃农（croft）的简陋住宅。从低矮的小门进去，里面是本地历史和关于长屋及佃农的图片展览。Croft 制度在"清场"运

◎ 易安在船上体验维京人了望陆地的心情

动之前很久就存在。社区将较好的土地分配租给农民耕种以获得粮食，其余不适合耕种的土地作为公共草场。第一次世界大战之后，政府（付钱）征地来卖给复员的士兵以安身立命。政府给买地的复员军人以部分补贴，同时给予最长达80年的贷款，有些地块还建有住宅。关于公共草场也有法律加以规范和保护。在这些小块耕地上面的住房，是就地取材用石头垒成的低矮茅屋，仓房和牛棚与住房相连相通，所以称为"长屋"。

继续北上，到达Burrafirth以北的B9068公路终点，希望看到Hermaness国家自然保护区——恩斯特岛北海岸景观。可是路线指示牌说明需要步行三小时。无奈放弃。

回头向东南，在Haroldswick（就是原来那个最北邮局所在地），易安停车参观Unst遗产中心/博物馆，我不敌困倦，车内午睡。这是自驾游的另一大优势：总有那么一间小小的能够遮风挡雨的休息之处。

沿A968公路回，去参观17公里开外的恩斯特岛东南角的穆尼斯（Muness）城堡。城堡建于1598年，主人是奥克尼伯爵一世罗伯特·斯图亚特的表亲——劳伦斯·布鲁斯。奥克尼伯爵一世于1593年去世，传位于奥克尼伯爵二世，就是之前提到的那个横行霸道死于非命的帕特里克。据信，穆尼斯城堡的承建人也是帕特里克的建筑师Andrew Crawford，明天我们将去参观的Scalloway Castle和柯克沃尔的伯爵宫也是他负责的工程。穆尼斯城堡毁于1627年一场大火，现名列历史建筑名录A。穆尼斯城堡也是废墟，无人看守。规范的说明牌分布城堡内外，其中一块牌子底下还有一只小铁箱，里面装着手电筒，方便游人进入城堡里面参观。铁箱上面写着："用完之后，请关掉开关，放回原处。"虽然没有监控,也不会有人偷走电筒,并非因为电筒不值钱,而是一旦干了行窃的勾当,连自己都瞧不起自己。

匆匆向西,赶往 8 公里之外 Belmont 码头,渡船已经关门,船员远远望见我们的小车从山坡向码头奔来,就向我们挥手示意,然后重新打开闸门,放我们上船!好感动!

重登耶尔岛。212 平方千米的耶尔是设得兰群岛之第二大岛,2011 年人口统计有 966 位居民。岛上的土地三分之二都是泥炭,最深之处达 1.5 米!耶尔岛早在新石器时代就有人类居住。迄今发现了十几处史前圆形石塔遗址。现在岛上主要经济是农业、渔业、运输和旅游业。耶尔岛也是观鸟胜地。

这次我们沿 B9081 走东线南下。20 多公里之后在奥特斯威克(Otterswick)附近下车步行,去看海边的一个"白夫人(White Wife)"。原来这只是一座船头雕像。不过,其中的故事十分感人。1924 年 4 月 23 日,德国一艘铁壳三桅帆船 Bohus 号开出哥德堡驶向智利的塔尔塔尔城。Bohus 号是一艘训练船,当时共有 39 名船员,其中大部分是军官培训生,还有一名偷乘者。三天之后,

◎ 海边的白夫人

船长 Hugo Ferdinand Blume 犯了致命的导航错误，他把 Out Skerries 灯塔判断成 Fair Isle 灯塔，偏离航线将近 100 公里。26 日那天，他们航行到奥特斯威克附近，正赶上变化无常的恶劣天气，狂风巨浪将 Bohus 号横着推向哈特角（The Point of the Hatt）一带突出的岩石矶头。搁浅的 Bohus 号虽然是铁壳，但不到半小时就破损不堪了！

幸而当地居民及时发现遇难的 Bohus 号，他们顶着风暴前来救援。富有经验的威廉·托马斯（Willie Thomson of Wirliegarth）从岸边湿滑的礁石向在惊涛骇浪之中挣扎的船员投去大绳，除 4 人之外，全体获救。23 岁的实习军官汤姆·艾伯斯拼力帮助同伴，自己却被巨浪卷走。

人们将死者埋葬在 Mid Yell Cemetery 墓地，并且树立了一块大理石墓碑，四位死者名字镌刻其上。5 个月之后，Bohus 号帆船的船头装饰人像被潮水推上海岸。人们将她树立在海边，面向着 Bohus 号失事之地。多少年来，本地居民一直保护着这尊雕像，而且刷上了白漆，从此称为白夫人。原来如此！那块块礁石，阵阵海涛，有了白夫人的日夜守望、时刻倾听，应该不再恨意难消、悲伤呜咽了吧？

继续南下，8 公里之后来到巴勒沃（Burravoe）村，稀稀落落十几幢房屋，竟然还有一所小学。其中较大的一所白房子，就是耶尔岛"老哈博物馆（Old Haa Museum）"。这房子可以称为古董了，最早可以追溯到 1637 年，是耶尔岛上最老的房子。里面不但展示该岛历史，包括捕鲸岁月、沉船事件，还有自然历史和详细的家谱呢。

我们到达博物馆时候，还差几分钟就到闭馆时间（下午 4 点钟）了。我们正在门口犹豫，一位中年女士出来请我们进去参观。还找些理由让我们安心：她还要做清洁、茶室里面还有顾客，因此我们可以趁机参观。这栋老房子室内装修了地板,曾经是富有商人的宅邸,最后一位女主人居住到20世纪才离开。博物馆也兼具档案馆功能,存有地方志、历年人口普查记录等。有一间展室是专门纪念本地历次战争阵亡军人的,里面的一些故事还是老式机械打字机油墨纸打印的呢。

◎ 老哈博物馆

◎ 这种瓶子里面的模型,考验人的耐心,炫耀人的技艺,有点中国内画鼻烟壶的意思。在苏格兰博物馆里见过不止一次

展品之中有老钟表、煤油灯、老钢琴、老照片、肖像画、风景画，甚至小刀、手镯……，每一件都有故事。其中有设得兰人驾着帆船去格陵兰捕鲸的照片，还有三个壮汉抬着一块鲸鱼颌骨的照片。

除了博物馆，老房子里面还有供应新鲜私房烘烤面点的茶室、定期展出本地艺术品的画廊和手工艺礼品店。"老哈"的大院子还为社区提供了野餐桌椅和室外玩耍的场地。那些本地人编织的毛衣花样繁复美观，60英镑一件，确实不贵。可是我们两人各自都有很多件毛衣，而且担心行李超重，就没有购买。现在不免后悔——这可是正宗羊毛衫！买来就算不穿，也可当作艺术品欣赏啊！

馆员女士还热情地与我们攀谈。易安夸奖她说话没有浓重的地方口音，她回说：我努力说标准英语呢！我在一旁听见她将green念成"格林"，great念成"格雷特"……，心中暗想，这可是我作为英语老师一再为学生纠错的啊。

中途易安发现应该加油了，可是油价偏高，犹豫之下，继续前进，结果几十公里过去，没有发现加油站。直到MidYell地方才发现一家小小加油站，油价1.159英镑，稍微便宜一点，却付出了焦虑。加油站无人看管，需步行两分钟去付费。

乘下午五点半的轮渡回到主岛。Toft码头既无居民又无餐馆。看地图，下一个有名字的地方在16公里之外的Voe。碧海云光，旷野草色，大自然的美景如甘露琼浆稀释了饥饿感觉。终于来到Voe村，结果几十秒钟穿过全村，连房屋都没有几座，谈何餐馆。又开了20多公里，直到到了Bixter，找到一家小店，买了半成品鱼块一盒，回来烤20分钟，把超市购买的几样冷冻蔬菜煮一煮，一顿晚餐舒服营养。

大卫家里又有客人，是前来拉走大卫家钢琴的。大卫留客人夫妇吃饭。客人带来一只中型西班牙狗,身型矫健,机灵好奇。客人走后,大卫请易安喝啤酒。我们四人交谈。德比说,她家的那只懒猫,抓伤了西班牙狗的下眼皮,比猫大几倍的西班牙狗落荒而逃,那猫还不依不饶,紧追不放呢!

　　大卫问我的中文名字,我告诉他,我的中文名字发音,说英语的人很难模仿。大卫不相信,结果试了又试,最后放弃,然后问我名字的中国字怎么写。写给他看了之后,大卫立刻能够照葫芦画瓢,而且还有魏碑风格呢!果然是(视觉)艺术家。

　　今天跨越三个岛屿,往返共190公里。

前仆后继设得兰巴士
英勇献身贾米森船长

第六十天

8月14日
星期五
雨

斯卡洛韦镇博物馆
伯爵城堡
设得兰博物馆
三百公里海上颠簸

与大卫和德比告别。沿 B9074 南下,去斯卡洛韦(Scalloway)镇。该镇据 2001 年统计有居民 812 人,1708 年及以前,一直是设得兰岛的首府。镇上有一所渔业学院(附设研究生院)、邮局、教堂、小学校、初中、博物馆,还有游泳池!

博物馆是我们每站必到之处。博物馆提供的资讯全面、专业、生动,而且还有各种各样不见经传的奇人轶事。当然不能错过斯卡洛韦镇博物馆啊。

斯卡洛韦镇这片土地,从新石器时代就有人类居住、生活、劳动了。现在还保留着传统的冬季火节。设得兰岛很早就有冰壶运动,而且迄今为止,只有苏格兰才出产制造冰壶的天然花岗岩,也只有苏格兰人掌握着制造高质量冰壶的技术。

博物馆里永远有说不完的故事。"设得兰巴士(Shetland Bus)"就是其中之一。"设

○ 介绍设得兰巴士的展柜之一

"设得兰巴士"是第二次世界大战时期一个秘密行动小组的绰号，总部就设在斯卡洛韦镇。

在第二次世界大战期间，从挪威撤退的军人和难民加上设得兰岛上一些勇敢的人们自愿组织起来，帮助被德国占领的挪威人民反抗法西斯侵略。1941—1945年，一共往返挪威198次，给挪威送去情报人员和武器装备，从挪威接回情报人员和难民。起初参加秘密行动的只是一些渔船。1943年，美国送给"设得兰巴士"3艘潜艇追击舰。同年十月，该小组正式编入挪威皇家海军，并且有了正式的名称："挪威皇家海军特别部队"。渡海行动大部分在冬季进行，以便借助漫长黑夜的掩护。可是这也意味着各种危险：冬季北海的恶劣风浪、在茫茫黑暗中无照明航行、随时会被德国军舰发现……前前后后共有44位英雄献出了生命。

关于设得兰巴士有许多照片。其中一张是失事船只 Aksel 号的船长和五位船员。另外两张是1943年美国送给"设得兰巴士"的三艘潜艇追击舰及其三位舰长。

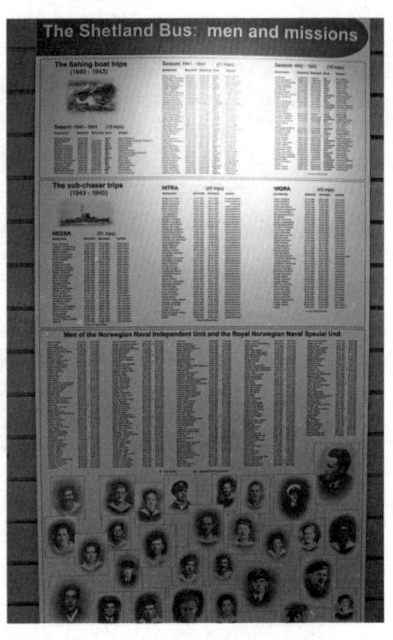

另外，还有一张当年值班时间表，其上列有历次行动的内容、时间地点和执行任务的英雄们的姓名。一张地图——"设得兰巴士"的航行地点，最近的距离也超过200公里！一幅照片——2001年斯卡洛韦镇市政府决定，为"设得兰巴士"历次使命中牺牲的勇士建立永久性纪念碑，于是成立了"设得兰巴士友好协会"募集资金。捐款来自设得兰岛、挪威和其他地区那些慷慨解囊的个人、协会会员、社会组织和

◎ 设得兰巴士历次行动的时间、地点、船名和人员，以及部分英雄的照片

不止一个基金会。2003年纪念碑建成揭幕。碑身金属铭牌上面镌刻着44位英勇牺牲的反法西斯战士的姓名。

第二次世界大战之中，全镇人口只有900人左右，有127人参军或者在运输船工作，其中9人牺牲。展板上面有部分牺牲者的照片。

地方博物馆当然要介绍本地经济：主要是鳕鱼水产业和造船业。还要介绍本地历史和社会生活：通过早期的捕鲸船和捕鲸武器，展现勇敢的设得兰人到寒冷刺骨的北冰洋捕鲸的事迹。

小说《白鲸》（*Moby Dick*，作者赫尔曼·梅尔维尔 Herman Melville）对于捕鲸之惊心动魄，有生动具体的描写。捕鲸者们操纵着复杂的帆

船,日夜航行在茫茫大洋之中,搜寻猎取的目标。发现鲸鱼之后,又要追逐几天几夜。最后投枪手们从大帆船下到小舢板,以便接近比自己体重大几百倍,甚至几千倍的鲸鱼,奋力投出带倒勾的标枪。负痛挣扎的鲸鱼掀起波涛,搅成旋涡,投枪手们在剧烈颠簸、几近倾覆的小船之上,向鲸鱼投出所有标枪。标枪后端系有长长的结实绳索,连接着捕鲸船。捕鲸船被受伤的鲸鱼拖曳疾行,直至鲸鱼筋疲力尽而死。那时候人们凭借勇气、肌肉、经验和冷兵器与庞然大物鲸鱼搏斗,双方势均力敌,船毁人亡时有发生。而现在人类使用机船火炮,在绝对优势情况下屠杀已经濒危的鲸鱼,就完全是疯狂、残忍的自我毁灭行为了。

所有地方博物馆都介绍本地引以自豪的人物。本镇值得纪念的名人各有展板,上面有照片、有事迹。其中几位主要人物是:

大名鼎鼎的铁匠詹姆士·托马斯(JamesThomas,1903—1987)。

一位出身贫寒,却在电报与通讯方面取得成就的瓦尔特·詹姆士·格雷(Walter James Gray,1885—1970)。

一位天才机械师詹姆士·史密斯(James Smith,1925—2012)。

还有一位克雷门特(Clement J,1904—1994)更是多才多艺。学习了医学、药学、化学、摄影、天文,能够弹奏键盘乐器、小提琴和木琴。在20世纪30年代,自学挪威语,为挪威渔民和访客担任翻译,1993年因此获得瑞典皇家北极星金奖章。

其实,我们历史悠久的中国大地上,英雄豪杰辈出,能人高手如云,哪一个小村小镇没有值得纪念的人物事迹呢?自古以来,中国各地县有县志,家有家谱,变迁大事都记录在案。如果以此为基础,加上近现代学者专家的研究成果、民间百姓的传承搜集,在每个旅游景点都建立博物馆，弘扬中华民族浩然正气、传统文化，岂不胜过导游们絮絮叨叨甚至低俗的噱头百倍？温州在这方面令人印象深刻：温州大学有校史博物馆，校园内有温州籍的学者和科学家的塑像和介绍；市内有朱自清等名人故居；江心屿有文天祥祠；温州地区各县都有特色博物馆以及得到保护的名人故居；偏远的泰顺县泗溪乡还有一家由周万巩老先生倾自己全部财力建立的廊桥博物馆。令人敬佩！

2012年5月17日，斯卡洛韦镇博物馆新馆开馆，邀请了挪威总理前来揭幕。一个只有800多人口的小镇，其博物馆揭幕仪式能够请到一个国家的总理，可见设得兰岛与挪威的情谊深厚，渊源悠久，同时也说明挪威政府和人民对自己国家英烈的重视。

小镇里面有一座曾经宏伟的伯爵城堡，就是那个在奥克兰岛作威作福的恶伯爵帕特里克·斯图亚特于1599年开始修建的。帕特里克被处决之后，城堡做过法庭，驻扎过军队。如今虽然已是废墟，仍然看得出当年的宏伟规模。

告别英雄的斯卡洛韦镇，来到勒威克，登船离岛之前最后一次参观设得兰博物馆。里面老物件很多，也很有趣：老式缝纫机，老式农机，老式打字机，等等。

设得兰岛的地质介绍引人注意：更早以前，苏格兰北部那一片土地跟英格兰毫不相干，分别属于两块大陆。长长的尼斯湖就是两片陆地后来碰撞合为一体的痕迹。一万年多前，设得兰群岛曾经是一整块岛屿。如今水涨陆淹，成了群岛。随着气候变暖，两极冰融，还有多少岛屿会被淹没呢？

在设得兰博物馆见到一位易安的本家——英俊的海军军官詹姆士·贾米森（1895—1944），设得兰主岛散德尼斯（Sandness）人氏。

同设得兰岛的许多年轻人一样，贾米森早早就出海谋生。后来在爱丁堡定居，娶妻伊丽莎白，24岁时女儿出生，做了父亲。

第一次世界大战期间，贾米森曾在几艘船上服务。1920年起，在Salveson公司工作，是第一位在捕鲸大船（载有加工鲸鱼的设备）工作的英国人，而且担任船长兼经理。

第二次世界大战爆发之后，许多Salveson公司的船只被战争部征召执行运输任务，贾米森船长指挥其中两艘征用运输船，后来都被敌人击沉。1944年，他因为海军的服务获得大英帝国勋章。1944年8月，一支庞大的、共计98艘舰船的护航舰队从纽约启航开往利物浦，贾米森船长司掌其中"帝国传统"号油轮，油轮载有16 000吨油和2 000吨甲板货物，包括坦克、飞机零件以及计划运往欧洲的火车。

9月4日早上，"帝国传统"号距离爱尔兰岛只有12英里时，遭到德国潜艇U-482两次鱼雷攻击，158名船员之中110人丧生，贾米森船长与船同归于尽，以身殉职，年仅49岁。令人敬仰的一位优秀船长，就这样将生命献给了大海。

在第二次世界大战中，3 500艘商船（其中2 400艘是英国商船），175艘军舰在大西洋海战中沉没。仅Salveson公司就有418人牺牲，其中有好几位是设得兰岛人。

参观博物馆，往往一站就是几个小时，无论多么兴致勃勃，还是免不了腰酸腿痛。苏格兰的大多数博物馆除了展品和展板，还有电影、电视、声音等各种媒体，用以展示和传播信息。在这些媒体跟前，都准备了舒适的座位，供参观者边听/看，边休息。这个设得兰博物馆还为参观者准备了折叠凳子，你可以带着凳子随处坐着阅读、观察、欣赏展品/展板/照片，用过之后归还原处即可。

◎ "帝国传统"号装载的火车头、飞机部件等物资

◎ 英俊的海军军官詹姆士·贾米森

在苏格兰,许多城堡、博物馆和市政厅等公共建筑,将部分场所出租给典礼、会议之类活动,以筹集资金。今天恰逢有结婚典礼在博物馆一楼大厅举行。新人的亲戚朋友们身着盛装,有的男士穿上了民族服装基尔特。新娘的胖妈妈是勒威克某合唱团的团员,合唱团的伙伴们也来演唱表示祝贺。虽然听不懂歌词,但是她们的身体语言、面部表情、歌曲旋律、表现处理,完全传达了歌唱者及其歌曲的欢乐、风趣、热情,加上十分专业的和声,为婚礼大大增色添彩!女主持人年纪已经不轻,一袭花裙鲜丽喜庆而不俗气,尽管不像王室、贵族婚礼那样正规华贵。我几次举起相机,又不知宾主会不会在乎我拍照,

犹豫之间，人家礼毕散会了！

即将跟设得兰岛告别了。设得兰比我想象的要美丽得多。本来以为高纬度的海岛，会是一片荒芜凄凉。可是蓝天白云之下见到的是点缀着绵羊、白芷与石楠的翠绿原野。各个小镇、村庄安宁洁净。如此偏远的小岛，人口密度只有15人/平方公里，却有着完备的卫生设施，完全没有某些落后国家随处可见的垃圾、粪便无人处理那种"脏乱差"。正如一个学校的质量不在于其最优秀的学生什么样子，而是体现在它"最差"的学生是什么样子；一个国家是否现代化或小康，不在于有多少高楼大厦和"世界第一"，而要看它最贫困偏远地区的生活状态。

设得兰居民基本是白人，我只见到过一位黑人妇女，知识女性模样，好像也是游客。不似伦敦、格拉斯哥和悉尼这些大城市，随处可见非洲人、阿拉伯人、印度人等各色人种、民族。我的亚洲人面孔，在超市停车场屡次惹起小孩子好奇的注视。可能这些孩子住得偏远，偶尔随大人开车进城，很少见到其他人种吧。我倒没有注意这一现象，因为我也同孩子一样大睁双眼，好奇地观察周围各种新鲜事物。还是易安感觉到了这些目光，告诉给我听的。易安在设得兰岛高兴地见到许多"贾米森"的名字，好似遇到亲戚一般，觉得不虚此行。

何时再见呢？美丽的设得兰！英雄的设得兰！

我们搭乘的轮渡是从勒威克开往阿伯丁的。全程347多公里。每天有轮船同时从阿伯丁出发开往勒威克。有一趟是直达，另一趟夜间在奥克尼岛的Hatston停靠上下客人。

下午5:30开船。我们定船票时提前订了船上餐厅的晚饭，一共三道菜。前菜是每人两片面包，一块三文鱼；主菜是羊肉；饭后甜点是巧克力蛋糕。刚刚吃完前菜，轮船就进入风浪海域，颠簸得吃不进去——本人一贯好胃口的！不知明天下船之后早餐在何处何时，我唯恐挨饿，勉强吃完自己那一份。海浪将轮船颠簸得每一个人都站不稳，乘客和船员都靠遍布各处的扶手跟跟跄跄行动。从舷窗看见船头起伏，忽隐忽现，海浪高过船头，反复冲上甲板。我开始晕船，头昏胃翻。起先四处走动，以转移注意力，无效；又尝试躺下闭目休息，仍然无效。最后不得不急急忙忙、跌跌撞撞跑到卫生间，可惜刚才克服困难吃下去的羊肉和蛋糕都呕出来了。所幸船上各处墙上都挂着纸口袋供晕船乘客随时取用。船舱内干干净净，没有呕吐的痕迹，也没有恶劣的气味。

我把所有的衣物都穿在身上，还裹了披肩，仍然发冷。又冻又晕，躺在休息厅长长的软椅上面，断断续续打盹。易安倒是睡得打鼾。他每天长时间开车，疲劳占了上风，睡眠第一重要。何况明天还要长途驾驶呢。我们付钱订的座位完全浪费了。

夜半时分，颠簸加剧，将昏昏入睡的我摇得醒来！开始还觉得有趣：一只巨大摇篮，摇着这么多乘客和汽车！后来就开始反胃，呕吐了两次，冷汗直冒。不过胃里面所剩无几的晚餐已经消化完了，什么也没有吐出来。我连水也不敢喝，熬到天色微明，才又昏昏入睡。

苏格兰
低地

修道院起草主权宣言
学府镇纪念殉道烈士

第六十一天

8月15日
星期六
雨转晴

阿布罗斯修道院
布洛提城堡博物馆
圣安德鲁斯

准点到达阿伯丁。开车出了轮船,没有进城,向南前进,目的地是南方200公里开外的苏格兰首都爱丁堡。我们一直尽量靠海边行驶,虽然有些绕远,但是一路欣赏美景,心情愉悦。66公里之后,来到蒙特罗斯(Montrose)镇,停车休息片刻。12 000人口的蒙特罗斯镇有着美丽的沙滩,是度假胜地,恰逢暑假,又是周末,游人陆陆续续来到海边。小镇也有博物馆和设有高倍望远镜及遥控摄像装置的观鸟台等值得一看的去处。可惜我们还有100多公里的路程要赶,统统放弃。蒙特罗斯镇每月第一个星期六还有一个大集市,有机会的朋友不要错过哦!

沿A92向南20公里,就是以阿布罗斯修道院(Arbroath Abbey)闻名的阿布罗斯镇。小镇2011年普查数据为23 902人,是苏格兰安格斯地区最大的镇子(著名的安格斯牛也是苏格兰对人类的贡献)。此地早在铁器时代就有人类居住，但是一直到中世纪的 1178 年大修道院建立之后才成为镇子。工业革命之后，随着本地亚麻和黄麻产业的发达，镇子规模逐渐扩大。1839 年港口建成，阿布罗斯也成为苏格兰几大渔港之一。

阿布罗斯宣言（the Declaration of Arbroath）——1320 年苏格兰呈给教皇约翰 22 世，宣布苏格兰是主权国家的文件——就是在这座修道院里面写成的。

1950 年圣诞节，四名苏格兰学生从伦敦西敏寺将被英格兰人强行搬走的"苏格兰命运石"偷了出来，次年四月，被人们在阿布罗斯大修道院祭坛旁边发现。

阿布罗斯修道院是狮王威廉为一批来自凯尔所（Kelso）大教堂的本笃会修士修建的，于 1197 年祝圣。狮王威廉本人 1214 年葬于大教堂。这是我们参观的教堂废墟之中规模最大的！徜徉在残垣废砌之间，仍然感受到当年宏伟的气势，堂皇的排场。

◎ 红色砂岩砌成的教堂，仅仅是残存的废墟，已经令人惊叹。外墙的装饰，室内的穹顶，石塔内旋梯……，建筑师和石匠的聪明才智尽显无遗

苏格兰宗教改革（1560年）之后，偌大修道院只有十几个修士，随着他们一位一位去世，当地人开始偷盗教堂的石材去建筑自己的房屋。直到1815年，人们把教堂的石梯拆掉，才保住了其余残缺不全的建筑。如今教堂由苏格兰文物局管理。院子里面有一栋古老平房没有损毁，里面是关于大教堂建筑的展览。

沿A92继续前进，来到位于邓迪（Dundee）城东，泰（Tay）河入海口的布洛提城堡博物馆（Broughty Castle Museum）。1454年政府在此河口修建防御工事，1495建成布洛提城堡。1860—1861年间，战争部斥资7 000英镑重修布洛提城堡。百年之后，1969年，邓迪市政府在城堡开办了博物馆。

博物馆内首先看到关于志愿兵的介绍：19世纪后期，英国数次担心卷入欧洲的战争，但是维持庞大的军队费用不菲，于是在全国范围内扩充业余志愿兵部队。1859—1888年间，在邓迪与安格斯（从蒙特罗斯镇到珀斯之间）地区的志愿兵包括四个兵种：步兵、炮兵、轻骑兵和（水雷）工兵。鼎盛时期志愿兵炮兵部队有684人，海底水雷工兵200人。1907年战争部决定不在泰河布雷，其中的工兵志愿部队就解散了。

志愿兵的军官基本来自贵族和富裕阶层，也有极少数是通过捐款获得荣誉军官地位的。这些中尉以上的军官们同下级军官和士兵保持着距离。

博物馆里面也有许多其他展品。有几件1686年的仪仗斧，斧柄装饰着精细的嵌镶图案；有介绍本地历史和生活的照片等。博物馆还有一间画廊（Orchar Gallery）。最喜欢里面那幅"修理玩具"，画家以精湛娴熟的技艺、细致入微的笔触将老人对孩子的由衷喜爱，和孩

◎ 泰河入海口的布洛提城堡博物馆

◎ 志愿兵

◎ 馆员礼貌友好地站在门边等候我们离开,大门两侧控制吊桥的机关有意思

子般切的盼望描画得感人至深。

我们还在兴趣盎然地四处参观，人家已经到了闭馆时间。那馆员礼貌友好地站在门边等候我们离开。大门两侧控制吊桥的机关有意思。

我们没有进入邓迪市区，穿过邓迪泰河大桥继续向南，直奔圣安德鲁斯（St Andrews）。邓迪是苏格兰第四大城市，148 000多人口，也是具有800年历史的名城。其中的博物馆、美术馆都值得参观，希望以后我能有机会细细品味这座古城。

圣安德鲁斯镇早在石器时代就有人类居住，历史上几易其名。据说耶稣门徒圣安德鲁的部分尸骨葬于圣安德鲁斯大教堂，小镇因此而改名。圣安德鲁不但是苏格兰的守护神，也是俄罗斯、罗马尼亚、乌克兰等许多国家的守护神。

全镇人口约有17 000余人，其中近三分之一为圣安德鲁斯大学的教职员工和学生。圣安德鲁斯镇与各大城市都有公路连通。镇中心有各类公交车，分别到达学校的学生公寓、Leuchars火车站和Fife地区。圣安德鲁斯大学距离邓迪只有大约21公里，也有公交车往返。

易安告诉我圣安德鲁斯镇以高尔夫球闻名，1754年英国皇家古典高尔夫俱乐部在此成立，因此被称为"高尔夫的发源地"。高尔夫的四大满贯中最古老的英国公开锦标赛每年也在此举行。我们开车绕球场和大酒店一周。

易安还说圣安德鲁斯大学（The University of St Andrews）是苏格兰资格最老的大学，同时也是英语世界中建校历史仅次于牛津、剑桥的第三古老的大学。这所大学出了不少有名气的校友，如独立宣言签署人詹姆斯·威尔逊，法国政治家马拉，免疫学之父爱德华·詹纳……一般老百姓所知道的就是威廉王子及其夫人凯特王妃。可怜我对这座名城一无所知，连圣安德鲁斯大学是当今王子王妃的母校都不知道。不过我对于中国工农红军长征经过的每一座县城和一些著名战斗发生的地点都如数家珍哦。

漫步在街道上，处处都能看见大学建筑：Younger Hall 音乐中心大楼，逻辑学与形而上学系主楼，Edgecliff 哲学系主楼，圣安德鲁斯大学博物馆……。一条石凳上面刻有："圣安德鲁斯大学1413—2013年，600周年之凳"。校长 Louise Richardson 教授在建校600周年庆典上的演讲中自豪地讲道："我们的学校——圣安德鲁斯大学建校早于印刷机的发明，早于阿金库尔战役，早于中国紫禁城的建成，早于秘鲁马丘比丘的建成，早于哥伦布发现新大陆，早于圣女贞德的战争。"

学校图书馆的历史可追溯至1611年前后，在原有几所学院图书馆基础上，国王詹姆斯一世和他的家人从皇家典籍库中捐赠了约350卷书籍给学校的书库。

海边照例有介绍本地风土人情、历史掌故、自然地理等的说明牌。高高矗立在广场上的殉道者纪念碑也有说明：圣安德鲁斯镇在16世纪宗教改革斗争中起了很重要的作用。几百年前，传播新的宗教思想是非常危险的，曾有四位殉道者为自己的信仰在圣安德鲁斯被处死。

第一位是帕特里克·汉密尔顿（Patrick Hamilton）。他在欧洲大陆学习的时候，接触到马丁·路德的革新思想。回到苏格兰之后，他积极推行马丁·路德的主张。1528年因此被处以火刑，年仅24岁。圣安德鲁斯大学礼拜堂外的碎石路面上镶嵌的 PH 两个字母，就是帕特里克·汉密尔顿名字的首字母。学生中有这么个迷信：踩踏了这首字母的人会拿不到学位。

第二位新教殉道者是韩瑞·佛瑞斯特（Henry Forrest），1533年被处死。罪名是拥有一本英文版的《新约》，并且宣称帕特里克·汉密尔顿的信仰真实不虚。

第三位乔治·魏沙特（George Wishart）是因思想激进而闻名的牧师，在苏格兰传播宗教改革非常具有影响力。红衣大主教比屯（David Beaton，1494—1546）下令逮捕乔治·魏沙特，于 1546 年在圣安德鲁斯城堡附近将其处以绞刑和火刑。两个月后，贵族当中的新教徒袭击比屯的城堡，刺杀了迫害新教徒的比屯。

瓦尔特·米勒（Walter Mill）是苏格兰最后一位殉道的新教徒，在 1558 年因支持牧师结婚、支持私人祈祷而遭受火刑处死。其时已是 82 岁的老人了！

1842—1843 年民间通过募捐，为他们建立了一座殉道者纪念碑。

离开这座文明终于战胜野蛮的历史名镇，向西南直奔 80 多公里之外的爱丁堡。驶过福斯峡湾公路桥，旁边就是著名的红色菱形钢结

构福斯铁路桥。她建于1889年,长2.5公里,由约翰·富劳尔及本杰明·贝克设计。悬臂式钢梁,支撑两跨各为46米长的钢架,共使用约58 000吨的钢料。100多年前的工程奇迹至今仍值得人们为之兴奋。每天福斯桥上隆隆驶过列列火车,夸示着苏格兰人在科学技术、工程建设方面的成就。

按照昨天打印的爱丁堡市区地图,顺利找到住所——玛瑞安的家。小小的两室一厅,一厨一卫,整洁明亮。卧室里面大小衣柜都清理一空等候我们,易安很是满意。Tesco便利店5分钟步行就能到,我们买了一些半成品,今明两天的晚餐就都有了。

经过昨夜300多公里的海上风浪颠簸,加上今天200多公里长途驾驶和一路观光,我们两位六七十岁的老家伙,平安抵达目的地,想来还颇有一点自豪呢。

◎ 大学街的尽头就是海滨。层层海浪缓缓荡漾进来,柔风拂面,景色醉人

爱丁堡导游全身有情
苏格兰列兵独闯敌阵

第六十二天

8月16日
星期天
晴

爱丁堡

上午易安上网联系下一站约克城的住宿地。午饭后开车去爱丁堡市中心，绕了几圈，无处停车，只是熟悉了道路与方向，决定明天使用公共交通。附近公交车站很方便，单程1.5英镑/人。

第六十三天

8月17日
星期一
晴

爱丁堡城堡

这是第二次来爱丁堡，上一次是2011年参加女儿的毕业典礼。回想当年英国有三所学校提供奖学金，女儿挑选了爱丁堡大学。不仅因为爱丁堡大学在世界顶级大学排名20—50之间，而且爱丁堡这座城市的美丽也令许多人向往。在网上看到在英国其他城市留学的中国学生假期来此，一睹爱丁堡风采，立刻后悔不迭。爱丁堡一年一度的艺术节，更是热闹非凡，我们今年恰好赶上了这个节日。虽然我们早在4月份就订了民宿，但是主人感觉价格低于艺术节旺季价格，要求涨价，我们也认可了。如果大家想来艺术节，可要及早动手哦!

第一站当然是参观爱丁堡城堡（Edinburgh Castle）。爱丁堡城堡于6世纪就成为苏格兰王室的堡垒，苏格兰人夸耀：比英格兰的利兹城堡早200多年，比温莎城堡早400多年，比德国的海德堡城堡更是早600多年。

在规定的时间段，有免费导游进行半个小时的讲解。今天的导游女士自我介绍是意大利志愿者，英语十分流利。她短瘦身材，浅褐皮肤；精力充沛、表情丰富、动作夸张，且讲解热情、语言风趣，经常与听众互动。看着她手舞足蹈、眉飞目转，竭尽各种肢体语言，帮助传递信息和情感，我既欣赏她的工作态度，又佩服她的表达方式之多样，更不由自主想道："这么讲解半小时，比跳舞还要消耗体力精力，难怪这么瘦小！"我们这位年轻的导游手之舞之、足之蹈之，讲得兴起，远远超过半个小时。最终她赢得热烈掌声。我四处张望，观察其他导游的表现，发现他们也是这么高的工作热情，尽管没有如此夸张。

◎ 导游女士手舞足蹈、眉飞目转

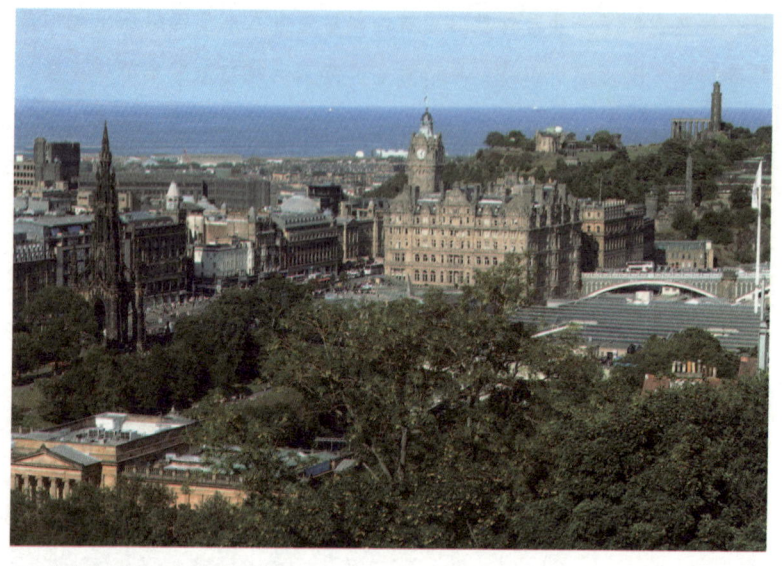

◎ 从城堡上俯瞰，爱丁堡城尽收眼底

    旅游旺季，热门景点，很多游客来自外国，导游操着各国语言。中国人当然也不少。坐着休息时候，跟中国老乡们攀谈：一对年轻夫妇陪女儿来表演舞蹈——中英文化交流年、爱丁堡艺术节的活动之一。另一对河南老年夫妇，老爷子抱着语音导游讲解器认真听讲，老太太文化不高，为自己的子女自豪——他们育有三女一子，大女儿在中国，已经是师级干部（可惜我不懂师级干部是多大的官），其子（老人家的外孙）当了营长，另外一子一女已经在英国定居多年，说着，他们指给我看正在不远处拍照的儿子和女儿……还有一位上海女士，言语谨慎，只说是跟着旅游团来的。

    从城堡上俯瞰爱丁堡东南部分城区：苏格兰国家艺术馆，司柯特纪念碑，威弗利（Waverley）火车站，卡尔顿山……我最喜欢的是远处的海天相接，给人以无限遐想……。

城堡里面的圣玛格丽特小礼拜堂貌不惊人，却有着悠久历史和动人故事。玛格丽特（1045—1093）是一位英格兰公主，1066年罗马人占领英格兰之后，随同家人逃到苏格兰。1070年左右，玛格丽特嫁给了苏格兰国王马尔科姆三世。玛格丽特十分虔诚，乐善好施。其中一件善事就是在福斯湾设立了轮渡，给前往邓弗姆林修道院（Dunfermline Abbey）朝拜的善男信女们提供方便。1093年在获悉丈夫阵亡仅仅几天之后，玛格丽特就在爱丁堡城堡逝世。玛格丽特于1250年由教皇诺森四世封圣。据说圣玛格丽特本人就曾经在此小教堂礼拜。但是根据教堂的建筑风格来看，应该是建于她的第四个儿子大卫一世执政年代（1124—1153）。后来教堂历经战乱、几遭劫难，如今修旧如旧，接待游客。

城堡大礼堂里面也是展览馆。展品除了这座1511年完工的建筑本身之外，还有当年的武器和甲胄等。这大礼堂的大跨度木结构屋顶是工匠的杰作。当年国王在此大宴宾客、接待外国元首，排场风光。内战时期，1650年议会军占领了城堡，克伦威尔的士兵把大礼堂隔成了三层楼的兵营，住着310名士兵。说明牌戏谑说：当时肯定是个拥挤嘈杂、气味难闻，很不卫生的地方。

王宫是一座石砌三层楼。宫内藏有王冠、宝剑、苏格兰命运石等宝物。之前提到四名苏格兰学生从伦敦西敏寺将苏格兰命运石偷了出来，后来在阿布罗斯大修道院发现，再后来命运石就保存在这里了。

每年八月份爱丁堡城堡前举行的军乐表演（Edinburgh Military Tattoo），始于1950年。城堡入口处已经搭建了观众席。军乐表演的设立和运行是出于慈善目的的。多年以来，已经向服务机构和民间组织捐出了大约 800 万英镑。与此同时，给爱丁堡当地经济每年额外吸引 8 200 万英镑。

中国军乐队也曾经来到爱丁堡艺术节参加这个国际军乐表演呢！

晚上回"家"，玛瑞安主动帮我晾晒、回收衣服，还请我们吃晚餐。

第六十四天

8月18日
星期二
雨

爱丁堡城堡
圣吉尔斯大教堂

再次参观爱丁堡城堡。这么一座著名而且热门的景点，成人票只要 17 英镑，儿童票只要 10 英镑，真是不贵！由于我们购买了苏格兰旅游局的会员资格，所以免费参观。

这次参观了城堡内一个地牢，在 1757—

◎ 古堡凭借山势，更加威严雄壮

1815年期间，主要用来关押战俘。三扇当年的木门上面有不少囚徒刻下的姓名和心绪。第一批战俘来自1757年英国皇家海军在敦刻尔克附近俘获的一艘法国船，76名海员被关押在此。美国独立战争时期，有1 000名战俘被囚于此，其中有美国人、法国人、西班牙人、荷兰人和英国人。在反对法国革命和拿破仑战争中，地牢里面人满为患。从门上面的刻字了解到，它平时也关押普通犯人。上面的展板说，这里战俘的生活根据法律管理，情况好于其他牢狱。

战俘们利用铺垫的麦草、食物里面的骨头和其他能够得到的材料制作首饰盒之类的工艺品。每天从上午10点钟到下午3点半，爱丁堡的市民会来这里隔着铁栅栏购买囚徒的手工艺品，或者以物换物。囚徒们借此收入购买食品、衣物、烟草，甚至是给家人写信所需的纸笔。头一次听说、看见囚犯手工艺品，感慨感叹。

◎ 囚犯手工艺品——首饰盒

随后参观城堡内的战争纪念馆。易安站立几个小时，细细查看阵亡将士名单和平民死亡名单，令人感叹的是，从中又见到许多刚部族的姓氏。失去土地的人们，除了远渡重洋去北美、去澳洲，从军也是一条出路。所谓"当兵吃粮"是也，中国古已有之。不禁想到现今那些甘愿为极端恐怖组织充当人体炸弹，舍身赴死的人们，其中有没有锦衣玉食、生活安逸、无忧无虑、养尊处优的富家子弟、王族贵胄？如果天下没有压迫剥削，没有恶法暴君，而是人人丰衣足食，安居乐业，那些极端恐怖组织还能够招募到几个死士？这种血腥团体还能有立足之地吗？

我也阅读了几处名单，其中有海军的，有征用商船的。名单记录着死者姓名、参军地点、船名、职务（大副、木匠、轮机师、清洁工……）和牺牲日期。

有一位小伙子麦基弗（McIver），看照片相貌就是个"愣小子"。麦基弗只是个列兵，担任苏格兰皇家军团第二营的通讯员，他经常冒着敌人的猛烈炮火和机枪扫射，传递重要信息。

1918年上午一次战斗中，麦基弗追击一个德国兵，一口气追了150码。逃命的德国兵跳进自家防线的机枪掩体，没想到麦基弗竟然也跟着跳进战壕，连开枪带刺刀，放倒了6个敌人。剩下的德国兵吓破了胆，连忙举手投降——麦基弗单枪匹马俘虏20名德军外加两挺机枪！由于麦基弗的英勇无畏，在当天的军事行动中，部队成功推进到预定目标。小伙子也因此荣获维多利亚十字勋章（The Victoria Cross），这是英联邦中的最高级别的军事勋章，奖励给对敌作战中最英勇的人。

有几幅征兵广告饶有趣味：后备役征兵广告上面除了画着身着

◎ 英国陆军元帅黑格伯爵骑在马上的塑像

鲜艳军服的士兵，还有服役年限、工资待遇等。例如：参军之后立刻获得一套免费的衣服装备，外出训练时候食宿、被服、燃料等一概免费……。还有海军征兵广告，写着各地征兵处的地址供咨询、报名。还有苏格兰步兵团征兵广告。那苏格兰短裙、格子裤好神气！大意是：闲着没事？军团招兵！只要你身体健康，18—25岁，就有机会参军。部队有吃有穿，有训练有教育，还教你足球、拳击、跑步和游泳。有大量带薪休假！退伍之时帮助你找工作。

国家战争纪念馆入口处是著名的英国陆军元帅黑格伯爵骑在马上的塑像。黑格1898年曾参加镇压苏丹民族解放运动，1899—1902年参加南非布尔侵略战争。第一次世界大战期间担任欧洲战场的英军总司令，绰号"屠夫"。因为他的作战几乎总是伴随着双方的大量人员伤亡。正所谓："一将功成万骨枯"！本来这座铜像矗立在城堡入口处，后来人们抗议，现在被移到了后院。

爱丁堡皇家城堡还有很多其他节目，诸如每天（周日、耶稣受难日和圣诞节除外）下午一点钟燃放火炮。起初这巨大的炮声是用来给停泊在福斯湾的远洋船只校对时间的，现在只用来娱乐游客而已。

离开城堡，来逛市区。从外面瞻仰一下著名的爱丁堡圣吉尔斯大教堂（St Giles' Cathedral）。900年历史的大教堂至今仍然每周有宗教活动，并且举办管风琴演奏会。

超市买鱼，回请玛瑞安晚餐。玛瑞安年纪与我相仿，孩子已经长大离家自立。客厅暨餐厅里面有她年轻时的照片，如今还能够辨认出来当年也是美人一位呢。玛瑞安现在单身。她说她要上网找一位伴侣，要找比自己年轻的……

悲悼人类千年钟
考察海洋万里船

第六十五天

8月19日
星期三
零星小雨

苏格兰国家博物馆

参观国家博物馆（The National Museum of Scotland），连走带站一整天，腿酸脚疼。可能这就是许多人不喜欢参观博物馆的原因之一吧。

馆内有一座两层楼高的"千年钟机械塔塑"，上上下下、里里外外，奇形怪状、丑陋可憎的形象折磨人的感官和精神。阅读了关于这座千年钟的说明，才明白缘由。这是由从事雕塑、插画、钟表、家具、玻璃等行业的多位艺术家、工艺师合作，于1999年在格拉斯哥制造的，以纪念人类在20世纪遭受的苦难。"千年钟"由四部分构成：底层是一只埃及猴子推动轮子带动齿轮，里面囚禁着古代人们的心灵。中部表现人类被时间之轮拖曳着，历经进步、战争、政治、信仰和失望。在希特勒等人的形象之上，是一只凸透镜钟摆，钟摆之上是死神。在钟室里面，弥撒仪式代表生死循环。尖顶之上的圣殇像，是一位女性捧着一具尸体,象征着对于人类与人道的悲哀。原来如此!事实上,相比人类的罪行,这些形象还远远算不上丑恶!记得1999年年底,我们单位开了一个小小座谈会,请大家就一个千年的结束和新千年的开始,随意发表感想。本来每天忙忙碌碌,很少注意"今夕是何年",那时蓦然回首,赫然发现,几千年过去,经历了不可胜数的战争、灾祸、苦难、悲剧,可是人类并没有吸取惨痛的教训,贪婪的兽性没有多少改变!科学技术日新月异的发展,却往往被利用来自相残杀、自我毁灭!是不是太悲观?可无论是遍览祖国锦绣河山,还是放眼地球上七洲四洋,美丽的大自然里还有几处不曾沾染血泪呢?

整点的时候,千年钟会敲响,钟塔里面的各种动物、人物形象会随着大大小小齿轮动起来。钟声叮叮当当回荡在博物馆大厅,人们静静聆听。各人的感受恐怕是千奇百怪、大相径庭吧。

喜欢的展品很多,木制镶嵌家具、铜质佛像、中国工艺灯等艺术品,12300年前的巨鹿(1819年在Isle of Man发现)等动植物,还有19世纪的印刷机(一直使用到1964年)、1921年在格拉斯哥制造的摩托车,各种蒸汽机、内燃机、电动机、航空、航海发动机、桥梁模型、船舰模型……

其他与科学技术有关的故事:水道测量学家苏格兰人亚历山大·达尔林普尔(Alexander Dalrymple,1737—1808),是海军部第一位开始研究大洋记录和制图科学的。人们将海图的发明和设计归功于他。在随后的150年间,海图积累达到4 000多张,为世界各大洋的安全航行提供了指导。亚历山大的工作意味着皇家海军拥有世界上最准确的海图,为不列颠帝国的迅速发展铺设了道路。旁边展出着当年亚历山大手绘的地图、海图和1804年的苏格兰制作的地球仪。爱丁堡附近的马瑟尔堡（Musselburgh）是亚历山大祖居住宅。亚历山大的父亲是准男爵，在牛津大学毕业，担任国会议员。原来亚历山大既是富二代又是官二代。

苏格兰化学家约瑟夫·布莱克（Joseph Black，1728—1799）改变了化学科学。他发现了镁元素、二氧化碳，发展了"潜伏热"等理论。布莱克从1756年开始，在格拉斯哥大学担任了10年的解剖学和化学教授，之后在爱丁堡大学担任医学和化学教授30年。现今两所大学的化学院大楼都以他的名字命名。他的研究工作为苏格兰工业发展作出了贡献。其中包括：涂沥青保护船壳和效优价廉的漂白亚麻方法。

博物学家约翰·缪尔（John Muir，1838—1914）出生在苏格兰，11岁时随全家移民到美国。在大学期间专攻植物学和地质学。他徒步勘察加利福尼亚州的山山水水，大声疾呼促成美国国家公园法案，建立了Yosemite和Sequoia国家公园，被誉为国家公园的先驱。积流成海，苏格兰人为科学进步、社会发展、人类福祉作着贡献。

一艘军舰模型，皇家海军舰艇挑战者号（HMS Challenger，作者H J Boyd）有故事。英国海军曾有八艘舰艇以"挑战者"命名。此处的模型是最著名的挑战者号科学考察船。这是一艘蒸汽轻型巡洋舰（screw corvette），它于1858年下水，长69米，吃水2 300吨，三桅帆船，配有一部1 200马力蒸汽发动机作为紧急备用动力，同时备有17门大炮。曾经参加1862年对墨西哥作战，也曾经在1866—1879年驻扎在悉尼港，作为英国皇家海军澳大利亚站的旗舰。1872年改装为科学调查船（保留两门大炮）。1872年12月21日，在查尔斯·怀维尔·汤姆森（Charles Wyville Thomson）主持下开始远洋科学考察，1876年5月24日返回英国。航程68 890海里（127 580

多公里），遍及除北冰洋之外的所有大洋。它发现了大西洋洋中脊、马里亚纳海沟，鉴定出 4 417 种新发现的深海生物，取得了许多重要科研成果。

三年多漫长的海上航行，每天繁重乏味的重复工作令许多船员难以承受。从普利茅斯出发时候全船包括高级海员、科学家和普通海员共计 243 人，中途 61 人逃跑，2 人自杀，2 人精神失常，还有 2 人因病死亡，只有 144 人返回英国。这艘功勋卓著的科学考察船于 1880 年封存，1921 年售出。

博物馆底层有间挺大的备有微波炉的饭厅，供自带食品的参观者进餐、休息。这样就可以在博物馆不慌不忙地参观整整一天了。这里环境明亮整洁，设有干净简单的桌椅和分类垃圾箱。国民的素质只需在日常的卫生习惯中一点一滴培养。

一所监狱博物馆
三座古镇修道院

第六十六天

8月20日
星期四
晴

杰德堡监狱及博物馆
杰德堡修道院
德赖堡修道院
梅尔罗斯修道院

今天去东南方向76公里的杰德堡镇（Jedborgh，人口4 000多人）。杰德堡地处苏格兰与英格兰的边境，16公里之外就是英格兰地界了。

古镇已有千年历史，自然故事颇多：苏格兰国王马尔科姆四世笃信上帝，1165年死于杰德堡，年仅24岁，据信是过度斋戒所致。1566年10月，苏格兰女王玛丽曾经在小镇逗留一个月。当时女王24岁，三个多月之前刚刚产下儿子。因为宫廷谋杀和各种阴谋，玛丽来到杰德堡小住。次年就在贵族威逼之下退位。又一年之后，被迫逃往英格兰寻求庇护。可是英格兰女王，玛丽的堂姑，在软禁玛丽19年之后，仍认为玛丽威胁到自己的王位，于是以叛国罪名将她送上断头台。

这位玛丽出生仅仅6天，尚在襁褓之中就成为王位继承人，正所谓"含着金勺子"来到这个世界。幸运还是不幸？玛丽5岁被送往法国宫廷接受贵族女子所能够得到的一切精英教育。她通晓6国语言，天生有一个动听的歌喉，还能弹奏多种乐器。玛丽还是9个月的婴儿时就加冕成为苏格兰女王，15岁同法国王子结婚，16岁成为法国王后。有多少童话故事里面讲到女孩子与王子结婚，"从此过上了幸福的生活"？可怜年纪轻轻既是女王又是王后的玛丽，并没有什么"幸福生活"。在那个愚昧的时代，岂止是老百姓没有悠静安宁，统治者也日日夜夜被阴谋包围，被恐惧笼罩。君臣、父子、兄弟、姐妹、夫妻、同僚相互残杀！当今英国女王能够平平安安在位65年，不能不说是"承"社会进步的"洪恩"。因为那些怀有政治野心的，或者具有雄才大略的人们可以通过合法选举、民主渠道获得执政机会，不必以谋害在位者的血腥手段来夺取权柄，自然也免除了时时刻刻防备仇人报复的恐惧。他们的理想实现之时，便可像华盛顿、曼德拉那样功成身退；若是感到力不从心，或者任期届满，亦能从容挂冠归去，享受清闲，颐养天年。

现今杰德堡镇还保留一所房屋，叫作苏格兰女王玛丽访客中心（Mary Queen of Scots' Visitor Centre），里面也有展览，其中包括玛丽女王的一绺头发。我们时间不够，放弃了这个景点。

首先去参观位于镇南的杰德堡监狱暨博物馆（Jedburgh Castle Jail & Museum）。监狱设计成城堡模样，于1823年建成。1868年关闭。1964年修复之后，作为博物馆向公众开放。首先是本地历史展览。这是一座专门设计的监狱。设计师阿奇博尔德·埃利奥特（Archibald Elliot）借鉴约翰·豪伍德（John Howard 1726—1790）提出的监狱改革的思想所设计。约翰·豪伍德认为，监狱应该做到如下几点：住所与被服干净；根据性别、年龄和罪行不同而分监；应该有适当的保健、工作和活动；有表达诉求的渠道（由此推测当时这些都做不到）。

约翰·豪伍德出身富家，父亲管教十分严格。他曾在出游西班牙时被法国占领军关押6天，可能就是这次经历，触发他的监狱改革思想。他曾经遍访英国监狱，各个监狱骇人听闻的状况令他震惊。豪伍德被誉为监狱改革之父，他是早期英国监狱制度的创立者，也促使全欧洲的监狱引进更加人道的条件。

监狱为两层楼建筑，左后右三面监房，当中的管理人员办公楼，现在是展览厅，里面提供语音导游，还有儿童互动节目。典狱长连同家属住在一套两卧的居室里面。他的妻子通常担任女犯看守。典狱长助手住在单卧室的居室里面，由典狱长支付工资。办公楼里面还有监狱厨房、一间女债户囚室、一间关押被控叛国罪名犯人的特等囚室。据记载，至少曾有八位典狱长先后在杰德堡监狱工作，其中一位约翰·安德森连同妻子、六个孩子在此居住了十年。除典狱长之外，工作人员还包括一名园丁、一名医生和一名牧师。

犯人在办公室办理入监手续：将姓名、体貌特征、所犯罪行、刑罚种类等记录在册；还要洗澡、剃头、称体重、检查身体，并进行评估：是否健康？是否需要特殊饮食？能否承担重体力劳动？以判定身体状况是否适合关押，并且将情况记录在案。

在1880年以前，债权人可以要求地方长官将欠债人关进监牢，直至还债。凡是读过英国著名作家查尔斯·狄更斯小说的都知道这种情况，狄更斯本人的父亲就因为欠债被关，以至于狄更斯11岁时辍学3个月在鞋油工厂做童工挣钱。

19世纪时有各种惩罚方式，囚禁只是一种。即使关在狱中，也有各种惩戒。但是较以前相比，已文明人道很多。女犯如果有小于一岁的孩子，允许将孩子带入囚室，照顾到一岁。犯人每天6点起床，晚上8点以前不准就寝。周日允许犯人晚起一小时，早睡一小时。每周牧师至少做一次弥撒。犯人一个月洗一次澡。伙食也有标准：一日三餐基本上是牛奶、面包和麦片，晚上有土豆，基本没有什么蔬菜、没有肉食。犯人们必须做工，其中包括处理麻絮这种伤害健康的工作。

英国进入现代化之前，社会不公平，机会不均等，贫富悬殊，使许多人成了无业游民，给维持治安造成困难。对于无业游民的处置也十分严酷。当时即使偷盗一个萝卜也是犯罪，因为法律规定私人财产不受侵犯，如果萝卜的主人起诉偷萝卜的孩子，治安官必须依法判刑。因为当时没有关于以年龄区别对待的法律。有几个青少年犯罪的案例：1844年，罗伯特·伦尼，9岁，给人跑腿挣钱，被认定偷窃一根鞭子、两根蜡烛，判监禁4天；1845年，伦尼，10岁，已经当了工人，又因盗窃一英镑钞票和几枚银币，判刑9个月监禁；1855年，威廉·华莱士，9岁，偷萝卜，鞭挞6下，免予监禁……

在1820—1830年间，很少有违法者被判一年以上监禁。因为更严重的犯罪往往判以遣送原籍或者流放海外。1842年珀斯建立了总监狱，超过9个月刑期的罪犯通常去珀斯服刑。有个别犯人非常恐惧去珀斯，以至于精神失常甚至自杀。监狱也关押精神病人。1837年一位视察官员写道："一位女精神病人，没有因犯罪获刑，也没有伤害他人的行为，已经被关押在此四年多了。"

一座关闭的老监狱，也能办成博物馆，而且管理专业，内容丰富。其历史、文化、知识、思想……就是这样点点滴滴被传承下来了。

离开杰德堡监狱，下山进入镇子，去参观杰德堡修道院。

号称最富丽堂皇的杰德堡修道院（Jedburgh Abbey）名不虚传：

◎ 号称最富丽堂皇的杰德堡修道院　　◎ 杰德堡内（1870 年逝世的）洛锡安侯爵八世的等身雕塑

精雕细刻的门框、窗饰、气势恢弘的大厅、塔楼……。杰德堡修道院是苏格兰边界四大修道院之一，建于 1150 年，经历了英格兰军队的 3 次浩劫，最后在 1544 年被彻底烧毁。如今修道院废墟那大建筑格局的壮丽依然震撼人心。

1285 年，亚历山大三世在这富丽堂皇的杰德堡修道院教堂中庭

◎ 这座建筑物里面就是著名的苏格兰诗人作家司柯特之墓。他的妻子、儿子和为他写传记的女婿都葬在这里（德赖堡）

举行婚礼，迎娶第二任妻子。大教堂侧廊十字形翼部北面，被后来房主洛锡安侯爵的祖先 Ker 家族作为墓室，最早可追溯到 1524 年。

继续往西北 20 公里左右，就是德赖堡修道院（Dryburgh Abby）。它建于 1150 年（也是将近千年的老建筑了），1322 年被英格兰军队烧毁；重修以后，仅仅相隔 60 多年，1385 年又被理查德二世放了一把火。但是它在 15 世纪期间十分兴旺，直到 1544 年终于被废弃。后来十一世伯爵 David Steuart Erskine 于 1786 年买下了这片土地。著名的苏格兰诗人作家司柯特和那位英国陆军元帅"屠夫"黑格伯爵也埋葬在这里。

我们参观的时候，看见不知道是哪个影视公司利用这个背景在拍古装戏。在高大古树和翠绿草地之间,少女身着长长的白袍,恍惚回到中世纪的苏格兰。浪漫气氛弥漫,剧情呼之欲出。保护好现存古迹,就不需要大兴土木修建假古迹了。一拆、一建都耗费大量资源,制造大量垃圾。

再向西行驶 11 公里,就是另一所大修道院遗址,梅尔罗斯修道院(Melrose Abbey)。这是一个哥特式建筑,始建于 1136 年,由西多会的修士所建立,现在由苏格兰文物局(Historic Scotland)管理。这个修道院里面埋葬了好几个苏格兰的国王和贵族,包括了经过防腐处理的罗伯特·布鲁斯国王的心脏(他身体的其他部分被葬在 Dunfermline 修道院)。据传说,布鲁斯去世之前,要求将自己的心脏带到圣地耶路撒冷的圣墓教堂,呈给上帝之后,再回来埋葬。詹姆斯·道

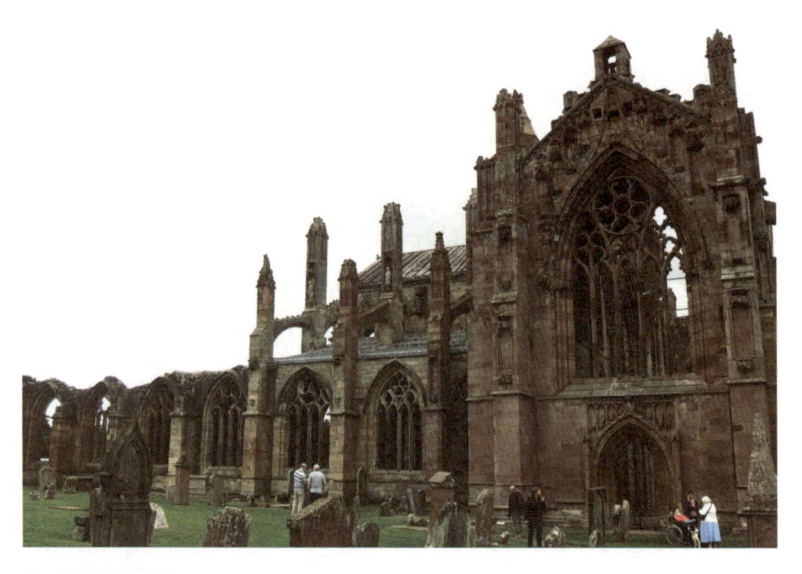

◎ 梅尔罗斯修道院

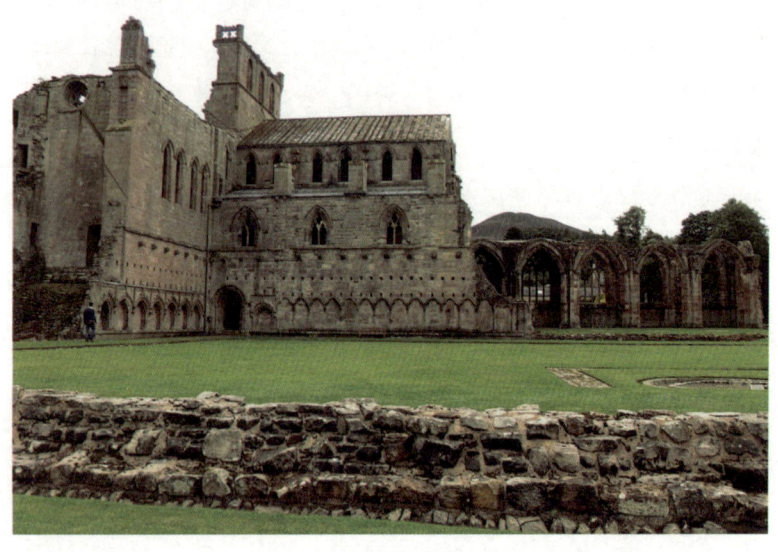

◎ 梅尔罗斯修道院

格拉斯1330年离开苏格兰,脖子上戴着用链子绑住的金属盒,里面陈放着罗伯特·布鲁斯的心脏。但是在一场战斗中道格拉斯中了埋伏,他将装有布鲁斯心脏的盒子用力扔向前方,放声呼喊:"勇敢的心啊,带领我们向前冲吧,我追随你!"最终战死沙场。道格拉斯的战友威廉·凯思将罗伯特·布鲁斯的心脏带回苏格兰,安葬在此。

这座比德赖堡修道院更为古老的建筑,精雕细刻不亚于杰德堡修道院。那些显赫一时的盘踞高位者,即使将名字刻在装饰华丽的石碑上,仍然无异于粪土。而那些无名工匠的艺术创造,却永远令后人赞叹不已、顶礼膜拜。如同修道院里貌似柔弱的花草,世世代代美丽绵延。

今天往返150多公里。

低地 苏格兰

滚滚红尘银行史
飘飘仙乐天籁音

第六十七天

8月21日
星期五
晴有阵雨

爱丁堡新城区
爱丁堡国际书展
国家艺术馆

今天参观爱丁堡新城区（New Town）。18世纪的爱丁堡，旧城内过度拥挤，人口饱和。高级市政官员决定兴建一个新的城区。为了找出适合新区的现代格局，1766年1月举行了新区设计比赛，年仅26岁的青年建筑师詹姆斯·克雷格（James Craig）胜出。

我们首先找到新城区著名的乔治街，那里有布特大厦（Bute House）。布特大厦位于夏洛特广场北侧，是苏格兰首相大臣的官邸。同一座建筑内，就是现在辟为博物馆的"乔治之家"（Georgian House）——当年一位富户的住宅。入场处播放一个短片，介绍第三位住户的生活。整个展览向人们展示了18世纪末新城初建时爱丁堡富庶精英的生活状况。

从布特大厦出来，对面就是夏洛特广场（Charlotte Square）。广场位于乔治街的西端，与东端的圣安得鲁广场呼应，为世界遗产的一部分。花园中心是维多利亚女王的丈夫阿尔伯特亲王的骑马雕像，1876年由女王本人揭幕。每年8月下旬，爱丁堡国际图书节都在爱丁堡夏洛特广场举办。我们恰逢其盛。

为了保护草地，临时书店、售货亭、会议室、休息处、通道等都搭建在木板或者地垫之上，休息处照例有公共长椅和用餐桌凳。当然少不了公共厕所。公共厕所内部设施与其他永久性建筑的厕所一模一样，卷筒纸洗手池等应有尽有。上水管道和粗大的下水管道从木板之下通过，部分暴露在草地之上木屋之间。

书展的活动据说有几百项之多，有座谈、讲演、签名售书……，每年吸引超过十万爱书人。许多人耐心排队等待作家签名，还不止一支队伍哦！多年之后，这部有着作家亲笔签名的书本，可能就身价百倍呢！爱丁堡的国际书展，名副其实，可以看到各国记者。我坐在长

◎ 夏洛特广场

椅上面歇脚的时候，就有两位记者前来采访我。其中一位年轻小伙子，可能是没有经验，只会反复问我同一个问题："你最喜爱哪一类书籍？"这个问题不太容易用一句话回答。当他没有得到直截了当的答案时，不知道随机应变，因势利导问我其他问题以期获取对自己有用的信息。平时我们看电视台访谈节目，主持人都是事先做了很多案头工作，有备而来的，所以提出的问题不但令听众兴趣盎然，而且使被采访人能够侃侃而谈。

然后去艺术馆。本来打定主意不拍照，因为相机里面已有逾千张照片，储存卡早已满了。可是那些画作冲击视觉、碰撞灵魂，让你心跳不已，即使我这种对于艺术一窍不通的外行也无法抵挡那种魅力。尤其是法国画家 Gustave Dore（1832—1883）的作品《卡伦湖纪念（Souvenir of Loch Carron）》。他1873年来到苏格兰高地旅行，忽然见到一群雄鹿出现在湖边山岗。当时匆匆而作的速写，激发了他的创作灵感，这幅画是他再现风景的最佳作品之一。在那苏格兰典型的迷蒙岚霭之中，苍茫山岗之上，一群野鹿昂首翘望，山脚碧湖如镜，一道彩虹从湖中升起直入云层。不知有多少苏格兰人在这幅画前面感动得几乎流泪（这幅画不是艺术馆的藏品，是从匿名人士那里借来展出的）。

不知不觉看到七点钟闭馆。人已经离开美术馆的大楼，心还被画家所表现的人物和景物勾留着，脑海里面充满了各种生动感人的印象……

第六十八天

8月22日
星期六
阳光时隐时现
傍晚阵雨

国家艺术馆
苏格兰银行总部博物馆
苏格兰皇家博物馆

再次参观国家艺术馆。有两幅意大利画家 Pietro Fabris 的作品引起了我的兴趣。第一幅题为《勋爵福特罗斯·麦肯齐（Lord Fortrose Mackenzie，1744—1781）在那不勒斯家中：音乐派对》。这位爵爷常年居住国外，他左手边是苏格兰外交家威廉·汉密尔顿爵士（Sir William Hamilton，1730—1803），当时是英国驻那不勒斯公使，也是著名的古文物家、考古学家和火山学家；右边是著名小提琴家加塔诺·普格纳尼（Gaetano Pugnani）。弹奏钢琴的据信是莫扎特和他的父亲。右下角落里面的是画家自己，颇有"谈笑有鸿儒，往来无白丁"的意味。不过这装饰考究、满墙宝物的大厅，绝非"陋室"。另一幅标题是《勋爵福特罗斯·麦肯齐在那不勒斯家中：切磋剑术》。这些画作如同一扇扇门户，推门即可进入时间隧道，打开18、19世纪之交时期的贵族客厅，看见他们的日常生活。

一幅题为《盖乌斯·尤利乌斯·费洛帕波斯（Gaius Julius Antiochus Epiphanes Philopappos）纪念碑》的油画，是意大利画家乔凡尼·巴蒂斯塔·卢瑟里（Giovanni Battista Lusieri，1754—1821）的作品。乔凡尼不但是优秀的画家，同时还是苏格兰埃尔金第七世勋爵托马斯·布鲁斯的代理人。这位埃尔金勋爵,当时是驻奥斯曼帝国(希腊20世纪初的宗主国)君士坦丁堡的大使,因为倾心于帕特农神庙的大规模古代浮雕作品,从1801年开始,他就在乔凡尼的帮助下,把神庙里面表现雅典娜勋业的巨型大理石浮雕群像劫走。这批稀世之珍,有些在锯凿过程中破碎损毁,幸存的浮雕如今陈列在英法等国的博物馆里。这批古代石雕被称为"埃尔金大理石雕"。

帕特农神庙真是命运多舛:公元393年它被改作基督教堂。在土耳其统治时期,它又成了伊斯兰教的清真寺。1687年威尼斯军队炮轰城堡,引爆了土耳其人堆放在神庙里的炸药,把庙顶和殿墙全部炸塌,300多人丧生。想起鲁迅先生曾说:"中国公共的东西,实在不容易保存。如果当局者是外行,他便将东西糟完;倘是内行,他便将东西偷完。"可叹此种悲剧在世界各国上演!

有一幅挪威画家的作品,表现暴风雨中一艘帆船即将沉没,高崖陡岸上的人却无法施救。惊心动魄的巨浪,绝望呼喊的人们。这也是那个时代许多人们现实生活的写照。

还有许多各国画家的油画,本不打算拍照(虽然允许拍照),但是有些画作就是让你心弦颤动,驻足不前,静静凝视,因而愿意留下照片永久纪念,反复观赏。

慢慢步行上山,迎面就是爱丁堡大学的新学院。

走上山坡,途经那座有着绿色圆顶、高高耸立在山顶、为爱丁堡增加风采,不由你不举头观看的美丽建筑——苏格兰银行总部大厦。绿色圆顶之上还有金色的女神雕像,叫作 Statue of Fame。

苏格兰银行(Bank of Scotland)是总部位于爱丁堡的商业银行,1696年开始营业,是英国最古老的连续经营至今的银行之一。苏格

◎ 爱丁堡大学的新学院

兰银行也是欧洲首批印制自己的钞票的银行。至今苏格兰流通自己的纸币。

　　银行路边的广告上看到,苏格兰银行大楼里面还办有博物馆,叫作 Museum on the Mound(译作"钱币博物馆",也有直译为"土墩博物馆"的,其实里面还包含银行史)。该馆全年开放,免费参观。

　　货币展览里面还有中国古代钱币、近代中国银票。展品之中还有一张百万英镑的钞票,当然是盖有"注销"大印的。不知是否这一张钞票,给予美国作家马克·吐温灵感,写出了著名的短篇小说《百万英镑》。

　　博物馆内为劳埃德银行集团(Lloyds Banking Group plc)制作了一张"家谱"。老祖宗就是 1696 年开张的苏格兰银行。陆陆续续其

◎ 苏格兰银行总部大厦

他金融机构也建立起来，最终于2009年合并成为劳埃德银行集团。

还有一些名人轶事：设计修建灯塔的史蒂文森家族，也是其中一家银行的客户和股东。那位作家罗伯特·路易斯·史蒂文森还在他的小说之中提过这家银行。

1826年，政府拟废除面值小于5英镑的纸币，许多人不赞成。苏格兰著名诗人兼作家瓦尔特·司柯特化名发表公开信，主张保留一英镑纸币，最后获得成功。

苏格兰诗人罗伯特·彭斯在一张一几尼（guinea，相当一英镑一先令）的钞票背面写下一首诗，大意是"金钱造成许多悲剧和苦恼"。

博物馆内还展出了当年总部大楼的几种设计效果图，对比细看，也很有意思。

银行博物馆的互动节目绝对具有银行特色：设计了一只具有三套锁的保险箱，如果你能够按照提示，打开这三套密码锁，还有奖品哦！

今天的目的地是苏格兰皇家博物馆。苏格兰博物馆和皇家博物馆两栋建筑相邻相通（已经合并为国家博物馆）。苏格兰博物馆的历史可以追溯到1780年成立的苏格兰古物协会，这是十一世布坎伯爵大卫·厄斯金（David Erskine）基于启蒙精神而建立的非政府组织，旨在保护古迹古物，研究历史，传承文化，推动自然科学。1851年协会将其收藏全部捐给国家。

五年之前，我曾经参观过皇家博物馆，一进大厅，就有一位著名的苏格兰赛车手的展柜，里面有相关的照片、纸质传媒和个人用品，还播放着影像和录音。那时候不知道这是何许人也，端详了一会儿，仍然一头雾水。这次跟着准车迷易安参观，才了解到这就是三次获得F1世界冠军的车手约翰·杨·"杰基"·斯图尔特爵士（Sir John Young "Jackie" Stewart）。名字之前冠以"sir"，是因为其功绩卓著，由女王授予了爵士勋位。其实他最大的功绩在于努力推动赛车安全——从赛道安全设施、车手安全保护到赛场急救准备……，为车手的生命和赛车运动的健康发展作出了至关重要的贡献。

在苏格兰博物馆进餐处吃过自带午饭，步入皇家博物馆的大厅，赫然看见海报：爱丁堡艺术节期间，每天下午两点钟在大厅有40分钟的免费音乐表演。博物馆特意为这个活动准备了几十张折叠椅，虽然20分钟之后才开演，但已经有人入座等候。我们赶紧落座。三位艺术家十分年轻，看起来即使不是音乐学院的学生，也是刚刚毕业不久。古典音乐无影无形，对于素质的熏陶却处处流露在衣饰外貌、举手投足之间。孩子们不知不觉变得温文尔雅，大方自然，谦恭有礼。

两位俊男，一位美女，从容不迫地各自做着演出之前的准备。可惜我对长笛一窍不通，只看见他们拿出长长短短、银色黑色的金属笛子来，小声地试音，悄然对话。

时辰已过，睡魔来袭，我困得心慌意乱；可是笛声响起，顿时升入仙境。笛声带你来到辉煌宫殿：精致典雅、华丽高贵；笛声带你飘入欧洲田野：树林小鸟、山溪野花……。笛声明亮如同穿透枝叶的第一缕朝阳、晶莹若比晨光露珠、清新好似春芽嫩草、柔和就像水中蓝天白云的倒影……。一曲"春"声荡漾：起初清风拂面，微微的暖，丝丝的凉，沁人心脾；俄而拂晓鸟鸣，婉转呢喃，悦耳清心；继则波光粼粼，流水潺潺，心醉神迷；终乃夕阳余辉，融金化银，物我两忘……。40分钟共演奏了9支乐曲，许多人没有座位，自始至终站着欣赏，如醉如痴。第一次领略西洋笛子三重奏，果然不同凡响，轻灵飘逸，宛转悠扬，绕梁三日而不绝。"此曲只应天上有，人间能得几回闻"，信哉！一时激动，不知如何感谢三位年轻人，模仿追星一族的做法，上前表达感谢之情，请三人签名留念，并且大加赞赏！

曲终人散，易安按照原计划继续参观。我则因为4年前曾经参观过这个博物馆，自寻一个角落打盹。美妙乐声仍在耳边回旋萦绕，怡情悦性，安神醒脑。精神恢复之后，和易安一道参观，重访"多利羊"——第一只成功克隆的哺乳动物——苏格兰人的又一贡献，再拜9.5米高的博尔顿瓦特发动机（Boulton & Watt engine）……，直至5点钟闭馆才离开。

8月份的爱丁堡，下午5点钟仍然天光大亮，我们顺路逛爱丁堡大学。各个楼房大门口有铭牌标示该建筑的的机构名称：爱丁堡大学当代世界伊斯兰研究所，圣阿尔伯特天主教特遣牧师办公处，爱丁堡

◎ 金童玉女，银笛妙音

大学伊斯兰教与中东研究所……。还有几个机构共用一栋大楼：爱丁堡大学苏格兰社会学研究生院、社会政治学院学术人员办公室、文化关系中心、欧罗巴学院、管理学学院、公共管理和政策研究院等，不一而足。仅仅这几块牌子，就昭示出爱丁堡大学学术研究范围之广度、深度和自由度。

在医学院大楼外墙上，有两块铭牌引人注目。其中一块镌刻的铭文大意是：此铭牌纪念爱丁堡医学院与北美的历史联系。在1749—1799年间，117名美国人在爱丁堡获得医学学位。他们之中有John Morgan（1735—1789），费城大学医学院的创立者，以及他聘任的第一批医学博士。费城大学医学院是北美第一所医学院。除此之外，Benjamin Rush和来自爱丁堡的神学家John Witherspoon还是美国《独立宣言》的签字人——"苏格兰人发明了现代世界"的又一例证！

另一块铭牌纪念在医学研究作出杰出贡献的三位毕业生：Richard Bright（1789—1858），Thomas Addison（1793—1860），Thomas Hodgkin（1798—1866）。"他们各自对于急性链节后出血性肾小球肾炎、肾上腺皮质功能减退症、恶性贫血、霍奇金淋巴瘤做出了完整的准确的描述。这些基础研究为这些疾病的诊断和治疗提供了依据。"我们浩如烟海的科学财富就是由这样一些孜孜不倦细致入微地观察世界的人们，不厌其烦地记录、核实，如此一点一滴地积累起来的啊！

在苏格兰，我们参观的所有大学都有一个共同特点，他们引以自豪的都是本校为人类社会，为科学发展，为世界进步所作出的贡献，以及那些作出贡献的教师、学生和相关人员。这才是创办大学的耿耿初心和终极目标啊。

向北经威弗利（Waverley）火车站，去往王子街——我们的公共汽车站所在地。街道两边到处是帐篷、摊位，很多街头表演，围观的人们慷慨解囊。路边见到泰国"人妖"的广告："来自曼谷的'男孩

◎ 来自曼谷的淑女男孩

淑女'于8月7—31日在喷泉桥表演……"

到处看见排队，有的是参加会议，有的是观看演出。果然是国际艺术节，来自世界各地、多种肤色、各个民族的艺术家和旅游者将平时冷冷清清的街道变成熙熙攘攘的乐园，人们兴高采烈，一片节日气氛，千般欢快景象。

早上洗衣，晾出去之后才出门。晚上9点钟归来，房东玛瑞安已经帮我把衣服都收回来了。

肖像画廊故事会
卡尔顿山烂尾楼

第六十九天

8月23日
星期天
晴

肖像美术馆
卡尔顿山
街头表演

今天22摄氏度——来到苏格兰头一次这么高温度。

沿王子街一路走来,见到著名的威灵顿公爵塑像。确切的说法应该是第一代威灵顿公爵阿瑟·韦尔斯利。阿瑟出身爱尔兰贵族家庭,年轻时参加征服印度殖民地的战争,战功卓著(不知印度人如何评价他)。我记住威灵顿这个名字是因为他在著名的1815年滑铁卢战役中,和普鲁士陆军元帅布吕歇尔合作打败拿破仑。据说作为驻法占领军总司令,他拒绝布吕歇尔提出的枪杀拿破仑和焚烧巴黎的建议。他组织贷款以解救法国的财政,并提出在3年后撤出占领军。1818年阿瑟带着6个外国授予的司令杖(陆军元帅的标志)回国。看起来人到中年的威灵顿恢复了人性。后来威灵顿两次出任首相。

我一直奇怪,为什么人们把"滑铁卢"作为"失败"的代名词,而不是"大获全胜"

的比喻，滑铁卢是威灵顿最光辉的顶点啊！是不是人们觉得拿破仑更为伟大？抑或拿破仑获得人们更多同情——如同中国人唱了多少年的"霸王别姬"？不过，相比之下，项羽为争王称霸，一路烧杀掳掠，凶残破坏，至死不知自己有罪；而拿破仑却颇有建树。成为法兰西第一共和国执政官之后，拿破仑进行了多项军政、教育、司法、行政、立法、经济等方面的重大改革，其中最著名，并直到两个世纪后依然还有深远影响的是颁布了《拿破仑法典》。在我看来，威灵顿公爵比项羽强得太多，毕竟 2 000 年过去，时代不同了，社会在进步。阿瑟受过的教育也大不相同了。

今天参观肖像艺术馆（Scottish National Portrait Gallery）。艺术馆建筑本身和外墙的装饰、雕像也是艺术作品，同样令人赞叹，值得观赏。

馆内不仅有油画、水彩画、素描等画像，还有雕塑。每一幅画作和雕塑作品都有简略介绍：画家/雕塑家名字、所塑造的人物、作品流派、当时历史、作品缘由……，令人获益匪浅。

印象深刻的有不少。其中有一尊雕像是约翰·莱斯利爵士（Sir John Leslie，1766—1832），苏格兰数学家和物理学家。莱斯利出身于木匠家庭，后来进入圣安德鲁斯大学学习。毕业之后当了几年家庭教师，业余时间进行科学研究，同时翻译了 9 卷的《鸟类自然史》，于 1790 年出版。从此有足够的经济能力专心从事科学研究，发表了一篇又一篇重量级的论文。他 1807 成为爱丁堡皇家学会（the Royal Society of Edinburgh）会员；1820 年入选法国研究所（the Institute of France）的通讯会员；1832 年受封为爵士。这尊胸像的作者是苏格兰雕塑家约翰·兰德（John Rhind，1828—1892，此人父亲是有名的石匠）。

○ 肖像馆外墙的装饰和雕像

○ 苏格兰启蒙运动的重要人物大卫·休谟和亚当·史密斯

约翰·兰德作品颇多，苏格兰银行总部穹顶之上的金色希腊女神像也是他的大作。

下午2点钟，一楼门厅举行故事会，为听故事的孩子和大人在地面上准备了柔软的座位。两位"说书人"以弹奏吉他唱歌的方式开场，之后便讲起故事来。他们讲故事时运用表情、动作、音乐，还加上声效，而且带来道具请孩子们表演故事情节……。我从来没有见过这么讲故事的。不过世界上的任何事物，在中国都是"古已有之"——我们的说书人带一块惊堂木，或者大鼓单弦，也可以说是异曲同工吧。小朋友大受感染，也手舞足蹈起来！

然后上卡尔顿山。苏格兰政府总部圣安德鲁大厦位于陡峭的南坡，山上还有一些标志性的古迹和建筑：国家纪念堂、纳尔逊纪念塔、杜格尔德·斯图尔特（Dugald Stewart，1753—1828）纪念亭、老皇家中学、罗伯特·彭斯纪念碑、政治烈士纪念碑以及市天文台。

卡尔顿山虽然不高,却也能够俯瞰爱丁堡,遥望福斯湾。山脚下绿树掩映的皇家行宫荷里路德宫(Palace of Holyroodhouse)、苏格兰议会大厦,及其背后荷里路德公园和亚瑟王座山(Arthur's Seat)被尽收眼底。

山上的"国家纪念堂"以雅典帕特农神庙为蓝本,纪念在拿破仑战争中阵亡的苏格兰士兵。国家纪念堂于1826年开工,1829年由于缺乏资金被迫停建,未能完成,被称为"苏格兰的耻辱"。尽管如此,这"烂尾楼"仍然很壮观,仍然不失为吸引游客的一景。倘若炸掉了,岂非徒然制造垃圾,污染环境?

高高矗立的纳尔逊纪念塔前面有一门铜炮"葡萄牙加农炮",铸造于15世纪初叶,炮身上面有"西班牙皇家"字样,却来自葡萄牙军队。它老人家不仅已经有五六百岁的年纪,而且曾经飘洋过海,历经沧桑。1785年以前就被运到了葡萄牙在东南亚的殖民地。那时候可没有苏伊士运河和巴拿马运河。从欧洲的大西洋到亚洲的太平洋,海上航线只能绕道非洲南端好望角,好望角也被称为风暴角哦!这葡萄牙加农炮后来不知是通过购买还是战争缴获,成为缅甸一个Arakan国王的财产。1885年英军占领缅甸之后,又落入不列颠王国之手。第二年,不列颠帝国将这战利品不远万里,运到爱丁堡,从此老炮端坐在卡尔顿山上冷眼旁观,看人来人往,潮起潮落。

一座小巧的纪念亭是爱丁堡皇家学会为杜格尔德·斯图尔特而建。他是哲学家、数学家、爱丁堡大学教授和苏格兰启蒙运动普及者,也是爱丁堡皇家学会创立人之一。他讲授的伦理学涵盖政治哲学和政府理论,吸引了欧陆和美洲的年轻人前来听课。纪念亭由建筑师威廉·亨利·普莱费尔（William Henry Prefair）设计，1831年落成。

山上方尖碑叫作"政治烈士纪念碑"（Political Martyrs Monument），是一座英国登录建筑，矗立在旧卡尔顿公墓。纪念碑位于一个正方形基座上，27米多高，灰黑色砂岩砌筑。上面刻着五个人的名字：托马斯·缪尔（Thomas Muir），托马斯·帕尔默（Thomas Fyshe Palmer），威廉·斯基尔温（William Skirving），Maurice Margarot，约瑟夫·杰拉德（Joseph Gerrald）。该碑是为了纪念五位因提倡国会改革而被捕入狱的政治改革家。1794年，他们以煽动叛乱的罪名，被判刑14年流放到澳大利亚。1837年，约瑟夫·休谟（Joseph Hume）发起为苏格兰政治烈士修建纪念碑的计划。1844年8月21日，3 000人聚集于此，休谟为纪念碑奠基。我们中国千百年来政治烈士不可胜数！戊戌六君子抛头颅洒热血也整整120年了。

下得山来，在街上四处观光，看街头表演。有盛装的北美印第安歌者。看他演奏的乐器是不是印第安排箫？

古往今来城堡故事
能工巧匠运河转轮

第七十天

8月24日
星期一
晴

黑暗城堡
法科克转轮
安东尼墙

今天计划去西面32公里处的林利斯哥（Linlithgow）镇。中途24公里处我们右转北上，先去参观黑暗城堡（Blackness Castle），苏格兰最令人印象深刻的堡垒之一。

黑暗城堡位于黑暗海湾，因此得名。黑暗城堡在15世纪初建之时，是苏格兰最有势力的家族之中的克莱顿（Crichtons）的府邸。可建成几年之后，就被伯爵詹姆士二世（后来的苏格兰王）攫为己有，作为驻防要塞和国家监狱。16世纪，城堡大规模扩建，加高加厚，有些地方加厚至原来的四倍，可是仍然抵挡不住议会军的炮火，1651年被克伦威尔攻陷。17世纪后期，城堡再次扩建，成为重要的军事基地直至1870年改用作军火库。1912年，它不再作为军事用途，1920年翻修后仍然保持了其坚固粗硬的魅力。城堡西北有栈桥通向码头。据说，还有地下道与南面3公里开外的宾斯宅邸相连。

◎ 黑暗城堡

　　黑暗城堡还是电影《哈姆雷特》和BBC英国广播公司电视连续剧《艾凡赫（另译作"撒克逊劫后英雄传"）》的外景地。

　　黑暗城堡因其酷似一座石制大船常常被称为"永不航行的舰艇"。从黑暗城堡远眺，可以一览福斯湾风景，包括红色的福斯湾铁路桥。城堡建于突出于海湾的矶头之上，因此可能会因天气缘故临时闭门谢客。

　　从黑暗城堡出来，走错了路线，一下开到了法科克（Falkirk），又一次歪打正着——这里恰好是我们计划中要参观的法科克转轮（Falkirk Wheel）！2003年被美国著名的旅游杂志《旅游者》（*Condé Nast Traveler*）评为最新现代建筑的"世界七大奇观"之一。这是世界第一个旋转式船舶电梯，重新连接了福斯-克莱德运河（Forth and Clyde Canal）和联盟运河（The Union Canal）。法科克转轮配备了10个马达，能在5分钟内，将装有船只（合计长度20米）和水的箱槽抬高24米，连接通往联盟运河的渡渠。与此同时，将另一端的箱槽放下。这样转半圈的耗电量仅有1.5千瓦/小时！

福斯-克莱德运河是世界上第一条"海通海"运河，横贯苏格兰，连通北海与大西洋；早在1790年就开始营运，比苏伊士运河还早79年。后来，为了连通格拉斯哥、爱丁堡两座大城，又兴建了联盟运河，于1822年完工。因联盟运河的水位比福斯-克莱德运河的水位高30多米，修建了11座水闸连结两条运河。随着铁路的建成，运河商运逐渐萧条，终于在1933年停运。20世纪90年代，英国政府鉴于这两条运河的历史价值，决定将运河的功能转型为生态环保、观光游览的文化资产。2002年法科克转轮开通，将联盟运河与福斯-克莱德运河再次连结起来，两条运河也获得新生。

现场有好多说明牌，介绍运河地区的历史，运河的建造，沿途的村镇……。

2002年5月24日，女王伊丽莎白二世亲自来为这座高明而漂亮的工程奇观开通剪彩，作为她登基50周年庆祝活动的其中一项。

如果有人说，工程师改变了世界，我举双手赞同。如果有来生，我一定做工程师，用前人的知识经验加上自己的聪明智慧，解决各种各样的难题，发明新颖实用的装置。多么富有魅力的工作！

这个工程大观令我们两个兴奋不已。唯一遗憾的是运河那么窄，感觉只是一条小溪。步行溯流而上，与运河一起穿过隧道，来到一只人力操纵的小型船闸。我不免童心大发，征得管理人员同意，奋力推动长长的木杆，开闸放船。

回到法柯克轮联盟运河端，欣赏山下原野和人工湖。然后沿A803往西南，去寻访古迹"安东尼墙(Antonine Wall)"。罗马帝国鼎盛时期，

苏格兰低地

◎ 船只从转轮槽箱驶出，进入连接福斯 - 克莱德运河的人工湖

◎ 圆框里面的槽箱装着水和船，槽箱下面的轮子随着圆框的移动而转，保持水平

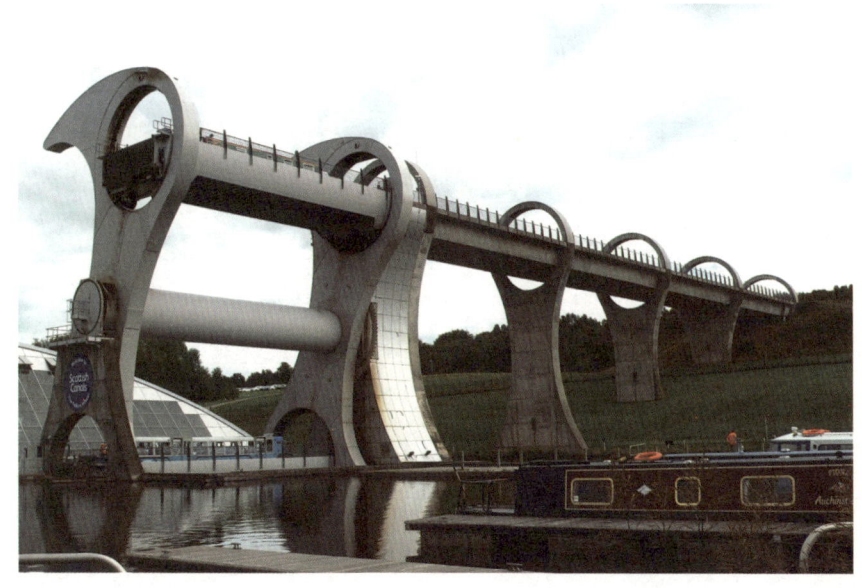

◎ 转轮将另一槽箱抬高，连接联盟运河的渡渠

疆土扩展到不列颠岛，占领英格兰之后，又入侵苏格兰，却反复遭到苏格兰人的顽强抵抗。迫不得已，当时的罗马皇帝安托尼乌斯·披乌斯（Antoninus Pius）下令在苏格兰南部修筑起边境城墙——公元142年由驻英国总督监造，历时12年完工。安东尼墙横跨苏格兰，东起福斯河湾（the firth of forth），西至克莱德河湾，长59千米，宽5米，高3米；城墙前面建有一条12米宽、4米深的壕沟。城墙上有19座碉堡，各堡之间相隔3千米。城墙将英国罗马人北部边界移至苏格兰，以防御北部的部落。可是终于不堪苏格兰人的反复骚扰，于196年废弃。罗马人退至南面约100公里的哈德良长城。

我们停车之后，步行在稀稀落落的树林之中，想象着经历1 800多年风雨的断墙残壁会是什么样子，结果大失所望，没有见到寸砖片瓦。当年四米深的壕沟都浅得几乎无法辨认。若不是那块旅游局设立的说明牌，再走两小时也找不到这"古长城"的残迹。青青荒草，掩埋了腥风血雨，勃勃野心，经不起物换星移。回程时候见到三五中国人，也来寻古，我担心他们心理落差太大，忍不住提醒他们莫要跟中国万里长城相比。

苏格兰低地

王者诞生古镇演悲剧
贵族世袭豪宅有传说

第七十一天

8月25日
星期二
晴　风冷

林利斯哥镇
林利斯哥王宫
宾斯豪宅

　　一清早出发,去爱丁堡以西约25公里处的宾斯之屋(House of the Binns)。一路上绿野起伏,白云悠闲,翠树红瓦,碧水青天,好一派低地风光,叫人神清气爽。

　　可是宾斯之屋下午两点才开放。马上转向西南,重访昨天错过的林利斯哥镇,十几分钟之后到达。

　　林利斯哥是西洛锡安(West Lothian)县的

◎ 流经林利斯哥镇的联盟运河

首府，人口19 000人。洛锡安历史悠久，有三大看点：林利斯哥王宫（Linlithgow Palace）、林利斯哥湖（Linlithgow Loch）和联盟运河（Union Canal）。

停车处附近就是运河。遇到昨天在法科克转轮驾船旅行的夫妇。从格拉斯哥到爱丁堡这趟自驾船运河之旅，租金是2 000多英镑！

近旁就是一处公园，绿茵、树丛，还有一座小小古碉楼。草地另一边是通往福斯湾的河水，或者说福斯湾深入陆地的部分。

其实，值得参观的还有圣米迦勒（St Michael）教堂和安妮特住宅博物馆（Annet House Museum）。林利斯哥的保护神就是圣米迦勒。主街之上耸立着圣米迦勒的塑像。

林利斯哥王宫是苏格兰国王詹姆士五世（1512—1542）和他的女儿苏格兰女王玛丽（1542—1567）的出生地，而且一直是苏格兰王室的主要住所。1603年，处死苏格兰女王玛丽的那个英格兰女王伊丽莎白一世"驾崩"，指定继承人正是（被她杀害的）玛丽的儿子——苏格兰在位国王詹姆斯六世（即英格兰的詹姆斯一世）。英格兰王国与苏格兰王国从此形成共主联邦（Union of Crown），虽然仍是两个独立国家，但是元首和最高权力的掌控却是同一个人。不过当时还没有联合王国的形式或者名称。从此以后，这位苏格兰国王詹姆斯六世兼英格兰国王詹姆斯一世就在伦敦办公，林利斯哥王宫渐渐荒废，直至1746年被大火焚毁。

王宫入口处拱形门楣上面镌刻着的是苏格兰王詹姆士五世获得的四种骑士勋位：嘉德勋章（the Order of the Garter），蓟花勋章（the Order of the Thistle），金羊毛勋章（the Order of the Golden Fleece）和圣米迦勒勋章（the Order of St. Michael）。

◎ 王宫内院的人工喷泉

　　王宫类似四合院。坐北朝南，北面是五层楼，其他三面均为三层楼。内院一座精工雕刻的人工喷泉是1537—1538年为詹姆士五世营造的，是宫廷院子里面的中心建筑物。它不仅具有装饰功能，而且是詹姆士本人国王权力和艺术品位的象征。

　　宴会大厅的巨大火炉，各个房间的宽敞空间，厨房、酒窖等都是王者气派。一间宽敞的石屋角落里，衣架上挂着几百年前的服饰，男女都有，提供给游客照古装相的。无人看管，完全免费。

　　一墙之隔就是圣米迦勒教堂。早在1138年苏格兰国王大卫一世就批准建立这座大教堂，建在一所小教堂的原址之上。1242年举行了祝圣仪式，1424年遭逢大火，所以现存建筑多是15世纪中叶以后修复和扩建的。大教堂紧邻林利斯哥王宫南面，是苏格兰国王、女王

◎ 圣米迦勒教堂。1964年，铝制的尖塔，取代了1821年拆除的冠状塔顶

喜爱的祈祷场所。出生在林利斯哥宫的玛丽女王在此行的洗礼。

1559年，苏格兰宗教改革初期，清教徒损毁了教堂内部外部的一些装饰和塑像，后来部分修复。1646年，克伦威尔的军队竟然把教堂正厅当作马厩。如此这般，大教堂既享有辉煌与恩宠，又经历屈辱和仇恨。到19世纪时，许多部分已经面目全非，有些地方甚至不堪修复。同时人们的审美观也发生了改变。

1964年，铝制的尖塔树立起来，取代了1821年拆除的冠状塔顶。看起来现代的人们比过去更为宽容大度，乐于接受无害的新事物。可是我还是觉得那银晃晃的铝制品不伦不类，无论从风格、材质、色彩等角度来看，都与老教堂不相协调。不过，也有人说，那是数把利剑直插天空，十分威风。

　　安妮特住宅博物馆，实际上就是一个讲述地方地理、历史、风土人情的博物馆。

　　有一幅油画记录莫瑞伯爵一世詹姆士·斯图亚特被刺杀的事件。詹姆士·斯图亚特是苏格兰女王玛丽同父异母的哥哥，苏格兰王詹姆士五世的私生子之一，比玛丽年长11岁。他支持宗教改革，所以与玛丽宗教主张不同，但是玛丽仍然册封他为莫瑞伯爵。这位哥哥帮助玛丽镇压了另一位伯爵的反叛。1565年，詹姆士·斯图亚特对玛丽的第二次婚姻有异见，实施了反对玛丽的叛乱，失败之后，遭到通缉，逃亡法国。1567年玛丽被迫退位之后，詹姆士从法国回来，由国会任命为摄政。1570年，詹姆士·斯图亚特来到林利斯哥，摄政王仪仗威武的大队人马经过主街时，玛丽的支持者从主街一所房屋的窗户用马枪朝他射击，导致重伤身亡。

　　一架机器讲述了一个有趣的故事：20世纪五六十年代，儿童鞋店都争相添置这个设备，叫作pedoscope。实际上就是X光机，给儿童的脚型拍照下来，根据脚型做出刚好合脚的鞋子。后来随着X光的属性被科学家发现具有损害健康的射线，才不再使用。可是当年人们把到鞋店拍照脚型当作额外的福利呢。

　　苏格兰大诗人大作家司柯特曾经写诗描写林利斯哥宫殿，称在为皇家修建的所有美丽宫殿之中，林利斯哥宫殿出类拔萃，无与伦比。

下午再访宾斯之屋。这是一所贵族府邸，名字源于所在的山坡（苏格兰语"宾斯"）。这一座豪宅，加上绵延两片山坡的1200多亩绿地，都是准男爵第埃尔（Dalyell）家的财产。最早可以追溯到17世纪，后来不断扩建。宅内收藏的瓷器、画作、家具等，讲述了第埃尔家族几百年的生活和历史。1944年，第十世准男爵夫人Eleanor Dalyell将这所府邸、府内的收藏，那1200多亩土地，连同维修基金，全部交给苏格兰国家信托组织，唯一的条件就是允许家人继续居住。

我们参观那天，正遇上房主第十一世准男爵托马斯·第埃尔（Thomas Dalyell，1932—2017）在家。这位托马斯从来没有使用过这个贵族头衔。作为一位苏格兰工党政治家，托马斯担任过22年的下议院议员。如今83岁高龄的退休议员，腿脚已经不方便，却仍然思维敏捷。听说我们来自悉尼，立刻说出澳大利亚板球队及其著名队员的名字。我们参观结束，准备告辞的时候，他已经找出了那一份报道澳大利亚板球队的报纸，并且送给了易安。老者欣然同意与我们合影，而且介绍我们去参观附近一个景点。我问他是不是从小就生活在这所大房子里，他回答说，是的。我问他刚才我见到的一幅老照片里面的英俊少年是不是他（与父亲的合影），答曰，是的。没有想到老人一年多以后就去世了，爵位由其子继承。

一个关于宾斯豪宅的故事有性格：第埃尔家族最著名的一位是塔姆·第埃尔将军（Sir Tam Dalyell，1615—1685）。在内战时期（克伦威尔革命时期），被议会军俘虏，囚禁于伦敦塔。塔姆竟然逃脱，而且跑到了俄国，为沙皇奋勇作战。1660年王朝复辟之后，回到苏格兰，血腥镇压盟约派。1678年，担任苏格兰总司令。1681年，塔姆·第埃尔在宾斯组建了皇家苏格兰骑兵团，是该团第一任上校。这支骑兵团就是1877年成立的苏格兰皇家龙骑兵团的前身，从此开始其辉煌历史。

据说，塔姆·第埃尔将军曾与魔鬼下棋，经常是魔鬼获胜。但是有一天第埃尔将军赢了魔鬼，魔鬼恼羞成怒，举起大理石桌子砸向第埃尔，但是没有击中目标，桌子一直飞落在草地池塘里。200年之后，人们果然在池塘里面发现一只大理石桌。又据说，魔鬼威胁说要吹垮他的房子，塔姆毫不示弱，说"那我就在每个墙角修建塔楼，像钉子一样牢牢固定我的城堡"。民间传说通常表现出当时当地人们的价值观，而且随着故事的流传，这种价值观将传承下去。

苏格兰之光

节约开支皇家游轮退役
教育民众议会大厦用心

第七十二天

8月26日
星期三
小雨

皇家游轮

我们在蒙蒙细雨之中来到爱丁堡利斯（Leith）港，参观皇家游轮"不列颠尼亚"号（Her Majesty's Yacht Britannia）。我们站在皇家游轮看利斯港：客轮、军舰、工程船……

不列颠尼亚号是在格拉斯哥附近的约翰·布朗公司（John Brown & Co. Ltd）建造的，长126米，上下5层甲板，总吨位5 769吨，可真不是小游艇！速度可达21.5海里/小时，

◎ 海底电缆工程船 SEVEN DISCOVERY 号

看对岸云水之间，彩虹贯云通海

续航力 4 400 公里！除 21 位长官、220 位舰员、一个排的卫兵和一支 26 人的皇家海军乐队之外，还能接待 250 位客人。1953 年 4 月 16 日女王伊丽莎白二世亲自主持下水典礼，1954 年 1 月 11 日首航。女王及其他王室成员曾乘不列颠尼亚号作过 696 次外访及 272 次英国水域内的访问。1981 年，查尔斯王子与戴安娜王妃大婚时，曾乘坐不列颠尼亚号度蜜月。不列颠尼亚号总计环球航行超过 100 万海里。这艘皇家游轮每年消耗英国纳税人 1 000 万英镑。当年竞选首相的工党领袖吸引选票的政策之一就是节约开支，把不列颠尼亚号退役。不列颠尼亚号退役之前最后一次出访使命是在 1997 年 7 月 1 日中英香港政权交接仪式后，在维多利亚港接载查尔斯王子及最后一任港督彭定康返回英国。

1997 年 12 月 11 日，不列颠尼亚号在普利茅茨举行退役仪式，英女王伊丽莎白二世主持，大部分年长的王室成员都出席了仪式。记者们注意到，平时坚忍克制的女王悄悄抹掉一滴眼泪。现场伤心落泪的大有人在，连时任首相的工党领袖托尼·布莱尔后来也感到懊悔，因为人们意识到这艘皇家游轮为国家所作的贡献是不可取代的。她每次出国访问，都为英国带来政治和经济利益。不但弘扬国威，而且收获大笔订单。那些不屑于参加英国贸易代表团高规格宴请的华尔街大亨，倘若能够获得女王邀请去皇家游轮餐厅，无不趋之若鹜，倍感荣幸。1993年游轮来到印度孟买湾，百万富翁成群结队上船来签约，仅此一次出访，合同总额就达11亿英镑。曾经担任船长的海军少将罗伯特伍达德爵士回忆说，某次访问加勒比地区的时候，一位实业家上来就是一个熊抱——因为他参加了皇家游轮招待会之后，立马得到了159万英镑的订单！

至于在皇家游轮上招待过的各国元首，可以列出一长串名单。仅历任美国总统就有艾森豪威尔、福特、里根和克林顿。1986年女王访华之时，游轮停泊在上海。女王在船上举行答谢宴会，宴请时任国

◎ 不列颠尼亚号模型

苏格兰低地

◎ 女王卧室

◎ 宽敞气派的宴会厅允许入内参观，里面陈列了许多展品。包括各国礼物和金光耀眼的王室器皿

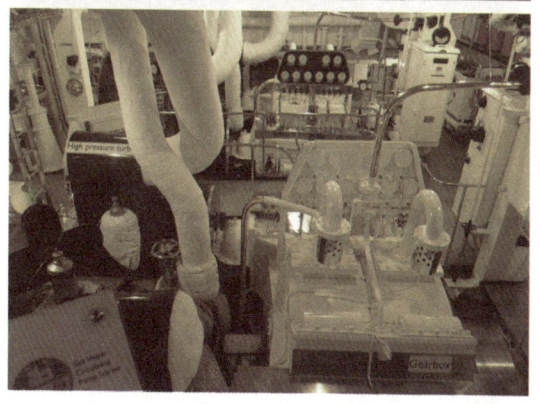

◎ 一尘不染的轮机舱

家主席李先念及夫人等200多位客人。

　　1986年1月14日，女王乘坐游轮去新西兰访问，经过红海南端，获悉也门爆发内战，在也门的外国人处于危险之中。于是不列颠尼亚号向也门首都亚丁进发，与随后赶来的其他皇家海军舰艇协力从亚丁救出了26个国家的10 687名难民和外交人员，包括中国驻也门的外交官。当时连女王的餐厅也睡满了惊魂未消的难民。

　　女王卧室只对游客开放窗户。清新淡雅的布置，低调而温馨，可见女王的品味不俗，作风亲民。

　　小起居室完全是家庭气氛。大会客室也布置得十分有女人味——毕竟是游轮，放松身心的地方。餐厅无论是家具还是灯饰，无一豪华。

　　船员舱室较其他舰艇的舱室舒适。船上的医务室里手术台手术灯设备齐全。因为不列颠尼亚号被设计成可在战时改装成医疗船。幸运的她一生平安，没有遭遇战争。

　　最令人赞叹的是，轮机舱里面的所有管道都漆成白色，各种机器都擦拭得光可鉴人，整个轮机舱洁净得像实验室一样！有记者惊讶地询问，难道过去几十年航行期间都是这样吗？回答是"Yes"！

　　有照片展示某次皇家游艇出行时候的排场：大船悬挂满旗，乘风破浪，18架直升飞机天空护航。

第七十三天

8月27日
星期四
晴雨相间

苏格兰议会大厦
爱丁堡市博物馆

不到6点钟就起床。易安洗车，我洗衣。先把玛瑞安的衣服脱水取出来，才开始洗自己衣裳。做早餐、晾衣服、帮易安洗车、做午餐。下午才出门。

首先参观昨天路过却没有时间进去的苏格兰议会大厦。苏格兰议会于1999年7月1日由伊丽莎白二世女王宣布成立。这座耗资巨大、充满想象却又备受争议的建筑，已成为当地旅游的著名景点之一。大部分房间对游客免费开放。现代化的天花板遍布摄像头和各种机关，看得人眼花缭乱。楼上是旁听席。

◎ 议会大厦内的辩论厅。总理坐在半圆形的圆心位置，面对议员，陈述主张，回答质疑

没有想到一个国家办公机构里面看点真不少。有各个国家送给议会的礼物，不仅精致，而且特色鲜明。彩盘来自乌克兰，银蕨纪念牌来自新西兰，还有尼泊尔的佛像、越南的绣品、伊朗的铜瓷、加拿大锡镴盘……

议会大厦也兼具教育功能。各处说明牌介绍议会的历史、作用、程序等相关内容。比如什么是"议会辩论"："辩论的定义——正式的讨论会。会上持赞成意见与持反对意见的双方阐述各自的观点和论据，然后共同讨论。辩论是议会每周的工作之一，有时候也就某一特定问题召开专门辩论会。您可以订票坐在辩论室的旁听席来旁听议员们讨论那些与苏格兰人民休戚相关的问题。"

展板上面还有几个辩论的样例：学校应否规定统一校服，应否拿动物做实验，是否使毒品合法化等。左边是支持方观点，右边是反对方观点。关于动物实验，支持方认为："在使用药物于人类之前，进行动物实验利大于弊。"反对方论点是："动物与人类具有平等的权利。动物对药物的反应与人类不同，因此动物实验的结果可能造成误导。"关于毒品合法化，支持方说："只要不伤害他人，应该让人们自由决定是否使用毒品。"反方："毒品非法是因为它严重损害身体和大脑，并且导致反社会行为，既伤害吸毒者又伤害他人。保护自己的公民是国家的责任。禁毒法的重要性相当于汽车安全带法规。"

然后沿街闲逛，发现一家博物馆，很小的院子门，进去是一栋三层楼的老房子。原来这是爱丁堡市博物馆！内容很丰富，可惜我们来晚了，只参观了两层楼就到闭馆时间了。

市博物馆当然着重介绍本市，展板和展品逐项描绘伟大的爱丁堡——这是一座盛装庆典之城：介绍1822年乔治四世御驾亲临爱丁堡时，瓦尔特·司格特爵士号召各个部族身着本族方格纹样的盛装凯尔特加上大型乐队来欢迎国王。其仪式之隆重，场面之盛大，轰动一时。

巨大反差之城：讲18世纪的贫富悬殊。贸易之城：爱丁堡同世界各地都有贸易往来。权力之城：苏格兰法院和苏格兰议会所在地。思想之城：一些最伟大的思想家使人们的世界观发生了革命化的转变。艺术之城：技艺高超的匠人和艺术家创造出精美的银器、玻璃制品和其他艺术品。故事之城：爱丁堡有许多故事和传说，而且具有说故事的传统。我在街头巷尾不止一次看到一群人围着一两位说故事的人，讲的人忘情投入，听的人聚精会神。最著名是一只忠狗的故事，人们为它在街头建立了纪念碑，成为爱丁堡的景点，有人专门在附近给游客讲述忠狗的故事。《哈利·波特》就是在爱丁堡写成的。

一幅无名氏创作的油画讲述17世纪苏格兰兴起的一个教派"盟约派"的故事。盟约派当时遭到残酷镇压。画面上判了极刑的盟约派教徒被押往爱丁堡"草市"处死。这些"烈士"或者说是"罪犯"（取决于你的立场）大部分被处以绞刑，也有的遭到斩首。他们的头颅被插在长矛上面，在Netherbow港口示众！如今苏格兰已经进入现代化，300多年前消灭异见者的血腥手段已成历史。

19世纪，医生和科学家发现拥挤的城市、糟糕的卫生引发大规模传染病，尤其是饮水问题。如果天旱，水井干涸，更是雪上加霜。有三张图讲述爱丁堡解决饮水问题和饮水安全问题：市政府将水引到城区，建立水站供水。一幅图画是一群人排队接水，有钱人雇用送水馆将水一桶桶送到楼上。

还介绍了消防历史。有19世纪爱丁堡的消防员瓷像、消防员金属头盔、手动压水的马拉消防车模型。机动救火车1908年才出现，

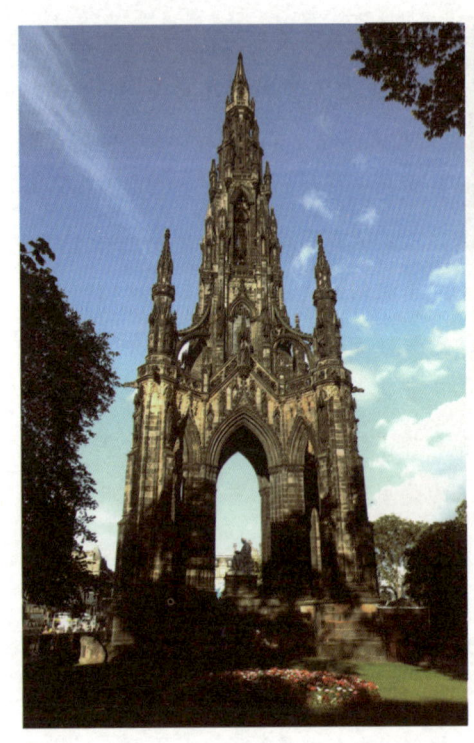

◎ 苏格兰的国花蓟花

◎ 司柯特纪念塔从下到上的精雕细刻

马拉救火车一直使用到1914年。

离开博物馆，欣赏街景。爱丁堡另一迷人之处就是她那些古朴神秘的老房子。倘徉在背街小巷里，不经意就邂逅动人的故事。一座老旧的小楼门楣上雕有1633年字样，这是哪位石匠的杰作——使用形状各异，大小悬殊的石块，筑起的房子屹立将近400年？其实，我们中国老城区、古村镇里面也不乏400年老房子啊。工匠的手艺只怕更为精细呢！

另一座石砌老房子墙上有一块纪念牌，这是爱丁堡水暖工大师协会为水暖工乔治·查莫斯（George Chalmers 1773—1836）所设，用以感谢这位63岁去世的"大师水暖工"。水暖工查莫斯生前在他生活和工作的地方创建了一所查莫斯医院。恕我少见多怪：活了60多岁，从来没有听说过水暖工也可以有协会，水暖工也能成为大师，水暖工也可以做医院的创始人。

来到王子街。细细观赏司柯特纪念塔从下到上的精雕细刻。司柯特纪念塔有61.11米高，塔基座巨大的四柱之间，是由30吨重的一整块大理石雕成的司柯特坐像，雕塑家John Steell花了6年时间完成。塔上还有60多座其他雕像表现司柯特文学作品里面的人物。司柯特一生写了7部长篇叙事诗和27部长篇小说，还不算人物传记、历史著作和中短篇小说。想象一下他手握鹅毛管笔，蘸着墨水，在烛光之下奋笔疾书的情景吧！购票（8英镑）登塔，可极目远望，饱览美景。塔内还有关于司柯特以及纪念塔的展览。展室的彩窗也值得观赏。

巍峨的爱丁堡城堡山下，壮观的大教堂旁边，王子街公园树林中，松鼠奔窜跳跃嬉戏。人与自然是能够和谐相处的啊。环顾周围，满眼是欢度爱丁堡国际艺术节的人们和快乐的儿童。明天即将离开苏格兰，易安有些伤感，再次拍照苏格兰的国花，蓟花（Thistle）。

洒泪千行魂系故土
挥手万里情牵祖先

第七十四天

8月28日
星期五

爱丁堡
诺森伯兰

玛瑞安做好了四个马芬蛋糕（Muffin），用纸盖好，作为送给我们的礼物，随后自己上班去了。我们留下一块200克重的澳大利亚巧克力和一张感谢短笺，放在餐桌上面。将卧房厨房等各个使用过的房间收拾干净，告别爱丁堡。

沿A68公路南下120多公里之后来到苏格兰与英格兰交界之处。继续前进就是与苏格兰东部接壤的英格兰诺森伯兰（Northumberland）县地界了。边界大牌子上书"欢迎来到诺森伯兰"。我们在边境下车，易安流连良久，依依不舍。英格兰那一边有一面联合王国米字旗，一面白底红十字英格兰国旗，还有一面黄底红格旗帜是诺森伯兰旗。苏格兰这一边三面苏格兰圣安德鲁蓝底白X字旗猎猎飘扬。

那辆黑色西雅特载着我们行驶6 000多公里，顶狂风冒急雨，追彩云逐朗月，既是快餐室,也是午睡房,辛苦快乐,一路相伴。感谢你,载我们千里奔驰的宝马!

自从6月16日离开利物浦,踏上苏格兰的土地,今天已经是我们在苏格兰境内逗留的第74天。在这两个半月的时间里,我们踏上过鲜有人迹的荒野湿地,拜谒了远离尘嚣的乡村教堂;足迹北至恩斯特岛,东临邓比斯角。那些几百年古堡,数千载遗存,也印下了我们的目光。

这片土地上的人类,曾在愚昧与野蛮的烂泥污水里翻滚、挣扎,也曾在暴政与仇杀的腥风血雨中疯狂、战栗。他们历经苦难、披荆斩棘,终于爬上理智的山峰,迎接启蒙的曙光。从此文明的太阳缓缓升起,残酷与罪恶无处遁形。教育的光芒穿透黑暗,分辨善恶美丑,社会迈向和平与安宁。文明的清流涤荡肮脏角落,冲刷腐臭朽败,还世界安全与卫生。文明的春风融化了贵贱等级的冰天雪地,催发了科学技术的万紫千红。苏格兰以自己的血汗和智慧开创了现代生活。

虽然并没有找到几百年前离开苏格兰的确切祖先,但是那片曾经世世代代滋养祖先的土地,一座座他们放牧耕作的山岗,在他们门前流过的溪水,满载银色鱼儿的海洋,迎击狂风巨浪的绝壁悬崖,那空濛山色,明丽湖光,高天低云,野鹿鸣禽……,一切的一切都如同久违的亲人那样拥抱着易安,温暖着苏格兰这位后裔的全部身心。也许这就是所谓的"血浓于水"吧?一种心灵的归属感,一种感情的寄托处,犹如飘扬千里万里的孤叶,时而浮云之上,时而落花近旁,永远在风中听到根的呼唤……

遥想200多年前,那位踏上木制帆船,面对汹涌波涛,即将跨越深不可测的大洋,勇敢迎接未知命运的那位贾米森,是懵懂少年、激昂青年还是久经历练的中年人?是获罪流放还是冒险一搏?当风帆扬起,启航离岸,苏格兰陆地渐渐远去,回头万里,故人长绝。回眸一望之时,可曾双泪滚落,心痛如割?那离别故乡之情是一腔怨愤还是满怀悲戚?瞻望森森沧海、茫茫天际,是灰心绝望还是踌躇满志?

无论如何,两个多世纪之后,作为苏格兰人的后代,易安确认自己继承了苏格兰民族的光荣传统:勇敢、坚忍、自信、顽强、自尊、正直、开拓进取、探究不懈、血性刚毅、永不屈膝……,这就是苏格兰之光。这光芒照耀之处,就有苏格兰精神高高飘扬。

尾声

贫困抹黑美丽马尼拉
英雄唤醒苦难菲律宾

9月1日,从伦敦希思罗机场登上菲律宾航空公司的班机。

飞行12个小时,到达菲律宾首都马尼拉。

我们订的公寓式酒店位于海边一座叫作"Birch Tower(白桦大厦)"的48层大楼之中。一位门卫主动出来拉行李,另一位门卫打电话通知联系人下来接我们去房间。菲律宾服务业的工作人员业务素质较高,英语听说能力强,服务意识牢固,待客彬彬有礼,尽管看得出来并没有很高的学历。

这座大楼里面不止有一家公寓式酒店。管理我们这家的是位年轻女孩。五官端正,自我介绍叫作Joyce,带领我们乘电梯到达位于20几层的房间。房间一厨一卫,备有冰箱、微波炉、炊具、餐具,十分方便。马桶还安装了清洁用软管水龙头。

困倦至极,分食点心之后我们就午睡了。傍晚出来熟悉环境。步行两分钟就是一个大大的购物中心,叫作Robinsons Place(与《鲁滨逊漂流记》的主人公同名)。Robinson Place的大门口是一个半圆广场,内有各业商

尾声

家,包括西餐厅。通向广场的几条街道上有好几个货币兑换处,这些兑换处门口都有持枪保安。不知道那些武器是否荷枪实弹。倘若,万一,当场发生枪战,我们这些路人岂不是要遭殃?顿时惶惶然兮惴惴不安。回想童年时候,每次上学经过一座地方驻军大楼,看见门口那英姿飒爽、系着武装带、双手握枪的解放军叔叔,好生羡慕!当初幻想自己长大后也成为解放军战士,端起冲锋枪,横扫敌人!如今那冲天豪气早已灰飞烟灭矣。

这一次我们计划在菲律宾逗留7天,主要目的是考察菲律宾养老环境。许多澳大利亚人选择国外养老,最主要原因就是澳大利亚人工太贵。据统计,澳大利亚人国外养老首选新西兰,然后是意大利、希腊、西班牙这些生活舒适、物价较低的欧洲国家。选择菲律宾的其他原因还有:在菲律宾仅用英语也能生活,服务人员训练有素,加上菲律宾政府鼓励发达国家人们来养老,不仅制定有一系列优惠政策,而且将其作为产业加以管理、扶持。菲律宾距离澳大利亚较近可能也是一个因素。

9月2日,半夜2点多钟就醒来,易安4点多钟就开电脑。6点钟不到,天色已经大亮,只好起床。睡眠不足,头昏不适。拉开窗帘,高耸的大厦塔楼之间豁然出现一方碧海,海面上还有一艘白船!美极了——拍照!

Robinsons Place上午十点才开门。我们早饭后绕行白桦大厦周围的街道一大圈。发现不远处有轻轨站。街道肮脏,污水流淌。不少人在街头露宿,其中还有带着狗的。虽然衣衫并不褴褛,但却是蓬头垢面。这些人并非全是乞丐,大部分只是靠出卖劳动力或者做小生意谋生的人。一辆小小人力车,就是他们的全部家当,有些家庭还有一两

高耸的大厦塔楼之间豁然出现一方碧海，海面上还有一艘白船

个儿童。

　　步行到海滨。海滨大道宽阔，路面破损严重。海滨大道还修筑有两三米宽的花坛，种植了大树，可惜无人打理，里面是稀稀拉拉的杂草和垃圾。街边长椅上面也有人露宿。看起来政府也花钱打造了面子工程，可是老百姓的贫困不解决，谁来纳税？哪里有钱修路、做清洁？

　　海边修筑了水泥堤岸。近岸一带海水浑浊，漂浮着不明物质和少许垃圾。有妇女在海水里面洗衣服，另一妇女在水里穿着衣服洗澡。这可是海水啊！可是马尼拉全年平均温度30多度，不洗澡怎么受得了？那些露宿街头的人们啊！刚才高高在上拍下的美丽天堂竟然是如此丑陋的人间。

　　回到Robinson Place，尚有10分钟才营业，门口已经有很多人等待。终于等到工作人员前来开门，与购物大厦相配的十分堂皇的一排玻璃门却只开了一扇，所有顾客分成男女两队进行安检，每个人都要打开随身携带的包包让保安过目。易安曾经去过以色列，也是这样的场面：出超市没有人检查，进入超市却有十分严格的安检。所以我们

尾声

也见怪不怪。虽然马尼拉相对平静,但是南方地区却时时造反,并且宣布效忠极端组织。

进入购物中心,里面是涵盖吃喝玩乐各种大大小小店铺的综合体。有一家水果店是我以前不曾见过的——店家把各种水果洗净切块,分类陈列。顾客指点选择自己所喜欢的几种水果,售货员将其夹到一只大碗里面,然后给出价钱。我观察了一会儿,不放心他们的卫生标准,对自己的疾病抵抗力也没有信心,所以没有尝试。

购物中心里面还包括百货商店和电影院。一楼大厅用于举办各种活动。

晚饭之后,易安出去按摩。回来讲起,就在我们白天经过的街道上,有不止一家妓女开始上班了:看见他是单身男性,就上前拉客。又有一次晚上按摩回来,非常心痛地对我说,他看见一个小男孩——还是学龄儿童呢——手持移动电话,屏幕上展示着妓女照片。贫穷与堕落就是这样地残害着儿童。

9月3日,阳光灿烂。我在武汉生活30多年,当然明白这意味着暑热。所以我将水瓶和小食品装入尼龙布袋,带着阳伞,准备出门。今天去博物馆,仅在步行距离之内。但是气温35摄氏度,我们都是六七十岁的年纪,还是不可掉以轻心。

原计划是提前到达中心广场,参观附近其他建筑。例如马尼拉市政厅,几座纪念碑等。由于绕了远路,六分钟的步行距离花了近20分钟,加之天气炎热,宽阔的大道上没有足够树荫,令人疲惫不堪。于是直接进入找到的第一所建筑,躲避烈日。

原来这是菲律宾国家人类学博物馆。接待台的几位工作人员都是女性,笑脸相迎,却没有空调,说是十点钟开馆时间才允许启动空调。

在没有空调的前厅,等待半个多小时,汗水湿透了衣衫。

博物馆建筑气势宏大设计精美,可惜内部的一些装修质量不到位。展品的数量与建筑不相称,许多房间空置。我拍了一些具有菲律宾特色的展品留念。

看见介绍菲律宾群岛的各种本地语言。据2013年的调查统计,菲律宾群岛至少有185种独立的语言,其中181种语言仍然被当地人使用。

有展板介绍侵害菲律宾稻田的各种生物。看起来菲律宾政府重视农业,重视科学家。

还有各种实物展品:水牛角和珍珠母制作的图腾、悬挂锣钹的彩绘架子,各种民族乐器、用具、农具、传统工艺品和当代艺术品,各种兵器和火器。另外,几幅图介绍了菲律宾本地建筑。因为女儿女婿都是建筑师,所以对建筑颇感兴趣,而且从此见到房子不叫房子,改叫"建筑"。博物馆后院按照实际大小搭建了一座高脚屋。高脚防潮防雨,大屋顶遮住热带的阳光,门窗既透气,又阴凉。高脚屋修了梯子,鼓励游客入内参观。

易安感觉非常不好,估计是中暑了。他无心参观,坐在博物馆的椅子上面昏昏睡去。我们没有参观国家美术馆(两座博物馆一张通票),出了人类学博物馆,顶着烈日横过宽阔的街道,心急火燎地挥手招到一辆出租车回旅馆了。饭后一觉睡到天黑,然后去鲁滨逊购物中心找到一家披萨店吃了晚餐。菲律宾的披萨价格相比国内的便宜一些。

9月4日,仍然阳光灿烂。易安吴牛喘月,望而却步,躲在屋里不出门,继续休息。上网查下一步行程的相关信息、订旅馆、写E-mail……忙到夜里11点。

尾声

白桦大厦和后面的几栋楼围成一圈,形成一个居住和商业小区。今天星期五。楼下不知哪一家卡拉OK从晚饭就开始高音喇叭嚎叫,直至第二天凌晨3点!

9月5日,星期六。半夜两点钟被声嘶力竭的卡拉OK吵醒,我断断续续睡到上午9点半才清醒,易安半夜起来之后一直没有睡,现在已经困倦不支,倒头便睡,连午饭都省略了。下午电闪雷鸣,大雨倾盆。晚饭后,我们去鲁滨逊购物中心闲逛。电影院里面没有什么能引起我们兴趣的电影,只好趴在栏杆上观战一楼大厅进行的女子排球比赛,比赛的年轻人好像是学生。

晚上卡拉OK再次吵闹至凌晨3点半!

菲律宾也是历经苦难的国家。1450—1520年,阿拉伯商人赛义德·艾布伯克尔,在菲律宾南部建立了伊斯兰政权。1521年,麦哲伦率领西班牙探险队于地理大发现首次环球航海时抵达菲律宾,麦哲伦本人在此被土著砍死。1898年(菲律宾宣告独立的同一年),爆发美西战争,12月10日,西班牙被美国打败。美国政府给西班牙2 000万美元购买菲律宾主权,菲律宾成为美国的殖民地和军事基地。1935年3月24日,美国容许菲律宾建立菲律宾自由邦。1942—1945年,第二次世界大战期间日本占领菲律宾,建立傀儡政权(菲律宾第二共和国)。1946年7月4日,菲律宾共和国(第三共和国)完全独立,美国仅在菲律宾保留军事基地。

我国宋代就有关于马尼拉的记载。16世纪中叶,马尼拉仍然只是一个在帕西河(Pasig River)岸边信仰伊斯兰教的小渔村。1570年,西班牙人抵达马尼拉。1595年,西班牙人公告马尼拉成为菲律宾群岛的首都。1942年1月2日,马尼拉在太平洋战争中被日军占领。

1945年2月23日，美军夺回了这座城市，不过未能阻止十几万人丧生的马尼拉大屠杀。战后菲律宾总统埃尔皮迪奥·基里诺的妻子与5个儿女中的3个都在屠杀中遇害。

9月6日，计划参观圣地亚哥堡。我们早早出门，以防中午炎热。谁知出租车将我们带到马尼拉的唐人街（中国城）。易安倒是兴趣盎然，在乱七八糟的店铺摊点之间看来看去。唐人街内也有纪念碑、纪念牌。纪念为社会作出贡献的华人前辈。

等到我们步行返回圣地亚哥堡方向的时候，日头高升，阳光开始发威。我们撑开阳伞遮挡烈日。

首先进入老王城（Intramuros）。老王城的城墙是现成的人行道。既远离车辆，安全实用，又可以居高临下观赏风景。我们北京城的皇家城墙，如果按照建筑师梁思成林徽因夫妇的规划，保留不拆，建成公园，那可比这气派多少倍！既保存了世界上独一无二的伟大古迹，又保护了环境（拆毁建筑就是制造垃圾），还会为我们所热爱的祖国、热爱的北京增光加彩！这些专家是真正的爱国者啊。

先是见到一座纪念三位童子军的纪念碑。1963年7月28日，在赴希腊参加第11届世界童子军大会途中飞机失事，他们与其他22位菲律宾童子军代表遇难。

老王城内有几所古老的学院。其中之一是Letran学院。大楼外挂着"庆贺我校通过心理测量专家委员会考试，全国通过率46.15%，我校通过率接近60%"其中两张大照片，一位女生是全国第4名，另一位是第6名。

莱西姆大学（Lyceum of the Philippine University）是一所由五所独立大学组成的大学家庭，由菲律宾第二任总统何塞·帕西亚诺·劳雷尔（Jose P. Laurel）博士创建于1952年。莱西姆大学原址是1578年开办的一所教会医院——基督教不仅以善举邀宠上帝，也以善举来赢得人心。否则仅仅靠地狱来警示、天堂来激励，许多老百姓仍然不会皈依的。学校门前有创始人劳雷尔①的塑像和对教育的期望。"我愿意见到我们这片土地上的年轻人，浸润于品德培养与自律，而不愿意他们将世界人民积累的知识据为己有，仅仅用于谋取私利。"老王城内还有另一所大学——Mapua技术学院。

然后到达圣奥古斯丁教堂。天主教就是这样讲求奢华精美，由建筑外观至内部装饰无不极尽渲染，包括金碧辉煌的绣花祭披。

这里不但是宗教场所，也是历史文化博物馆。展品包括画作、图片，以及其他实物。教堂后花园还设有星期日儿童课堂。

许多图画令人难忘：有第一位来到马尼拉的圣奥古斯丁托钵修会的修士。1543年圣奥古斯丁托钵修会修士随同西班牙探险队从美洲穿越太平洋来到万里之遥的菲律宾。他们在菲律宾各地建立了许多天主教堂，仅各式教堂就有十几张图片。几幅油画描述几百年前来菲律宾传道的教士被当地人砍头、刺杀、折磨的情景。他们头上有光环，空中有天使来迎接他们的灵魂去天堂。古今中外，为理想、为信仰而献身的人们（都被称为烈士/殉道者——虽然其中也有不幸丧生的冒险家）不可胜数！什么时候人类才能学会不再自相残杀？

---

① 何塞·帕西亚诺·劳雷尔（José Paciano Laurel, 1891—1959），1915年毕业于菲律宾大学法律系，赴美国耶鲁大学深造。1923年以后历任美属菲律宾的内政部长、参议员、制宪会议代表、最高法院法官与司法部长等职。第二次世界大战后日本占领菲律宾，劳雷尔与日本合作，当选菲律宾第二共和国总统。1945年日本投降后，被美军占领当局逮捕、关押。1946年劳雷尔回到菲律宾，当时的总统曼努埃尔·罗哈斯于1948年赦免其叛乱罪。1951年劳雷尔以全国第一高票当选参议院议员。

◎ 奢华精美的内部装饰

◎ 绣花祭披

　　教堂里有一座17世纪修女院的杜荆木雕制的"爱之门"。圣奥古斯丁托钵修会的修士们在各地传播福音,宣扬爱上帝、爱邻人。经过这扇门进入教堂的人们都被提醒:"要和谐地生活在一起,相互友爱。"如今,每一位进入此门的人都被要求将仇恨留在门外,向"爱"敞开心扉,欢迎"爱"的来临。

　　参观位于老王城内的另一座教堂:马尼拉大教堂。步入教堂,正在回廊里面参观,忽然传来和谐悦耳的赞美诗歌声和乐声。四部合唱的天籁般童声,将人们带入纯净、宁馨、欢愉、美好与圣洁的境界。

尾声

循声来到一扇雕花铁艺旁门，出乎意料地没有见到整整齐齐站在唱诗班席位上面身着光鲜制服的唱诗班，看见的只是穿着家常衣裳的普通菲律宾孩子们站在祭坛一旁的门边，认真地歌唱。如果在街上遇到这些孩子们其中任何一个，人们都不会想到他/她会唱出天使般的歌声！我虽然不参与任何宗教，但是永远拜伏在美好音乐的脚下。基督教在美学启蒙、音乐普及方面的贡献不可低估。同时，音乐也反过来大大促进了基督教的传播——只要闭上双眼，美妙的音乐立即带你远离烦恼、苦难、痛楚、煎熬，逃脱这肮脏丑恶血腥卑劣的尘世，顷刻间飞升到圣洁、纯净、安详、平和、百花盛开、芬芳温馨的天堂！谁不愿意享受那么美好的境界呢？

◎ 马尼拉大教堂

出来不远就是圣地亚哥堡（Fort Santiago），一座古老的要塞。继续前行，来到黎刹纪念馆（Rizal Shrine，直译"黎刹神殿"）。菲律宾的民族英雄何塞·黎刹（西班牙语：José Rizal，1861—1896），柯姓闽南人后裔，是一名眼科医生，精通英、法、德、拉丁、闽南语和官话等22种语言，还懂得绘画、雕刻、哲学和历史等。黎刹年轻时就开始社会改革工作，1882—1892年旅居欧洲，出版揭露西班牙统治弊端的小说，发表了针对改革的文章和诗歌。1892年6月，黎刹返回菲律宾后，建立了一个非暴力的改革社团菲律宾联盟。同年7月被捕并流放到棉兰老岛荒僻的达必丹小镇。他在那里居住四年，帮助小镇建设了学校、医院等设施，以及全菲第一个灯光系统。1896年12月30日被西班牙殖民当局杀害，年仅35岁！今菲律宾政府将此日定为黎刹日。

◎ 受难的普罗米修斯的雕塑表达了黎刹为祖国人民献身的决心

◎ 何塞·黎刹的另一件雕塑作品

尾声

○ 黎刹曾在香港行医。香港特区政府在黎刹医生故居建立的纪念牌匾

　　我们参观的纪念馆是黎刹被捕之后关押之处。纪念馆里面展出着关于黎刹的文件、照片等各种文物。规模虽然不大，却十分感人。一封信的原件表现出黎刹追求社会进步的激情：1889年，西班牙有20位妇女申请建立夜校，学习文化。经过争取，获得批准。当时在西班牙执教的黎刹写信赞扬她们为自己的受教育权利而斗争的勇气。

　　我们来到关押黎刹的牢房，石墙铁门阴森可怖。然而年轻的黎刹毫不畏惧，正气凛然地写下绝命书："亲爱的家人：请原谅我带给你们的痛苦。但是人终有一死，我宁愿现在无愧天地，不负良心地赴死。"从他的牢房到刑场，漆在地面的脚印记录着当年黎刹英雄赴死的每一步。触目惊心。

　　行刑场面的照片更是令人悲愤：大批荷枪实弹的士兵，杀害一介文弱书生！仅仅因为黎刹揭露了西班牙统治的罪恶，希望以和平的手段实现独立与民主。血腥镇压不但没有保住西班牙殖民政府，反而激起全国人民的觉醒。短短两年之后，菲律宾就宣告独立。菲律宾从此实行民主选举制度。

黎刹公园（Rizal Park，又名黎刹纪念公园）与纪念馆不在一处，位于罗哈斯大道（Roxas Boulevard）旁，邻近马尼拉湾。黎刹牺牲后被草草埋葬在马尼拉华侨义山侧，后来遗骸移葬马尼拉湾畔的黎刹广场，人们在那里树立起纪念碑。

9月7日，今天休息并为明天出发做准备。菲律宾航空公司飞往中国的航线，行李限重20千克，飞往悉尼的限重32千克。我们在回悉尼之前需要去中国看望亲戚朋友，超过20千克的行李必须留在马尼拉的旅店，委托其代为保管。

9月8日，我们将行李逐一称重，将无需带到国内的东西放入纸箱，统统寄存在这家公寓酒店的办公室，然后退房，去鲁滨逊购物中心消磨下午时间。休息的时候，一位中年妇女坐在我旁边，虽然看起来文化不高，却仍然能够用英语与我攀谈。原来菲律宾从小学就开始学习英语，许多教材就是英语版的。这不仅由于英语是菲律宾官方语言之一，而且菲律宾开放度较高，学生们都知道英语的实用价值，也乐于学习。结果就是菲律宾人走向世界时候没有语言障碍。同时，给能够操英语的来访者提供了极大方便。这位妇女说她正在找工作，问我是否需要清洁工，并自称会做饭，也愿意做保姆。

我们再次去电影院查看有没有值得一看的电影，终于找到一部想看的，却被告知已经翻译成菲律宾语，没有英文原版的。既然课本都是英文的，为什么电影不保留英语？起码应该保留英文字幕吧？

晚饭之后，到办公室领出行李，已经开始落雨。门口的保安不但主动帮助我们搬行李箱，而且冒雨为我们招来出租车。头几辆白色出

尾声

租车竟敢拒载，除非我们答应不使用计程器！最后还是一辆黄色出租车打表送我们去机场。瓢泼大雨，污水横流，看起来排水系统不灵。行路困难，多处堵车。半个小时的路程，一个多小时才到达，车费不到 400 比索！届时已经超过 21：00，一点也不早了。幸亏提前出门！办完各种登机手续，来到登机口，却迟迟不验票登机。已经过了起飞时间，三位飞行员才匆匆赶到。一位中国老先生看出问题了——飞行员迟到！于是大声抗议。登机口的工作人员急忙解释，说是天气原因造成不能按时起飞。登机之后，机长在广播里面给大家道歉，原来飞行员也遭遇暴雨导致的堵车。

一切就绪之后，机上又供应夜餐，饮料、饭、菜、鱼/牛肉、点心，一样不少。

9月28日，第三次来到马尼拉，休息一夜。依旧下榻在白桦大厦。大自然一如既往，慷慨地展示她的美丽或者威严，老百姓仍然延续几千年来不紧不慢的生存努力。街头的贫困景象令人心理上和生理上都感到不适。听说菲律宾腐败严重，不知这是不是人们贫困、国家混乱的原因之一。没有调查，无法评论。腐败、渎职、贫困、肮脏、堕落、犯罪，永远是联系在一起的。更何况菲律宾炎热湿闷的气候远远比不上菲律宾人民那么友好。菲律宾马尼拉，想说爱你不容易。再见了！

苏格兰之光

◎ 菲律宾马尼拉想说爱你不容易。再见了

后记

网络语汇看起来夸张,却常常很真实,例如"美哭了"!我不止一次在国外见到美景,不知为何,心头一热,鼻子就酸。朋友见到我拍的苏格兰风景,评论道:我们中国的风景比这更美——我不禁双目潮湿:"我们中国的锦绣河山的确美得让人热泪盈眶!"

在国外旅行,眺望连绵起伏的群山,眼前就浮现出我们中国的百岳千峰;看见湍急小溪、翻滚海浪,心中就汹涌起我们中国的名川丽水;四顾苍茫旷野、青翠草原,胸口就集聚着一口长气,想要放声歌唱,恍惚身处祖国广阔的平原、草原与高原。

回家之后,心情仍然久久不能平静,整理照片,阅读在苏格兰没有时间细看的说明文字,了解到更多故事。为了核实这些信息,查了许多资料。根据当时的日记,加上翻译这些资料和信息,断断续续,花了两年时间,写出了22万字的游记,从两部相机4000多幅照片中挑选出来2 000多幅照片发到互联网。

苏格兰这个国家、这个民族,具有极其鲜明的个性,他们前进的道路上,长满荆棘,也血泪斑斑。他们前仆后继，绝不屈服，终于从愚昧走向启蒙，从野蛮抵达理性。如今社会健康稳定，人民安居乐业，令人钦美不已。每每见到他们精美的建筑、高明的工程，心里就说，我们中国人也能做出来。见到人家村村镇镇洁净整齐，管理有序，却只有羡慕没有"嫉妒恨"，因为这是人家拓改革之荒，种科学之田，浇教育之水，打破专制的铁屋，驱散迷信的黑云，让自由平等之阳光照耀，并筑以民主之栅栏保护，才收获到的幸福果实啊。还是见贤思齐，诉诸行动吧。学习人家，改善自己。"从我做起"——起码不随地吐痰，不乱扔垃圾吧？忙着发财的人物，如果行善积德有困难，请至少不要污染祖国的天空、土地和江河湖海。

中国人用"牵肠挂肚"来形容思念之情，果然是离家越远，牵挂就越紧，那"肠"和"肚"就扯得越疼。所以有人说"华侨最爱国"，此言不虚。从辛亥革命到抗日战争、解放战争、抗美援朝，无数华侨青年回国奔赴战场，牺牲自己的生命义无反顾；100多年来华侨为祖国捐款之巨，更是不可胜数。20世纪50年代初，国家没有外汇储备，华侨节衣缩食，省下钱来汇回祖国支援国家建设。据说，20世纪50—60年代，华侨侨汇占国家外汇总额的65%以上。正所谓"为什么我的眼里常含泪水？因为我对这土地爱得深沉"。

最后，必须感谢易安，我的苏格兰裔丈夫，是他苏格兰式的执着、慷慨和冒险精神，促成了这一次难忘之旅；也是他苏格兰式的追求完美，拍摄出了许多感情丰满的照片奉献给大家。谨以此书献给我的祖国——中国，也献给热爱祖国的易安·贾米森。

关于本书的一些说明：

1. 大部分故事译自博物馆里面的介绍。其余译自景点的网站或者维基百科英文版。虽然本书不是学术著作，但是尽量对照和参考不同资源核实了这些信息。作者知识范围有限，难免还有错误，敬请读者指教。

2. 关于人名、地名、书名等，目前做法是，第一次出现时候，中文外文对照，以后只用中文。译名基本遵从字典。但是许多苏格兰名字字典上面没有，而且我对苏格兰发音拿不准，不敢贸然音译（法语德语同例），所以个别处只用原文，没有汉译。此外，一些人所共知的名字不附原文。

3. 关于苏格兰语文，有几种含义，不一定都指盖尔语，所以我笼统称为"苏格兰语/文"。

总之，我将记录这些远方景、新鲜事、陌生人、古老传说、动人故事、百科知识，及其引发的联想、思绪……原汁原味的日记，奉献给大家，恰如与亲友相聚，促膝相谈。希望读者产生共鸣，乐于沉浸之中，每次阅读都身心愉悦，有新的感动和领悟。让我们共享知识、思想与感情，一书在手，永远相伴。

扫码免费获取
30 幅苏格兰精美旅拍
图片版权归作者所有 禁止商用